妖魔来到树下,打开一口箱子,从中取出一只匣子,打开匣盖,一位窈窕女子从中走出。

《缘起——国王兄弟》(利昂·卡雷 绘)

妹妹杜娅札德说:"姐姐,你讲的这个故事多么好听,多么有趣,多么有意思,多么生动呀!"
《第一夜》(利昂·卡雷 绘)

我的两位哥哥因我的钱足货多而眼红。他们趁我们入睡后,抬起我和我的妻子,将我们抛入海中。我妻子醒来,摇身一变,成为女精灵。

《第二夜》(利昂·卡雷 绘)

却见一缕青烟从瓶口冒出,直插云霄。青烟渐次聚集成团,一阵摇动之后,变成了一个魔鬼。

《第三夜》(利昂·卡雷 绘)

宫院正中有一座喷水池,池边上立有四尊赤金狮子雕塑,泉口喷着清澈透明的水柱。

《第七夜》(利昂·卡雷 绘)

脚夫与姑娘们又是拥抱,又是亲吻。这个姑娘拉他,那个姑娘和他亲昵交谈。

《第九夜》(利昂·卡雷 绘)

山下有一座繁华的城市,那里人烟稠密。冬天已带着寒意离去,春姑娘带着玫瑰花走来了。

《第十二夜》(利昂·卡雷 绘)

船队靠近了那座山,巨浪将船推向山下。船到岸边,顿时解体,所有铁东西都被吸到了山上。
《第十四夜》(利昂·卡雷 绘)

眼见骏马在前,我经受不住诱惑,解下马缰牵出大门,跃上马背扬鞭狠抽。只见那马张开双翅,腾空而起。

《第十五夜》(利昂·卡雷 绘)

THE

布拉克本全译本

ARABIAN

一千零一夜

NIGHTS

ألف ليلة وليلة

［阿拉伯］佚名 著
李唯中 译
［法］利昂·卡雷 ［英］达尔齐尔兄弟 等绘

北京燕山出版社

图书在版编目(CIP)数据

一千零一夜/(阿拉伯)佚名著;李唯中译.—北京:
北京燕山出版社,2021.5(2023.1重印)
ISBN 978-7-5402-5386-8

Ⅰ.①一… Ⅱ.①佚…②李… Ⅲ.①民间故事-作品集-阿拉伯半岛地区
Ⅳ.①I371.73

中国版本图书馆 CIP 数据核字(2019)第 102526 号

一千零一夜

[阿拉伯]佚名 著
李唯中 译
[法]利昂·卡雷 [英]达尔齐尔兄弟 等绘
责任编辑／尚燕彬
装帧设计／80目·小贾
内文制作／张 佳
北京燕山出版社出版发行
北京市丰台区东铁匠营苇子坑 138 号嘉城商务中心 C 座 邮编 100079
全国新华书店经销
三河市北燕印装有限公司印刷

开本 880mm×1230mm 1/32 印张 135.5 插页 240 字数 3,165,000
2021 年 5 月第 1 版 2023 年 1 月第 6 次印刷

定价:777.00 元

版权所有 盗版必究

CONTENTS 目录

001 译序

001 导言
002 缘起——国王兄弟
018 第一夜
024 第二夜
033 第三夜
040 第四夜
045 第五夜
057 第六夜
062 第七夜
071 第八夜
077 第九夜
091 第十夜
104 第十一夜
111 第十二夜
122 第十三夜
133 第十四夜
142 第十五夜
159 第十六夜
166 第十七夜
179 第十八夜
189 第十九夜
197 第二十夜
208 第二十一夜
221 第二十二夜
223 第二十三夜
238 第二十四夜
252 第二十五夜
267 第二十六夜
276 第二十七夜
296 第二十八夜
305 第二十九夜
313 第三十夜

327　第三十一夜
340　第三十二夜
366　第三十三夜
383　第三十四夜
390　第三十五夜
404　第三十六夜
415　第三十七夜
419　第三十八夜

译序

李唯中

　　《一千零一夜》是阿拉伯"百年翻译运动"的产物之一。通过翻译转化，阿拉伯人吸纳了一部名为《赫扎尔·艾弗萨那》（意即"一千个故事"）的波斯故事集和一些印度民间故事，经过整理、消化、再创造，再加上伊拉克和埃及地区的民间故事，最后成就了这部规模宏大、匠心独具、悬念迭出、神奇莫测的民间文学巨著。这是阿拉伯民族贡献给世界文苑的一株奇葩，其内容之丰富，涵盖之广泛，意境之云谲波诡、神幻怪异，是其他民族的民间故事无法匹敌的，迄今尚无出其右者。

　　《一千零一夜》阿拉伯文版本到底有多少？这是个无法说清楚的问题。但是，最权威、内容最全的是一八三五年埃及官方订正的"布拉克本"。读者手中的这个中文译本就是"布拉克本"的忠实分夜全译本。

　　作为集东方故事之大成的民间文学巨著，《一千零一夜》经历了几百年才基本定型（大约从八世纪中叶开始，持续到十六世纪）。十八世纪之前，《一千零一夜》的故事以手抄本的形式流传。直到一七〇四年，法国东方学家安托万·加朗根据叙利亚的手抄本将部分故事翻译成法文陆续出版，才使得这部民间文学巨著有了真正意义上的出版传播。而阿拉伯文印刷版的《一千零一夜》"善本"，到十九世纪初才出现。

西方各语种的《一千零一夜》译本及中文译本之多，真不是能用一个具体数字说清楚的。仅就我国，自打一九〇三年周桂笙第一个将《海上述奇》（即《辛迪巴德航海历险》）由英文转译过来后，一百余年来，《一千零一夜》有多少种中文版问世，笔者估计，应该在一千零一种之上。

笔者素喜收集、购买、受赠信息量大的阿拉伯文精装版的《一千零一夜》，手中有"善本"（即布拉克本）、著名的基督教"洁本"、疑似波斯"原始本"等若干种。笔者所见过的几十种版本，就故事多寡、篇幅长短、情节删改而言，各不相同，差别甚大，篇幅大者可达四百余万字，小的则不足三十万字。这些版本的差异，大多是全本和编选本的差异。所谓全本，首先是体例要完整，要分"夜"（"夜"类似于我国古典小说中的"回"，分夜体是《一千零一夜》独特的艺术特征），即包括《缘起》和一千零一夜，有一百六十一个故事；其次，就是故事和情节无删与改、增与编。《一千零一夜》有一种特殊版本——"洁本"。"洁本"，有《缘起》，分夜体，故事数量也够，只是有些故事情节或者内容出于宗教、文化和教育等考虑，被有意识地改编或删除了。《一千零一夜》数量最多的是编选本，即选取全本中的若干故事，单拟标题，独立成篇，集合成书。

中文版的《一千零一夜》，版本情况大体和西方一样，选本多，改编本多，因为很多版本都是转译自英文版或者法文版。目前，中文版的《一千零一夜》也有所谓的"全译本"，但是对照权威的阿拉伯文原版就会发现，其实是"洁本"或者不是分夜体，都有或多或少的删改和改编，都不是真正意义上的《一千零一夜》全译本。

《一千零一夜》为什么选本多，而真正意义上的全本少之又少呢？笔者认为，原因不外乎以下几个：一是迎合读者口味，很多版本只选编了一些情节离奇曲折、想象丰富大胆的故事，以致很多读者对《一千零一夜》的印象仅仅停留在渔夫、魔鬼、飞毯、神灯、阿里巴巴、辛迪巴德等有限的内容上；二是全本篇幅巨大，翻译、出版均是个大工程，非短时间内能完成；三是有所顾忌，顾忌故事中的性描写、俚语污言、杀戮场面等，于是尽力删除，或进行"马赛克"处理，以便使其适合青少年阅读。

笔者自号"译迷"，又是阿拉伯语专业科班出身，译出一套真正意义上的《一千零一夜》全译本，自是毕生梦想。那么，究竟该如何对待原著中那些所谓的"禁忌"呢？有网友评论：有的《一千零一夜》全本"把涉及性描写的段落都给删除了，导致有些地方读者理解起来有些歧义"。恰好读到《莎士比亚全集》最新译本问世的消息，其中与会专家的发言正好可以作为笔者翻译态度的"代言"：

> 在上海译文出版社主办的研讨会上，翻译中怎样处理莎剧中的"荤段子"成了饶有兴味的话题。莎士比亚研究会会长辜正坤教授说："像《罗密欧与朱丽叶》第一幕第一场前三十行，全是脏话，应该怎么译？译本是全端出来还是应留有余地？"与会的黄梅、盛宁、程朝翔、陆建德等专家介绍，对于这类"活生生的语言"，朱生豪等前辈的译本基本都没有体现出来，限于当时的翻译条件，或是没有读懂，或是有意忽略了。而方平先生的译本对此没有故意回避，用注释、双关语等方式在一定程度上加以呈现。这或许也提示了今后的莎剧译者，"不妨处理得稍微露骨一点"。

受此启发和激励,便有了这套真正意义上的《一千零一夜》中文全译本:首先依据公认的"善本"布拉克本,分夜体;其次是忠实于原著,不删不改不妄加,书中故事情节、细节完全照原样译出,所谓粗俗、敏感之处,仅以中文的博大精深妥当"技术处理";再次,书中一千三百八十二首诗,一首、一行不落,全部译出;最后,读者耳熟能详而并不在布拉克本中的著名故事,如安托万·加朗根据阿拉伯基督教徒口授,用法文译就的《阿里巴巴与四十大盗》《阿拉丁与神灯》等,为保持原著权威性,均以附录形式列在书后。

关于书中一些所谓的"敏感""禁忌"问题,如性、杀戮、宗教、阴谋、欺诈等,需要稍作说明,读者切勿谈虎色变。纵观整个人类社会的发展,没有哪个民族、哪段历史能避开这些事实,可以说这是人类社会普遍存在的现象,不是刻意回避就能免受损害、免遭荼毒的。客观地说,《一千零一夜》中此类情形的描写数量和"露骨"程度,远不及很多知名的历史、战争、情爱题材的作品。作为一部世界文学史上的经典作品,这些内容的"负面影响"到底有多大,真的是很难估量的。因为,阅读者的阅读心态和视野决定了阅读的价值。看过《一千零一夜》全本的读者很多,受它"蛊惑""毒害"的有多少无从考证,但是有证可查的是,很多伟大的文学家、艺术家都从中汲取了艺术养料,铸就了个人的辉煌,也推动了整个人类文化的进步和发展。

笔者与《一千零一夜》结缘,算来已有半个世纪之久。一九六三年,笔者时读大三,已经学完阿拉伯语基础语法,适逢学校图书馆刚刚买来七卷本阿拉伯文版的基督教"洁本"《一千零一夜》,立刻借来一看。阿拉伯文学选读教材中的《罕见的高义》,就是《一千零一夜》中的一个故事,笔者在课余将之译成了汉语。当时自感有能力翻译书中的其他故事，可惜无人引领，不敢"造次"，只好把这个"自信"当成理想埋藏在心中。三十余年后，笔者有了一定翻译实践基础，自信心与胆量也比大三时大了不少，又有出版社约稿，便开始了一卷卷的翻译工程。一九九八年，八卷本故事体《一千零一夜》问世，其中诗歌译为古体诗。

方家说"不分夜，不叫全译"，受此启迪，笔者决心搞分夜体全译本。全译本完成后，应出版社编辑之约，将古体诗改译成了现代诗体。但出版后，有网友评道：故事体《一千零一夜》里的诗文"是用中国古体诗译出的，里面颇多佳句"。而全译本"把里面的诗句全改成了现代诗体，诗的意思清楚不少，但韵味全无"。细思量，此言颇有道理。《一千零一夜》和许多民间文学一样，原本是茶余饭后在帐篷下、茶馆酒肆里讲述、演唱的故事，其中的诗歌类似于中国古代乐府民歌，句式整齐，有节有韵，晓白流畅，便于吟唱。按照"音步说"，中国的古体诗每一字算一个"音步"，五言诗就是五个音步，六言、七言依次类推；阿拉伯文古诗，一个词算一个音步，《一千零一夜》中的诗歌相当于五音步、六音步、七音步的诗。因此，就把诗歌全译成五言、六言、七言，类似古乐府民歌的古体诗，自感这种形式更接近原诗，且易于传达出原诗的韵味。

既然是诗，韵脚不可缺；缺了韵脚，则离阿拉伯文原诗的意蕴颇远了。英国作家哈代赞成诗歌用韵，说：就像石子投到湖心里，漾开一圈圈波纹，韵就是波纹。阿拉伯民族是诗歌的民族，诗歌在他们的文学史和文化史上享有很高的地位。令我惊讶且敬佩的是，阿拉伯人诗才了得，百行之诗，亦能一韵到底。但译诗想找一个合适的韵脚，正如季羡林先生所说："我是'一脚（韵脚也）之找，失神落魄'。其痛苦实不足为外人道也。"这种感受也只有译诗时才能体验到。

如此经年，又经不断修订，如今《一千零一夜》又多了一种版本：古体诗版分夜体全译本。

《一千零一夜》在全世界流传以来，为诸多艺术门类提供了创作灵感和素材，极大地成就了一批艺术家和艺术类型，其中之一就是插画。《一千零一夜》的插画数不胜数，精彩者比比皆是，然而很多插画师，譬如大名鼎鼎的埃德蒙·杜拉克、凯·尼尔森、弗吉尼亚·弗朗西斯·斯特雷特等，只为一些著名的故事创作了插画，并没有绘制全本插画。情形和《一千零一夜》的版本如出一辙。本版《一千零一夜》，编辑们在精彩纷呈的《一千零一夜》插画世界里，精心选取了两组全本插画，一组是法国艺术家利昂·卡雷的彩色插画；一组是英国著名的木版画雕刻艺术公司"达尔齐尔兄弟"的黑白插画。这两组全本插画，会让这版《一千零一夜》图文并茂，"全本"之名更加名副其实。

本版《一千零一夜》的出版，也是历经数年，凝聚数人心力才最终达成的。为了推出一个笔者满意、读者认可、出版者欣慰的版本，真可谓各方尽心竭力，其中的艰难与困顿无法用言语描述，只有身在其中才能体会得到。

值此出版之际，感谢我的夫人司淑兰多年如一日，在做好我的后勤服务之余还帮我打字、校对，默契配合，全力协助。同时，也特别感谢出版社编辑们的辛苦付出。

但期这套凝聚了众多人心血的《一千零一夜》分夜体全译本，能让读者看到一个不一样的"天方夜谭"，能全面欣赏到这部古典巨著真正的艺术之美和珍贵价值。

二〇二一年五月，晏如外居

导言

万赞归于教育众世界的安拉①,并祈安拉恩赐穆圣及其家属和圣门弟子平安,直至世界末日审判。

前人的故事、传记成为后人的训诫和殷鉴,以供后人吸取先人的经验,并以此为鉴;了解先前诸民族史实及经历,借以检点、规范自己的行为。

赞美那些把前人的故事、传说化为后人殷鉴的人。

在那些训诫中,有一部名为《一千零一夜》的故事集,其中蕴涵着丰富的奇珍异宝、鉴戒嘉言……

---

① 安拉,或称"阿拉",阿拉伯语音译,伊斯兰教所信仰的创造宇宙万物独一主宰的名称;波斯语、乌尔都语和突厥语的穆斯林称之为"胡达"(意为"自有者");中国的穆斯林在沿用安拉、胡达等称呼的同时,还将之称为"真宰""真主"等。(本书注释均为译者所注。)

缘起——国王兄弟

相传，古时候，在中国和印度一带的群岛上，有一个古国，名唤萨桑王国。老国王手下兵多将广，豪华宫中奴婢成群。老国王有两个儿子，都是英雄好汉，论勇，则兄还胜弟弟一筹。兄弟二人各称王一方。哥哥励精图治，正大光明，颇得臣民爱戴，人称舍赫亚尔国王；弟弟名唤沙赫泽曼，位居撒马尔罕国君。二位君王体贴臣民，公正无私，治国有方，故二十多年来，两个国家国泰民安，百业兴旺，歌舞升平。

一天，哥哥思念弟弟，颇想见上一面，便派宰相前往撒马尔罕去请弟弟沙赫泽曼。宰相从命，打点行装，随后踏上了去往撒马尔罕的征程。

宰相一路顺风，不多日平安抵达沙赫泽曼的京城。进了王宫，见到了沙赫泽曼国王，问过安好，随即转达了舍赫亚尔国王思念弟弟之情。弟弟沙赫泽曼亦正想见哥哥一面，恰见家兄派人来接，心中不胜欣喜，于是吩咐仆役收拾行装，并叮嘱宰相代掌王权，然后带着若干随从，踏上了探望亲人的征程。

夜半时分，大队人马正在行进，沙赫泽曼忽然想起有件重要东西忘在了宫中，于是立即勒缰返回。

沙赫泽曼回到宫中，不料见王后就在他的床上，怀里搂着一个黑奴，正乐不可支。

眼见此情此景，沙赫泽曼只觉眼前一片黑暗，登时出了一身冷汗，心想："天哪，我刚刚离开京城，她就成了这个样子……倘若我在哥哥那里小住一段时间,真不知道这婊子会胡闹到什么地步!"想到这里,沙赫泽曼怒不可遏,拔剑出鞘,手起剑落,只见那一男一女顿时身首分离,鲜血喷涌,溅红了幔帐。

旋即,沙赫泽曼取了忘带的那件重要东西,转身快步走出了宫门,飞身上马,急匆匆追赶大队而去。

沙赫泽曼国王一行人马,日夜兼程,不几日,便顺利抵达哥哥舍赫亚尔国王的京城郊外。

舍赫亚尔国王得知弟弟已到郊外,心中喜不自禁,立即率众臣子出城相迎。

同胞兄弟久别重逢,喜不自禁,亲情难表,紧紧拥抱,连声问安。国王兄弟俩在众文官、武将、侍从的簇拥下,相携浩浩荡荡进

J.D. 沃森 绘

了城，但见大街小巷张灯结彩，人们喜笑颜开，整个京城沉浸在盛大、欢快的节日气氛之中。

进到王宫，兄弟俩一番畅叙思念之情。正谈得开心之时，沙赫泽曼忽想起王后与黑奴亲热的情景，顿时双目失神，面色蜡黄，呆若木鸡。

见此情景，舍赫亚尔猜想弟弟定是因为长途跋涉，一路鞍马劳顿所致，再加上离开自己的国家和王权宝座，一时放心不下，故未多问什么。

过了几天，舍赫亚尔国王见弟弟仍无精打采，而且面黄肌瘦，便问起原因："弟弟，我看你身体虚弱，面色发黄，你这是怎么啦？"

沙赫泽曼说："哥，你有所不知，我有伤心事呀！"

但他没有把妻子与黑奴之间的事如实相告。

舍赫亚尔国王也没再追问下去，只是说："伤什么心呀！陪我到野外打打猎、散散心就好了！狩猎能消愁解闷，其乐无穷啊！"

沙赫泽曼表示歉意，说不想外出，舍赫亚尔便带着几个随从出发了。

沙赫泽曼下榻的宫殿窗外就是御花园。他凭窗望去，但见宫殿大门洞开，衣饰艳丽、姿容动人的王后在二十个宫女和二十个男仆的簇拥下缓缓步出殿门，姗姗步出宫殿，进入花园，行至花园中喷泉旁的草地上，纷纷脱去衣服，男女相互拥抱而坐。片刻后，王后嗲声嗲气地喊道："喂，迈斯欧德，你快来呀！"

应声走来一个黑奴，上前搂住王后，王后亦紧紧搂住黑奴，随后他亲吻她，将腿缠住她的腿，丰臀紧扣，他进入她，旋即发出哼哼唧唧的欢叫声……众男仆及宫女仿而效之，一一相抱，亲吻不止，相交甚欢，欢叫声此起彼伏。如此这般，死去活来，一直喧闹到红日西沉。那时，男仆从宫女的酥胸中起身，黑奴亦从皇后胸口抽离,仆人们恢复了各自的伪装,关上了宫门。

眼见此情此景,沙赫泽曼心想:"凭安拉起誓,与此相比,我的灾难又算得了什么呢……"

想到这里,沙赫泽曼顿感心中的郁闷、忧愁、愤懑减轻了许多,自言自语道:"唉,家兄的遭遇比我可要惨多了……"

自那时起,沙赫泽曼心境豁然开朗,胃口大为好转,照先前一样吃喝起来,面容很快恢复了昔日的红润。

舍赫亚尔国王打猎回来,兄弟俩相互一番问候之后,哥哥见弟弟精神振奋,面色红润,一反闷闷不乐、无精打采的模样,吃饭十分香甜,不禁心中一阵惊喜。他问弟弟:"我昨天还见你愁云满面,面容憔悴,今日却精神抖擞,容光焕发,原因何在呀?"

沙赫泽曼回答说:"面色憔悴的原因嘛,我是可以告诉你的;不过,今日容光焕发的秘密嘛,还求哥哥原谅,为弟不能如实相告。"

"既然如此,能说的就先说吧!"

"哥哥呀,你有所不知,见你的宰相来接我,为弟十分高兴,打点好行装,便上路了。但出城没走多远,发现我要送给哥哥的一件重要东西,即送给你的那串宝石念珠忘在了宫中,于是立即勒缰拨马回返。回到宫中,不料见我的妻子正与一黑奴交欢作乐,而且就在我的床上……见此情景,我一时眼前昏黑一片,怒不可遏,随即拔剑出鞘,手起剑落,将那对狗男女的首级削了下来。之后,我取了念珠,登程赶路,顺利来到了哥哥的京城。那两个人竟敢在我刚刚离开王宫,就做出那等丑事,真是岂有此理!这件事总是缠着我的心,故食不甘味,夜不成寐,没过几天,面黄肌瘦,周身乏力。"

"你怎么现在健康如初了呢?"

"这个嘛，还请哥哥原谅，恕弟实在不便实告。"

听弟弟这么一说，舍赫亚尔国王苦苦求道："看在安拉的面儿上，你就把其中的原因告诉我吧！"

在哥哥再三哀求下，沙赫泽曼才把在宫中看到的情景，一五一十地告诉了哥哥。

舍赫亚尔国王听后，说："我得亲眼见一见！"

"只要你佯装外出狩猎，然后悄悄潜回宫中，藏在我住的这个房间里，就能看到那番情景。"弟弟说。

次日一早，舍赫亚尔国王遂令侍从携带着猎具出发了，到京城郊外安营扎寨，搭起帐篷。

舍赫亚尔独坐在大帐中，叮嘱贴身侍卫，不许任何人来见。随后，经过一番化装，他悄悄离开大帐，潜回宫中，藏在弟弟下榻的房间，靠着下临御花园的窗子坐了下来。

一个时辰刚过，果见王后在众宫女和男仆的簇拥下姗姗步入花园，此喧彼嚣，好不热闹。片刻之后，男男女女一丝不挂，相抱亲吻，云雨相加，好不热闹，一直折腾到红日西沉……恰如所说，简直不差分毫。

见此情景，舍赫亚尔国王不禁魂飞魄散，眼前一阵漆黑，一时张口结舌，不知如何是好……

过了好大一会儿，舍赫亚尔国王对弟弟说："我们离开王宫吧！我们没必要再当国王了！这还有什么意思？像我们这样活着，不如死掉的好……我们出去看一看，是否还有像我们这样的可怜人吧！"

沙赫泽曼立即响应，兄弟俩随后打开王宫一道便门，相伴离开了王宫。

兄弟俩走了几天几夜，来到一片草地上。那里虽与咸海相临，却见一汪甘泉流淌。二人喝过水，来到一棵大树下歇息。

一个时辰刚过，忽见海水暴涨，顷刻之间，一根巨大的黑柱冲出海面，直插云霄，继之朝草地上飞将过来。

弟兄俩见此情景，不禁惊恐万状，连忙爬上树去。

片刻后，一个妖魔出现了。那妖魔身材高大，膀宽腰圆，硕大的脑袋上顶着一口箱子，大步登上岸，踏着草地，朝兄弟俩所在的大树走来。那妖魔来到树下，打开一口箱子，从中取出一只匣子，打开匣盖，一位窈窕女子从中走出。只见那女子身材苗条，天生丽质，风姿绰约，貌美动人，宛如一轮红日，正像诗人所描述的那样：

　　鸡啼天下白，黑暗一消尽。
　　耀目艳阳光，灿烂照高林。
　　金龟映苍穹，玉兔悄匿隐。
　　万物拜红日，帷幄下无荫。
　　眨眼见闪电，泪落雨倾盆。

妖魔望着那女子，说："小娘子，我是在你洞房花烛之夜，把你抢出来的。我太疲劳了，让我睡一会儿吧！"

说罢，妖魔枕着女子的大腿，旋即进入了梦乡。

那女子无意中抬头朝树上一看，见上面有两个人，遂把妖魔的头移开，站起身来，对舍赫亚尔兄弟说："请二位下来吧！你们不要害怕这个妖魔！"

舍赫亚尔兄弟二人异口同声道："看在安拉的面儿上，你饶了我们吧！"

女子说："凭安拉起誓，你俩赶快下来就是了！如若不然，把这妖魔惊醒，他会把你们俩杀死的。"

J. 坦尼尔 绘

兄弟俩听后,不禁胆战心惊,赶忙从树上下来。

女子走到二人面前,说:"你们俩脱下衣服,都要和我亲热交欢一场!如不听我的安排,我立即叫醒妖魔……"

兄弟俩心中害怕,周身战栗不止。舍赫亚尔对弟弟沙赫泽曼说:"弟弟,你就照她说的办吧!"

"我不干……"沙赫泽曼说,"除非你先来……"

兄弟俩相互推让,你看看我,我看看你,谁也不肯与女子交欢。

女子等得不耐烦了,大怒道:"你俩在做戏呀!若不立即行动,我就把妖魔叫醒,让他把你们俩杀掉!"

兄弟俩因害怕妖魔,无可奈何,只有宽衣解带,依照女子的要求……

事毕,女子从衣袋里掏出一个小口袋,解开袋口,从中取出一串戒指,总共有五百七十枚。女子指着那串戒指,问兄弟俩:"你们知道这是怎么回事吗?"

"不知道。"兄弟俩异口同声道。

女子说:"这些戒指的主人,都是趁妖魔打盹儿时,像你俩一样,与我亲热过的。你俩现在就把自己的戒指摘下来,送给我吧!"

兄弟俩只得从命,摘下戒指,递到女子手中。

女子又说:"就在我的新婚之夜,这妖魔把我抢了出来。之后,他把我藏在这个匣子里,又把匣子放在这口箱子里,然后加上七把大锁,将箱子沉入波涛汹涌的大海海底。可是,他不知道,一个女人要想干一件什么事,从来都是无所顾忌的,任何力量都无法阻挡,正如诗人所云:

切莫信女人,莫听其诺言!她们喜与怒,皆存阴户间。

面浮虚假情,内心总藏奸。千万要警惕,优氏事可鉴。①
可晓魔鬼恶?倒霉是阿丹②;正中妖女计,被逐伊甸园。

女子又吟道:

且请止责怨,爱意增情感。今我是恋人,此事不新鲜;
在我之前人,情景同此般。眼见窈窕女,性冷属罕见。

兄弟俩听到这些话和诗句,惊异万分,相互叹道:"原来是这样!一个力大无边的妖魔,尚且管不住一个女人,所遭背叛远远胜过我们,更何况我们是普普通通、平平常常的人呢!我们何必为那件事难过、忧伤呢?"

二人告别女子,返回舍赫亚尔国王的都城。

兄弟俩进入王宫,随即将那淫乱的王后及众男仆女婢斩杀殆尽。从此,舍赫亚尔国王开始每夜娶一处女,天亮时即将之处死。不到三年时间,京城居民谈此色变,民女们纷纷逃离而去,满城里几乎再也找不到一个可供国王虐杀的姑娘。尽管如此,国王不改积习,仍然命令宰相为他寻找美女。

一天,宰相辛苦奔波,四下为国王搜寻姑娘,结果一无所获,空手而归,不禁愁惧交加,惆怅不堪。他深恐国王怪罪,垂头丧气

---

① 优氏,即优素福,《古兰经》中记载的古代先知之一。他幼时聪明,英俊,天真无邪,深得父亲叶尔孤白的钟爱。优素福遭哥哥嫉妒被推入深井中,幸被过路汲水的客商救出,后被廉价卖到埃及权贵葛图斐尔府中当仆人。及长,优素福更显英俊魁梧,权贵年轻貌美的妻子祖莱哈遂生邪念,伺机将他诱入卧室,遭拒绝后,竟动手拉扯,从后面将其衬衣撕破。他夺门而逃,恰遇外出回府的权贵。妇人恼羞成怒,当即反诬他向主母施暴,欲行强奸。后优素福被诬陷入狱,过了多年的铁窗岁月。"优氏事可鉴"即指此事。

② 阿丹,《古兰经》中记载的人类始祖。

T.达尔齐尔 绘

地回到相府。

宰相有两位千金,个个容颜俊秀,性情温柔,举止端庄,通晓事理。长女名叫莎赫札德,次女名唤杜娅札德。

莎赫札德博览群书,通古博今,熟知历代君王及各民族历史,仅她的藏书就数以万册计。

莎赫札德见父亲闷闷不乐,便问:"父亲,您怎么啦?您为何满面愁云、无精打采呢?诗人曾留下这样的诗句……"

她吟诗道:

告诉惆怅人,忧愁难久长;此亦像欢乐,转瞬即消亡。

宰相听罢女儿的话,便将为国王寻觅美女的难处从头到尾讲了一遍。莎赫札德听后,对父亲说:"父亲,凭安拉起誓,您就送我进宫吧!要么,我活下去,与国王共度朝夕;要么,我就为穆斯林①姑娘们献身,将她们从君王的利剑下解救出来。"

宰相听女儿这样一说,不禁大惊,忙说:"凭安拉起誓,女儿呀,万万不可拿自己的生命去冒险呀!"

莎赫札德说:"看来,舍此无路可走!"

"我真担心你进了王宫,会有毛驴、黄牛在农夫手中的遭遇哟!"

"毛驴、黄牛在农夫的手里会有什么遭遇呢?"

"听我慢慢讲来!"

宰相开始给女儿讲《毛驴、黄牛与农夫》的故事:

相传很久以前,有个商人,家财万贯。他与妻子儿女生活在农村,养着一头毛驴和一只黄牛。这位商人天生通晓兽言鸟语。

一天,黄牛来到驴圈,见圈里打扫得干干净净,还洒过清水,驴槽里的大麦、草料还都过了筛子,毛驴卧在地上休息,好生自在舒坦。

有一回,商人听见黄牛对毛驴说:"你多么清闲自在,而我多么劳累呀!你吃着过了筛子的草料,且有那么多人伺候你,即便主人有时骑你一遭,转眼间也就打道回府了。你瞧,我呢?一天天不是耕地,就是拉磨,无止无休。"

毛驴说:"你想清闲些,那还不容易吗?你到了地里,主人给你上轭时,你就躺在地上,千万不要站起来。如果他们抽打你,你可先站一站,然后马上卧下去。他们把你牵回圈里,主人给你添草料,你也别吃,佯装周身无力,食水不进,熬上一两天,至多三

---

① 穆斯林,信奉伊斯兰教的人。

天，你就得以清闲了。"

商人听在耳里，记在心中。当天夜里，农夫给黄牛添草加料时，发现黄牛只吃了一点点。

次日一早，农夫牵着黄牛下地时，见黄牛懒洋洋的，一点儿力气也没有。

商人得知此情况，对农夫说："改用毛驴去耕地吧！"

毛驴替代黄牛耕了一整天地，天色大晚方才回来。

黄牛感谢毛驴的恩德，因为毛驴替它劳累了一天，但毛驴一句话没说，心中懊悔不已。

第二天，农夫又牵着毛驴去耕地，直到红日西沉；回来之时，毛驴已是精疲力竭，脖子上的皮都磨破了，鲜血淋漓。

黄牛望着毛驴，百般感谢，连声称赞。毛驴对黄牛说："我本来自在清闲，只是因为多事，才把自己害了……"

毛驴沉思片刻，又说："你听我说，我有一言相劝。我听主人说，假若黄牛再不能干活儿，就把它送到屠户那里宰了，剥下牛皮，把肉切碎。我真打内心里为你担惊受怕呀！我劝你还是干活儿去吧，以免白白送命。祝你平安无事。"

黄牛听后，连声感谢毛驴的好意，然后说："明天，我就跟他们一道去耕地！"

黄牛开始大口大口吃喝起来，不仅把加给它的草料吃完，就连牛槽上粘的剩料渣也舔得精光。

不料毛驴与黄牛之间的对话都被商人听去了。

次日天刚亮，商人与妻子同走到庭院，坐了下来。不多时，见农夫正牵着黄牛朝外走。黄牛看见主人，连连摇头摆尾，屁声不断，撒欢扬蹄，好不高兴。商人见之，笑得前仰后合。

妻子问："老头子，你有什么好笑的呢？"

商人说:"有那么一件事,是我亲眼所见、亲耳所闻;不过,这是天机,天机不可泄露呀!不然,我会因之丧命的。"

"你一定要告诉我,"妻子强求说,"你就是因之丧命,也要把天机告诉我!"

"我因怕死而不便开口。"

"那样的话,你一定是在讥笑我!"

妻子软硬兼施,丈夫无计可施,终于被妻子说服。

商人深感难过、无奈,只有把孩子叫到跟前,并派人去请法官和证人,想先立遗嘱,然后再吐露秘密,到时死而无悔。

商人很爱他的妻子,因为妻子是他的堂妹,又给他生下多个儿女,自己已一百二十岁高寿。他又派人请来妻子一方的所有亲友和街坊邻里,向他们说明了问题的严重性:只要他对任何人吐露了那个秘密,他本人必死无疑!

在场的众亲友都劝商人的妻子:"凭安拉起誓,你就放弃这种想法吧,免得你失去丈夫,孩子们失去父亲!"

商人的妻子说:"我决不后悔!这老头子非得把秘密说给我不可,否则我是决不放过他的,哪怕他立即丧命。"

众亲友听女人这么一说,一个个哑然无语,面面相觑。

商人站起身,向牲口棚走去,想小解一下,再向众人吐露秘密,然后死去。

商人家中养着一只大公鸡和五十只母鸡,还养着一条狗。商人听那条狗喊着公鸡骂道:"你还高兴呢,我们的主人都要死啦!"

公鸡问狗:"究竟出什么大事了?"

狗把事情的原委讲了一遍。

公鸡听后说:"凭安拉起誓,我们的主人真是缺智少谋,你看我,我妻妾成群,有五十个;亲这个,疏那个,全凭我的好恶。我们的主人,他才一个老婆,却不知如何对付,成何体统!他何不采把桑树枝条,将老婆关在屋里,痛打一顿,即使不要老婆的命,至少也得让她认错悔悟,管保叫她再也不敢提什么要求。"

商人听到这番对话,茅塞顿开,决计教训妻子一顿。

讲到这里,宰相对女儿说:"莎赫札德,我的女儿,我真怕国王像商人教训自己的妻子那样对待你。"

莎赫札德问:"商人怎样教训自己的妻子呢?"

宰相继续讲下去:

那富商采了一把桑枝,藏在屋里,然后对妻子说:"到屋里去,我把秘密告诉给你,然后我就死在屋里,也好不让任何人看见我。"

夫妻二人走进房间,商人立即把门反锁好,抽出一根桑枝,狠狠地向妻子身上抽打起来,直打得妻子死去活来,叫苦不迭。可怜的妻子终于哀求道:"别打啦!我悔悟啦!"

她边喊边亲吻丈夫的手和脚。

商人的妻子真的悔悟了。夫妻相携走出房门,和好如初。众亲友为之感到欣慰,大家沉浸在幸福欢乐的气氛中。

莎赫札德听罢父亲的讲述,说道:"眼下事态,人命关天,我不进宫,谁人进宫!非我进宫不可了。"

宰相无力阻拦女儿,只得为女儿准备嫁妆,然后再去见舍赫亚尔国王。

莎赫札德转过脸去,叮嘱妹妹杜娅札德:"好妹妹,我到了国王那里,立即派人来接你。你到了我身边,看国王要杀我时,你就对我说:'姐姐,给我讲个奇妙的故事吧!也好让我们快快乐乐地度过这一夜。'我就趁机给你讲故事。但愿我能用这个办法拯救天下姑娘的性命。"

一切准备妥当,宰相带着女儿莎赫札德来到王宫。

舍赫亚尔国王看见宰相,便问:"相爷阁下,我命令你办的事情办妥了吗?"

"妥啦!"宰相答道。

随后,莎赫札德来到了国王的寝宫。

夜幕垂降,寝宫内灯火辉煌。国王要求与新娘子莎赫札德行房事时,只见她泪流满面,泣不成声。国王问:"你哭什么呢?"

莎赫札德说:"幸福的国王陛下,我有个胞妹,我很想见她一面,也好告别一下。"

国王立即差人把杜娅札德叫来,姐妹相见紧紧拥抱,格外高兴。

国王与莎赫札德行完房,与姐妹二人坐在一起,开始谈天。

妹妹杜娅札德对姐姐说:"姐姐,看在安拉的面儿上,给我讲个奇妙的故事吧!也好让我们快快乐乐度过这一夜。"

莎赫札德说:"如蒙大富大贵、颇富教养、洪福齐天的国王陛下许可,我当然很乐意讲个故事……"

国王本来心烦意乱、神魂不安,但听莎赫札德这样一说,马上显得高兴起来,脸上露出了笑容,顺口说道:"那你就讲个故事吧!"

于是,就在一千零一夜的第一个夜晚,聪明、美丽的莎赫札德讲了这样一个故事……

J.D.沃森 绘

第一夜

夜幕垂降，莎赫札德开始讲《商人与魔鬼》的故事：

幸福的国王陛下，相传很久很久以前，有一个商人，家财万贯，商路遍及天下。一天，他骑马上路，去外地经商。路途之中，天气炎热得厉害，商人走进路旁的一座园子里，坐在一棵树下乘凉歇息。他伸手从鞍袋中掏出干粮和椰枣吃起来，吃了椰枣，他顺手将枣核一丢，忽见一个魔鬼出现在面前。那魔鬼身材高大，手握利剑，向商人走来。魔鬼说："你给我站起来！我要像你杀死我的儿子那样把你杀死！"

"我何曾杀过你的儿子？"商人辩解道。

"你吃掉枣肉，信手将枣核一丢，枣核尖正巧刺入我儿子的胸膛，我儿子当即丧命……"

商人无可奈何地说："我们属于安拉，我们都要回到安拉那里去。无能为力，只有依靠伟大的安拉了。就算是我害了他的命，也不是故意的，而是误杀。就请你宽谅我吧！"

魔鬼说："岂能宽谅，我非杀死你不可！"

话音未落，魔鬼伸出巨爪，抓住商人，将他按倒在地，就要挥剑杀他。

商人苦苦哀求，哭着说："我把一切全托付给安拉了！"

接着，商人吟诵道：

时光分二日,安危各有生;生活分两段,一浊一洁净。
以灾辱我者,且请说分明;有灾受敌视,时光不同情?
君未见大海,臭尸水面升?君未曾见过,珠藏海底层?
时光戏弄我,降灾与不幸。日月才有蚀,虽天无数星。
茫茫大地上,绿枯树无穷;只有挂果枝,才遭石击中。
岁月美好时,不妨尽欢兴。命运降灾难,躲也躲不成。

商人吟罢,魔鬼说:"休要多言!我一定要杀死你!"

商人说:"魔鬼大人,你要知道,我家财万贯,妻子贤良,儿女成群;我尚有未清还的债务,还有典当出的东西没有赎回。求你让我回趟家吧!待我把一切事情处理停当,再来见你。我向你立誓,待来年元旦,我一定回来见你,听凭你发落。我的话句句真实,有安拉为我做证。"

魔鬼弄明情况,便放商人回家了。

商人回到家中,处理完杂事,清理完账目,还清债务,然后将发生的事情告诉了妻子儿女,家人一场大哭。接着,商人又将事情通知所有亲戚及他们的妻儿,一番嘱托之后,在家里一直待到过年。新年元旦,商人夹着寿衣,告别家人、邻里和亲友,满怀忧伤,极不情愿地走出了家门,好容易才来到那座园子里。商人想到即将临头的灾难,泪水不禁潸然而下。就在这时,走过来一位老翁,手牵着一只戴着锁链的羚羊,上前向商人问安。老人说:"这里是妖魔鬼怪盘踞出没之地,你怎么一个人独自坐在这里呢?"

商人便把遇见魔鬼的经过以及坐在这里的原因,从头到尾给老人讲了一遍。

老人听后,惊奇不已,说道:"老弟,凭安拉起誓,你的这笔债务真是太沉重了,而且你的故事也确实十分离奇;假若能记录下来,真堪供后人借鉴哪!"

话音未落,老人便在商人身旁坐了下来,接着又说:"老弟,凭安拉起誓,我不离开你,我要亲眼见识一下你如何跟那个魔鬼打交道。"

老人和商人坐着谈天,而商人却心中恐惧忧虑,心烦意乱,不知如何是好。就在这时,又走来一位老人,手里牵着两条塞拉吉亚黑狗。第二位老人走上前来,向二人问过安好,又问他俩为何坐在此处,并告诉他俩这是妖魔鬼怪出没之地。二人将商人的事从头到尾讲述了一遍。第二位老人尚未坐稳,又走来第三位老人,牵着一匹花斑骡子。他向三人问过安好,又问他们为什么坐在此地。他们把商人遇见魔鬼之事从头到尾讲述了一遍。第三位老人刚刚坐下,大地上狂风骤起,刹那间,尘土漫天,飞沙走石,天昏地暗。转瞬风定天晴,那魔鬼突然出现在他们面前,手持闪光宝剑,眼里喷着火花,他上前抓起那个商人,厉声喊道:"你给我站起来!我要像你杀死我儿子那样把你杀掉,也好祭祭我的心肝儿!"

商人号啕大哭,三个老人也都随之哭了起来。牵羚羊的老人从泪水中醒悟过来,上前吻魔鬼的手,然后对魔鬼说:"魔王爷,你是群魔之首。我想把我与这羚羊的故事讲给你听,你若认为这故事离奇,那就看在我的面儿上,免掉这位商人的三分之一罪过,可以吗?"

魔鬼说:"可以!老头儿,你讲吧!若你的故事果真离奇,那就看在你的面儿上,免他三分之一的罪过。"

第一位老人讲了下面这样一个故事:

魔王爷,你要知道,这只羚羊是我的堂妹,与我有血缘关系。在她年龄很小的时候,我就与她结成了百年之好,和她同枕共眠。

T. 莫滕 绘

可是，我们结婚三十年，她却未生育一男半女，我这才另纳一妾，为我生下一个男孩儿。我那男孩儿，简直就像一轮圆月，双目炯炯有神，双眉宛如柳叶，四肢结实健壮。孩子渐渐长大，成了十五岁的英俊少年，我带着许多货物到一些城市做买卖去了。我这位堂妹自幼学过妖术和占卜术，因此趁我不在之机，对我的儿子施了妖术，把我的儿子变成了一只小牛犊，把孩子的母亲变成了一只母黄牛，并将他们送给了放牧人。过了好长时间，我从外埠回到家中，问起我的儿子及其母亲，堂妹说："你的爱妾死了，你的儿子逃了，不知去向，下落不明。"

我伤心落泪，熬过了整整一年时间，直到宰牲节①来临，才吩咐下人去找放牧人，让他给我送只肥牛过节。放牧人果然牵来一只肥黄牛，那不是什么牛，而是我的爱妾，就是堂妹施妖术使之变成的那只黄牛。我卷起衣袖，正准备宰杀，那牛一声大叫，放声哭了起来，我忙躲闪开，吩咐放牧人替我宰杀那只牛。放牧人挥刀宰牛，然而剥掉皮一看，原来是皮包着骨头，既没油，也没肉。我后悔不已，不过后悔晚矣，于是，干脆把宰了的牛送给放牧人，然后对他说："给我送一只小肥牛来吧！"

放牧人送来一只小肥牛，那不是什么小牛，而是我那堂妹施妖术使我儿子变成的那只小牛。小牛看见我，挣断缰绳，来到我跟前，边在我身上擦蹭，边呜呜哭泣不止。我怜惜它，便对放牧人说："不宰这只牛了，再给我另送只肥牛来吧……"

---

① 宰牲节，即古尔邦节，亦称"忠孝节"，伊斯兰教主要节日之一。据古代阿拉伯宗教传说，先知易卜拉欣夜梦安拉，命他宰杀自己的儿子伊斯玛仪作为献礼，以考验他对安拉的忠诚。当易卜拉欣遵命执行时，安拉又命以羊代替。阿拉伯人依此每年宰牲献祭。伊斯兰教继承了这一习俗，规定伊斯兰教历每年十二月十日为古尔邦节，穆斯林沐浴盛装，举行会礼。

A. B. 霍顿 绘

讲到这里，莎赫札德眼见东方透出黎明的曙光，遂戛然止声。

妹妹杜娅札德说："姐姐，你讲的这个故事多么好听，多么有趣，多么有意思，多么生动呀！"

莎赫札德说："假若国王能留下我，我来夜讲的故事会比这更美妙，这故事就算不上什么啦！"

国王心想："凭安拉起誓，我不能杀她，也好再听她讲下去……"

国王说："那就明夜接着讲！"

他们这样度过了一夜，姐妹俩相互拥抱，庆幸平安。次日晨起，国王上朝理政。宰相夹着殓衣走来，本想为女儿收尸，不料却见国王从早忙到晚，料理朝政，发号施令，并未向宰相说什么，宰相不胜惊诧。退朝之后，国王舍赫亚尔径返寝宫。

❖ 第二夜 ❖

夜幕垂降，杜娅札德对姐姐莎赫札德说："姐姐，你就把《商人与魔鬼》的故事给我们讲完吧！"

"如果国王陛下允许，我是乐意讲的！"

舍赫亚尔国王道："你就讲吧！"

莎赫札德继续讲下去：

幸福的国王陛下，放牧人挥刀宰牛，然而剥掉皮一看，原来是皮包着骨头，既没油，也没肉。羚羊主人后悔不已，不过后悔晚矣，于是，干脆把宰了的牛送给放牧人，然后对他说："给我送一只小肥牛来吧！"

放牧人送来一只小肥牛,那不是什么小牛,而是我那堂妹施妖术使我儿子变成的那只小牛。小牛看见我,挣断缰绳,来到我跟前,边在我身上擦蹭,边呜呜哭泣不止。

我们见小牛落泪,心中悲伤,便对放牧人说:"留下这只小牛,牵走它和你的牲畜一道儿放养去吧!"

"不宰这只牛了,再给我另送只肥牛来吧……"

魔鬼听到这里,连声称奇叫绝。

羚羊主人接着讲:

堂妹看到这种情况,就说:"把这只小牛宰了吧!这小牛很肥呀!"

我不忍心宰掉它,便吩咐放牧人将它牵走,放牧人果然照我的话办,把小牛牵走了。

第二天,我正坐在家中,那放牧人突然来到我的面前,对我说:"老爷,我有一事相告,它会使你感到高兴,对我来说也是喜讯。"

我说:"请讲吧!"

他说:"老爷,我有一个女儿,小时候跟邻居一位老太婆学过妖术。昨天,照你的吩咐,当我把那只小牛牵到我女儿面前时,她一见小牛,便捂起脸,失声痛哭起来,少顷,却又是一阵大笑。女儿对我说:'父亲,你伤害了我的自尊心,竟把陌生人带到了我的面前。'我问她:'陌生人在哪儿?你为什么哭,又为什么笑呢?'她对我说:'你牵来的这只小牛,本是我们主人的儿子,因为他和他的母亲都中了主人第一个妻子的妖术,这就是我大笑的根由;至于哭,则是因为他的父亲宰杀了他的母亲。'我感到万分惊奇,所以天刚亮,我就前来向你报告此事。"

魔王阁下,我听罢放牧人的讲述,欣喜若狂,无酒自醉,似乎从来没有这样高兴过。于是,我跟着放牧人到了他的家中。放牧人的女儿热情欢迎我,亲吻我的手。紧接着,那只小牛走到我身边,在我身上撒欢似的擦蹭。我问放牧人的女儿:"你讲的关于小牛的事当真不假?"

小姑娘说:"阿伯,他真是你的儿子,你的心肝儿。"

"小姑娘,"我说,"你若能解救我的儿子,我那些在你父亲手下牧放的牲畜全部归你所有。"

小姑娘微微一笑,说:"阿伯,我没有这种财欲,仅要求你答应两个条件:第一,把我许配给他做妻子;第二,请准许我在你的第一位妻子身上施妖术,将她关押起来,因为她奸狡成性,令我心神不宁。"

魔王阁下,我听罢放牧人女儿的这番话,便对她说:"姑娘啊,这两个条件我全答应,外加送给你父亲他为我经管的全部财产。至于我那位堂妹,则完全听凭你处置。"

姑娘听完,便取来一只碗,盛满水,吹了一口法气,随后将水洒在小牛身上,口中念念有词地说:"你若天生就是一只小牛,那就保持本性,不要变形;你若中了妖术,承蒙安拉旨意,复现原形。"

突然间,小牛摇身一变成了人。这时,我上前抱住我的儿子,说:"孩子,凭安拉起誓,你那大娘怎样害你们母子俩的,如实告诉我吧!"

我的儿子把事情从头到尾讲了一遍。我对儿子说:"孩子,这是安拉差人救了你,恢复了你应有的权利。"

于是,我就把放牧人的女儿娶为儿媳,又让她对我那个老婆施妖术,将她变成了这只羚羊。我的妻子当时说:"变成羚羊,形象总比变成野兽要美。"我的儿媳过门后,与我儿子生活了一段时间,不幸因病离开了人世。儿媳死后,我的儿子远行到印度去了,那里便是与你发生争执的这位商人朋友的故乡。我牵着这只羚羊,走过一个地方又一个地方,到处寻找我的儿子。今天,命运驱使我来到这里,遇见商人坐在树下伤心哭泣,我就坐了下来,等待观看将要发生的事。这就是我要讲的故事。

魔鬼说:"这是个奇怪的故事。我免他三分之一的罪过。"

这时,牵塞拉吉亚黑狗的老人走上前来,对魔鬼说:"我给你讲一讲我和这两条狗的故事,你若认为这故事离奇,那就请看在我的情面上,免掉这位商人三分之一的罪过。"

魔鬼说:"可以,你讲吧,如果你的故事果真离奇,我就答应你的请求。"

牵狗老人开始讲述他的故事:

魔王阁下,这两条狗是我的兄弟,我排行老三。我父亲过世了,留下三千第纳尔①,我们兄弟三人各分得一千第纳尔。我开了个小店,连卖带买。我的大哥跟着商队外出经商去了。过了一年,他回来了,但是两手空空,什么东西也没带回来。我对他说:"我不是对你说过不要外出吗?"

他哭了。他说:"兄弟,安拉注定我命该如此,再说什么也无济于事。我已经一无所有了。"

我收留了他,带他到我的小店里看了一下,然后又带他去洗澡,让他穿上一套像样的衣服。陪他吃过饭,我对他说:"哥哥,

---

① 第纳尔,货币名。

我算算我的小店这一年中赚的钱,然后扣除本金,你我平分一下。"

我一算小店赚的钱,发现多达两千第纳尔。我非常高兴,连声盛赞伟大的安拉。我把赚的钱平分成两份,给了哥哥一份,他这才又开起小店,做起生意来。

时隔不久,我的另一个哥哥卖掉店铺,买了一批货物,决计跟着商队外出经商。我再三劝阻,他就是不听,还是跟着伙伴们走了。一年过去,他也像我大哥一样空手而回。我对他说:"我不是劝说过你不要外出吗?"

他哭了。他说:"兄弟,这都是命中注定的事,说什么也没有用了。如今我已身无分文。"

我没再说什么,随后带着他去澡堂洗澡,给他换上新衣服,让他在我家住下来。

一天,我对他说:"我把店铺的账结一下,扣除本金,所赚的钱你我平分。"

我一算账,发现又赚了两千第纳尔。于是给了哥哥一千第纳尔,让他开了个店铺,自己经营谋生。

我们一起生活了一些日子,我的两位哥哥又想外出了,而且要我和他们一道远行。我不想去,对他们说:"你们外出得到了些什么?我外出又能得到什么?"

他们再三要我跟他们一起远行,我没有服从他们,而是守在我的店铺里做买卖。一年之后,他们又建议我外出,我还是没去。如此度过整整六年时间,我终于同意外出远行了。

可是我没想到,当我问起他俩还有多少钱时,他俩说已身无分文。他俩游手好闲,吃喝嫖赌,竟把我给他们的那一千第纳尔本钱也挥霍光了。

没有办法,我只好清理自己的账目,将现金和货物一并结算,共有六千第纳尔。我在家里挖了一个坑,埋下三千第纳尔,以备将来发生不测,可以取出来谋生,然后我对他俩说:"两位哥哥,我这里有三千第纳尔,我们每人带上一千第纳尔,就用这么多钱外出做生意。"

他俩异口同声说:"太好啦!"

我拿出三千第纳尔,分给他俩每人一千。我们采买了货物,租了船,带上所有需用的物品登上船。船航行了整整一个月,到达一座城市,卖掉货物,一第纳尔获利十第纳尔。我们正想离开那里时,在海边看到一个女人,衣服褴褛不堪。那女人走过来吻了吻我的手,说:"先生,你有要我报答的恩德吗?"

"我做过善事,但没有人报答我。"我说。

女人说:"先生,你就娶我为妻,把我带到你的国家去吧!我已经把自己许给了你,你就对我行行好吧!因为我是那种有恩必报的人,我是不会欺骗你的。"

听完她这番话,顺从安拉的意志,我对她的怜悯之情油然而生。我娶了她,给她换上衣服,带她上了船,在船上给她铺上一张好床,把她待若上宾。之后,我们扬帆登程了。我打心眼儿里十分爱她,与她朝夕相伴,因此怠慢了我的两位哥哥,他们对我生了嫉妒之心,因我的钱足货多而眼红。他们的眼盯在我的钱上,商量要杀掉我,抢走我的钱。他们说:"我们杀了弟弟,所有的钱就都成我们的了。"

他们鬼迷心窍。正当我睡在妻子身边时,他们悄悄走来,抬起我和我的妻子,将我们抛入海中。我妻子醒来,摇身一变成为女精灵,将我抱起来,登上一座海岛。她匆匆离去,清晨又回到我的身边。她对我说:"我是你的妻子,是我把你从海中救出来的,承蒙伟大安拉默许,使你免遭杀害。你要知道,我是个女精灵。我一看见你，便打内心里爱你。我信仰安拉及其使者。你看见了，我来的时候是那个模样，你却和我结成了夫妻。现在，我救出了你，使你免于被淹死在大海之中。你的兄弟们实在太可恨，我非杀死他们不可！"

听她这样一说，我感到不胜惊奇。我谢过她的善行，对她说："杀死我的哥哥，那是使不得的。"

随后，我把自己同他们的交往，从头到尾讲了一遍。听完我的话，她说："我今天夜里就飞到他们那里去，沉掉他们的船，结束他们的性命。"

我说："看在安拉的面儿上，你千万不可这样行事！谚语说得好：'以善报恶，恶自悔过。'无论如何，他们是我的同胞兄弟。"

"我一定要杀掉他们！"她口气不改。

我再三求她宽大容忍，她方才带上我飞上天空，最后落在我家的房顶平台上。我打开门，刨出埋在地下的三千第纳尔。向人们问安致意之后，采购了许多货物，我的小店又开张营业了。夜幕垂降之时，我走进家门，发现这两只狗被拴在家里。

两只狗看见我，站了起来，缠着我哭泣不止。我妻子说："这就是你的两个哥哥。"

"谁把他们变成了这个样子？"我问。

"我派人叫我姐姐来把他们变成了这个模样。十年之后，他们才能恢复人貌。"

他俩像这个样子生活了十年。现在，我去找我妻子的姐姐为他俩恢复人貌，正好遇到这位商人，他把自己的情况告诉了我。因此，我不想离开这个地方，也好看看情况如何，亲眼见见你与他之间将要发生的一切。这就是我的故事。

魔鬼听后，说："果真不假，这的确是个离奇的故事。看在你的面儿上，我免他三分之一的罪过。"

这时，牵花斑骡子的老人走上前来，对魔鬼说："魔王阁下，我给你讲个故事，比前两个故事更加离奇古怪；若能让你满意，就请你免掉商人的其余罪过吧！"

魔鬼说："好吧，你讲吧！"

牵骡老人讲了下面一个故事：

群魔之王啊，这骡子原是我的妻子。我离开妻子外出，在外待了一整年。当我结束旅行生活，于夜里回到家时，却见一个黑奴和她睡在床上，二人有说有笑，亲吻搂抱……

妻子看到我，急忙纵身而起，抄起一只装着水的罐子，念了几句咒语，将水浇在我的身上，同时咕哝道："变，变，变……变成一条狗！"

我当即变成了一条狗，我妻子把我赶出家门，从此我流落街头，无家可归。一天，我走到一家肉铺，上前啃起骨头来。屠户看见我，把我收养起来，带回他的家中。可是屠户的女儿见了我，马上把自己的脸捂上，并且说："爸爸，你怎么把一个男子带到家中来了？"

屠户说："哪里有什么男人？"

"这条狗就是中了一个女人的妖术而由男人变成的，我能够解救他。"

屠户听他女儿这样一说，便回答道："我的女儿，凭安拉起誓，你就把他解救出来吧！"

于是，姑娘拿起一只盛着水的罐子，念了几句咒语，将水往我身上洒了一点点，同时说："变，变，变……恢复你的原形。"

我当即变成了人,上前亲吻姑娘的手,对她说:"我希望你能够像我的妻子在我身上施妖术那样,对我的妻子施魔法。"

姑娘给了我一些水,告诉我说:"你趁她熟睡之时,将这水洒在她的身上,你想让她变成什么,她就会变成什么,保你如愿以偿。"

我回家后见妻子正在熟睡,便将那水洒在了她的身上,同时说:"变,变,变……你给我变成一匹骡子!"

我妻子果然变成了一匹骡子。魔王阁下,你现在看见的这匹骡子就是我妻子变的。

魔鬼望着那匹骡子,问道:"此事当真不假?"

骡子点点头,意思是说:"是!当真不假。"

魔鬼听完,高兴地耸肩扬眉,免除了商人其余三分之一的罪过。

讲到这里,眼见东方透出黎明的曙光,莎赫札德戛然止声了。

妹妹杜娅札德说:"姐姐,你讲的故事多美、多甜、多有趣味呀!"

莎赫札德说:"如蒙国王陛下厚恩,能再留我一夜,这与我明晚将要讲的故事相比,就算不上什么精彩、美妙、动人了。"

听莎赫札德这么一说,舍赫亚尔国王心想:"凭安拉起誓,我不杀她,也好听她讲下去。因为她讲的故事太奇妙啦!"想到这里,他说:"我要把故事听完,明晚接着讲吧!"

他们相互拥抱,安歇到天色大亮。

清晨,国王上朝理政。宰相和文武大臣朝拜完毕,国王埋头审理奏折案卷,发号施令,颁布任免诏书,直到日将沉西,方才返回寝宫。

第三夜

夜幕垂降，国王与莎赫札德行完房，杜娅札德对姐姐说："姐姐，请把那个故事给我们讲完吧！"

莎赫札德说："好吧！幸福的国王陛下，牵骡老人讲的故事确实比前两个故事更精彩，魔鬼听后，惊异不已，欣喜难抑，说道：'我免除了他的全部罪过，看在你们的面儿上，我放过他了。'那位商人走到几位老人跟前，一一谢过他们，老人们也祝福商人平安。之后，他们各自登程，返回家中……不过，与渔夫的故事相比，这个故事就算不上什么新奇了。"

"渔夫的故事是什么故事？"国王问道。

莎赫札德开始讲《渔夫与魔鬼》的故事：

相传，很久很久以前，有一个渔夫，年事已高，家有妻室和三个孩子。他每天出海打鱼，但每天只撒四网。

有一天，时值正午，渔夫来到海边，撒下网去，等了片刻，开始起网。这时，他发觉那网很沉，拉也拉不上来，只得拉着网绳，回到岸上，打下一个木桩，将网拴在木桩上，然后脱下衣服，潜水拉网。经过一番辛苦，好容易才把网拉出来。他穿好衣服，摘开网一看，发现打上来的竟是一头死驴，不禁晦气满怀，随口说："无能为力，只有依靠伟大的安拉了。"

接着又说："今天的收获太离奇了！"继之吟诵道：

夜中挣扎者,何必苦辛劳?
世间衣与食,非劳能换到。
君未见渔夫,撒网伴波涛?
为着谋生计,焉顾星闪耀!
奋争大海中,腹背浴海潮;
二目不转睛,盯视渔网漂;
苦苦守一夜,大鱼网中捞。
天亮买鱼者,辛苦全不晓;
更不知夜寒,一夜安稳觉。
赞美我的主,公平何处找?
这个去打鱼,那个尝鱼肴。

渔夫看到死驴,把它从网中取出,然后抖掉网上的水,提网下到海里,说了句"奉大慈大悲安拉之名",随即将网撒了下去。

等网落稳,渔夫开始拉纲起网。渔夫发现网很沉,而且比第一网还要沉,他猜想定是鱼上网了,于是拴好网绳,脱下衣服,下海拉网。好不容易才把网拉上岸,发现打上来的是口大缸,里面装满泥沙。眼见此景,渔夫深感难过,随即吟诵道:

命运之利剑,刃下且留情;
罢手若不便,也望赐宽容。
焉给一次乐?还期赏善行。
异乡谋生计,此路却不通。
弱智多腾达,仁人总埋名。

吟罢,渔夫扔掉那口大缸,甩干网上的水,除去网上的泥沙,向安

拉祈祷一番,第三次将网撒下去。片刻过后,拉网出水,见打上一网陶瓷碎片和破玻璃瓶子,老人家便又吟诵起诗句:

　　此物成何益,解系双不能;莫想当笔使,书写不中用。
　　生路有定向,机遇各不同。仿佛地上土,瘠肥相间生。
　　灾难每每降,有素养之生。偏偏空过那,不该免灾虫。
　　唤声死神哪,造访无须等! 生活多奇丑,隼低鸭腾空。
　　一鸟掠大地,飞西又飞东;另鸟未挪步,食足衣未丰。

　　渔夫抬头仰望天空,长叹道:"啊,安拉啊,你知道,我一天仅撒四网,现在已撒了三网啦!"

　　接着,念了一声"奉大慈大悲安拉之名",随后将网撒入海中。

　　休息片刻,老人自言自语道:"这是最后一网了,看看运气如何吧!"

　　等待片刻,渔夫开始起网,不料还是拉不动,不得不脱下衣服,潜入水中,原来网陷在了泥沙里。他费了好大力气,把网拉上岸,只见网里有一个铜瓶,瓶口上有苏莱曼①大帝的封口印。渔夫见之,心中高兴,说道:"今天这第四网没有白撒,把这个铜瓶拿到铜器市上,定能换十枚金币。"

　　他拿起铜瓶,摇了摇,发觉那东西沉得出奇,于是说:"这么一个小东西,为什么这么重? 我一定要打开口,看看里面究竟装着什么!"

---

① 苏莱曼,也译作"素莱曼",《古兰经》中记载的古代先知之一,他的父亲达伍德也是一位先知。相传他只要戴上一枚宝石戒指,立刻就有两名精灵到他跟前,听候他的使唤。据说他还谙熟鸟兽语,能统率人、精灵和飞禽,会建造宫殿,并制造大碗和锅。他曾遣使者致书崇拜太阳的赛伯邑(今也门地区)女王,劝其改宗,女王归顺,信奉安拉。

说罢，渔夫取出刀子，将瓶盖撬开，放在地上，摇了又摇，倒了又倒，想倒出里面的东西，结果什么也没倒出来，却见一缕青烟从瓶口冒出，直插云霄，而下端则在大地上行走。渔夫惊奇不已。片刻过后，青烟渐次聚集成团，一阵摇动之后，变成了一个魔鬼：脑袋在云天之上，双脚插在土中，头像巨型圆屋顶，手似铁叉，腿长像船桅杆，嘴大如山洞，牙齿像巨石，鼻子像壶，眼似灯笼，可说是奇丑无比，世所罕见。

渔夫抬头一望，周身战栗不止，上牙磕打下牙，只觉得唇干舌燥，一时不知如何是好。魔鬼看见渔夫时，急忙念道："万物非主，唯有安拉；苏莱曼是安拉的使者。"

片刻后，魔鬼又说："喂，安拉的使徒，千万不要杀我！我再也不违抗你的命令，再也不违抗你的命令了。"

渔夫说："魔鬼大汉，你怎好说苏莱曼是安拉的使者？苏莱曼已经死去一千八百年，我们现在处于另一个时代。你有什么故事？你是怎么到这铜瓶里去的呢？"

魔鬼听完渔夫的话，说道："万物非主，唯有安拉。渔夫啊，让我给你报告个好消息吧！"

"有什么好消息告诉我？"渔夫问。

魔鬼恶狠狠地说："我要立即送你一死！"

"你就向我报告这种好消息？魔鬼的化身，你终于撕下了假面具。你我素昧平生，为何要送我一死呢？我有什么罪过该杀呢？是我把你从海里救出来，带到了岸上，又是我把你从瓶子里放出来的。"

魔鬼说："你说吧，你说你喜欢哪种死法，让我怎样把你杀掉？"

"我何罪之有，竟有此等报应？"

J.G.品维 绘

"渔夫,你听听我的故事吧!"

"请讲!讲得简单些,我的灵魂已沉到我的脚下去了。"

"渔夫,你有所不知,我本是离经叛逆的妖魔,是个顽固的魔鬼,曾与使徒苏莱曼·本·达伍德大帝作对。于是他派他的宰相阿绥福·本·白尔海亚前来抓了我。我强忍屈辱。当我站在苏莱曼面前时,他便劝我投奔他,并向我传经布道,要我服从他的指挥。见我当场拒绝,他便拿来这个瓶子,把我装在这里边,并且加上铅封,盖上他的印章,然后下令将铜瓶投入大海。我在海底住了一百年,心想:'谁能把我救出来,我保他终身荣华富贵。'可是,一百年过去了,没一个人救我。又过了一百年,我心想:'谁能救出我,我就给他打开地下宝藏之门。'结果还是没人救我。四百年过去,我心想:'谁能救出我,我给他办三件大事。'仍然无人光顾。我生气了,心想:'谁要在这个时候把我救出来,我就杀死他,死法任其挑选!'渔夫,你恰在这时把我救出来,死法就由你选择吧!"

老渔夫一听,不知该说什么。他思考片刻后,说:"安拉啊,此事多么奇怪?在这些日子里,救出魔鬼的正巧是我。"

渔夫又对魔鬼说:"你不要杀我,免我一死,安拉也会宽谅你的。蒙安拉旨意,你不害我,谁还会害你呢?"

魔鬼大怒道:"我非杀你不可!你说打算怎样死吧!"

"看在我救你的面儿上,你就饶了我吧!"

"正因为你救了我,我才要送你一死。"

"魔王大人,我善待于你,你却以怨报德,难道你不晓得有这样的民谚?"

紧接着,渔夫吟道:

我对他行善,他以恶报德;

凭我主起誓,此乃娼妓过。

不配善待人,且莫施恩德。

如若不识劝,似与狼合伙。

魔鬼听后,说:"你不要存什么幻想了,快说你想怎么死吧!"

渔夫冷静了片刻,心想:"我忘记了这是个妖魔,安拉既然已经给我以完全的智慧,何不用计谋置魔鬼于死地呢?"

想到这里,渔夫说:"你决心把我杀死?"

"当然。"

"魔王大人,凭着刻在苏莱曼戒指上的安拉的大名起誓,我向你请教一件事,但期不吝赐教。"

"什么事?直说吧!说得简单些。"魔鬼得意扬扬。

渔夫问道:"这瓶子这么小,连你的指甲尖都容不下,更容不下你的魁梧身材,你究竟是怎么钻入瓶中的呢?"

"莫非你压根儿不信我曾在瓶中生活数百年?"

"若非亲眼见,我是不能相信的。"

讲到这里,眼见东方透出黎明的曙光,莎赫札德戛然止声。

妹妹杜娅札德说:"姐姐,这个故事真精彩,给我们讲完好吗?"

莎赫札德说:"如蒙国王陛下厚恩,能再留我一夜,来夜我一定把故事讲完。"

舍赫亚尔国王心想:"凭安拉起誓,我不能杀她,要听她把故事讲完……"想到这里,他说:"明晚接着讲!"

一夜过去,他们拥抱言欢。

第四夜

夜幕垂降，莎赫札德接着讲故事：

幸福的国王陛下，魔鬼听渔夫说只有亲眼看看铜瓶能容下他的身子方才相信，只见魔鬼摇身一变，化作一缕青烟，直升天空，然后缩紧起来，一点儿一点儿地缓缓钻进瓶中，直到瓶口外未剩一丝青烟。渔夫眼疾手快，立即盖上瓶盖，严严实实封好，同时呼喊着魔鬼，说："魔鬼呀魔鬼，可恶的魔鬼，你说你希望怎样死吧！我将把你抛入这万丈深的大海之中。我要在这里建座房子，不许任何人到此打鱼。我要告诉他们，这里有魔鬼，谁把魔鬼救出来，魔鬼就会设计出许多死法，让恩人从中选择。"

魔鬼听了渔夫的话，很想出来，但已无能为力。魔鬼发现自己被牢牢封在瓶中，又有盖着苏莱曼铅封的封口，知道是渔夫把他关在了一个最简陋、最肮脏、最狭窄的监牢之中了。

渔夫拿起铜瓶朝大海走去。魔鬼说："不，不，不……"

渔夫说："一定，一定，一定……"

魔鬼的语气变得柔和，在瓶中低三下四地说："老人家，你打算怎样处置我呀？"

老渔夫说："我要把你抛入大海，让你在那里待上一千八百年，直到世界末日来临。我刚才对你说，你留下我，安拉也会留下你；你不杀我，安拉也不杀你。可是你呢，完全拒绝我的哀求，非要杀死我不可。现在，安拉把你交给我处置，我也就用不着对你讲什么义气了。"

魔鬼苦苦哀求道："老爷爷，你放了我吧！我一定会报答你的大恩大德。"

"可恶的魔鬼，你在说假话呀！我若落到你的手里，就会像鲁扬医师落到尤南国王手里那样倒霉，只有死路一条。"

魔鬼问："尤南国王与鲁扬医师之间有什么故事呢？"

老渔夫开始给魔鬼讲《国王与医师》的故事：

相传，很久很久以前，在古罗马的法尔斯城有一位国王，名唤尤南。

尤南钱财无数，兵强马壮，威震四方，名闻遐迩。可是，人无千日好，花无百日红，国王不幸染上了麻风病，御医束手无策，丸散膏剂均无济于事，没有一位医师能治愈他的病。

当时，有位年迈的医师来到法尔斯城中，他叫鲁扬。这位医师博阅希腊、波斯、罗马、阿拉伯、古叙利亚书籍；通晓医学、天文学，掌握其原理；熟悉百草药性，知其厉害分寸；谙熟各哲学学派知识；尤长于诸科医学，并通其精髓，医术高明无双。

鲁扬医师入住法尔斯城不多日子，便听到国王患病的消息，知其遍身生癞，御医及所有进宫医师都毫无医治办法，无能为力。

鲁扬得知此事，忙了整整一夜。翌日清晨，他穿上最华美的礼服，来到王宫，拜见尤南国王。进到宫中，鲁扬医师向国王行过吻地大礼，然后用最美妙的话语敬祝国王尊荣长久，富贵永存，万寿无疆，接着自我介绍说："尊敬的国王陛下，近闻贵体有恙，许多医生束手无策，不得祛病之法。本医师特来为陛下施治。我保证不用敷膏，亦用不着吃药，便可使王体康复如初。"

尤南国王一听，不禁万分惊诧，忙问："凭安拉起誓，你用什么办法能祛我的病呢？你若能医治好我的病体，我必将对你有求必应，使你子子孙孙安享荣华富贵，使你本人应有尽有，你也将成为我的亲密朋友。"

说完，国王赐赠鲁扬锦袍一袭，待若上宾。

国王又问："不抹药膏，不服药剂，便能治好我的病，是吗？"

鲁扬说："正是，国王陛下。不使您的皮肉受任何之苦，便可驱走病魔。"

听医师如此自信，国王更加感到吃惊，随后问道："医师先生，你所说的这些何日何时才能实现？医师先生，请快快动手吧！"

鲁扬语气肯定地回答："遵命！明天就开始。"

鲁扬医师告别国王，租了一间房子，摆放好书籍、药品，随后开始炼药，然后将炼好的药装进一根挖空了棍心的曲棍中，再装上把柄，又以其学识给曲棍配上一个圆球。一切准备停当，准备去见国王。

第二天，鲁扬医师来到宫中，跪见国王，吻地行礼，便请国王去校场打马球。还请亲王、侍卫、大臣和国家要员陪同国王打球。

国王来到校场，刚刚坐稳，鲁扬医师便拿着曲棍走来，将曲棍递给国王，叮嘱说："国王陛下，请握着这根曲棍，骑马驰骋校场，用力击打马球，尽情痛痛快快地打一场，直至掌心和周身大汗淋漓，药力便由手心渗入肌体各部分。出了汗，药力渗透全身，就请回返宫中，入浴室洗澡，再睡上一觉，贵体便会从此痊愈，太平无事了。"

尤南国王从医师手中接过曲棍，握在手中，翻身上马，抛出马球，纵马追赶而去。国王紧握棍柄，用力击球，往返驰骋数个来回，手掌及周身终于大汗淋漓，药力由曲棍把柄经手心渗入周身。

鲁扬医师相信药已发挥效用，便请国王回宫，立即入浴室沐浴。

尤南国王立即回到宫中，令下人为他收拾浴室。宫奴们一番忙碌，准备好用品，国王进入浴室，痛痛快快地洗了个热水澡，换上衣服，走出浴室，骑上马，回自己的寝宫，安然入睡了。

鲁扬医师回到寓所，安歇一夜。次日一早，鲁扬医师来到王宫前，获准进宫，见到国王，跪下行过吻地礼，然后吟道：

  余赋高德才，非君不开门。
  容光焕发者，且揩磨难尘。
  你面放光彩，一扫惆怅云。
  你赐我恩情，似天降甘霖。
  以钱求公德，希望终来临。

医师吟罢诗，尤南国王站起身，拥抱他，然后让他在自己的身旁坐下，又加赐锦袍一身。

其实，昨天国王走出浴室时，已见自己身上的癞斑完全消失，皮肤白皙如银，故而欣喜至极，心情格外舒畅。

次日清晨，国王兴致勃勃地上朝理政，端坐在宝座之上。文武百官前来朝拜之时，医师鲁扬亦随他们进殿。国王看见医师，急忙站起，让他坐在自己的身旁。国王立即举行盛大宴会，君臣入座，国王陪医师吃喝，直至白昼消逝。夜幕垂降之时，国王除了送给医师锦袍和礼品，另赏两千第纳尔，然后让其乘御马离宫回家。

国王敬佩鲁扬医师医术高明，心想："这个人不用一剂一膏，便把我身上的癞病除得一干二净，踪迹不见。凭安拉起誓，这真是大智大慧。因此，我应该加倍善待、敬重他，把他当作我的座上客与忘年至交。"

国王病除体健，十分高兴，一夜安歇。

翌日清晨，国王上朝，端坐在宝座之上，王公大臣分坐两厢，然后派人去请医师鲁扬。

医师鲁扬进入大殿，行吻地礼。国王站起，让医师在自己的身边落座，与他一道进餐，不住地问长问短，直至夜幕垂降。临别，国王赐医师锦袍五身，外加一千第纳尔金币；医师感谢国王恩赐，然后返回家中。

第三日清晨，国王上朝，一如既往……

王公、大臣和侍卫们将这一切看在眼里，记在心中。其中有一位大臣，相貌丑陋，形体干枯，悭吝贫气，鼠肚鸡肠；因见国王亲近鲁扬，频频赏之，故嫉妒之火顿生，企图暗暗加害于他。正如谚语所云："无心不生妒。"又云："内心藏奸，外强中干。"

这位大臣走到国王面前，跪下行吻地礼，然后对国王说："敬祝国王陛下万寿无疆！陛下恩泽浩荡，普照天下，国泰民安，百业兴旺。不过，臣有一言相劝，倘若将它藏在心里不对您讲，那么，我就不是忠臣；若您命令我将它讲出来，我一定和盘托出。"

国王听后，颇感不悦，随口说："你有何言相劝？"

"尊贵的国王陛下，古人云：'不计后果，必招灾祸。'国王陛下善待自己的敌人，对觊觎自己财产的人大加赏赐，无限亲近，而且可谓登峰造极，无以复加，委实有失妥当。因此，臣恐国王因之招来大灾。"

尤南国王一听，大为恼火，面色顿改，大怒道："你说的那个敌人是谁？"

那位大臣说："国王陛下，倘若您还在沉睡中，那就请苏醒过来吧！我指的不是别人，正是那个医师鲁扬！"

"医师鲁扬是我的救命恩人，是我的朋友、最亲近的人。仅让我握着曲棍打了一场马球,就治好了我的顽症,天下医师哪一个能和他相比?他不是我的敌人。你怎么能说出这样的话来?从今天起,我要给他安排官职,为他规定俸禄。每月给他一千金币。其实,就是把我的财产分给他一半,也不足以奖赏他的功劳。我的爱臣哪,你说出这等丑话,分明是你对医师存有嫉妒之心呀!我若听你的话,杀了医师鲁扬,就会像辛巴德国王处死猎鹰那样,到时后悔莫及。"说罢,尤南国王连声赞美安拉。

讲到这里,眼见东方透出黎明的曙光,莎赫札德戛然止声。

妹妹杜娅札德说:"姐姐,你讲的故事真好,真妙,真有意思。"

"若蒙国王陛下开恩,再留我一夜,我来夜讲的故事将更好更妙。"莎赫札德说。

听莎赫札德这么一说,舍赫亚尔国王心想:"凭安拉起誓,我不能杀她,要让她把故事讲完。因为这故事实在太奇妙了。"他说:"我要把故事听完,明晚接着讲吧!"

一夜过去,他们拥抱言欢。清晨,国王照例上朝,处理政务,发号施令,下达任免诏书,整整忙碌一天。

第五夜

夜幕来临,国王舍赫亚尔与莎赫札德行完房,继续听她讲故事:

幸福的国王陛下，尤南国王连声赞颂安拉之后，对那位大臣说："爱臣啊，你内心嫉妒这位医师，试图让我杀掉他，到那时，我就会像辛巴德国王处死猎鹰那样后悔莫及。"

"国王处死猎鹰？那是怎么回事？"大臣们异口同声问道。

"听寡人慢慢讲来……"

尤南国王开始给他们讲《国王与猎鹰》的故事：

相传，古代波斯众位帝王中，有一位国王，名叫辛巴德。辛巴德国王素喜郊游、狩猎。国王养着一只猎鹰，价值十万金币，被国王视若至宝，朝夕相伴，形影不离，即使夜晚，也要架在手上玩上一阵，外出打猎必带无疑。他还为猎鹰特制了一个金碗，挂在鹰的脖子上，专供它饮水用。

一天，辛巴德国王正闭目养神，司禽大臣禀报道："国王陛下，外出打猎时间到啦！"

国王立即精神抖擞，准备妥当，手架猎鹰，率大队人马，直奔山林而去。

他们来到山谷林中，划定围猎场，不多时即见一只羚羊进入包围圈。

国王说："这落网羚羊从谁那里跑掉，我非斩了他不可！"

于是，大队人马开始缩小狩猎圈。忽然之间，羚羊朝辛巴德国王奔来，只见那羚羊用两只后腿站立，两只前腿抱住胸部，仿佛要向国王行吻地礼。

这时，辛巴德国王低头欲向羚羊还礼，那羚羊却一跃从国王头上蹿了过去，撒腿向谷地深处飞奔而去。

国王环顾四周，只见侍从们挤眉弄眼，有的窃窃私语。

国王问司禽大臣："我的爱臣，他们在悄悄议论什么？"

大臣回答道:"他们说,陛下刚才说过:从谁那儿跑掉,就把谁杀掉。"

国王面浮羞色,立即说:"拿我的脑袋担保,我一定要追上那只羚羊,非把它擒获不可!"

说完,国王策马追踪而去,猎鹰也展翅前往截击,转眼间猎鹰将羚羊的眼啄瞎,制服了羚羊。国王赶上前去,抽出短棒,猛力击打,终于将羚羊打翻在地。国王翻身下马,宰杀剥皮,然后将羚羊挂在马鞍头上。

那天天气很热,谷地荒无人烟,没有可饮之水,人和马都已干渴得厉害。

国王一番四下张望,发现一棵树正滴下奶油似的汁液。当时国王戴着皮护掌,伸手从猎鹰脖子上摘下那只金碗,走到树下,接了满满一碗汁液,放在面前。正要端起来喝时,忽见猎鹰飞来,用翅膀将金碗掀翻,汁液洒在地上。

片刻后,国王拾起金碗,又去接了一碗汁液,放在猎鹰面前,想让猎鹰先喝,结果又被猎鹰拍翅掀翻。

国王抑制着满腔怒火,第三次拿起金碗,又去接了一满碗汁液,放在马前,猎鹰立即飞去,拍翅将金碗掀翻。

国王大惑不解,怒道:"该死的东西,倒霉的凶鸟!你不让我喝,你也不喝,竟然还不让马喝,真是岂有此理!"

盛怒之下,国王手起剑落,猎鹰的翅膀登时被削落在地。

猎鹰挣扎着,抬头示意让辛巴德国王朝树上看。国王抬头朝树上望去,但见一条巨蛇盘在树枝上,这才知道从树上滴下来的不是果汁,而是蛇的毒液。

国王懊悔万分,恨自己不该那么鲁莽,错误地斩下猎鹰的翅膀。

国王回到原来的地方,将羚羊交给厨师,吩咐说:"拿去烧烤吧!"

国王手架着猎鹰坐在椅子上,只见猎鹰生气全无,不多时便死去了。

国王望着心爱的猎鹰,痛心疾首,后悔不已,明白猎鹰救了自己一条命,而自己却误杀了它。

这就是辛巴德国王与猎鹰的故事。

那个大臣听罢尤南国王讲的故事,开口道:"尊贵的国王陛下,我之所以向陛下进忠言,因为我从中看到了不利于国王陛下的坏事。我之所以劝告君王,完全出于对您的怜悯。您将知道那些忠言的正确性。假若陛下接受了我的劝告,必将安然无恙;如若不然,陛下将面临灭顶之灾,就像谋害王子的那位大臣一样惨遭厄运。"

"哪位大臣?究竟是怎么回事?"

国王尤南急于知道那位大臣的遭遇。

于是,大臣开始讲《王子与食人鬼》的故事:

相传,很久很久以前,有一位国王,颇喜狩猎。国王膝下只有一个儿子,故爱之如命。他把王子托付给手下的一位大臣,叮嘱大臣须臾不可离开王子。但是,那位大臣心地险恶,千方百计想谋害王子。

一天,王子外出打猎,大臣相随前往。来到野外,王子忽见一只野兽出现在视野里,大臣忙对王子说:"不要放掉这只野兽,快追呀!"

王子奋力直追,直至那只野兽消失得无影无踪。这时,王子迷失了方向。不知该往哪里走。突然间,一位女子出现在路旁,泪水流淌,哭得甚是伤心。王子问:"你是何人?为何在此哭泣?"

那女子回答道:"我是印度国王的小女儿。在野外游玩时,没想到忽然打起了瞌睡,从马背上跌了下来,一时昏迷,不省人事。当我苏醒过来时,已不见同伴踪影。"

王子听那女子这样一说,同情之心油然而生,随即将她扶上马背,让她坐在自己身后,继而策马离开了那里。

来到一个小岛,女子说:"小主公,我想下去方便一下。"

王子扶女子下马,让她走到避人处小解。王子等在那里,好长时间不见女子回来。王子嫌她行动缓慢,便悄悄地去找她。出乎意料,那女子是个食人鬼,只听她正在对小妖精们说:"孩子们,今天我给你们带回来一个肥胖的年轻人。"

王子又听到回答:"好妈妈,快把他带来,也好让我们美餐一顿。我们的肚子饿极了……"

原来这女子是个食人鬼,根本不是什么公主,回答她的是小妖精们。

王子一听,不禁周身颤抖,自认只有死路一条,吓得急忙后退了几步。

食人鬼回来,见王子神魂不安,问道:"你怎么啦?害怕啦!"

王子战战兢兢地说:"有坏人……我怕……"

"你不是说你是王子吗?"

"我是王子。"

"有坏人,你给他点儿钱,不就打发他走了吗?"

"那坏蛋不要钱,只要人命,因此,我很怕他。我是受欺凌的人。"

"如果你真像自己说的那样,是个受欺凌的人,那么,你就求安拉保佑你吧!安拉能为你禳灾避祸,不仅能为你排除来自敌人的灾祸,而且能抗拒你所害怕的所有祸殃。"

J.G.品维 绘

王子抬头望着天空，祈祷道："安拉啊，你是万能之主，无可奈何者向你提出要求，你有求必应，替人排忧解难，求你助我制服恶人，赶走敌人吧！"

食人鬼听到王子的祈祷，顿时消失得踪影全无。

王子经过一番辛苦，终于回到父亲身边，他把大臣怂恿他追捕野兽、自己因此迷路碰到食人鬼的经历，从头到尾向父王详细述说了一遍。

国王得知王子险些丧命，责任全在那个心地阴暗的大臣身上，于是立即下令将之斩首。

大臣讲完《王子与食人鬼》的故事，对尤南国王说："国王陛下，你越相信那个医师，他也就把你害得越苦。不管你对他怎么好、与他亲近，他也会策划害你的阴谋。你已经看到，他能让你仅仅手握曲棍，就治愈你的顽症，难道说他就不能让你握个什么别的东西，来害你的命吗？"

尤南国王说："爱臣说得有理！也许事情会像你说的那样，这个医师是个奸细，是专门害我来的。既然他能让我握握马球曲棍治好我的病，那么，他也一定能够让我闻点儿什么气味，就送我一命归天。"

国王沉思片刻，问道："既然如此，爱臣，你说我们该怎么办呢？"

"陛下，现在马上派人去召医师，等他来到宫中，你就立即将他置于死地，这样你也就不用担心他再害你了，也就可以高枕无忧了，免得夜长梦多。要记住，先下手为强，后下手遭殃。"

"说得好，我的爱臣！"

国王立即差人去唤鲁扬医师进宫。

鲁扬医师照例高高兴兴地来到宫中，根本不知道有什么厄运在等着他，正如诗人所云：

畏惧灾难者,且请放宽心。世间事取决,天开辟地神。
命中注定事,不会自消隐。万事由主定,莫须多费神。

医师拜见国王，对国王吟道：

诗为你吟诵,何言未谢你？我未开口求,你慷慨赠礼。
我赞你盛情,口言思心里。衷心谢你恩,重载荷吾脊。

接着，医师又吟道：

排除心中忧,万事交命运。福来足欣喜,往事皆忘尽。
许有烦恼事,结果却喜人。事由主安排,莫用多挂心。

医师再吟道：

事全交与主,万事莫操劳。事本不由己,安拉早定好。

医师还吟道：

千万莫忧伤,愁思当忘尽。忧愁催人老,更伤志士心。
一切巧安排,于奴无益神。切莫去管之,永远享安稳。

医师吟完诗，国王开口便问："我召你进宫，你知道为什么吗?"

医师说:"未来之事,只有安拉全知。"

"我这次召你来,是要把你处死的。"

医师听后一惊,问道:"国王陛下,为何要杀本医师?我有何罪呢?"

"有人告知我,说你是个奸细,存心害我。因此,我要在你杀我之前,先下手斩下你的首级。"

国王紧接着大声喊道:"刽子手!"

话音未落,几个彪形大汉应声而至。国王说:"把这逆贼拉出去,取下他的首级!"

医师说:"国王陛下,听我进一言:你留下我,安拉也会留下你;你不要因杀我而使安拉也结束你的性命。"

医师一连将这句话重复了好几遍,就像在说:"魔鬼呀,原来你不放我走,而是想杀死我。"

国王怒道:"不把你杀掉,我岂能安心!你能让我握握曲棍便除我癞病,你又何尝不能让我闻一种什么东西而送我一死呢?"

鲁扬医师说:"国王陛下,难道这就是你对我的报赏?你怎可以恩将仇报?"

国王说:"我一定要毫不迟疑地将你杀掉!"

鲁扬医师确信国王一定要杀他,便哭了起来,后悔自己对不该善待的人做了好事,正像诗中所说的那样:

> 梅姆娜愚笨,其父生聪颖。
> 一日行地上,虽未遇泥泞。
> 却借指路灯,以防跌入坑。

刽子手一拥而上，将鲁扬医师的双眼蒙住，紧接着抽出宝剑……鲁扬医师哭着对尤南国王说："国王啊，国王，你留我一条命，安拉也会留你一条命；你不要因为杀我而使安拉也结束你的生命。"

　　接着，医师吟诵道：

　　　　吾以忠言谏，屡屡不成功。
　　　　人们惯说谎，每每却得逞。
　　　　将我忠实言，视与耻辱同。
　　　　倘我仍留世，再无真话奉。
　　　　若因此送命，代我祭良朋。

　　医师吟罢，转而对国王说："难道这就是我应得到的报应？你怎能像对待鳄鱼那样对待我呢？"

　　"鳄鱼有何故事？"国王问。

　　"在这种情况下，我无法讲述。凭安拉起誓，你留我活命，安拉也会给你留条活命。"

　　说完，医师号啕大哭起来。

　　这时，几位大臣异口同声说："国王陛下，求你赦免这位医师吧！我们没有发现他有什么坏心，只看到他为陛下治好了群医无策的顽症。"

　　尤南国王听后，仍旧说："你们不知道我为何要斩杀这个医师。我如果把他留下来，我必死无疑。你们想一想，一个能够让我手握某件东西，就治好我顽疾的人，难道不能让我闻一种什么东西，便送我一死吗？他是拿了酬金的。说不定他是个奸细，是专来谋害我的。因此一定要杀掉他。除掉他，我才能安心！"

鲁扬医师知道国王非杀自己不可,便说:"陛下若一定要杀我,那就恳求陛下稍缓执行,容我回家一趟,安排一下后事。嘱咐家人和邻里掩埋我的尸体。我家里藏有极为珍贵的医书,理当奉献给国王,使之珍藏在皇家宝库中。"

"那是一本怎样珍贵的医书?"国王问。

"内容丰富无比,其中有一小部分是世人鲜知的秘密。陛下砍下我的脑袋,再翻阅那本书,数到第三页,读左边那一页的三行字,我的头就会与你对话,回答陛下提出的各种问题。"

国王一听,惊愕万分,高兴得摇头晃脑。国王说:"医师,难道砍下你的头,你还能说话?"

"是的,国王陛下,绝非戏言。"鲁扬医师肯定地回答道。

"这真是一件怪事!"国王叹道。

国王即派人监送医师回家。医师回到家中,当天便把一切事情料理完毕。

第二天,国王上朝,王公、大臣、国家要员等前来朝拜,无不等待着观看奇迹发生,朝廷上一片热闹景象。

鲁扬医师准时走进朝廷,站在国王面前。只见医师手捧一部古书和一只装有药末的瓶子。医师从容坐下,说道:"请陛下吩咐宫仆取一个盘子来。"

宫仆把盘子放在医师面前,只见鲁扬医师将药末均匀地撒在盘子上,然后说:"国王陛下,请拿上这部书,等我的头被砍下之后,你才能翻阅此书。将我的首级放在盘子上,只要按在药末上,立即便可止血,随之陛下就可以翻看书中的秘密了。国王陛下若已听明白,就可命令刽子手挥剑了!"

尤南国王拿起那本书,命令刽子手行刑。刽子手走到鲁扬医师面前,手起剑落,医师的首级滚落在地,刽子手随之将首级按在盘子的药末上,果然血立刻止住了。但见鲁扬医师的双目依旧圆睁,炯炯有神,望着尤南国王,开始说话:"国王陛下,请打开书读下去吧!"

国王开始翻书,发现书页相互粘着,于是用手指蘸着唾液翻书。他翻开第一页、第二页、第三页,用很大的力气才能翻动,一直翻了六页,却字迹全无。

国王不耐烦地问:"医师,这书中怎么没有字呀?"

鲁扬医师的头说:"再往后翻呀!"

国王继续翻下去。时隔不久,毒素进入国王体内。原来那本书是浸过毒的。国王支撑不住,只觉头晕目眩,摇摇晃晃,又喊又叫。

鲁扬医师的头见此情况,欣然吟诗:

> 王者握大权,总求日长久;
> 宝座顷刻倒,似昙花一晃。
> 为王治事公,必得民赞扬。
> 暴虐若成性,危机伴权杖;
> 朝起闻颂歌,覆灭在夕阳。

鲁扬医师吟罢诗,尤南国王立即倒在地上,一命呜呼。魔鬼呀,假若国王留下鲁扬医师,安拉也会留下他,但国王拒绝了,一定要杀医师,所以安拉结束了他的性命。魔鬼呀,若你留下我,安拉也会留下你。

讲到这里,眼见东方透出黎明的曙光,莎赫札德戛然止声。

妹妹杜娅札德说:"姐姐,你讲的故事真精彩,真动人,真美妙，真好听！"

莎赫札德说："与明天夜里我要讲的故事相比，这个故事就失去了光彩，算不上什么精彩、美妙、动人了。如果国王留下我，让我再讲一夜的话，我会……"

听莎赫札德这么一说，舍赫亚尔国王心想："凭安拉起誓，我不能杀她，我要把故事听完……"想到这里，他说："我要把故事听完，明天夜里接着再讲吧！"

一夜过得欢乐愉快。次日凌晨，国王照例上朝理政。退朝之后，径直赶回寝宫。

第六夜

夜幕垂降，莎赫札德接着讲故事：

幸福的国王陛下，渔夫对魔鬼说："假若你留我一条命，我也将留条活路给你。可是，你却想杀死我，我只好把你关在这瓶子里，将你抛入大海。"

魔鬼听后，大声喊道："渔夫，渔夫，凭安拉起誓，你千万不要把我抛入大海！请你高抬贵手，放我一马吧！请不要责备我的行为。如果说我做了恶事，那就请你行行善吧！古谚云：'以善报恶，恶自悔过。'你千万不要像乌马迈那样对待阿蒂凯。"

渔夫问："乌马迈是如何对待阿蒂凯的呢？"

魔鬼说："我被关在瓶子里，不是谈论这些事情的时候，等你把我放出来，再跟你谈吧！"

渔夫说:"我一定把你抛入汪洋大海,让你永无出头之日。刚才我苦苦哀求你宽容怜悯我,而你却一心想置我于死地而后快,以怨报德,非杀我不可。我没有任何罪过,更不曾亏待过你,而是为你做过好事,将你从监牢中救了出来,你却要害我。你的所作所为,使我知道了你的本性恶劣。你要知道,我不仅要把你抛入大海,而且还要把你如何对待我的事情告诉天下的人,让他们百般警惕你,一旦把你捞上来,立即将你丢入大海,使你永沉海底,受苦受难,直到世界末日来临。"

魔鬼苦苦哀求:"老人家,老大爷,老祖宗,我求求你,放了我吧!我向你保证,永不再伤你,我永远不再害你,而且为你做好事,使你永远富贵荣华……"

心地善良的人,耳朵根子总是那样软。渔夫终于同意放魔鬼出瓶,并与魔鬼达成协议:渔夫放魔鬼,魔鬼永不伤渔夫,并永远为渔夫做好事。

渔夫相信了魔鬼的诺言,并且要魔鬼以伟大安拉的名义起过誓后,随手打开瓶盖,顿见一缕青烟冒出,直冲云天,然后变成一个魔鬼,面目狰狞,形态丑陋。魔鬼一出来,立即抬脚将铜瓶踢进了大海。

渔夫见魔鬼将瓶子踢到海里,心想:"这不是个好兆头!"他自认必遭魔鬼残害,随后整理一下衣服。片刻后,渔夫壮了壮胆子,说:"魔鬼呀,魔鬼,安拉有言:'你们应当履行诺言,诺言确是要被审问的事。'[①] 你已与我有言在先,且发誓不背叛我。你若背弃我,安拉必将惩罚你。因为安拉对人热心、宽容,但绝不粗心大意。我要对你说鲁扬医师向尤南国王说过的话:'你留下我的命,

---

[①] 见《古兰经》"夜行章"第三十四节。本书《古兰经》译文均引自马坚译本。

安拉也会留下你的命。'"

魔鬼哈哈大笑，走到老渔夫的面前，说："渔夫，跟我来，我让你开开眼界！"

渔夫跟着魔鬼走去，简直不相信自己能够逃脱。出了城郊，来到一座山上，又顺着羊肠小道下山，来到一片空旷原野之上，但见旷野上出现一汪湖水。来到湖水边，魔鬼命令渔夫说："老渔夫，撒一网吧！"

渔夫朝湖中望去，只见水中游着各种颜色的鱼，有白的，有红的，有黄的，也有蓝的。渔夫一看，不禁惊奇万分。他撒了一网，打上四条鱼来，每条鱼一种颜色，他心中很是高兴。

魔鬼对渔夫说："老渔夫，把这四条彩色鱼送到王宫，献给国王吧！国王看见这四条鱼，必定高兴，说不定会赐予你一种致富宝物。凭安拉起誓，非常抱歉，我别无报答办法。我在大海底苦熬了一千八百年，是你把我打捞上来，让我重见光明。日后，你一天撒一网，也就足以养家糊口了，我已把你托付给了安拉。"

话音未落，只见魔鬼双脚跺地，大地顿时裂开一道巨缝，魔鬼喊了一声"再见"，身影消失在巨缝之中，大地当即恢复原貌，平坦如初。

渔夫惊魂未定，想到刚才发生的一切，心中又怕又喜。

渔夫把四条彩色鱼带回家中，找来一只瓦罐，灌上水，将鱼放入罐中，只见四条鱼当即欢快地游了起来。

按照魔鬼叮嘱，渔夫头顶鱼罐来到王宫，将彩色鱼献给国王。

国王见鱼大喜，因为这是他平生未曾见过的彩色鱼。国王吩咐宰相说："把鱼交给那位厨娘吧！"

那位厨娘是三天前希腊国王赠送给这位国王的，国王还未考验过她的烹饪技艺。

宰相把鱼交给厨娘，并且对她说："有句谚语说：'不到难处不落泪。'今天，就让我们欣赏一下你的手艺吧！因为这鱼是臣民献给我们国王的贡品。"

嘱咐完，宰相回到国王面前。国王吩咐宰相赏赐给渔夫四百第纳尔。渔夫将金币揣在怀里，高高兴兴回到家中，给妻儿老小买下许多平时想要的东西。

厨娘接过彩色鱼，收拾干净，放在锅里用油煎。煎好一面，刚要翻过来煎另一面时，忽见墙体裂开，走出一位窈窕少女，身材苗条，面似桃花，模样姣好，天生丽质，头缠蓝丝巾，戴着耳环、手镯、戒指，华美无比。又见少女手握一根竹杖，她将竹杖伸进油锅，说道："鱼儿呀，鱼儿呀，你信守旧约言吗？"

厨娘见此情景，当即吓得昏了过去。少女再三重复那句话，但见四条鱼抬起头来，齐声回答："信守，信守！"

接着四条鱼合声吟道：

你若毁约言，我们照样做。
你若守约言，我们亦践诺。
你若弃约言，我们效仿着。

鱼儿吟罢，少女用竹杖掀翻煎锅，转身从来的地方出去了，厨房墙壁上的裂缝顿时复原。

厨娘苏醒过来之时，见四条鱼已被烧焦，形同黑炭，叹息道："首战未捷，枪毁矛折。"

厨娘正在自责时，宰相来到厨房，说道："把鱼送到国王那里去吧！"

厨娘哭了起来，宰相问其究竟，厨娘将刚才发生的事情如实相告。宰相听后大惊,叹道:"这真是件新鲜事呀!"

宰相立即差人把渔夫叫到面前,吩咐说:"老人家,你务必要送四条鱼来,要和第一次送来的那四条鱼一模一样。"

渔夫来到湖边,撒下渔网,拉上来一看,果然有四条彩色鱼,便立即送到了宰相那里。宰相将鱼交给厨娘,并对她说:"今天你当着我的面把鱼放在煎锅里,我要看着你煎鱼,让我亲眼见识一下那番奇景。"

厨娘把鱼收拾干净,放入煎锅,时隔不久,墙壁裂开,果见少女姗然步出墙体,与先前的打扮一样,她将手中的竹杖伸进煎锅,口中念念有词:"鱼儿呀,鱼儿呀,你信守旧约言吗?"

那煎锅里的鱼抬起头来,吟诵起同样的诗句:

> 你若毁约言,我们照样做。
> 你若守约言,我们亦践诺。
> 你若弃约言,我们效仿着。

讲到这里,眼见东方透出黎明的曙光,莎赫札德戛然止声。

妹妹杜娅札德说:"姐姐,四色鱼的故事真精彩,太有意思了!请你给我们把故事讲完吧!"

莎赫札德说:"如蒙国王陛下厚恩,能再留我一夜,我会把故事讲完的!"

舍赫亚尔国王听后,心想:"凭安拉起誓,我不能杀她,要听她把故事讲完⋯⋯"想到这里,国王说:"明晚接着讲吧!"

他们拥抱言欢,不觉天色大亮。

第七夜

夜幕垂降,莎赫札德接着讲故事:

幸福的国王陛下,鱼儿吟罢,少女又用竹杖掀翻煎锅,随即从原路而归,墙缝弥合如初。

宰相对厨娘说:"这事不好瞒着国王陛下,我要立即禀报。"

说完,宰相转身来到国王面前,将见到的一切详细禀报。

国王听后大惊,说道:"我一定要亲眼见识一下!"

宰相差人叫来渔夫,令其在三天之内送同样的四条鱼来。渔夫再次来到湖边,一网打上与之前同样的四条彩色鱼,当即给宰相送去,国王照样令宰相赏给老渔夫四百第纳尔。国王望着宰相说:"你当着我的面煎这四条鱼吧!"

"遵命!"

宰相取来煎锅,把鱼收拾干净,放在油锅里煎,煎好一面,正要翻个儿时,忽见墙体裂开,走出一黑奴,膀宽腰圆,壮如公牛,又像阿德部落①的大汉,他手持一根绿树枝条,边翻鱼,边粗声粗气说道:"鱼儿,鱼儿,你信守旧约言吗?"

---

① 阿德部落,《古兰经》中记载的古阿拉伯部落之一,相传居住在也门与阿曼之间的艾哈戛夫地区,一说居于阿拉伯半岛西部希贾兹高地。因其酋长名阿德,故名。据载,安拉使这个部落的男人身体强壮,赏赐他们"牲畜和子嗣""园圃和源泉",但他们兴旺富足之后,却骄纵挥霍,贪图享受,大兴土木,尽情玩乐,以强凌弱,实行暴政。他们因狂妄自大,坚持偶像崇拜,拒不信仰独一万能的安拉,拒不改恶从善,终于受到安拉"严厉的惩罚"。

锅中的鱼抬起头来,答道:"信守,信守!"随后吟道:

> 你若毁约言,我们照样做。
> 你若守约言,我们亦践诺。
> 你若弃约言,我们效仿着。

鱼儿话音未落,黑大汉用树枝将锅掀翻,鱼顿时化为黑炭,黑大汉转身亦从来处而归,墙缝顿时合拢。

国王见此情景,说道:"怪哉!怪哉!新奇,鲜见!此事不可不问,这鱼定有非同寻常的来历。"

国王差人将渔夫召到宫来,问道:"老渔夫,这四条鱼,你是从哪里打来的?"

渔夫答道:"城外的那座山背后,还有四座大山,四座大山当中有一汪湖水,湖中的鱼全是彩色的。我就是从那里打来的。"

国王问:"那湖离这里有几天路程?"

"陛下,离此处只有半个时辰的路。"

国王感到奇怪,遂率领大队人马跟随渔夫前往。渔夫开始诅咒魔鬼给自己惹了麻烦。

大队人马翻过山岭,便看到一片空旷原野,国王和他的侍从们都感到惊奇,因为他们平生都没有见过这种四面环山的旷野。那旷野当中有一汪湖水,水中游着四种颜色的鱼,有白的,有红的,有黄的,有蓝的。国王吃惊地站在湖岸上,对侍从们说:"你们当中有谁见过在这个地方有这样一个湖泊?"

"没有。"侍从们异口同声回答。

国王说:"凭安拉起誓,不弄明白这个湖和四色鱼的真实情况,我决不打道回府,也不入宝座。"

J.G.品维 绘

说罢，国王令手下人马在山的周围安营扎寨，然后把宰相唤来。

宰相是位博学多才、经验丰富、精明干练之士。国王唤来宰相，说："相爷阁下，今晚我要探索湖鱼秘密。你坐在我的大帐门口，不要让任何人打扰，就说我身体欠安，千万不可泄露我的意图。"

宰相照国王叮嘱守在大帐门口。

国王一番着意化装，佩上宝剑，乘夜色离开大帐，一直徒步行走到东方大亮。当他继续行走时，觉得天很热，休息一阵后，又一直行走，直至红日西沉。第二天夜里，他又徒步行走到天明。这时，只见远方出现了一个黑影。国王心中暗暗感到欣喜，心想："也许我能碰见一个人，请他给我讲讲这个湖及鱼的故事。"

可是，当国王走近那黑影时，却发现那是用玄武石建成的一座宫殿，两扇铁大门，一开一闭。

国王感到非常高兴，上前轻轻敲了敲铁门，无人应答；又敲了两次，仍没有动静；第四次便用力敲了，照旧没人答声。国王心想："这一定是座空殿。"他鼓了鼓勇气，走进宫门，高声喊道："宫中人，我是一位异乡客、过路人，给我点儿东西吃吧！"

国王又喊了一遍，没有听到任何回应。国王定了定神，壮起胆子，穿过长廊，行至宫中，只见那里空无一人，然而陈设一应俱全。宫院正中有一座喷水池，池边上立有四尊赤金狮子雕塑，泉口喷着清澈透明的水柱，水到空中，聚结成千万颗珍珠和宝石，五光十色，缓缓落入池中。院中养着各种鸣禽，空中张着金丝网，鸟儿上下翻飞，左右蹦跳，但无法冲出樊笼。

眼见此番美景，国王惊异不已。与此同时，他也为找不到一个能给他谈谈那旷野上的奇山异湖及四色鱼，还有这宫殿的秘密的人

而感到遗憾。国王在大门前坐了下来,正低头沉思,忽有一种发自心肝的忧伤声音传入耳际,听起来却是美妙动人的诗句:

　　藏起憔悴色,怒容露无遗。
　　困意眸中消,熬夜眼代替。
　　吾唤司怒神,难消乃记忆。
　　且求怜悯我,切莫将我欺。
　　君可见我命,残喘在缝隙!

国王听到吟诵声,立即站起身来,向声音传来的方向走去。他快步来到一个大厅,见那里垂着一道幕帘。国王走上前去,掀开幕帘,见那里放着一张高约一腕尺的宝座,上面端坐着一位青年,相貌端正,眉清目秀,面色红润,红里透白,腮上方有颗美人痣,正像盾牌上镶嵌着一颗珍珠,恰似诗人所描述的那样:

　　青丝飘额前,似光明复暗。
　　二目赏美景,安能待时闲。
　　红颜镶乌珠,碧痣络腮边。

国王大为高兴,上前向青年施礼问安。

那青年端坐着,但见他身穿绣金丝袍,虽英俊有余,眉宇间的愁云却清晰可见。他向国王还过礼,然后说:"先生请原谅,我站不起来。"

国王说:"小伙子,请把这湖泊及彩色鱼的秘密告诉我吧!我还想知道这宫殿的情况和你独自坐在这里哭泣的原因。"

年轻人听完这些话,禁不住泪水簌簌落下,一直淌到腮边,哭得更厉害了。

国王大惊,问道:"小伙子,你为什么伤心落泪呢?"

青年人说:"你瞧我的情况,怎能不伤心落泪呢!"

青年边说,边伸手撩起金丝袍角,国王惊奇地发现那青年的下半身一直到脚全变成了石头,只有从肚脐到头发才是肉身。

青年人说:"先生,这里的鱼,真有一段离奇的故事,假如用笔记录下来,足以让后人引以为鉴。"

"请讲一讲给我听吧!"国王央求道。

原来,那位青年是一位着魔的王子。他开始讲述自己的身世:

先生,我的父亲原是这里的国王,名叫迈哈姆德,是黑岛及周围四座山和大地的主人。父王在位七十年。父王驾崩之后,我继承王位。我与堂妹自幼相伴,青梅竹马,终结为伉俪。她爱我,不等到我回来,她既不吃也不喝。她与我朝夕相伴,相敬相爱,不知不觉过了五个年头。

一天,她去浴池洗澡,我便吩咐厨师为我们准备晚饭,然后我走进寝宫,躺在床上,又吩咐两宫女为我打扇,一个在床前,另一个在脚后。因为妻子不在身边,我多少有些心神不宁,只是合着眼,但没有入睡。这时,我听见站在我床头的那个宫女对另一宫女说:"麦斯欧黛,我们的国王年纪轻轻的,真可怜,他娶了这么一个坏女人,真是吃了大亏。"

另一宫女说:"安拉诅咒那些坏女人!像我们这位如此有德有才的国王,万不该娶那么一个女人。那女人每天晚上都不在国王床上过夜。"

"我们的国王也真粗心得很,从未过问过王后做什么去啦!"

"你真糊涂!假如国王知道王后的真实情况,会不问吗?也许王后那样做事不是国王自愿的，而是王后做了手脚。每天晚上睡觉之前，国王都要喝一杯酒，王后在酒中放了麻醉药，国王喝下后不久，便深深沉入梦乡，对之后发生的事情一无所知，不知道王后到哪里去，更不知道她做了些什么。王后等国王喝下药酒熟睡之后，便浓妆艳抹，悄悄溜出宫门，一直到大天亮才回来。她回到寝宫，点着一炷香，在国王鼻子前一熏，国王这才能从沉睡中醒过来……"

我听了宫女这段对话，心乱如麻，眼前一片昏黑，一时不知如何是好。我不相信夜幕已经垂降。

我妻子洗澡回来，摆上饭桌，端上饭菜，我们吃罢饭，又坐了一个时辰，照习惯就要上床就寝了。我要每晚睡觉前喝的酒，妻子

T. 达尔齐尔　绘

便把杯子递到我的手里。我接过酒杯,装作像往常那样把酒喝下去,其实我并没喝,而是偷偷地把酒倒在胳肢窝里,然后就照平日那样睡了。

就在这时,我听妻子说:"沉睡吧!但愿你不再起来!凭安拉起誓,我讨厌你,我讨厌你的模样。我的心神不愿与你生活在一起。"

话音未落,她便站起来,穿上最华丽的衣服,周身散发着香气,佩带上宝剑,开门便出去了。

我随即起来,悄悄跟在她的身后,只见她出了宫门,穿过市场大街,来到城门下。她说了句什么话,我没听清楚,却见城门大锁落了下来,城门开后,她快步走出城去。她不知道我跟在她的后面。我尾随她出了城,她行至两座土丘之间,走到一座有圆屋顶的城堡前,然后溜进城堡大门。

我登上圆屋顶,注视着她的行动。我看到她走到一黑奴的面前。那黑大汉生着两片厚唇,上唇像盖子,下唇像平地,说起话来声音似往石子儿里掺沙子。黑奴好像在遭受折磨,躺在薄薄的一层芦草上。我妻子对黑奴行过吻地礼,只见那黑奴抬起头来,说:"你这个该死的东西,为何到现在才来?刚才这里来过许多朋友,他们喝罢酒,每个人都抱起自己的情人,而我不喜欢为你喝……"

我妻子说:"主公,我心爱的,你难道不晓得我是个有夫之妇?我与我的堂兄结了婚,但我讨厌看他那副模样,不想和他生活在一起。假若不是怕你出什么事,我早把京城化为废墟了,让猫头鹰、乌鸦在那里喧嚣横飞,把那城墙上的玄武石全搬到嘎夫山①后去!"

黑奴说:"臭婊子,你在说谎啊!我凭黑兄弟们的权利起誓,

---

① 嘎夫山,传说中环绕地球的大山。

你们白人真是不讲义气！如果今后你还像今天这样来得这么晚，我就不陪你，绝不让你挨我的身子。无耻的叛逆之徒，最低贱的白人，你迟迟不到，原来是为了你自己的快乐！"

我亲耳听到他们的交谈，亲眼目睹到那种情景，只觉得眼前一黑，不知自己的灵魂到何处去了。我妻子站在那个黑奴面前，泪流不止，低三下四地对黑奴说："亲爱的，我心灵的果实，我心里除了你再也没有别人。假如你不要我，我就无法活下去。亲爱的，你是我的理想，你是我的希望，你是我的双目之光啊！"

我的妻子仍然哭泣落泪，再三苦苦哀求，那黑奴才宽恕了她。她脸上显出笑容，站起身来，脱去衣服，问黑奴："当家的，你这里有什么东西，能让我吃一口吗？"

黑奴说："你搬开那个发面槽，下面有炖好的骨头，你拿出来啃吧！这个罐子里还有些剩汤，你喝吧！"

我看她吃喝完毕，洗了洗手，便与那黑奴躺在芦草上亲热起来……眼见此情此景，我气得要晕了过去。我从圆屋顶上下来，溜进房间，抄起我妻子的那口宝剑，想把两个人一起杀掉。我首先朝黑奴的脖子上刺了一剑，自认为他已经一命呜呼……

讲到这里，眼见东方透出黎明的曙光，莎赫札德戛然止声。
妹妹杜娅札德说："姐姐，你讲的故事真精彩,真动人,真美妙！"
莎赫札德说："如蒙国王陛下厚恩，能再留我一夜，这与我明晚将要讲的故事相比，就算不上什么精彩、美妙、动人了。"
听莎赫札德这样一说，舍赫亚尔国王心想："凭安拉起誓，我不能杀她，我要把故事听完……"想到这里，他说："我要把故事听完，明晚接着讲！"
天色大亮，舍赫亚尔国王照常上朝处理政务，直至红日西沉。

第八夜

夜幕垂降,莎赫札德接着讲故事:

幸福的国王陛下,着魔的青年接着讲自己的身世:

我看她吃喝完毕,洗了洗手,便与那黑奴躺在芦草上亲热起来……眼见此情此景,我气得要晕了过去。我从圆屋顶上下来,溜进房间,抄起我妻子的那口宝剑,想把两个人一起杀掉。我首先朝黑奴的脖子上刺了一剑,自认为他已经一命呜呼。结果只刺穿了他的喉管,仅伤了皮肉,我误以为已经把他杀死。

正当那黑奴喘着粗气的时候,我妻子悄悄溜走了。

我把宝剑插入鞘里,返回城中,回到王宫,在床上一觉睡到大天亮。

清晨,我见妻子剪短了头发,穿上了孝服。她哭哭啼啼地说道:"堂兄,你不要责备我的所作所为。我得知我的母亲去世,家父战死疆场;我的两个兄弟,一个被毒蝎蜇死,另一个因噎食丧命。因此,我万分悲伤落泪。"

听过她的话,我对她说:"你看该怎么办就怎么办吧!我不反对。"

整整一年光景,她总是难过、啼哭、落泪。

一年过后,妻子对我说:"我想在你的宫中修建一座圆屋顶式的墓室,供我自己在里面向父母兄弟致哀,把它叫作'哀庐'!"

"随你的意吧!"我一口应允。

她果然在宫中空地上建成一个圆屋顶式的房子,颇似陵寝。之后,她把那个挨了我一剑的黑奴接到这座"哀庐"里住下;那时,黑奴的下半身已瘫痪,于她已无半点儿用了。

自从那黑奴挨了我那重重的一剑,只能喝些汤水,充其量不过算是活着,只是死期尚未来临罢了。

我妻子每日一早一晚都要出入那座"哀庐",在黑奴面前垂泪哭泣,给黑奴喂水和熟食。就这样,她一早一晚伺候那黑奴,我从不介意,直到第二年。

有一天,我趁妻子不注意的时候,溜进"哀庐",见妻子正在批打自己的面颊,且泪流满面,口中吟诵道:

> 自你远去后,我不在世上;因为我的心,仅将你恋想。
> 你走到哪里,带我到何方;在你落脚地,埋我于身旁。
> 切请将我名,刻在墓碑上;你呼唤我时,遗骨有回响。

她吟完,一阵哭泣,继而又吟道:

> 伴你享荣华,正值快乐日。与你相别离,恰临死亡时。
> 夜下甚恐怖,死神长临至。只有伴着你,乐趣方久之。

片刻之后,她又吟道:

> 饱享人间福,拥有天下土;四方皆我地,目无科斯鲁①。

---

① 科斯鲁,古代波斯帝王的称号。

双眼紧闭日,一切化为乌;荣华与富贵,与蚁翅为伍。

她吟罢诗,我对她说:"堂妹,你整日落泪,到何时为止呀?你要知道,痛哭流泪是没有什么用的。"

她厉声说:"你不要管我!你若干预我的事情,我只有自寻短见。"

自那以后,我沉默寡言,听任她每日身着孝服,又哭了整整一年时间。

第三个年头来临了,我对眼前发生的这一切事情已感到由衷厌烦。一天,我走进"哀庐",见妻子坐在那里,长吁短叹道:"我的先生,我的主公,你怎么一句话也不说?我的主人,你怎么不回答我半句话呢?"

我听她吟道:

凭主借问坟,主公美业消?请主回答我,先生容改了?
你既非苍穹,亦非林荫道;何故月皎洁,焉得林繁茂?

我听她如此赞颂那黑奴,怒火中烧。我愤怒地问她:"你要痛苦、落泪到何年何月?"

我接着吟诵道:

凭主借问坟,他的黑肤消?请你回答我,他的貌改了?
你既非锅底,又非池与沼;何故灰与渣,俱聚你怀抱。

妻子听后,站起来说:"你这个该死的!难道是你刺伤了我的意中人,让他在这样不死不活的状态下度过了三年时光?"

我立即回答:"不错,是我做的。我本想一剑送他下地狱!"

我真想一剑结束我妻子的性命,且利剑出鞘,已举到了空中……

我妻子知道把那黑奴变成残废的是我,只见她站了起来,念了几句咒语,我全然听不明白。她然后又说:"神助我妖术见奇功,使你半身变石头,半身保持人形。"

我一下子变成了现在这个样子:站不起来,躺不下去,倒不是死人,还在活着。主公阁下,不仅我变成了这个样子,就连这座城中的市场、街道、庭院、花园,都中了她的妖术。我们这座城中,本来住着四种宗教教徒,有伊斯兰教徒,有基督徒,有犹太教徒,还有拜火教徒。正是我那可恶的妻子,对他们施了妖术,让他们变成了四种颜色的鱼:白色的鱼是伊斯兰教徒,红色的鱼是拜火教徒,蓝色的鱼是基督徒,黄色的鱼是犹太教徒。原来的四个岛屿中了她的妖术,变成了四座山,就是湖周围那四座山。

主公阁下,更难忍的是,她每天都来这里折磨我,扒下我的衣服,狠抽我一百皮鞭,打得我皮开肉绽,鲜血直流,死去活来,然后给我上身的这件衣服下又加上一层毛织衣服。

说到这里,王子哭了,吟道:

至大至尊主,我从你裁判;只要你乐意,我决无抱怨。
今日我遭遇,苦涩不堪言。唯一救我者,先知之宗眷。

这时,国王凝视着王子,说:"小伙子,你已使我愁上加愁。"

国王沉思片刻,问道:"那女人现在何处?"

"她就在黑奴所在的圆屋顶式的'哀庐'里。她每天去黑奴那里一趟,到那里之前,顺便来我这里一趟,扒掉我的衣服,抽我一百皮鞭，打得我死去活来，哭叫连声。她惩罚我之后，就去给黑奴喂水喂食……"

国王说："小伙子，凭安拉起誓，我一定要为你做件好事，使我青史留名，让后人永远记起我。"

国王坐下来，与王子一直谈到夜深人静，万籁俱寂。

国王耐心等待到鸡鸣时分，这才甩掉斗篷，带上宝剑，冲入黑奴所在的地方。只见那里烛光通明，又见那里摆放着香料和药膏。国王冲上前去，手起剑落，黑奴一命呜呼，然后国王背起尸首，转身出门，将之投入宫内的一口深井里。国王即速返回圆屋顶式的建筑物里，换上黑奴的衣服，手握出鞘利剑，倒身躺在床上装睡。

一个时辰过后，那妖妇来了。她扒去丈夫的衣服，扬鞭抽打起来。那王子苦苦哀求道："行啦，别打啦，够我受的了！你就可怜可怜我吧！"

那妖婆说："你可怜过我吗？你为何不留下我的情人？"

她给丈夫穿上毛织衣，又将锦袍罩在外面，然后向黑奴所在的地方走去。但见她手里端着酒菜来到"哀庐"。

她一进门，便号啕大哭，泣不成声。她说："我的主公，你开口说话呀！我的先生，你开口说话吧！"

她接着吟道：

> 如此躲闪与疏远，要熬到何月何年？
> 爱神的所作所为，使我尝尽了苦咸。
> 也许你有意拖长，你我相别的时间。
> 若出于嫉妒之意，如今早应该如愿。

她仍然哭着说："我的主公，我的先生，你开口呀，说话呀！"

装成黑奴的国王躺在那里,压低声音,舌头打着弯儿,模仿着黑奴的语调,说:"唉,唉……无能为力,无可奈何,只有依靠万能的安拉了!"

女人听见话音,欣喜若狂,一声大叫,旋即昏迷过去。当她苏醒过来时,忙说道:"亲爱的,你说得很对!很对!"

国王把声音压得更低:"这个臭婊子,你不配听我跟你说话!"

"原因何在呢?"女人问。

"原因在于你天天都在折磨你的丈夫。你丈夫哭叫求救,弄得我从早到晚不得安睡,整天不得安宁。你丈夫仍在苦苦哀求你,声音凄惨,使我心神不宁;如若不然,我早就康复了。这也是我拒绝回答你的问话的原因所在。"

"那就请允许我把他从这种状态下解救出来。"

"快去解救他去吧!让我们安静一下吧!"

"遵命!"

女人说罢,立即站起身来,离开"哀庐"走到宫中,拿出一个碗,盛满水,念了几句咒语,水就像在锅里那样沸腾起来。过了一会儿,她将水向丈夫身上洒了少许,同时说道:"因我的妖术使你变成了这副模样,现在变回来,恢复你的原形吧!"

话音未落,王子周身一抖,站了起来,庆幸自己得救,他健壮如初,英俊不减当年。他欣喜异常,忙说道:"万物非主,唯有安拉;穆罕默德是安拉的使者。"

那女人冲着王子的脸高声叫道:"你出去吧!从此不要再回这里来!不然,我就杀掉你!"

王子当即离去,那女人则回到"哀庐"。女人对"黑奴"说:"我的主公,请起来吧!让我看看你吧!"

国王用微弱的声音说:"你刚才的所作所为只是解除了我的恐

惧感，但没有使我从根本上得到完全快乐。"

"亲爱的，根本原因何在呢？你还有什么要求？"

"那就是这座城市中的居民和那四个岛屿。每天半夜三更，湖里的鱼总是抬起头来向我求救，使我心神不安，这便是阻碍我恢复健康的原因。你快去解救他们吧！然后再来拉住我的手，扶我站立起来。我已经向痊愈迈出了一步。"

那女人满以为是黑奴在说话，异常高兴，忙说："凭安拉起誓，你的要求高于一切！"

说罢，她站起身来，转身高高兴兴地快步向湖边跑去，从湖里捧出一点儿水……

讲到这里，眼见东方透出黎明的曙光，莎赫札德戛然止声。

第九夜

夜幕垂降，莎赫札德接着讲故事：

幸福的国王陛下，那位颇通妖法的女子走过去，快步来到湖边，从湖里取了一些水，对水念了几句咒语，湖中的鱼儿立刻活动起来，一个个抬起头，霎时变成了人。市民们挣脱了妖术的禁锢，城市繁荣，市场兴盛，人人安居，个个乐业。

那妖妇回到"哀庐"，还以为那位国王就是她的情夫黑奴，走上前去，嗲声嗲气地说："亲爱的，伸出你那高贵的手，让我吻吻吧！"

国王细声细气地说:"靠近我一些呀!"

当她靠近时,国王一剑将妖妇的胸膛刺穿,顺手一挥,妖妇的身子当即被削成两半。

国王离开那里,来到宫中,只见青年王子正在那里等着他。国王问候王子,王子亲吻国王的手,连声道谢。国王问:"王子殿下,你是留居此城呢,还是到我的京城去呢?"

"大王,你知道此地距你的京城有多远吗?"王子问。

"两天半路程。"

"大王,若你还是在梦中,那就请醒一醒吧!你有所不知,此地距贵国京城遥远得很哪!由这里去你的京城,即使健行者,也要

T. 达尔齐尔　绘

奋力走上整整一年时间。你之所以能在两天半内到达这里，原因在于这个城市中了妖术。尊敬的大王陛下，我一刻也不能离开你了。"

国王分外高兴，说："赞美安拉，是他把你赐予了我。你就是我的儿子，因为我平生没有得子。"

二人紧紧拥抱，欣喜若狂。来到宫中，康复了的青年王子告诉群臣说他要前往朝觐，他们当即为他准备好了所需要的一切。

国王离开自己的京城已有一段时间，心中甚是惦念国事。

王子带上五十名侍从和礼物，与国王一同上路了。

二人日夜兼程，走了整整一年时间，方才抵达京城。消息传开，京城一片沸腾，正在绝望中的臣民，个个感到喜出望外。宰相亲率大队人马出城迎接。众人向国王行吻地礼，祝贺国王平安驾还。

国王回到宫中，登上宝座，向宰相讲述了着魔王子的悲惨遭遇，宰相听后，祝贺王子平安。一切安顿好后，国王立即赏赐群臣，之后，国王对宰相说："快把那位献鱼的老渔夫给我召到宫中来！"

宰相立即派人前往去请那位渔夫，正是渔夫使那座城市的居民得救了。渔夫来到国王御座前，国王说："老人家，正由于你的指点，使那座城中的居民全部得救了。你功高无比，容我特别赏赐！"

国王向老人赠锦袍，赏金币和礼品，然后问及老人家里的情况，有无子嗣，老人说他有一个儿子和两个女儿，国王当即派人把老渔夫全家接入宫中，娶其大女儿为王后，将另一个女儿许配给王子为妻，让其儿子担任国家大司库。国王派自己的宰相到王子的黑岛国担任国王，并令随王子来的五十名侍从跟新国王返回，带上大批礼物，以备送给那里的王公大臣。

宰相吻过国王的手，与国王及王子告别，旋即登程赴任。

从此,老渔夫成了国丈,儿子当上了国家大司库,大女儿做了王后,一家人安享荣华富贵。渔夫成了当时最富有的人,生活幸福,直至享尽天年。

讲到这里,莎赫札德说:"这个故事讲完了。不过,这与脚夫的故事相比,那就算不上精彩、稀奇了。"

舍赫亚尔国王忙问:"脚夫的故事?那是一个什么故事呀?"

莎赫札德开始讲《脚夫与姑娘们》的故事:

相传,哈伦·拉希德哈里发时代,巴格达城中住着一位光棍儿脚夫。有一天,脚夫正在市场上靠着自己的篮筐站着,忽然有一位姑娘来到他的面前,只见那姑娘身披摩苏尔①产的金丝绣花、边缀穗头的丝绸斗篷;她撩开面纱,露出一双水灵灵的大眼睛,秀目含娇,眼珠漆黑,睫毛卷长,面似桃花。她用甜蜜、柔和的语调对脚夫说:"拿着你的篮筐,随我来。"

脚夫虽有点儿半信半疑,但还是拿起篮筐,跟着姑娘走去。姑娘在一个门前站住,敲了敲门,门里走出一个基督徒。姑娘给了基督徒一第纳尔,从他那里买了些橄榄,放在脚夫的篮筐里。姑娘对脚夫说:"拿上篮筐,跟我来。"

脚夫心想:"凭安拉起誓,这是个吉祥的日子!"随后他用头顶着篮筐,跟随姑娘走去。

姑娘行至一家水果店前,在那里停了下来,买了沙姆②苹果、土耳其榅桲、阿曼蜜桃、阿勒颇③茉莉花、大马士革栗子、尼罗河

---

① 摩苏尔,今伊拉克北部重镇。
② 沙姆,即今之叙利亚、黎巴嫩地区。
③ 阿勒颇,叙利亚北部历史名城。

青瓜、埃及柠檬、汉那椰枣，还挑了数枝白头翁、紫罗兰，一一放在脚夫的篮筐里。随后，姑娘对脚夫说："拿着篮筐，跟我来！"

脚夫顶着篮筐，跟着姑娘走去。姑娘行至一家肉店停下来，对屠户说："老板，给我割十磅肉！"

屠户割下十磅肉，用芭蕉叶包好，姑娘接过来，放入篮筐，并对脚夫说："脚夫，带着走吧！"

脚夫顶着篮筐，跟着姑娘走去，然后在一家干果店前站住，姑娘又买了一些干果，对脚夫说："拿上篮筐，跟我来。"

来到一家糕点铺，姑娘买了一个托盘，上面放着炸排叉儿、果仁糕和各种甜食、糖果，又放在篮筐里。这时脚夫说："若你早告诉我一声，我一定赶着骡子来，为你驮这些宝贝。"

姑娘微微一笑，带着脚夫来到一家香水店前，在那里买了玫瑰露、桂花油、茉莉香等十多种香水，还买了麝香、乳香、沉香和龙涎香精制成的喷洒香精，又挑了一把亚历山大产的大蜡烛，一一放在篮筐里。姑娘对脚夫说："拿起篮筐，跟我走吧！"

脚夫头顶篮筐，跟着姑娘来到一座高大建筑物前，前面有宽阔的广场，建筑物的正面有巨大廊柱，两扇檀木大门上镶嵌着红色金片。

姑娘走到门前，轻轻敲过门。门开了，开门的是一位窈窕淑女。脚夫目不转睛地望着姑娘，但见那女子天生丽质，举止有礼，端庄秀雅，身材高挑，明眸皓齿，前额似新月，眉似斋月的月牙儿，面颊像秋牡丹花瓣，小嘴儿似苏莱曼的戒指，面似一轮悬挂中天的圆月，乳房恰似两枚硕大的石榴，腹部紧缩在衣下，如同一本没有打开过的新书。

正如诗人所描述的那样：

> 幽静宫苑里，公主似月亮；
> 艳阳羞花貌，令人心向往。
> 柔润乌发髻，洁白额亮堂。
> 颊若红玫瑰，纤腰步轻盈。
> 罗衫如蝉翼，玉体酥胸膛。
> 抬眼欲细观，不觉喜泪淌。
> 我想赞公主，词穷口难张。

诗人又写道：

> 妙女嫣然笑，朱口白玉堂；疑是野菊花，又似枝上霜。
> 乌亮发披肩，黑夜愧逃亡。明眸亮闪闪，羞煞晨曦光。

脚夫出神地望着开门的姑娘，篮筐险些从他的头顶上掉下来。他说："我一生还没遇到过比今天更吉祥的日子。"

开门的姑娘站在门里对二位来客说："欢迎，欢迎！"

原来开门的是看门姑娘，而领着脚夫的则是采买姑娘。

采买姑娘和脚夫跟着看门姑娘行至一个宽大厅堂，那里的家具陈设，一应俱全；地毯幕帘，五彩缤纷；长凳坐椅，摆放有序。大厅中央的水池里，微波荡漾；旁边有一张雪花石床，上面镶嵌着珍珠宝石，上方悬挂着红绒大帐，帐中端坐着房主姑娘，生就一对巴比伦姑娘的眼睛，有一张足以使艳阳害羞的面容，仿佛是天上的一颗极亮的星星，又像是阿拉伯传说中的贵夫人，正如诗人所描述的那样：

> 谁用嫩枝条，比你苗条身？妄想必败露，枝条做标准。
> 杨柳嫩枝条，堪称美中珍。你之裸胴体，美哉无处寻。

房主姑娘离开白玉床,来到两个姐妹面前,说道:"你们还站着做什么?还不赶快取下可怜脚夫顶着的大篮筐!"

采买姑娘和看门姑娘一起帮助脚夫取下篮筐,拿出篮筐里所买的东西,一一放在应该放的地方,然后给了脚夫两第纳尔的脚钱,并对他说:"脚夫,你可以走啦!"

脚夫望着三位漂亮姑娘,眼见她们的容貌和仙姿,自信从未见过比她们更美的女子,但她们那里一个男子也没有,而且屋里有吃的,有喝的,有香的,有甜的,有玩的,应有尽有,心中有说不出的惊异。

脚夫站在那里一动不动,采买姑娘问他:"你怎么不走呢?难道你嫌给的脚钱少?"

她回头望了望房主姑娘,房主姑娘未等脚夫开口,便说:"再给他一第纳尔!"

脚夫说:"凭安拉起誓,小姐,你已给了我双倍的脚钱,我不是嫌钱少,而是多啦!不过,我感到有些奇怪,想问问你们的情况。你们只有三位女子,怎么没有一个男子陪伴你们呢?要知道,烛台有四个脚才能站稳;可是,你们这里没有第四个人哪。女子的欢乐是靠男人来完成的,正如诗人所云:

> 请你仔细看,四件乐器齐:铙钹四弦琴,竖琴加长笛。
> 香花要四种,不可缺其一:玫瑰桃金娘,茉莉紫罗兰。
> 君欲尽欢乐,有话且牢记:四样不可缺,酒色与财气。

你们只有三位女子,还需要一个聪明、机智、能干且能够保守秘密的男子来陪伴你们。"

T. 达尔齐尔 绘

姑娘们异口同声对脚夫说:"我们姑娘家,害怕把秘密吐露给不能保守秘密的人。我们读过这样的诗句:

为人解秘密,千万莫存之。答应保密时,秘密业公示。

诗人艾卜·努瓦斯①有诗云:

秘密示他人,额头现烙印。

脚夫听完姑娘的话,说道:"我以你们的生命起誓,我是个理智健全、忠诚可靠的男子汉,博览群书,纵观史籍,扬善抑恶,必照诗人所云行事!"他吟道:

天下诚信人,方能保秘密。秘密若得保,精诚信无疑。
秘密入我心,如置锁门里;门亦加封条,钥匙失踪迹。

姑娘们听完脚夫朗诵的诗歌及他那番自我表白的话语,对他说:"你要知道,我们在这里被罚过一笔钱。你带有什么东西,能够用来补偿我们一下吗?你只有为我们代交了这笔罚金,我才能准许你坐在这里,成为我们的朋友,赏看我们的美丽容颜。你可听过这样的诗句?"

姑娘吟诵道:

---

① 艾卜·努瓦斯(757?—814),阿拉伯阿拔斯王朝诗人。生于波斯的阿瓦士,曾在巴士拉和库法求学,后为哈里发哈伦·拉希德和艾敏的宫廷诗人。他精通阿拉伯语,擅长抒情诗和讽刺诗,多以爱情和美酒为题材。

囊中羞涩时,且请来这里;金钱不足惜,情似肥麦粒。

房主姑娘说:"没有钱的友谊是一文不值的。"

看门姑娘说:"如果你什么东西也没有的话,那就请你什么也不带地空手走开吧!"

采买姑娘别有想法,说:"姐姐,我们不要再对他说什么了。凭安拉起誓,他今天和我们一起的时间已经不短了;如果是别人,我们是不会允许他在我们这里停留这么长时间的。不管他怎样,我代他交罚金吧!"

脚夫听后,感到十分高兴。他连忙开玩笑说:"凭安拉起誓,我只能向你们讨几个钱。"

姑娘们异口同声对脚夫说:"你就坐下吧!我们同意你留在这里。"

采买姑娘站起来,走去系上围裙,清洗过酒罐,倒上葡萄酒,在水池旁铺上一张大席子,取来所需要的一切东西,端来葡萄酒。

采买姑娘和她的姐妹们坐了下来,脚夫坐在她们当中,自觉如在梦中一般。

采买姑娘拿起酒杯,斟满一杯酒,自己一饮而尽,接着又干了第二杯、第三杯。之后,她才斟满杯子,递给她的两位姐妹。最后,她又斟满杯子,递给脚夫。

她边递给脚夫,边吟道:

且请饮此酒,酒可解忧愁!

脚夫接过酒,一饮而尽,然后吟道:

且饮此杯酒,赢得体健康。酒中含良药,足以消病殃。

脚夫又吟道:

世间饮酒者,从中得欢乐;醉酒更美妙,乘兴登高坡。
痛饮逢知己,千杯不为多。美酒如同风,匆匆身边过。
途中遇香物,送芳不必说。如若遇腐尸,臭气熏城郭。

脚夫接着吟唱道:

美酒不算美,须待酥手斟;饮尽杯中酒,情感自加深。

脚夫反复吟唱了几遍,然后吻了吻姑娘们的手,继续开怀畅饮,直喝得酩酊大醉。之后,他摇晃着身子,且舞且歌:

美酒葡萄酿,色调近似红。
一杯接一杯,一盅连一盅。
若为求美娘,家产亦可扔。

这时,采买姑娘斟满一杯酒,递给看门姑娘,看门姑娘接过酒杯,一饮而尽,连声道谢。

看门姑娘斟满一杯酒,递给房主姑娘,之后又给脚夫斟满酒杯。

脚夫向姑娘行过吻地礼,饮干杯中酒,又吟唱道:

葡萄酒甘美,杯尽思联翩。且请满上杯,乃我生命泉。

随后脚夫走到房主姑娘面前，说道："我的女主人，我是你的奴仆。"

继之，脚夫吟道：

　　你的一奴隶，恭敬站门外；知你恩情厚，赞你慷与慨。

房主姑娘说："喝下这杯酒，祝你健康！"
脚夫接过酒杯，吻了吻她的手，又吟诵起来：

　　微醉面颊红，光似火炬燃。
　　我来亲吻她，她喜笑开言：
　　本来都是人，怎好脸贴脸？
　　我说请畅饮，此乃我泪点；
　　红的是我血，杯中两相掺。

房主姑娘也端起杯子，一饮而尽，然后对吟道：

　　唤声好朋友，泪水为我流。请以命起誓，且尽杯中酒。

脚夫与姑娘们又是拥抱，又是亲吻。这个姑娘拉他，那个姑娘和他亲昵交谈，拉他，拍他。脚夫和姑娘边饮边舞边歌，不知不觉已有几分醉意。这时，看门姑娘站起来，慢慢地脱掉衣服，一丝不挂，跃入水池中，在水中戏耍起来，不时用嘴含些水，喷到脚夫身上。看门姑娘洗洗自己的四肢和大腿之间的那个部位，然后登上岸来，一下子扑到脚夫的怀里，指着自己两腿之间的那个地方，问脚夫:"亲爱的,这叫什么名字?"

脚夫回答道:"你的阴门。"

看门姑娘说:"呦,呦……说这样的话,难道你不害臊吗?"

看门姑娘随即揪住脚夫的脖子,用力拍打。脚夫说:"你的'裤私'①。"

"别的名字呢?"

"赞布尔②。"

看门姑娘听后,更加猛烈拍打脚夫的后脑勺和脖颈,致使脚夫叫苦连天,忙反问:"你说叫什么名字呀?"

看门姑娘说:"这叫'勇夫之爱'。"

脚夫说:"赞美安拉!好一个'勇夫之爱'!"

旋即,他们开始轮流把盏畅饮。

过了一会儿,采买姑娘站起来,脱去衣服,跃入水池中,像看门姑娘一样,先用口含水喷脚夫,然后洗净肢体,爬上岸,一下扑入脚夫的怀里,指着自己的阴户问脚夫:"喂,亲爱的,这儿叫什么?"

脚夫回答:"你的阴户。"

"你说出这样的话不觉得害臊吗?"

采买姑娘猛力击打脚夫的脖颈,脚夫无奈,只好答道:"勇夫之爱……勇夫之爱!"

采买姑娘边用力击打脚夫的脖颈,边说:"不对!"

"那么,你说叫什么呢?"

"这叫'剥皮芝麻'!"

---

① "裤私",波斯语音译,意为阴户。
② 赞布尔,阿拉伯语音译,意为阴门。

采买姑娘穿上衣服，酒宴继续进行。

脚夫忍不住脖颈和肩膀的疼痛，不时地呻吟着。酒杯在几个人之间传递着，不知不觉一个时辰过去了。

房主姑娘站起来，甩掉衣裙，用衣服擦了擦脚夫的脖子和肩膀，说："脖子和肩膀痛了一点儿，那怕什么！"

话未说完，房主姑娘一丝不挂跃入池中，开始戏水、游泳、潜水、玩耍。

脚夫发呆似的望着正在裸泳的房主姑娘，但见她肌肤细嫩，洁白如玉，似夜空中的圆月，又像黎明时东方透出的鱼肚白；一动时微微颤动的乳房，更感神采飞扬，令人心动神往。脚夫不时发出啧啧赞叹声，随之吟诵道：

你的容俏丽，宛如绿色树；
仔细一品味，比喻果无误。
树叶浓绿时，玉体似裸露。

房主姑娘不多时登上岸来，扑到脚夫怀里，指着自己两腿之间的那个地方，问脚夫："你说，这儿到底叫什么？"

脚夫答了几次，房主姑娘仍然不放过他，脚夫只得说："你说叫什么呢？"

房主姑娘说："这叫'艾卜·曼苏尔①客栈'！"

又一个时辰过去，脚夫站起来，脱去衣服，跳入水池中，游了起来。他洗过全身，爬上岸来，一头扑入房主姑娘的怀里，两臂伸到看门姑娘的怀里，两脚伸到采买姑娘怀里，然后指着自己的阳

---

① 艾卜·曼苏尔，阿拉伯语音译，意为"胜利者之父"，埃及俚语，阳物的代名词。

物,问姑娘们:"你们说这叫什么名字?"

她们都笑了,笑得前仰后合,随后异口同声回答:"你的'祖部'①!"

"不对!"

脚夫说罢,把每个姑娘轻轻地吻了一下。姑娘们仍然说:"你的'祖部'!"

"不对!"

"你的'伊尔'②!"

"不对!"

脚夫说罢,将每个姑娘抱了一阵儿……

讲到这里,眼见东方透出黎明的曙光,莎赫札德戛然止声。

❖ 第十夜 ❖

夜幕垂降,妹妹杜娅札德对姐姐莎赫札德说:"姐姐,我真盼着你把故事讲下去。"

莎赫札德说:"如蒙国王陛下许可……"

舍赫亚尔国王说:"你讲下去就是了!"

莎赫札德接着讲《脚夫与姑娘们》的故事:

---

① "祖部",阿拉伯语音译,埃及俚语,阳物的代名词。
② "伊尔",阿拉伯语音译,埃及俚语,阳物的代名词,相当于中文俚语"屌"。

幸福的国王陛下,姑娘对脚夫说:"你的'祖部'!"

"不对!"

脚夫说罢,把每个姑娘轻轻地吻了一下。姑娘们仍然说:"'祖部'!"

"不对!"

"你的'伊尔'!"

"不对!"

脚夫说罢,将每个姑娘抱了一阵儿,仍然说:"不对……"

姑娘们不改口,脚夫不住地搂抱、亲吻她们。她们笑着问:"你说叫什么?"

脚夫答:"这叫'勇敢的骡子',是专门吃你们那'勇夫之爱'的,专门缠你们的那个'剥皮芝麻',而且习惯于在'艾卜·曼苏尔客栈'过夜。"

随后,他们又举杯畅饮起来,人人欢呼雀跃,一个个开怀大笑,笑得前仰后合,一直戏耍到夜幕垂空时分。

姑娘们对脚夫说:"你该走了,以免你失去体面。"

脚夫说:"凭安拉起誓,让我失魂丢命容易,要我离开你们这里难啊!就让我们夜以继日地对饮聊天,天亮之后再走自己的路吧!"

采买姑娘说:"凭我的生命起誓,你们就让他睡在我们这里吧,也好给我们增添些笑声,因为这个人很好。但留在我们这里,还有一个条件……"

"什么条件?"脚夫问。

"这个条件,那就是你要有礼貌,言语行动举止要庄重严肃,不能随便探听与你无关的事情;如若你做不到,我们会立刻把你赶走。"

"我以自己的头颅和眼睛向你们保证,我甘心情愿接受这个条件。你们看哪,我已变成了一个没有舌头、不会说话的寡言少语之人了。"

采买姑娘说:"敬你这杯酒,痛痛快快地喝下去吧!这酒可以医病。"

他们边饮边歌,气氛热烈空前。脚夫再次要求姑娘们留下他当仆人使唤。

采买姑娘说:"你要当我们的仆人,就要服从我们的命令,关于我们的事情,你什么都不得过问。你能接受这个条件吗?"

"能接受!"脚夫回答得很干脆。

"那就请起来,看一看门上写的东西吧!"三位姑娘异口同声道。

脚夫站起来,走到门前,只见门上有用金墨写的字迹:

莫谈与你无关之事,以免听到不悦之言。

脚夫说道:"你们等着瞧吧,我决不说、不问与我无关之事。"

采买姑娘站起来,又为大家添了些菜肴,大家继续边吃边喝。之后,他们燃点起蜡烛和沉香,坐下来边吃边喝边谈。

正在这时,忽听敲门声传来,但并未打乱他们的秩序。看门姑娘走去,片刻后回来说:"今夜我们的欢宴就到此结束吧!因为我看到门外站着三个外乡人,胡子都刮光了,而且巧得很,都瞎掉了左眼。他们都是来自罗马的异乡客,各有一副相貌,实在令人发笑;假如他们进来,我们一定会笑他们的……"

看门姑娘话未说完,房主姑娘和采买姑娘便说:"让他们进来吧!不过要和他们讲好条件,那就是不说与他们无关的事情,免得他们听到不悦耳的话语。"

看门姑娘高高兴兴走出去,片刻之后带回来三个独眼人,只见他们的下巴和两腮上的胡子刮得干干净净,而嘴上边的胡子梳理得整整齐齐。原来他们是三个流浪汉。他们走上前来问好,三位姑娘站起来还礼,请他们坐下。

三个流浪汉望了望脚夫,发现脚夫醉了。当他们上前留心观察脚夫时,认为脚夫和他们一样。他们说:"他和我们一样,也是流浪汉,这使我们感到安慰。"

脚夫听见这句话,站了起来,睁大眼睛,对他们说:"坐下吧,不要多管闲事!难道你们没有瞧见门上写的字吗?"

姑娘们笑了,相互说:"我们笑的是流浪汉和脚夫。"

姑娘们给流浪汉们端来吃的,他们吃罢,坐下喝酒,看门姑娘为他们斟酒。当酒杯在他们手中传递时,脚夫对三位来客说:"兄弟们,你们有稀奇古怪的故事讲给我们听,好让我们开开心吗?"

三位异乡客人个个心中发热,要求拿出乐器,奏乐助兴。看门姑娘取来摩苏尔铃鼓、伊拉克四弦琴和波斯铙钹。三位客人站起来,分别拿起三样乐器,开始击打弹奏,姑娘们则高兴地齐声歌唱起来。

正当此时,又有敲门声传来,看门姑娘忙去察看情况。

看门姑娘端着灯去开门,发现门外站着三个商人模样的男子。

原来那是哈里发哈伦·拉希德化装成商人出宫进行夜间察访,随行的还有他的宰相贾法尔和掌刑官迈斯鲁尔。那天夜里,当他们行至这座房舍时,听到屋内鼓乐齐鸣,哈里发拉希德对宰相贾法尔说:"我想进去看一看谁在弹唱。"

宰相贾法尔忙说:"看来那里的人都已酩酊大醉,恐怕我们进去会受伤害的。"

"一定要进去,你来想个主意。"

"遵命!"

贾法尔上前叩门,门打开了。

贾法尔说:"小姐,我们是来自巴勒斯坦太白列①的商人,经商到了和平之城巴格达。到这里已有十天了,我们就住在商贾客栈。今夜有商人朋友邀请我们到他那里做客,吃饱喝足后,我们又谈了一个时辰,方才告别出门。我们是异乡人,又在夜间出门,走着走着迷失了方向,找不到我们下榻的客栈了。因此,请你们开开恩,若能收留我们让我们在你们这里借宿一夜,我们定将酬谢你的大恩大德。"

看门姑娘打量他们一番,发现他们是商人打扮,神情严肃,于是回来与二位姐妹商量,二位姑娘同声说:"你就让他们进来吧!"

看门姑娘走去迎接他们,哈里发和贾法尔、迈斯鲁尔相跟进了门。

姑娘们看见他们,忙站起来,并且说:"欢迎我们的客人!不过要记住一点:不要谈与你们无关的事情,免得听到不悦耳的话。"

三位客人齐声说:"遵命!"

宾主坐下来边谈边饮。哈里发望了望三个流浪汉,发现每人都只有一只右眼,心中好生奇怪;他又转脸望望那三位姑娘,却见人人天生丽质,个个如花似月,实在不解这个中缘分何在。

姑娘们给哈里发送上酒来,哈里发拉希德说:"我们刚朝过觐,不便与他们同饮。"

看门姑娘送来一个瓷杯,下面垫着一块绣花餐巾,她为哈里发倒上果汁,再加上冰和糖,哈里发表示感谢,心想:"明天我一定

---

① 太白列,在今巴勒斯坦杰里科地区。

重赏她的周到款待。"

大家边谈边饮,都有几分醉意时,房主姑娘站起来,拉住采买姑娘的手,说:"阿妹,起来偿还债务吧!"

"好吧!"采买姑娘随声答应。

这时,看门姑娘站起来,让流浪汉们站在门后边。她们将大厅中间收拾干净,又把脚夫叫到跟前,说:"你为什么这样缺少热情?你现在不是客人,而是主人呀!"

脚夫立即束上腰带,问道:"有什么吩咐?"

"站在原地等候!"

采买姑娘走去打开一间密室的门,然后对脚夫说:"来,帮我一把,把两条黑狗牵出来。"

脚夫看见密室里有两条黑狗,脖子上拴着铁链,便将它们牵到厅中央。房主姑娘站起来,挽起袖子,拿起鞭子,对脚夫说:"把一条狗牵过来!"

脚夫立即从命照办,立即牵过去一条,只见那条狗流着泪把头扭向房主姑娘。

房主姑娘扬鞭朝狗狠抽,狗不住地惨叫。她直至抽到臂力不支,方才放下鞭子,然后把狗搂在怀里,为狗擦泪,并亲吻狗的头。片刻后,她对脚夫说:"把这条狗牵走,再牵另一条来!"

脚夫牵来另一条狗,房主姑娘照样一顿抽打。

拉希德心神为之不安,朝贾法尔使了个眼色,想让他问问姑娘鞭抽狗的原因何在。贾法尔打了个手势,示意哈里发不要吱声。

房主姑娘坐到镶金嵌银的白玉床上,对采买姑娘说:"把你那件宝贝拿出来吧!"

看门姑娘也上了床,坐在房主姑娘旁边。采买姑娘走进一间密室,取来一个绿边缎袋,站在房主姑娘面前,她又从袋中拿出一把

A.B. 霍顿 绘

四弦琴，调好弦，边弹边唱道：

　　唯你是我求，你乃我希望；
　　你每出现时，我的心花放；
　　你每隐去时，火狱眼前晃。
　　我为你狂欢，为你魂飞扬。
　　因为我爱你，羞恨一扫光。
　　因为恋上你，何惧破衣裳？
　　如今我患病，谁解其中状？
　　我的恋情真，思你添力量。
　　内心情难表，泪雨不住淌。
　　谁知我心事，唯你心底藏。
　　借你回春手，退我疾与伤。
　　光波与闪电，曾伤我心肠；
　　幻想之利剑，将我情刺伤。
　　我的爱恋深，万剑空匆忙。
　　我的亲情厚，一丝难淡忘。
　　怀春唯我寄，钟情是信仰。
　　他人如何思，在我皆平常。
　　我今看见你，身影多雄壮。
　　我成爱之仆，此生不更张。

　　看门姑娘听后，"哎呀"一声，撕破衣服，倒在地上。姑娘身上的伤痕清晰可见。
　　采买姑娘走去取来水和衣服，往看门姑娘的脸上洒了些水。在场的几个男子个个面带惊异神色，谁也不解其中的秘密。

看门姑娘慢慢苏醒过来,对采买姑娘说:"你把诗歌唱完吧!"
采买姑娘怀抱四弦琴,继续边弹边唱道:

> 困意返眼帘,言之已离远。
> 但识爱情价,睡意即消散。
> 君系理智辈,何苦吐怨言?
> 我愿用我血,向你示道歉。
> 投下一面镜,映出心火焰。
> 安拉造生命,万物口中展。
> 情里何所见,泪水诉思恋。
> 酒好未入口,已令人醉瘫。
> 清清水如镜,可照你容颜。

她接着吟唱道:

> 眼神令我醉,本非醉于酒。动姿勾我魂,困意被带走。
> 额发诱我目,引我非美酒。并非全佩服,德高我俯首。
> 鬓令我心酥,群众皆束手。秘密衣下物,将我智力收。

采买姑娘继续唱道:

> 悲叹恋人去,于我何用有?痛苦又烦恼,将往何处走?
> 口信托人捎,谁会我心忧?虽然忍耐住,生命存多久?
> 心中唯留悲,伤感泪淌流。你离我眼去,影在我心留。
> 难忘初恋人,相见唯我求。面对面必贵,情薄实荒谬。

看门姑娘听罢,兴致勃勃地说:"你唱得真妙,安拉嘉奖你!"话音刚落,她又撕破自己的衣服,倒在地上,不省人事。

当她的体肤露出来时,哈里发发现她的背上伤痕斑斑,觉得非常奇怪。其他几个男人看了,也都感到疑惑不解。

采买姑娘站起来,往看门姑娘脸上洒了些清水,把她救醒,又取来一件衣服给她换上。

哈里发哈伦·拉希德悄声对宰相贾法尔说:"你瞧瞧这姑娘,满身伤痕,究竟原因何在呢?不弄清这姑娘和那两条狗的真实情况,我简直无法安下心来。"

贾法尔说:"人家已给我们提出一个条件,要我们不要说与我们无关的话,以免听到不悦耳的话语。"

采买姑娘站起来,再次接过四弦琴,抱在怀里,玉指轻弹,边弹边唱道:

若说相距远,还有何话谈?该用何方法,以表心思念?
即派差使去,亦难把情传。面临忧与愁,泪常挂腮边。
远行当牢记,影刻我心田。莫忘我约言,永远不改变。
莫非将情忘,玉体瘦难堪?末日重聚首,求主计议宽。

看门姑娘听罢这些诗句,就像刚才的情况一样,又撕破衣服,大喊一声,倒在地上,昏迷过去。采买姑娘马上弄来清水,在她的脸上洒了少许,把她救醒,又取来一件衣服给她换上。

看门姑娘站起来,走到床边坐下。她对采买姑娘说:"你依约再唱首诗吧!只剩下这最后一首了。"

采买姑娘调好四弦琴,边弹边唱道:

躲闪与疏远,究竟到何年?爱神多谋略,教我尝苦难。
君或磨炼我,久久不晤面。若源嫉妒意,原本早如愿。
月老悖情侣,情敌当何言!思念向谁吐?苦衷百千万。
吾深钟爱君,有诺莫食言。穆民欲雪恨,不可缺微酣。
当初我低调,群人旁笑观。今君乐自在,来日莫讥恋。

看门姑娘听罢,一声大叫,又撕破衣服,又一次倒在地上,昏迷过去;体肤露出,鞭痕处处,如方才所看到的一般。

流浪汉们说:"我们不到这家来,该多好啊!我们何不在草垛上睡一夜呢?这简直弄得我们过不好夜了!"

哈里发望着他们,说:"你们忧虑什么?"

"我们的秘密会因此事而暴露。"流浪汉们说。

哈里发问:"难道你们不是这家的人?"

"不是。我们认为这种情况只有脚夫熟悉。"

脚夫说:"凭安拉起誓,我还是今夜才见到这种情景的。我真希望在草堆里过上一夜,而不在这里受这个罪。"

哈里发说道:"我们七个大男子,而她们只有三位弱女子,连第四个女子都没有。我们就直接向她们问问情况吧!她们若不回答,我们就逼迫她们开口说话。"

大家一致同意这么办。但是,贾法尔说:"这可不算个好主意。我们是她们的客人,客听主便,人家已有条件在先,我们应该遵守。天快亮了,我们也该各自上路了。"

拉希德不高兴了,贾法尔急忙向他使了个眼色,并说:"还有一个时辰,天就亮了。明天,把她们叫到你的面前,再询问她们的情况吧!"

拉希德不同意贾法尔的主张,说道:"关于她们的传言一定很多。我急于了解她们的真实情况,再也忍耐不下去了。"

"谁敢问她们呢?"众人问道。

"让脚夫问。"有人提议。

姑娘们开口说话了:"诸位男子汉,你们在叽叽喳喳说些什么?"

脚夫对房主姑娘说:"我的女主人,看在安拉的面儿上,你就把两条狗的故事讲给我们听一听吧!你为什么那样惩罚那两条狗,又为什么痛哭流涕,亲吻那两条狗呢?还请告诉我们,你的姐妹为什么身上有那么多伤痕呢?这就是我们要问的,没别的什么了。"

房主姑娘问大家:"他说得对吗?"

"对!"男子们异口同声,只有贾法尔没有吱声。

房主姑娘说:"客人们,凭安拉起誓,你们问的太叫我们为难了。你们刚到时,我们就向你们提出了一个条件:不谈与己无关之

A.B.霍顿 绘

事,免听不悦耳之言。我们不仅请你们进门,还请你们与我们一道吃喝。不过,罪责不在于你们,而在把你们送到我们这里来的人的身上。"

说罢,房主姑娘挽了挽袖子,往地上拍了三下,说了声:"来人哪!"

突然间,仓库门开了,走出七条大汉,个个手握一柄闪着寒光的出鞘宝剑。

房主姑娘厉声命令道:"把这些多嘴多舌的人反绑起来,再把他们连绑在一起!"

大汉们眼疾手快,执行主人命令,将几个客人绑了起来。大汉们说:"小姐,让我们把他们的脑袋全削下来吧?"

房主姑娘说:"且慢!再宽限他们一个时辰,我先问问他们的来历,然后再要他们的命!"

脚夫说:"看在安拉的面儿上,小姐,千万不要因别人的罪过而杀我呀!他们错了,我没错。除了我,他们都错了,他们都有罪。凭安拉起誓,要是没有这帮流浪汉闯进来,我们这一夜晚该是多么美好啊!这群流浪汉到了任何一座繁华城市,都会将之毁掉的。"

脚夫吟道:

　　对于无援者,强者恕至大。重看乃情意,莫因乙斩甲。

脚夫吟罢诗,姑娘笑了……

讲到这里,眼见东方透出黎明的曙光,莎赫札德戛然止声。

第十一夜

夜幕垂降，莎赫札德接着讲故事：

幸福的国王陛下，房主姑娘说："且慢！再宽限他们一个时辰，我先问问他们的来历，然后再要他们的命！"

脚夫说："看在安拉的面儿上，小姐，千万不要因别人的罪过而杀我呀！他们错了，我没错。除了我，他们都错了，他们都有罪。凭安拉起誓，要是没有这帮流浪汉闯进来，我们这一夜晚该是多么美好啊！这群流浪汉到了任何一座繁华城市，都会将之毁掉的。"

脚夫吟道：

对于无援者，强者恕至大。重看乃情意，莫因乙斩甲。

脚夫吟罢诗，姑娘笑了，走到他们面前，说："一个时辰之后，你们的生命就要到尽头了，快把你的情况告诉我吧！假若你们不是至尊或权贵，我早就结果了你们的性命。"

哈里发说："贾法尔，你这个该死的，快把我们的真实情况告诉她吧；若不那样，她会把我们杀掉的。"

贾法尔说："这只不过是我们应得的惩罚。"

哈里发说："认真的时候不该开玩笑，认真与玩笑各有各的时辰。"

房主姑娘走到流浪汉跟前，问他们："你们是同胞兄弟吗？"

"凭安拉起誓，不是的。我们都是穷流浪汉。"

房主姑娘问其中一个流浪汉："你生来就是一只眼？你的左眼是怎样瞎的？"

那流浪汉说："凭安拉起誓，不是的。我曾经历过一件怪事，毁掉了我的一只眼睛。这里有一个故事，若讲出记录下来，足以供后人借鉴。"

房主姑娘又问另外两个流浪汉，二人的答话与第一个人相同。他们又异口同声地说："我们来自不同的地方，我们都有一段离奇的经历。"

房主姑娘一一仔细打量他们后，说："你们每个人都把自己的身世讲一遍，说一说你们为什么到我们这里来。讲清楚后，就可以摸着自己的脑袋，赶自己的路去，保你们平安无事。不然的话……"

首先走上前去的是那位脚夫。脚夫说："小姐，小姐，我是个脚夫，是这位采买姑娘雇我来搬运东西，将我带到了这里的。我与你们之间发生的事情，你们再清楚不过。我的情况就这么简单，没有别的什么可讲。"

房主姑娘说："摸着你的脑袋，走你的吧！"房主姑娘要打发脚夫走。

脚夫说："凭安拉起誓，我不走，我想听听朋友们的身世。"

第一个流浪汉走上前来，开始讲自己的身世：

小姐，请听我讲述我刮掉胡子、失去一只眼睛的根由。

我父亲本是一位国王。家父有位胞弟，在另一城市为王。说来也巧，就在我出生那天，我叔父家也添了个儿子。一晃数年过去，我与同龄的堂弟都已长大成人。有那么几年，我常去看望叔父，在他那里一住就是几个月。

有一次,我到了叔父家,堂弟热情招待我,为我宰羊备酒。当我们酒过三巡,醉意朦胧时,堂弟对我说:"我有要事相求,希望你不要阻拦我实现自己的意愿。"

"我必全力协助!"我一口答应。

他确信我绝对可靠时,方才站起身来。离去片刻,带来一位女子,但见她衣饰华贵,浓妆艳抹,佩戴着价值昂贵的首饰,模样姣好。堂弟对我说:"你先带着这位女子到某某家坟地去。"

接着,他把那家坟地的周围环境详细给我描述了一遍。我弄清了坟地所处的位置之后,堂弟又说:"把她带到那里,就在那里等我。"

因为我为此事已立过誓,不能背弃自己的诺言,只得带着那女子走了,一直走到那家坟地。

我们刚刚坐稳,我的堂弟就到了。他带着一桶水、一袋石灰和一把镢头,行至坟地当中的一座墓前,便把那座墓刨开了,随即将石头放在一旁,继续用镢头刨土,终于挖开一个小门大小的盖子,盖子下有阶梯。堂弟回头望着女子,说:"开始按你的选择行事吧!"

女子顺着阶梯下去了。堂弟又望着我,说:"哥哥,你行行好吧!我下去之后,你就把盖子盖上,用土埋住,让它和原来一模一样,这才算把好事办完。袋子里有石灰,桶里有水,把灰调和好后,将石头摆放在坟的周围,最后用灰涂抹好,完全恢复坟墓的原状,不要让任何人看出这坟曾被人刨开过。这件事,我考虑了整整一年,除了安拉,谁也不解其中之奥秘。这便是我要求你办的事情。"

堂弟沉默片刻,又对我说:"哥哥,愿安拉解除你的寂寞。"

说罢,堂弟顺阶梯而下,旋即不见背影。我按堂弟的嘱咐,盖好盖子,填上土,又用灰膏封好坟头周围的石头,随后将坟墓恢复原状,和原来的一模一样。一切办好,这才返回叔父的宫殿里。

当时，我叔父正出外打猎，不在宫中。我一夜安睡，次日一早醒来，想起昨夜的事及我与堂弟之间的一切，心里甚感不安，对自己的行动感到极为后悔，可是后悔又有什么用呢？

我急忙赶到墓地，寻找那座坟墓，一直找到夜幕垂降，也没有认出究竟是哪座坟墓，只好返回宫中。我一心想着堂弟，不知他究竟怎么样了，所以没有吃饭，连水也不想喝。一整夜，心中苦闷，一直沉浸在忧愁之中。

天明之后，我又赶往坟地。我思考着堂弟所做的事情，后悔自己依从了他。我找遍了坟地，还是没有找到那座坟墓。我一连七天找那座坟墓，可还是认不出那座坟来。我苦闷极了，简直要发疯。我没有什么办法，只有离开那里，返回父亲的京城。

当我到达父亲的京城时，守城的卫兵将我包围起来，继之把我绳捆索绑。我是王子，而那些卫兵都是我父亲的奴仆，竟然对我如此无礼，使我感到大惊。我害怕他们，心想："究竟我父亲出了什么事？"我问他们为什么绑我，谁也不回答我。

过了一会儿，一个原来伺候我父王的奴仆对我说："你父亲倒霉啦！军队背叛了他，宰相把他杀了。我们正在这里等着抓你呢！"

听到父亲被害的消息，我难过极了，一时昏迷了过去。旋即，他们把我带到了杀我父亲的宰相面前。我与那位宰相素有冤仇。记得还在我小的时候，我喜爱玩弹弓。一天，我站在王宫的一座大殿顶平台上，忽见一只鸟儿落在相府的房顶上，当时那位宰相也站在那里。我想打那只鸟，便拿起弹弓来，一弹弓打出去，没想到弹丸没长着眼睛，正好击中宰相的一只眼，天命夺去了他的那只眼睛。正如诗人所云：

天命任所为，无法抗命运。

何必为物喜,为事悲何因?

须知世万象,终有一日隐。

诗人又云:

平生注定路,必走无话讲。命该丧此地,焉会殁他乡。

我虽打瞎了宰相的眼睛,但他不便开口拿我问罪,因为我父亲是国王。我与宰相之间的仇恨就起源于此。

我被五花大绑地押到宰相面前,宰相下令处死我。我大声问宰相:"我有什么罪?你要处死我?"

宰相指着自己的眼睛,说:"还有比这更大的罪过吗?"

我辩解道:"我不是故意的呀!"

"如果说你是无意的,那么,我这样做却是有意的。"

宰相厉声喊道:"把他带到我跟前来!"

众奴仆把我带到宰相的面前,那宰相用手指一下戳瞎了我的左眼。从那时起,我就变成了像你们现在所看到的独眼人。之后,他们再次把我捆绑,将我装入一口大箱子里。宰相对刽子手说:"把他交给你们了。把他拉到城外,拔出你的利剑,将他杀掉,把他的尸首喂了野兽!"

刽子手把我带到郊外。到了那里,刽子手将我从箱子里拉出来。当时,我的手脚都被绑着。刽子手想蒙起我的眼睛再杀我,我哭了,边哭边吟道:

奉你为甲胄,为防敌箭头。事皆出意料,箭却射自友。
面临生与死,焉分左右手?休睬责难者,君也莫开口。

我接着吟道：

> 将兄当甲胄,惜护敌人首。视兄为利箭,却射我胸口。
> 人劝我协助,要我面矛头。实无言以对,为让我现丑。

那刽子手原本是我父亲的手下人，我父亲曾给他过许多恩惠。他听罢我吟诵的诗歌后，对我说："王子殿下，我是唯命是从的奴才，有什么法子呢！"

他沉思片刻后，又对我说："殿下，你快逃命吧！再也不要回这里来，不然，不仅你必死无疑，就连我的性命也难保。正像诗人所云……"

他吟诵道：

> 若怕心受虐,抬脚拔腿逃；舍弃楼阁殿,听任人凭吊。
> 大地处处有,生命仅一条。岂可屈辱生,主天多广袤。
> 命定眠此地,岂会丧海角。雄狮颈健壮,全靠练勤劳。

刽子手吟罢，我吻了吻他的双手，相信自己可以幸免于死。就这样，我失去了一只眼睛，换得了活命一条。

刽子手给我松了绑，我立即离开那里。我走呀走呀，一直走到叔父的京城。

见到叔父，我将父王被害和我被凌辱失去一只眼睛的情况告诉了叔父，叔父听后一场痛哭。叔父说："如今是愁上添愁，雪上加霜啊！你弟弟已失踪数日，杳无音信，不知他的情况如何，也没一个人向我报告他的消息。"

话音未落,叔父已是老泪纵横,泣不成声,顷刻间昏迷过去,不省人事。

叔父苏醒后,对我说:"孩子,你弟弟失踪,使我万分难过;你和你父亲的遭遇,更使我惆怅难言。不过,孩子,你失去一只眼睛,这无碍于你的生命,还算万幸啊!"

因为我的堂弟是叔父的亲生儿子,我再也不能对堂弟的事情保持沉默了,于是将事情的前因后果向叔父述说了一遍。

叔父听到儿子的消息,非常高兴。他说:"你就带我去看看那座坟墓吧!"

我对叔叔说:"叔叔,凭安拉起誓,我真认不出那座坟墓了。因为事后我曾经去过几次,都没有找到那座坟墓。"

之后,我带着叔父一起去墓地,我左右打量,仔细辨认,终于认出了那座坟墓,我和叔父都高兴极了。我和叔父走到那座墓前,刨开土层,揭开盖子,顺阶梯走了下去。走下五十个台阶,便到了阶梯尽头,但见那里烟雾弥漫,伸手不见五指。我叔父说了句:"无能为力,只有依靠伟大的安拉啦!"我们便继续向前走去。

片刻后,我们发现我们站在一个大厅里。走进大厅一看,发现那里摆放着食物、面粉和许多东西。大厅中间垂着一道幕帘,帘后放着一张床。我叔父定睛望去,只见他的儿子及一同进来的那女子躺在床上,相互拥抱着,已经化成了黑色的焦炭,仿佛在火中烧过似的。看到这种情景,我叔父往我堂弟的脸上吐了一口唾沫,愤怒地说:"坏小子,你这是罪有应得!这只是今世的折磨,来世的惩罚还等着你呢,那将更严厉更残酷……"

讲到这里,眼见东方透出了鱼肚白,莎赫札德戛然止声。

第十二夜

夜幕垂降，莎赫札德接着讲故事：

幸福的国王陛下，第一个流浪汉继续向姑娘讲述自己的身世，他说：

我们走进大厅一看，发现那里摆放着食物、面粉和许多东西。大厅中间垂着一道幕帘，帘后放着一张床。我叔父定睛望去，只见他的儿子及一同进来的那女子躺在床上，相互拥抱着，已经化成了黑色的焦炭，仿佛在火中烧过似的。看到这种情景，我叔父往我堂弟的脸上吐了一口唾沫，愤怒地说："坏小子，你这是罪有应得！这只是今世的折磨，来世的惩罚还等着你呢，那将更严厉更残酷……"

说着，我的叔父脱下靴子，朝他那躺在床上焦炭似的儿子的脸上狠狠批打。我惊异万分，深深为堂弟及那位女子感到悲伤，因为他俩变成了黑色焦炭。

我赶忙劝阻说："叔父，看在安拉的面儿上，你不要难过，莫悲伤，宽宽心吧！弟弟的情况已使我感到心神不安，他和那个女人都变成了焦炭，这还不够吗？何苦再用靴子打他呢？"

叔父叹了口气，对我说："贤侄呀，你有所不知，那女子不是别人，而是他的同父异母妹妹！你堂弟自小就喜欢他这个妹妹。当时，我心想：'他俩都是小孩子，没什么大不了的事。'后来，他俩渐渐长大，二人之间发生了丑事。听到这个消息时，我还有些不大

A. B. 霍顿 绘

相信，但我还是严厉地呵斥了他一顿。我对他俩说：'你们要防止丑事发生啊！因为这种事，在你之前没有人做过，在你之后，也不会有人去做。如若不然，我们这个帝王之家，必将贻笑天下后人，臭名万年不消。我告诉你，日后如果再闹出此类丑事，我会把你杀死的。'自那以后，我就把他俩隔离起来，既不让他接近她，也不让她接近他。可是，那个坏东西很爱你的堂妹，二人简直都像着了魔。你这个弟弟见我把他俩隔离起来，就偷偷在墓地挖了这么个地宫，运来吃的喝的，趁我外出打猎之机，他俩就偷偷躲到这个地方鬼混起来！伟大的安拉不容此等丑事，于是将二人火烧了，把他俩化成了焦炭。这还不算最后惩罚，来世的惩罚，一定更加严厉残酷。更厉害的酷刑还等着他们哪……"

叔父咬牙切齿，怒不可遏，泪流满面，我也跟着泪流不止。

过了一会儿，叔父擦了擦眼泪，对我说："贤侄，你父亲已被人害死，我的儿子也已被天神诛灭，你就做我的儿子吧！"

此时此刻，人间的种种事端纷纷涌入我的脑海：宰相弑君，篡夺王位，继之弄瞎我的一只眼睛，还要斩草除根，断子绝孙，人心多么险恶！堂弟竟然荒唐到如此地步，实属罕见！想到这些，我痛心不已，泪水止不住，流淌到了面颊。

过了一会儿，我和叔父走出坟墓，把盖子盖好，将坟墓恢复原样，返回家中。

回到宫中，刚刚坐稳，便听到鼓号齐鸣，人声鼎沸，马蹄声急，一片嘈杂。我们一时不知道究竟出了什么事情，感到茫然。国王问下人，有人禀报说："大事不好！"

叔父忙问："何事惊慌？"

"陛下长兄的宰相杀死了你的长兄，纠集大军，向京城发动突袭，城中人无力抵抗，已经开门投降了。"

当时，我心想："我若落在那个宰相手里，必死无疑。"

想起父王及母后的遭遇，我悲痛万分，一时不知如何是好。倘若我被他们看见，父王京城中的人及父王的手下将领必定认出我来，会千方百计把我杀死；我要想逃命，只有刮掉胡子化装出城。我当机立断，刮掉了胡子，换了衣服，化装一番，离开了叔父的京城，来到这座城市。我希望碰上一个人，能把我送到信士们的长官①那里，见到哈里发，我要向他述说我的经历及遭遇。因此，我于今夜来到了这座城市。当我站在一处，正不知道向何方走时，遇到这位流浪汉朋友，向他问好之后，告诉他，我是个外乡人，他说："我也是个异乡客……"

正当此时，我们的第三位伙伴来到我俩身旁，相互问候之后，他说："我是异乡人。"

我们都说自己是异乡人，三个人同病相怜，一见如故，很快成了好朋友，便结伴同行。当时天色已经暗下来，命运把我们送到了你们的门前。

这就是我失去眼睛、刮掉胡须的经过。

第一位流浪汉讲完，房主姑娘说："既然已经讲完，那么，摸着你的头，走你的路吧！"

第一位流浪汉说："我不能走，我还想听听别人的故事。"

听完刚才的故事，在场的人无不感到惊奇。

哈里发哈伦·拉希德对贾法尔说："凭安拉起誓，像这位异乡客的离奇经历，我还是第一次听到……"

---

① 信士们的长官，伊斯兰教发展初期，穆斯林对于政教合一领袖哈里发的尊称，阿拉伯语"埃米尔·穆民"的意译。

片刻后,第二位流浪汉走上前来,行过吻地礼后,开始讲自己的经历:

女主人,我并非生来就是独眼。我有一段奇异的经历,倘若用笔记录下来,足以留给后人作为训诫。

我本是王太子,自幼便开始读《古兰经》,熟知《古兰经》的十四种读法。我曾就教于许多名师门下,学过天文、地理、诗歌,奋力研究数门学问,称冠一时,因此名扬周围各国,为多位国王所知。

印度国王听到我的名声,得知我博学多才,便派使者前来,求我父王准许我前往印度讲学。父王欣然允诺,随即备下大批适合送给帝王的礼物和珍宝,装在六条船上。我们起程后,在海上航行了整整一个月时间,方才到达陆地。我们卸下装在船上的马匹,将礼品分装成四大驮,由四匹马来驮,开始向印度京城进发。

大队人马行进不多时,突见前方尘土飞扬,弥漫天地,遮住了视野。一个时辰过后,烟尘下闪现出一彪人马,冲着我们飞驰而来,计有六十名骑士,个个身强力壮,如狼似虎。我们定神望去,原来他们是一帮阿拉伯强盗。

他们人多势众,见我们人少力单,且带着大批送给印度国王的礼物,便开始向我们舞刀动枪。

我们朝他们打了个手势,对他们说:"我们是朝见印度国王的使臣,你们不要伤害我们!"

他们说:"我们没生活在印度国王的土地上,不是他的臣民,不受他的管辖。"

他们边说边杀死了我的部分随从,另一部分随从逃跑了。我也是受了重伤之后,方才得以逃命的。当时强盗们忙着抢钱财和礼品,一时没有顾得上抓我,我便趁机逃走了。

T. 达尔齐尔 绘

我本是个高贵的王子,此时却变成了身无分文的卑贱平民,一时不知该往哪个方向逃命,不知不觉之中走到一座山下,发现那里有个山洞,便钻了进去,一直在那里待到第二天天亮。

我离开山洞,走到山下一座繁华的城市。那里人烟稠密,冬天已带着寒意离去,春姑娘带着玫瑰花走来,我因此感到高兴。但见那座小城河水流淌,百花争妍,鸟儿鸣唱,正如诗人所云:

> 百业皆兴地,宁静无喧哗。
> 锦饰点市面,幽园放百花。
> 天堂落人间,众民乐哈哈。

当时,我已走得筋疲力尽,加之忧愁缠心,故面色憔悴,不晓得该到什么地方去。

我终于拐进一家店铺,看见一位裁缝。我向那位裁缝问了安好,裁缝师傅对我表示欢迎,问长问短,还问及我流落他乡的原因。我把自己的身世一五一十告诉了他。那位师傅为我感到忧愁伤心。他对我说:"年轻人,你千万不要向别人透露你的身世。我真是为你担惊受怕呀!你有所不知,这座城市的国王就是你父王最凶恶的敌人,正寻机找你父亲复仇呢。"

说罢,裁缝师傅给我拿来吃的喝的,待我如亲生儿子,让我住在他的店铺里。我边吃边喝,他还陪我吃喝,我们俩一直谈到深夜。当夜,他在他的店铺旁边为我腾出一个地方,给我送来被褥。我在那里住了三天之后,他问我:"你会什么能谋生的手艺吗?"

我回答:"我是伊斯兰教法学家,能写会算。"

"你的这种技艺在我们这个国家里是没有用的。因为这座城市里没有人懂得什么学问,也不会写什么,只知道赚钱。"

"凭安拉起誓,除了刚才我提到的,我什么也不会呀!"

"我给你出个主意,你就束起腰,带上斧头和绳子,到野外砍柴去吧!先靠卖柴维持生活,再等待安拉解救你吧!记住我的话:不要向任何人吐露你的身世,以免遭人暗算。"

之后,裁缝师傅给我买了一把斧头和一条绳子,让我跟着一些樵夫去砍柴,把我托付给了他们。

我和樵夫们一道砍柴,砍完柴,用绳子捆好,用头顶回来卖掉,换得了半第纳尔,然后买了点儿吃的,剩下的钱装了回来。

就这样,我度过了整整一年时间,我完全习惯了砍柴生活。一年以后的某一天,我照例到野外砍柴。来到野外,我看见一片丛林,因见林中干柴很多,便走了进去。行至一棵树下,就在树的四周刨起来根。当我刨土时,只觉得斧头碰到一个铜环。清掉土一看,只见铜环链着一个木盖子。我揭开木盖,盖子下出现了阶梯。我顺阶梯而下,看见一道门。走进门去,面前出现一座宫殿,建筑极为精美,堪与我父王的宫殿相比。那里住着一位如花似月的姑娘。我一见那位姑娘,心中的百般忧愁顿时云消雾散。当我仔细打量那位姑娘时,禁不住打内心里赞美伟大的造物主,赞美造物主为姑娘创造了那样的俊俏姿容。

那姑娘身材苗条,腰身婀娜,秀目含娇,秀发如丝,酥胸高耸,丽质天生,明艳动人;乌发下那白皙的脸庞上,闪烁着朝露似的光芒;雪白的前胸上,一串珍珠项链闪闪发光。正如诗人所描述的那样:

　　乌发若春草,眉目艳星月。
　　婀娜腰身俏,屐上足如雪。
　　行时风拂柳,轻把沙丘越。

T.达尔齐尔 绘

诗人又写道：

难全四皆美，神境无处寻；貌足羞天仙，动人心与神。
额似金黄月，乌发光泽润；桃红面白皙，亭亭玉立身。

姑娘望了我一眼，问道："你是人，还是妖？"
"我是人呀！"我忙答道。
"谁把你送到这个地方来的？"姑娘说，"二十五年来，我还没见过一个人呢！"
听到姑娘的话，我感到她的声音甜美无比。我回答道："小姐，是安拉把我领进贵府来的，也许安拉有意消除我的苦闷和忧愁。"
随后，我把自己的经历从头到尾向姑娘讲述了一遍。
我的情况使姑娘感到极为难过，她哭了，泪水潸然，流个不止。她说："我也把我的故事讲给你听听吧！你有所不知，我本是远离印度的檀香岛国国王的女儿。父王已将我许配给我的堂兄。就在我的新婚之夜，一个名叫吉尔吉里斯·本·拉哈姆斯·本·易卜劣斯的魔鬼将我抢了出来，带我飞到这个地方。魔鬼易卜劣斯把我的首饰、衣物、布匹、食物和饮料等全部用品都搬到了这里。易卜劣斯每隔十天来这里过一夜。他向我承诺说，不管白天黑夜，每当我需要东西时，只要用手摁一摁屋顶上的那两行字，然后手一离开，他便立即出现在我面前。他四天前还在这里，再过六天才会到这里来，你不妨在这里住五天，只要在他来的前一天离去就可以，你看行吗？"
我喜出望外，随口说："可以！"
姑娘非常高兴，站起身来，拉着我的手，领我走进一道精美雅致的拱形门,那里是浴室。看到浴室,我立即脱去衣服下到池水中。姑娘也脱下衣服陪我沐浴。

沐浴罢,姑娘坐在一条长凳子上,让我和她坐在一起。她端来麝香酒,又拿来吃的,我俩边喝边谈。过了一会儿,姑娘对我说:"你一定很累了,休息休息,睡一觉吧!"

我把自己的遭遇全都忘到了脑后,谢过她,便酣然入睡了。

当我醒来时,发现姑娘正给我按摩腿和脚。我立即为她祝福祈祷。我们坐起来,谈了一个时辰,她说:"凭安拉起誓,我一个人住在这里,孤独寂寞,二十五年中,没有一个人和我说过话,感到无限寂寞和苦闷。感谢安拉,把你派到我这里来了!"

她接着吟道:

若知您驾临,定用心铺路;垫上吾面颊,任凭客信步。

我听完她吟诵的诗歌,连声表示感谢。

她的情爱征服了我的心,赶走了我的苦闷和忧愁。我们坐下,一直畅饮到深夜,我和她一起度过了一个无比欢快的夜晚,情话缠绵,心定神安,乐不可支。

我对她说:"我把你从这里救出去,让你永远摆脱魔鬼折磨,好吗?"

她说:"知足常乐啊!你不要多说什么啦!每十天,只有一天属于我和魔鬼,九天全属于你,够美的了。"

我抑制不住心中激情,说道:

"我已被爱情征服。我现在就打碎这刻着字的圆屋顶,只盼魔鬼马上到来,我好杀死他。我曾立过杀魔鬼的誓言。"

姑娘听我这么一说,吓得面无血色,立即吟诵道:

要求分手人,且请勒马缰。一朝不慎事,悔恨难消亡。
一念成分离,相聚难渴望。一日终东西,背叛乃时光。

听完她吟诵的诗歌,我没去多想,而是朝圆屋顶狠狠地踢了一脚。

讲到这里,眼见东方透出黎明的曙光,莎赫札德戛然止声。

第十三夜

夜幕垂降,莎赫札德接着讲故事:

幸福的国王陛下,第二个流浪汉继续向姑娘讲述自己的经历:

我朝圆屋顶狠狠地踢了一脚。这时,姑娘对我说:"我不是告诫过你吗,这样魔鬼就会来的!凭安拉起誓,你这下可害我了。你快自己逃命吧!赶快从来的地方出去吧!"

因为我太害怕,忘记了拿我的鞋和斧头。登上两个台阶,我回头一看,只见地裂开了一条缝,顷刻之间从缝隙中钻出了一个面目狰狞的奇丑魔鬼。

魔鬼厉声喝道:"为什么这样打搅我?你遇到什么灾难啦?"

姑娘回答说:"我倒没遇到什么灾难,只是心中有些烦闷,想喝点儿开心饮料。我刚才站起来,正要取饮料时,不小心碰到了圆屋顶上。"

魔鬼大怒:"臭婊子,你在说谎呀!"

魔鬼左右环顾殿中，看见了鞋和斧头，便问："这是人用的东西！谁来过你这儿？"

"我也是刚刚才看见，也许是你带进来的吧！"

"简直是胡说八道！这种话是骗不了我的。臭婊子！"

话音未落，魔鬼把姑娘的衣服扒光，将她捆在四根木桩上，开始严刑拷打，逼她招认。

我不忍听姑娘的哭声，快步拾阶而上，惊逃出去。我回到地面，将盖子盖严，用土埋好，一切恢复原状。我对自己的作为感到极为后悔。我回想着那位姑娘及其美貌，想象着魔鬼惩罚她的情景……她与魔鬼一起生活了二十五年，而她受到惩罚，责任全在我的身上。我想起父王及其王国、王权，想到自己如何沦为樵夫，禁不住凄然吟道：

总有那一天，命去面灾愁；一朝宽盈庭，一夕贫临头。

我快步回到裁缝师傅那里，发现他正心急火燎地等着我。他对我说："孩子，我昨夜一整夜未能安睡，担忧你在野外遇上什么麻烦。感谢安拉保佑，你终于平安回来了。"

我谢过他对我的关怀，回到自己的小房间，开始回忆一天的历险，怨恨自己朝那圆屋顶踢了一脚。

突然间，裁缝师傅走进我的房间，对我说："店里来了一个外乡人，带着你的鞋和斧头，要求见你。他带着那两样东西去见樵夫们，对他们说：'我是晨礼①时分听到宣礼员宣礼，去做晨拜时拾

---

① 晨礼，伊斯兰教规定的每日五次膜拜的第一次膜拜，在日出以前进行，亦称"清晨拜"。每日五次膜拜分别是晨礼、晌礼、晡礼、昏礼、宵礼。

到这两件东西的。我不知道物主是谁,请樵夫们帮我找到物主.'樵夫们把他带到这里找你来了,现在就坐在店中,你去感谢一下他们,拿回你的斧头和鞋子吧!"

听师傅这样一说,我顿时脸色蜡黄,心中甚是不安。正在这时,地面突然裂开,从地缝里钻出一个魔鬼,不是别人,正是惩罚姑娘的那个魔鬼。原来那魔鬼百般折磨姑娘,姑娘什么也没有招认,魔鬼便拿起斧头和鞋子,对姑娘说:"既然我是魔王的子孙吉尔吉里斯,那么,我就能把这斧头和鞋子的主人弄到这里来。"

魔鬼找樵夫们打听,终于找到了我的住处。魔鬼没有放过我,他把我抢去,然后高高飞起,时高时低,有时还潜入地下。在不知不觉之中,我被带到了那座地下宫殿。我看见那位姑娘赤身裸体,皮开肉绽,鲜血流淌,禁不住泪水潸然落下。魔鬼揪起姑娘,说:"臭婊子,这就是你的情夫吧?"

姑娘抬头看了看我,回答道:"我不认识他。我现在才看见他。"

"你遭到这种惩罚,还不招认?"

"我从未见过他,招认什么?安拉是不允许撒谎的。"

"既然不认识他,你就拿起这口宝剑,把他的首级取下来吧!"

姑娘拿起宝剑,向我走来,站在我的面前。我向她扬了扬眉,泪水直淌到腮边。姑娘向我使了个眼色,然后悄声说:"这灾祸都是你招惹来的!"

我向她示意说:"这正是你宽恕我的时候。"

我接着吟道:

眼代舌翻译,吐露心底秘。相逢泪滚滚,眼神传心意。
她用眼暗示,我手表会意。扬眉互抒情,无须言传递。

姑娘明白我的暗示，丢下手中的宝剑，对魔鬼说："我不认识他，他又没坑害过我，我怎好下毒手杀他呢？这样的事情，我不能做呀！"

说完，她双臂交叉在胸前。

魔鬼说："杀死情夫，你感到难过、悲伤吧！因为他说谎，你才会经受这样的拷问。照这样说，你俩是同病相怜了。"

魔鬼又对我说："你也会说不认识这女子吧！"

我说："我根本不认识这女子，不知道她是何人。"

魔鬼把宝剑递到我的手中，说："既然你不认识，你用这口宝剑把她杀了吧！你只有把她杀死，我才能相信你的话。你杀掉她，我就放你走。我是不会难为你的。"

我无可奈何，只有说："遵命！"

我立即拿起宝剑，快步走上前去，扬手举剑之时，姑娘扬眉向我暗示道："我不曾亏待过你呀！"我用眼神向她示意说："我愿为你牺牲自己的生命！"

此时此刻，我与她心心相印，都默默吟诵着这样的诗句：

恋人心相印，眉目传情意；我解情人心，恋情永不移。
眷恋凝视时，眼神更亮丽。传情何须言，神会无可疑。
明眸足代口，双眉堪做笔。痴情两相知，彼此不分离。

我的双眼顿时淌出了泪水，甩掉了手中的宝剑。我说："好厉害的魔王、精明的英雄啊，既然一个理智健全、没有宗教信仰的女流之辈都不肯杀我，我又有什么理由杀她呢？我与她素昧平生，纵然我被枉杀而死，我也不干此类不仁不义之事。"

魔鬼说："你俩之间是有感情的啊……"

说着，魔鬼手起剑落，砍下姑娘的一只手，随之又斩下她的另一只手，继而砍下姑娘的右脚，最后砍下左脚，仅仅四下，就斩下了姑娘的四肢。

我眼见此情此景，自认必死无疑。姑娘向我使了个眼色，被魔鬼发觉，魔鬼说："你俩还在眉目传情呀！"

话音未落，魔鬼挥剑削下了姑娘的头。

魔鬼回过头来，对我说："活人哪，依照我们的法律，妻子若有奸情，必杀不留。这个女子，是我在她洞房花烛之夜，把她抢出来的。多少年来，除了我，她谁也不认识。我每隔十天，穿上异乡人的服装，到她这里来住一夜。我得知她背叛了我，所以将她杀死。但是，你嘛，我现在还无法证明你背弃了我，但我能看得出你不像我想象的那样完美无缺。你打算怎么办，说吧？"

听魔鬼这样一说，我很高兴，对他产生了某种希望。我问："魔鬼大人，你对我能提什么要求呢？"

"你希望我用妖术把你变成什么形象吗？你想变成狗，还是想变成驴，或者猴子？"

我本希望魔鬼宽恕我，于是说："凭安拉起誓，你若宽恕了我，安拉就会原谅你。求你宽恕一个没有伤害过你的穆斯林吧！"

我站在魔鬼面前，苦苦地哀求。我说："我冤枉啊！"

魔鬼说："你不要多说话了！死亡马上就要临头了。不过，我还想给你一个选择的机会。"

我又一阵苦苦哀求，希望魔鬼宽恕我，然后吟诵道：

高尚贤明君，不记小人过。勾销我之罪，切请宽恕我。

我吟完诗，魔鬼说："你不要多说什么啦！要么，杀头，你不要害怕；要么，宽恕你，你甭想；要么，对你施妖术，别无选择。"

说完，魔鬼撕裂大地，带着我飞上了天空，整个世界显现在我的身下，就像一片水洼。不久后，魔鬼带着我落到一座山上，他抓起一把土，念了几句咒语，然后撒在我的身上，说道："变，变，变……变成一只猴子！"

从那时起，我变成了一只百岁猴子。我看到自己变成这副丑相，禁不住哭了起来。我忍受着时光的折磨，我知道，时光并不属于任何人。我从山顶上一直滑到山脚下，又走了一个月时间，来到咸海岸边，在那里站了一个时辰。

突然间，我看见海面上出现一艘船，风平浪静中正向岸边驶来。我急忙躲藏在海岸的一块巨石后，然后跳到了船上。船上的一个人说："把这个倒霉的东西轰下船去！"

"我们把它杀掉吧！"另一个人说。

"我用这把宝剑把它杀死！"又一个人说。

只见这个人握住了剑柄……我哭了，眼泪簌簌落下。船长同情我，对他们说："商友们，这只猴子向我求援了，我来救它，让它跟在我的身边吧！"

没有人表示反对，也没有人议论。船长对我很好，他说什么，我都明白；他有什么事，我都能给他办；我在船上为他服务效力。

船在风平浪静的海面上行驶了五十天，在一座大城市附近停泊下来。那城中有许多学者，数目只有安拉才数得过来。船停稳后，国王的钦差大臣们纷纷登上船，祝贺商人们平安到达。他们说："我们的国王陛下祝贺你们平安到达这里。国王把这些纸卷送给你们，请每个人在纸上写一行字。国王的书写大臣过世了，国王发誓一定要找到一个书法与他类似的人继承他的职位。"

我站起来，依然是猴子模样，从他们的手中夺过纸卷。他们怕我把纸卷弄断,又担心我把纸卷扔到水里,于是厉声呵斥我,还想把我杀掉。

我向他们示意我要写字,船长对大家说:"就让它写字吧!倘若它写坏了,我们就把它赶走;假使它写得好,我就收它为儿子,说实话,我还没有见过这样善解人意的猴子。"

我拿起笔,蘸上墨水,用行书写成下面的诗句:

记下尊者功,功高不胜说。主恩天高厚,公德永不没。

我用楷体写下这样的诗句:

他有一支笔,世人沐其光。你的手指上,五条河流淌。

我又用三一体写成下面的诗句:

文士谁无死,墨迹垂白纸。写下传世作,末日再读之。

我用库法体写下这样的诗句:

别离消息至,人力奈何之?取来墨水瓶,凭笔抒情思。

我用公文体写下这样的诗句:

江山本无主,元君今何在?百业树至美,人去木不衰。

我用混合体写出下面的诗句:

打开墨盒子,请君留墨迹。妙文传后世,公德无争议。

我写完之后,把纸卷递给他们,他们拿去呈送国王。国王将送来的纸卷一一过目,结果只赞赏我的书法。国王对臣子们说:"你们去找这位书法家,给他穿上这套华服,让他骑上骡子,举行盛大仪式,将他迎到我的面前。"

大臣们听罢国王的吩咐,都微微笑了。国王大怒道:"我向你们颁令,你们为何笑呢?"

众臣一听,大笑起来。他们说:"国王陛下,我们笑的不是陛下的圣旨,而是笑写这字的,它不是人,而是一只猴子,常与船长相伴,形影不离。"

国王大惊,又高兴得摇头晃脑。国王说:"我想买下这只猴子。"随后派使臣上船,带着骡子和华服,并且嘱咐使臣们:"你们一定要给它穿上这身华服,让它骑上这匹骡子,将它迎来。"

使臣们登上船,从船长那里将我领来,给我穿上华服,众商人无不大吃一惊,纷纷上前看我。

他们把我送到国王那里,我看见国王,立即跪下吻地三次。国王要我坐下,我坐了下来,在场之人无不对我的周到礼貌表示惊讶,而最吃惊者要算是国王了。

国王命令人们离去,众人相继退下,只留下太监、一个童仆和我。国王下令摆宴,顷刻之间,一桌丰盛菜肴备齐,色香味俱佳。国王示意我就餐,我站起来,在国王面前行吻地礼七次,然后坐下与国王同桌进餐。

吃完饭,撤去餐桌,我在七种水里洗过手,取来笔、墨和纸,挥毫写下这样的诗句:

油煎食味香,盘中鹧鸪泣。餐美情人伤,犹恋蛋中鸡。
两尾鱼上桌,面条似泪溢。若非诸美味,欢乐何处觅!
细细肉丝香,火上烤肥鸡。万赞归安拉,酒菜除肠饥。
柔弱可解毒,盘中盛希冀。奶油粉丝甜,令我魂飞离。

我又写下这样一首诗:

糖加蜜粉丝,引起我食欲。
思你心意切,耐心已失去。
每日每夜盼,涎水淌须臾。

写罢诗,我在远远的地方坐下来。国王看过我写的诗,又读了一遍,大感惊异。他说:"猴子竟有这般文采,能写出这等诗句?凭安拉起誓,这真乃天大奇迹!"

仆人把一满杯酒递给国王,国王喝了一口,然后将杯子递给我。我向国王行了吻地礼,继之举杯一饮而尽,随即挥笔写下这样的诗句:

将我火上烤,我甘受蹂躏。人们示意我,与王公亲吻。

我又写道:

黎明换黑暗,灌我一杯酒;不知酒在杯,还是杯有酒。

国王看过我的诗,惊异不已,说道:"这诗若是出自人之手,那他当是当代最出色的文学家!"

继之,有人把象棋递到国王手中。国王问我:"你会下象棋吗?"

我点头表示:"会!"

我走上前去,摆好棋子,与国王对弈二局,国王均败。国王大惑不解,说道:"倘若这是个人,定是出类拔萃、超群盖世之辈。"

随后,我挥笔在棋盘上写下这样一首诗:

红黑军对战,刀枪剑戟飞;夜幕垂降时,鸣金把营归。

国王看过诗,欣喜难抑。国王又对太监说:"你去唤公主来,就说父王想让她看看这只奇怪的猴子。"

太监去后不久,带着公主来到国王面前。公主看到我,马上捂住自己的脸,并且说:"父王,你怎好让外人来看我呢?"

国王说:"我的女儿,这里只有童仆和伺候你的太监,还有这只猴子和你的父王我呀,你何必捂住自己的脸呢?"

公主说:"这猴子是一位国王的儿子,他的父亲叫伊马尔,只因为魔王的孙子吉尔吉里斯对他施了妖术,使他变成了猴子。吉尔吉里斯还杀死了自己的妻子,他的妻子是艾格纳姆斯国王的女儿。这个猴子原来是位博学多才的王子。"

国王听罢女儿这番话,惊异不已。国王仔细打量着我,问道:"公主说的当真吗?"

我点头示意:"千真万确。"随后哭了起来。

国王问女儿:"你从哪里知道他中了妖术?"

"父王,我小时候,有个老妖婆教我妖术。我学会了一百七十门妖术,其中最简单的一门就是将城中的石头搬到嘎夫山后,把陆

T.达尔齐尔 绘

地变成大海,使居民变成海中鱼鳖。"

国王对女儿说:"看在安拉的面儿上,你就替我们拯救这位青年吧!我想让他做我的宰相。女儿啊,你可有这样的功力吗……救救他吧!因为他是一位才学卓著的青年人,我愿意任命他为我的宰相。"

"我完全乐意!"公主回答得干脆利落。

公主拿起一把刀,刀上有许多用希伯来文写的名字。她用力在地上画了一个圆圈……

讲到这里,眼见东方透出黎明的曙光,莎赫札德戛然止声。

第十四夜

夜幕垂降,莎赫札德接着讲故事:

幸福的国王陛下,流浪汉继续给姑娘讲自己的经历:

小姐,公主拿起一把刻有希伯来文的刀子,用力在地上画了一个圆圈,然后在圈里写了些名字和咒语,口中念念有词。

一个时辰过后,宫中变得一片黑暗,致使我以为天塌了下来,只见一副最丑陋的面孔出现在了我的面前。原来那是个魔怪:手像梳子齿,脚像船的桅杆,两眼像两柄炽烈燃烧的火炬。我们害怕极了。

公主说:"你是个不受欢迎的魔怪!"

那个面目狰狞的魔怪说:"你这个叛贼,你怎么背弃了约言?我们不是有约在先,互不侵犯吗?"

公主反问:"你何时遵守过约言?"

"那你就等着瞧!"魔怪威胁道。

顷刻间,魔怪变成一头雄狮,张开血盆似的大口,扑向公主。公主眼疾手快,拔下一根头发,念了几句咒语,头发立即化为一柄利剑,只见她手起剑落,雄狮的头与身子分了家。狮子的头即刻变成一只蝎子,公主则变成一条巨蛇,蝎子与蛇展开激战。片刻后,蝎子变成一只雕,巨蛇变成雄鹰,紧紧追赶着雕,空战持续了一个时辰。少顷,雕变成一只黑猫,公主变成一只狼,猫与狼在宫中搏斗了一个时辰。猫自知斗不过狼，便摇身一变，变作一个大红石榴，跃入水池之中，狼猛蹿过去，一口将石榴衔起来，继而抛向空中，石榴跌落在宫殿各处的瓷砖地上，摔了个粉碎，石榴籽散落在宫殿各个角落。那只狼顿时化作一只大公鸡，顷刻间将石榴籽啄了个精光，一粒未剩。仿佛万事由天安排，一粒石榴籽忽然滚到了喷泉旁边，只见那只公鸡边叫边抖动着翅膀，并且用嘴向我们示意，而我们却不明白公鸡在说什么。公鸡高叫一声，好像整个宫殿要塌下来一样。公鸡在宫中的地上转来转去，终于看到了滚落在喷泉旁边的那粒石榴籽，上去便啄，不料石榴籽滚入池水中。公鸡立即摇身一变，变成了一条大鱼，跃入水中，紧追那粒漏网的石榴籽。

大鱼潜游一个时辰，突然传来一声高叫，我们周身为之颤抖。

片刻后，那魔怪再次出现，口眼喷火，七窍生烟，周身活像巨大的火炬。公主顿时化为一片火海，我们担心自己被火烧死，都想跳入水中逃命。没过多大一会儿，便听魔怪在火海中大声狂叫起来。我们已经处于火战之中，魔怪忽然向我们脸上喷火；公主包抄过来，向魔怪脸上喷火。魔怪的火可以烧伤我们，而公主的火对我们无妨害。此时此刻，我仍是猴子的外形，魔怪的火烧伤了我的一只眼睛。魔怪追上国王，用火烧伤了国王的下半边脸，烧了国王的胡子、嘴和下牙。一个火星落在太监的前胸，太监顿时被活活烧死。

我们自认非死不可，觉得难逃厄运，断绝了生的希望。正当我对生已完全绝望时，忽有一个勇士出现，口中念道："安拉至大！安拉万能！万物非主，唯有安拉！安拉援助我们！安拉战胜那些背弃人类先知穆罕默德宗教的人。"

那勇士不是别人，正是国王的女儿。只见公主用火将魔怪烧死；我们定睛看时，那魔怪已经变成了一片灰烬。

公主走来，说："给我取碗水来！"

我们递给她一碗水，公主对着水念了几句咒语，我们不明白她说的是什么。之后，她朝我身上洒了少许水，同时说："以正义和安拉之名，恢复你自己的原形吧！"

我立即变成了人，和原来一样，只是坏了一只眼睛。

公主忽然大叫道："父王，火，火……"

公主不住地喊救火，眼见黑火星落在她的胸前，继而蔓延到她的脸上。当火烧到她脸上时，她哭了，说道："万物非主，唯有安拉；穆罕默德是安拉的使者。"

我们再看公主时，她已化为一堆灰烬，就在魔怪变成的那堆灰烬旁边。我们为公主感到难过，我真希望替她一死。我真不希望看到那副美丽的面孔化作一堆灰烬，我真不希望看到那位做了这么多善事的姑娘变成灰烬，然而这是安拉的意愿，我们有何奈何！

国王见女儿被烧死，连连拔掉自己剩余的胡须、批打面颊、撕扯衣服。我也学着国王的样子行事，我们都为公主的死而悲伤。

过了一会儿，大臣及侍卫们都来了。他们见国王昏迷不省人事，又见国王身边有两堆灰烬，一个个惊惶不已。他们在国王身边等候了一个时辰，国王方才苏醒过来，他将女儿与魔怪搏斗的情景讲给诸位大臣听，人人感到灾难非同寻常，无不痛哭流泪，哭叫不止。

宫中为公主哀悼七天，之后国王下令为公主建造一座巨大的圆顶陵墓，在里面点上长明灯烛。国王又下令将魔怪的灰烬随风扬掉，让其永受安拉诅咒。

时隔不久，国王患重病，几乎濒临死亡。病势延续了一个月后，国王奇迹般地恢复了健康。国王把我召去，对我说："小伙子，你到达这个国家之前，我们一直过着平静的生活，不曾有灾祸降临。

T. 达尔齐尔 绘

你来了,给我们带来了许多烦恼,灾难一个接着一个。我们不遇见你,不看到你那丑陋的面孔,那该多好啊!因为你,我们几乎化为乌有。首先,为了解救你,我女儿献出了生命。我那女儿抵得上一百个男子。其次,宫中燃起一场大火,烧掉了我的牙齿,烧死了我的奴仆。可是你呢?一点儿办法都想不出来,只有等待安拉的裁决。感谢安拉,是我女儿救了你,而她却献出了自己的生命。孩子呀,你离开这里吧!因为你而生出这么多麻烦,我们受够了。所有这些,都是由安拉安排的。你赶快平平安安地离去吧!"

我没说什么,深为公主难过。之后,我离开了那里。我实在不相信自己已经得救,一时不知该向何方去。我一直回想着自己的这段奇异遭遇,回想着他们如何把我丢在路上。我行走了一个月光景,想到自己如何作为一个异乡人进了城,怎样见到那位裁缝,又如何在地宫里遇见那位美丽的姑娘,怎样在那个魔鬼决心杀死我后平安逃脱出来……我从头一直想到尾。我万般感谢和赞美安拉,庆幸我失去了一只眼,保住了一条性命。

我出城前,到浴室洗了澡,刮了胡子,便往这里来了。

自那天起,我天天落泪,日日哭泣。每当我哭泣时,便想到自己失去眼睛的那场灾难;每当我回忆起那场灾难时,便吟诵这首诗歌:

> 不知如何好,不晓愁何出?
> 我素能忍耐,耐得苦中苦。
> 忍耐至美德,还得谢吾主。
> 难得此芦荟,从不道苦楚。
> 你我心相通,心苦不必述。
> 我的志在山,山毁无救处;

> 我的志在火,火灭无出路;
> 我的志在风,无缘风停住。
> 言语灾难轻,定有苦外苦。

我走过许多国家,穿过许多城市,终于来到了和平之城巴格达,期望谒见信士们的长官哈里发,向他讲讲自己的奇异经历。

我今夜来到巴格达城,见到第一位兄弟正站在街头张望,于是我走上前去问好,与他攀谈起来。正在这个时候,第三位兄弟朝我们走来,他说:"你们好哇!我是个异乡人。"

我对他说:"我俩也是外乡人,是今晚才来到这座吉祥城市的。"

我们仨一起走着,谁也不了解谁的经历和身世。命运把我们送到了贵府门前,进来见到了诸位贤人。

这就是我失眼睛、刮胡子的经过。

房主姑娘听完第二位流浪汉的讲述,说道:"你的经历确实离奇!摸着你的脑袋,走自己的路去吧!"

"我不能走。"第二个流浪汉说,"我也要听听我的伙伴的故事呀!"

第三位流浪汉走上前来,开始讲自己的故事:

尊贵的房主姑娘,我的故事不像他俩的故事,但比那更离奇些。他俩的灾难都是天命带来的,而我刮须、瞎眼都是自找的,是我自寻烦恼的结果。

我本是一位王太子,父王驾崩之后,我继承了王位。我为王清正,治事公允,善待臣民。

我有个爱好，那就是航海。我的京城濒临大海，海面宽阔，周围散布着许多岛屿。

有一年，我想周游一下那些岛屿，于是备下十条船，带上足够一个月用的给养起航了。

我们在海上航行了二十天。一天夜里，海上大风骤起，波涛汹涌澎湃，直到天色大亮，方见风平浪静。

红日跃出海面，我们在一岛边停泊，登上岛后，做饭充饥。我们在那里停留了两天，然后继续航行了二十天。

二十天后，我们发现那里的海水不同于我们以往见过的海水，就连船长也没见过类似那样的海水。船长派探海手爬上桅杆观察。我们对探海手说："请你仔细观察一下海水吧！"

探海手爬上桅杆，一番观察之后，下来向船长报告："船长，我发现右侧的海面上有一条大鱼，我还查看了前方的海面，只见远处有一黑色物体，时而呈现黑色，时而闪出白光。"

船长听完探海手的报告，禁不住摘下自己的缠头巾，甩在甲板上，然后拔起自己的胡子来。他对人们说："要出事了！我们都要完了，谁也不能幸免！"

只见船长泪水潸潸，大家也都哭了起来。我说："船长，请把探海手看到的情况告诉我们吧！"

船长说："主公，你要知道，狂风骤起，直到天亮才风平浪静的那天，我们迷失了航向呀！我们上岛休息两天之后，仍然在迷失方向的情况下航行。因此，我们无法在今天晚些时候到达目的地。明天，我们就要到达一座由黑石构成的大山，那座山人称'磁石山'；海涛会强行把我们推向那座山，船将被撞毁，船上的钉子都会跑到那座山上，附在磁石上。因为安拉在这座磁石山上布下秘密，一切铁的东西都会被它吸去。那座山上有许多铁，数量只有安拉知道。由于这座山的存在,古往今来,不知有多少船只在这里粉身碎骨。"

"我们怎么办呢?"有人问。

船长说:"靠近海边,有一座圆屋顶式黄铜建筑物,矗立在十根柱子上。圆屋顶上有一座骑士铜像,骑士手持长矛,胸前挂着一块铅牌,牌上刻着若干人名和咒符。陛下,只要骑士还骑在那匹铜马上,船就摆脱不了粉身碎骨的命运,当然船上所有人必定丧命,船上的所有铁器都会被磁石山吸去。只有骑士跌下马背,我们才能挣脱船毁人亡的结局,平安无事……"

话音未落,船长已是泣不成声。

船上人自认没有生路,都向自己的同伴做了交代和托付。

天亮时,船队靠近了那座山,巨浪将船推向山下。船到岸边,顿时解体,船钉飞离,船被撞得粉碎,所有铁东西都被吸到了山上。我们一直围着山打转。天将黑时,我们乘坐的那条大船也解体了,船上人全部落水,有的凭借破船挣扎,但大多数人落入海中淹死了。就是那些平安脱险的人,也不知下落,因为风大浪高,人们都自顾不暇。

房主姑娘,你一定想知道我的情况。我嘛,还是大慈大悲的安拉搭救了我,因为安拉想让我遭受更多的痛苦和折磨。当时,我凭借一块破船板,风和浪将我抛到山脚下,我沿着一条崎岖小道攀爬。我费了好大力气,终于登上了山顶。我高呼伟大安拉的美名,向安拉祈祷,求安拉保佑。

讲到这里,眼见东方透出黎明的曙光,莎赫札德戛然止声。

A.B.霍顿 绘

第十五夜

夜幕垂降，莎赫札德接着讲故事：

幸福的国王陛下，第三个流浪汉对姑娘讲自己的经历，大家围在四周聆听，奴仆们手持利剑站在他们旁边。流浪汉接着讲道：

我高声呼唤着伟大安拉的美名，连声向安拉祈祷，求安拉保佑。

我想登上山顶，便紧抓石头凹痕，奋力攀登。安拉有意助我，一时风平山静。我终于登上山顶，心中万分高兴。

我登上山顶一看，发现那里只有一座圆屋顶式建筑。我走了进去，跪拜两次，感赞安拉保佑我平安无事。之后，我在那里睡着了。我梦中听到有人说："喂，伊本·海绥卜，你睡醒之后，在你的双脚下刨刨，就会发现一张铜弓和三支刻有咒符的铅箭。你拿起铜弓，搭上铅箭，射下圆屋顶上的骑士，为人们除掉这一大祸害吧！你若射中了骑士，骑士就会跌入海中，而弓也会掉在地上。到那时，你再捡起弓，将它埋回原处。这个过程完毕，海水便会上涨，直漫山顶。片刻后，你可见到一条小船，上面坐着另外一个铜人，手握船桨，向你划来。你即可乘上小船，但要注意，千万不要再念安拉的美名。那个人会带着你航行十天，将你送到太平海；到了那里，自然有人将你送回家乡……要记住，在这全部过程中，你千万不要呼唤安拉的美名！"

我从梦中醒来，站起身，按照梦中无形人的叮嘱，从脚下的地方挖出铜弓，搭上铅箭，朝铜骑士射去，只见那骑士跌落在海中，随之我手中的弓也跌落在地。之后，我捡起弓，将之埋在原地，旋见海水暴涨，直漫山顶。少顷，海面上出现一条小船朝我驶来。我心中赞美伟大的安拉。

我登上小船，果见划船的是一个铜人，胸前挂着一块铅牌，牌上刻着人名和咒符。

我坐在小船上，默默无言。但是，那铜人却一直在和我说话。一天、两天、三天过去了，第十天便到了太平海，我高兴极了。

由于过分高兴，我忘记了无形人叮嘱的最后一句话，连声呼唤安拉的美名，赞颂之词不绝于口，高喊"安拉至大"。这样一喊，惹来了大祸，铜人将我抛入大海中，那铜人也回到了海里。幸亏我会游泳，在水中游了一整天，只感臂痛肩酸，我仍然拼命挣扎，连声咏诵："万物非主，唯有安拉；穆罕默德是安拉的使者。"

当时，风高浪急，我自觉必死无疑。就在这个时候，一个巨大城堡似的浪头打来，将我抛到陆地上。我感到疲劳至极，承蒙安拉默助，我落在了陆地上。我站起来，拧干衣服，晒在地上，便躺下睡着了。

一夜过去，东方大亮。我穿上衣服，正寻找前进方向时，忽然前面出现一片树林。我绕着树林转了一圈，发现我在的地方不是大陆，而是一个小岛，四面都是大海。我心想："每当摆脱一个灾难，必落入一个更大的灾难之中，真可谓：逃出虎穴，掉进狼窝。"此时此刻，我真想一死了之。

正当我愁思满怀之时，忽然看见海面上驶来一艘大船，上面坐着许多人。我急忙站起来，爬上一棵树，凝神观看，只见那船已靠岸，从船上走下十几个奴隶，每人扛着一把锄头，向岛中心走去。

他们行至岛中心，刨开地面，找到一个盖子，揭开盖子，下面就是宝库大门。之后，他们返回船上，卸下居家所需要的面粉、奶油、蜂蜜和活羊。奴隶们穿行于船与库门之间，把船上的东西全部搬运到地下仓库里。之后，奴隶们身着华丽服饰走来。在那些人中，给我印象最深的是一个老态龙钟、已入风烛残年的老人。老者还领着一个英姿勃勃的少年。这位少年衣饰华美，容貌英俊，眉清目秀；他步履轻盈，如风拂杨柳，又似羚羊奔驰；他天生丽质，文静秀气，羞煞美女，勾人神魂。

过了好大一会儿，许多人都出来了，唯独没看见那个美少年从地下仓库中出来。

我在树上仔细观察他们的一举一动，只见他们把库门盖子盖好，重新填上土，恢复了原来的样子，然后登船离去。

他们走后，我从树上下来，走去刨开他们刚刚掩埋好的库门，掀开盖子一看，发现那里有数级石台阶直通地下深处。我顺台阶下去，下至最后一级台阶，抬头一看，发现那有一个漂亮大厅，挂着丝绸幕幔，里面陈设豪华，香气扑鼻而来。我环视四周，看见那美少年独自坐在一把高椅上，背靠锦缎枕头。

少年一看到我，登时脸色苍白。我走上前去，向少年施过礼，然后说："你只管放心，不要害怕！我是一位王子，和你一样，都是人。命运把我带到这里，让我为你消除寂寞。美少年，你为什么一个人坐在这里呢？"

少年听说我是人，笑颜顿绽，随后让我靠近他。他说："兄弟，你有所不知，我的经历非同寻常啊！家父本是珠宝商，生意兴隆，家财万贯，家仆成群，但他年纪很大时，膝下却无一男半女。一天夜里，父亲做了一个梦，得知自己要有个儿子，但命会很短，然后惊醒，他痛哭一场，泪水不止。不久，家母怀孕，十月怀胎，生下来的就是我。老父亲年迈得子,喜不自禁,随即广济博施,救助孤寡,大摆宴席,款待宾朋。出席宴会的有绅士、学者,还有星相学家。席间,一位星相学家借款宴之机,为我卜了一卦,然后对家父说:'贵子十五岁那年有一场灾祸,若能闯过去,定可长命百岁。'家父问:'有解救吗?'占卜师说:'有!死海中有一座磁石山,山上有座黄铜圆屋顶建筑物,建在十根柱子上;圆屋顶上面,有一尊铜骑士塑像。那骑士手握铜矛,胸前挂着一块铅牌,上刻人名和咒符。铜骑士跌进海里后的四十天内,便是你儿子丧命之日。杀你儿子的那个人,就是射倒铜骑士的一个年轻人,名叫阿吉布,乃海绥卜国王之子。'家父一听,忧心如焚,闷闷不乐。父亲千辛万苦,好不容易将我养大成人,今年我十五岁了。十天前,父亲得知磁石山的铜骑士落入海中的消息,担心我遇不测,特地将我接到这里避难。听说射倒骑士的正是海绥卜国王的儿子阿吉布。我就是到这里来避难的。"

听少年这么一说,我心中大惊,心想:"我就是阿吉布·伊本·海绥卜。射倒铜骑士的就是我呀!凭安拉起誓,我绝不会杀他的。"

想到这里,我对美少年说:"但期灾难远离你!你不必为此而担心!我留在这里伺候你,但期能给你带来安慰,使你平安无事。过些时日,我随你去见你的父亲,求他老人家将我送回故乡。"

我陪他到掌灯时分,摆上饭菜,一道进餐。饭后又吃了些甜食。我们边吃边谈,直至深夜。等他躺下,我给他盖好被子,方才安歇。

翌日清晨,我先起床,烧了热水,唤醒少年,给他端去热水,让他漱洗。

就这样,我给他做饭、烧水、洗澡、更衣,彼此情感日渐加深。

少年对我说:"我求安拉嘉奖你,我的兄弟。凭安拉起誓,我躲过这场灾难之后,必让我父亲重重酬谢你。即使我遇到不幸,我也希望你平安幸福。"

我说:"兄弟,你只管放心!未来的岁月不会给你带来灾难。但期安拉让我在你之前归真。"

我端出饭菜,与他共进早餐。之后,我焚上香,摆上棋盘,开始与他对弈。那天,我陪他一起吃喝、休息、对弈,直至天色黑下来,又一道吃晚饭。晚饭后,又一直谈到深夜方才各自安歇。

日子不知不觉过去了,我们彼此之间的感情日渐加深,致使我们忘了忧烦。我心想:"那占卜师在骗人呀!凭安拉起誓,我绝不会害这个少年。"

三十九天过去,第四十天晚上,少年高兴地对我说:"兄弟,赞美安拉让我平安脱险!这全托你的福啊!我求安拉让你平安回到家乡。好兄弟,烧些水,给我洗个澡吧!"

我立即回答道:"遵命!"

我烧好水,给少年洗澡、搓背、擦身、更换衣服,之后伺候他躺下。他对我说:"好兄弟,给我切个西瓜,再放上些糖,端来我们一起吃吧!"

我挑好西瓜,放在盘中。我问他:"你这里有刀吗?"

少年说:"有!就在我头上方的隔板上。"

我站起来,踮起脚去取刀,刚握住刀柄,不料脚一滑,连人带刀一下倒在少年的身上,说来也巧,那刀尖竟一下刺入少年的心窝,少年当场丧命。

我知道是我断送了少年的生命,难过极了,痛苦不堪,连连批打自己的面颊,撕扯自己的衣服,叹息道:"我们属于安拉,我们都要回到安拉那里去。占卜师没有说错,四十天还没过去,少年的命果然丧在我的手里。假若我死在前,不去拿刀切西瓜,不就没有这场大难了吗?莫非这是主的安排?既然如此,那也就无可奈何了。"

我确信是自己断送了那位少年的性命,心中不无遗憾地离开那里。拾级而上,回到地面,将盖盖好,填上土,站在那里,四下眺望。

当我的目光转向海面时,忽然看到海面上有一只小船驶来,心中不禁一惊,心想:"若船上的人知道我误害了少年,非要我抵命不可……"我害怕了,急忙爬上一棵叶子茂密的树,用树叶把自己遮掩起来。

我刚藏好身,便见几个奴仆和少年的父亲下了船,径直朝地宫口走去。他们刨开土,掀开盖子,沿台阶走了下去。

他们走到地下大厅,看见少年脸面和衣服都干干净净,但胸膛上插着一把刀,直挺挺地躺在那里。他们见少年已死,个个扯打面颊,人人垂泪痛苦。少年的老父亲哭得昏迷了过去,久久不省人事。

见此情景,我吟诵道:

> 时光任蹉跎,欢乐失何多!
> 万事从主志,光阴飞闪过。
> 但期幸福至,切莫降灾祸。
> 悲伤日已逝,心沐喜悦波。

老人吟诵道:

挚友相离别，眼洒泪两行。
还要说什么，心已绝希望。
你的生命短，来与去匆忙。
世上焉有药，医我心底伤！
未能一起来，此路通死亡。
如若住一家，相互聚一堂。
生活多欢乐，谁曾思凄凉！
司命神利箭，射穿你胸膛。
正当妙龄时，生命却失光。
可怜孩子呀，多盼你命长！
呼日日西沉，唤月月不亮。
儿居尚如旧，为父魂魄丧。
难抵司命神，终时会天堂。

他们给少年裹上殓衣，抬到船上。少年的父亲刚刚走到地上，便跌倒在地，随即朝自己的头上扬土，批打自己的面颊，拔自己的胡子，老泪纵横，气喘吁吁，再次昏迷过去。仆人们拿来褥子，让老人躺下，众仆人一旁守护，谁也不说话。

我藏在树上，眼见此情此景，心中有说不出的内疚。

傍晚时分，老人慢慢苏醒过来，想到儿子夭折，想到自己的惨境，一阵悲泣之后，气绝身亡。随后，奴仆们把老人的遗体抬到船上，扬帆而去。

他们的船驶去之后，我从树上下来，再次走进地下宫大厅，但见那里一片狼藉。想到少年的不幸，禁不住泪水潸然落下。我吟道：

遗迹触情怀,泪水洒故宅。
谁将手足分,期盼人复来。

自此,我在那座小岛上住了下来,白日里四处游荡,夜里回地下宫休息,不知不觉一个月时间过去了。

有一天,我无意中发现西海岸的陆地渐渐向海中延伸,不到一个月光景,竟然出现了一条大路,直通对岸。我沿着那条路走去,跨过一些小水洼,走到对岸的陆地上,见那里有一堆堆沙土刚刚能够没过驼蹄。我走过那一个个小沙堆,朝远处望去,但见那里有明亮的火光闪烁。我看见火光,自感有了生的希望,于是迈步向火光闪烁处走去,边走边吟诵道:

但求司命神,带来好消息。
满足我所求,成全吾希冀。

我走近火光,看见那里有一座巍峨宫殿,两扇金色大门在太阳照耀下闪闪放光,远远一看,像是炽燃的火。

眼见宫殿,心中不胜欣喜,于是快步走到大门前,想坐下休息一下。

我刚坐下,就看见一位老人带着十个穿着整齐的青年走来;奇怪得很,他们的左眼都是瞎的,使我心中惊异不已。

他们走来向我问安,我简略地给他们述说了自己的事情,他们听后,人人感到新奇,随后把我带到他们的住处。

他们住的房间里有十张床,被褥全是蓝色的;此外还有一张小床,被褥也是蓝色的。他们各自坐在自己的床上。老人坐在那张小床上,对我说:"小伙子,住在我们这里吧!不过,有一点要注意,

T.达尔齐尔 绘

不要问我们为何失去了一只眼。"

老人说完,端来饭菜,大家边吃边谈。吃完饭,我们又一直谈到深夜,我把自己的经历从头到尾向他们讲了一遍。青年对老人说:"老人家,该给我们报酬了!"

老人说:"我马上给你们。"

老人走去,从一个小房间里取出十个盘子,每个盘子都盖着蓝丝帕,上面放着一支点燃的蜡烛。老人揭开蓝丝帕,但见盘中放着污泥和灰土。那十个青年接过盘子,边抓起污泥朝自己的脸上抹,边哭泣落泪,边捶打着自己的胸膛、撕扯自己的衣服、批打自己的面颊,并且不住地大声喊叫:"这一切,都因我们游手好闲、好奇心强啊……"

他们一直折腾到天将破晓，老人方才给他们烧水，让他们洗澡更衣。

眼见此情此景，我一时不知如何是好。我很想问个明白，便说："我们本来高高兴兴，欢欢乐乐，你们这是怎么啦？这是疯人的举动呀！看在安拉的面儿上，请告诉我：你们是怎样失去左眼的？你们为什么用污泥涂抹脸呢？"

他们相互使了个眼色，然后对我说："小伙子，你还是不要问这些的好！"

老人端来饭菜，我们一道进餐，然后坐下聊天。

不知不觉一天又过去了。夜幕垂降，老人点上灯，送来晚饭，饭后，大家照样坐下来聊天，直至夜半。睡觉的时候到了，青年们对老人说："老人家，该给我们报酬了！"

老人走去，端来污泥盘子，青年们又像昨夜那样，边用污泥涂抹脸，边大哭大叫，如疯似狂，一直折腾到东方将要透亮时。

就这样，我和他们一起住了一个月时间，他们天天夜里往自己的脸上抹污泥，天亮后沐浴、更衣。这使我感到万分惊异，心中闷闷不乐，夜不成寐，食不甘味。我问他们："你们为什么这样？如不把原因告诉我，消除我的愁闷，我只能离开这里了。"

他们异口同声地说："你要为我们保守秘密呀！"

我实在感到纳闷，终日食水不进。我对他们说："你们究竟怎么啦？凭安拉起誓，你们一定要让我弄个明白。"

他们回答道："这样的事，你知道后有百害而无一利；你知道以后，也会变成像我们一样的残疾人。"

我说："你们一定要告诉我；如若不然，我只有离开你们。俗话说得好：眼不见，心不烦。"

我要他们告诉我真相，他们却牵来一只羊，宰后剥下羊皮，然后递给我一把刀,叮嘱我说:"你带上这把刀,到时会有用的。你钻进这羊皮里,大鹰就会把羊皮衔走,把你带到山顶。到那里,你用这把刀割开羊皮;只要你一钻出来,那大鹰就会惊逃而去。你在山上走上半天的路,就会看见一座高大宫殿;我们就是因为在那座宫殿里用污泥抹脸而失去左眼的。不过说来话长,我们失去左眼的情况各不相同。"

我接过刀,钻进羊皮筒,他们把口缝好,片刻后,大鹰果然把我衔上了一座大山顶。我用刀割开羊皮,钻出来,行走半天工夫,果见一座巍峨宫殿屹立在那里。

我抬脚走进宫殿,但见四十位姑娘姗姗走来,一个个宛如十四夜空悬挂的圆月。

姑娘们一看见我,异口同声说:"欢迎尊贵的主人!"

她们把我领到上席落座,然后端来饭菜,和我一道进餐。吃罢饭,洗过手,五个姑娘走去摆上酒席,焚上龙涎香,端来各种鲜果,让大家围坐起来。一位位妙龄女子,有的弹起四弦琴,有的纵情欢歌,有的翩翩起舞,杯盏在众酥手间穿梭传递,主与宾开怀畅饮。人美酒香,歌声回荡,我把一切忧虑、疲惫全忘到了脑后,深深地陶醉在了欢乐之中,和着轻柔美妙的乐声,与姑娘们翩翩起舞,共度良宵。我不由自主下意识地喊道:"啊,这才是真正的人生!如果没有这种生活,该叫人多么失望!"

我一直和姑娘们狂饮高歌,酒意在我的周身流淌,不觉困意来临。

姑娘们见我欲睡,走来对我说:"主人,请从这些美人中挑选一个陪你过夜吧!不过应该告诉你,不管你同谁过夜,下一次相遇,都要等到四十天以后。"

日日赏美景，夜夜度良宵，快乐嫌时短，不觉新年到。元旦那天，姑娘们一个个哭成了泪人，争着对我说："我们不认识你，那该多好哇！你若能接受我们的劝告，那也不会出事的！"

听她们这样一说，我惊奇不已，忙问："这是怎么回事？"

她们说："我们都是公主，我们相聚在这里，过着轻松欢快的生活。每年的年初，我们都要离开这里，过四十天再回来。有一件事，我们想叮嘱你一下，但是，我们担心你不听我们的劝告。"

说罢，一位姑娘掏出一串钥匙，递到我手中，并且说："这是宫殿的钥匙。这宫殿中有四十座宝库，其中三十九座宝库，你可以进去观赏，而那第四十座宝库，你千万不要进去。你要牢牢记住，千万不要进那第四十座宝库的大门；如若不然，恐怕日后我们难得再相见。"

我随口答道："我记住了，不会进去的。"

姑娘们同我道别后，相继腾空驾云而去，整个大殿里，只留下我一个人，孤孤零零，形影相吊。

就在那天傍晚，我走去打开第一座宝库的大门。

走进宝库一看，令我惊异万分，那简直是空中天堂：鲜花盛开，果树成行，果实累累，空中飘香，百鸟鸣啭，清泉流淌，人在画中游，在果园中漫步，只觉香气扑鼻，倍感心旷神怡，不禁深深迷恋那番美景，乐以忘忧，使人流连忘返。我闻到榅桲的香味，好似麝香、龙涎香，诗人的诗句油然浮于口中：

  榅桲果至贵,巧集世间美；
  芳香赛麝香,色黄令金愧；
  圆圆外形丽,玉兔甘让位。

T. 达尔齐尔 绘

  我一番欣赏之后,走出了宝库,锁上了大门。

  第二天,我走去打开第二座宝库。进门一看,映入眼帘的是一片旷野,高大的椰枣树比比皆是,河渠纵横,阡陌交通,香花遍地,什么红玫瑰、紫罗兰、茉莉、水仙、桃金娘、白头翁,应有尽有;微风吹来,香气扑鼻,游览其中,惬意无比。我游览一番,然后转身出来,关上了库门。

  第三天,我打开第三座宝库。进门一看,发现那是一座宽大明亮的厅堂:地上铺的全是彩色大理石,门窗和四壁镶嵌着无数颗珍珠宝石;厅里挂着无数个黑檀木做的鸟笼,笼中养着各种名贵鸣禽,其中有夜莺、鹧鸪、金翅雀、雉鸠、百灵等,种类齐全,应有尽有。站在那里,耳闻鸟儿鸣啭,顿觉心荡神驰,快慰之情难以言传。那时，我把人间忧愁全都忘到了脑后，躺在大厅里，安睡了一觉，一直睡到次日大天亮。

第四天，我打开第四座宝库，发现那里有四个房间。走进去一看，每个房间里都放满了珍奇异宝。那里堆放着金银财宝，金砖银砖成列，珍珠、黄玉、蓝宝石、祖母绿、红宝石成箱，琳琅满目，数不胜数，乃世人闻所未闻，更不曾见过。我兴奋至极，自言自语说："这样的珍宝，即使帝王的宝库里，也是没有的。"我感到无比兴奋，忘记了什么叫惆怅。我大声说道："我就是当今第一帝王！这财宝全是我一个人的！"

我每天打开一座宝库，姑娘走后的三十九天中，我看完了三十九座宝库，不曾遇到任何麻烦，只是那第四十座宝库还没有打开过。我心想："那第四十座宝库，公主们不让我看，究竟里面有什么东西呢？"

我经不起好奇心的诱惑，加之姑娘们回来的日子就要到了，我毅然走去打开了第四十座宝库的大门，想看看里面究竟有什么宝物。

我打开第四十座宝库的大门，刚一进门，只觉一股香气扑鼻而来，我顿时被熏得失去了知觉。

约莫过了一个时辰，我渐渐苏醒过来。睁眼一看，发现地上铺的满是番红花，大厅顶上悬着一盏金色枝形吊灯，灯光辉煌，如同白昼，把大厅照得通明；那里还摆放着两只巨大香炉，里面插着七腕尺高的龙涎香，整个厅里香烟弥漫。十分意外的是，那里还拴着一匹乌骓马，遍身黑毛，油光发亮。旁边还有两具水晶马槽，玲珑剔透，巧夺天工，一个槽里盛满去皮芝麻，另一槽里盛着玫瑰水。我仔细打量那匹马，发现鞍鞯齐备，笼头完全，心想："这匹马定有大用……"

我素喜骑马，骑术非同一般，眼见骏马在前，经受不住诱惑，顺手解下马缰，牵出宝库大门，飞身跃上马背。

我骑上马，松开缰绳，那马却一动不动；我踢马的肚子，那马还是不动。这时，我扬鞭狠抽，只见那马张开双翅，腾空而起，飞上了高高的云天。

乌骓马在天空遨游一个时辰，终于落在一座山顶上，继而一尥蹶子，将我甩在地上，马尾一甩，正好抽到我的左眼上，将我的左眼抽瞎了。旋即，乌骓马展翅腾空飞走了。

我从山顶下来，找到那十个独眼青年。他们看见我，对我说："我们不欢迎你！"

我乞求他们："现在我成了你们的同类，你们不能让我在你们这里坐一坐吗？"

"凭安拉起誓，你不能在我们这里停留。"他们这样拒绝了我。

我满心忧伤，流着眼泪离开他们。安拉保佑我平安无事，我终于来到了巴格达，刮掉了胡子，变成了一个流浪汉，开始了流浪生活。

见到这两位独眼人，我向他们问过安好，我说："我是异乡人。"

他们说："我们也是异乡人。"

这就是我失去一只眼睛和刮掉胡子的原因。

第三位流浪汉讲完，房主姑娘说："你摸着你的脑袋，走你自己的路吧！"

流浪汉说："凭安拉起誓，我不能走，我还想听听这些人的故事。"

房主姑娘望着哈里发、贾法尔和迈斯鲁尔，对他们说："把你们的故事讲给我们听一听吧！"

A.B.霍顿 绘

贾法尔走上前去，把进门时对看门姑娘讲的那番话对房主姑娘讲了一遍。

房主姑娘听后，说："我宽恕你们了，你们一起走吧！"

他们告辞出来，走到一条胡同里，哈里发问流浪汉们："诸位，你们到哪里去呀？"

"我们不知道该向哪里去。"流浪汉们回答道。

哈里发说："跟我们走，到我们那里去过夜吧！"

哈里发吩咐宰相贾法尔："你把他们领去休息，明天再把他们送到我这里来，记下他们的经历吧！"

贾法尔照哈里发的指令行事，不在话下。

且说哈里发拉希德一夜未曾合眼。次日天刚亮，拉希德便坐在自己的宝座上。文武大臣朝拜完毕，哈里发对贾法尔说："把那三位姑娘、两条狗和那三个流浪汉给我带来。"

贾法尔把他们叫到了宫中，让三位姑娘在幕帘后就座。贾法尔对姑娘们说："昨夜，在你们那里，我们得到你们的宽谅和款待，但你们还不知道我们是何许人呢！我给你们介绍一下：坐在宝椅上的这位，就是当今阿拔斯王朝第五任哈里发哈伦·拉希德。你们理当在哈里发陛下面前实话实说。"

姑娘们听说过信士们的长官的大名，房主姑娘走上前去，说道："信士们的长官，我们的经历若记录下来，是足以作为后人的训诫的。"

讲到这里，眼见东方透出黎明的曙光，莎赫札德戛然止声。

第十六夜

夜幕垂降,莎赫札德接着讲故事:

幸福的国王陛下,房主姑娘对信士们的长官说:"我的故事更加奇妙,若记录下来,足以供后人借鉴。"

哈伦·拉希德问:"你有什么故事呀?"

房主姑娘开始对哈里发讲述自己的身世:

我有一段离奇的经历。这两条狗本是我的同父异母姐姐。家父去世,留下五千金币,我们每人各得一份。我年纪最小,两位姐姐先后嫁人。可我们还在一起生活了一段时间。

时隔不久,两位姐夫准备外出经商,各带上一千金币,姐姐也和他们一道离开了家,家中只剩下我一个人。

他们一走四年,两个姐夫做生意亏了本,将两个姐姐丢在了异乡。两个姐姐讨饭辗转回到家时,已是衣衫褴褛,面黄肌瘦,我禁不住茫然不知所措,几乎都认不出她俩。当我认出那是我的两位姐姐时,我问她俩:"你们俩怎么成了这副模样?"

两位姐姐说:"事到如今,说又有什么用?真是一言难尽啊!这全是安拉的安排。"

我赶忙把她俩领到浴室,洗了澡,换上干净的衣服,对她俩说:"二位姐姐,我年纪最小,你俩现在取代了父亲和母亲的位置。我和你俩分的那份家产,承蒙安拉关照,至今有增无减,我的经济情况还好。从今以后,不分彼此,一起生活,共享这份家业吧!"

自那时起,我尽全力善待她俩。她俩在我这里住了一整年时间,我的钱总是分给她俩花。时隔不久,她俩对我说:"我们想结婚,因为单身生活的寂寞,实在再难以忍受下去了。"

我对她俩说:"二位姐姐,结婚对你俩没有什么好处。当今世上的男人好的很少。你俩不都结过一次婚了吗?"

她俩不听我的劝告,违背我的意愿,硬是要结婚,我还是给她俩办了像样的嫁妆。

她俩跟各自的丈夫生活了不长时间,那两个男人抄了两位姐姐的钱财,一走没有了音信。

没有办法,二位姐姐又回到我家里,两手空空,囊空如洗,向我道歉说:"请不要责备我们!你虽然比我们年轻,但比我们见识广。"

我们没有再谈婚姻之事,我只是说:"欢迎二位姐姐到我这里来!对我来说,没有比你俩更亲的人了。"

我仍热情地接纳她俩,一起生活了整整一年。

一年过去后,我打算租条船去巴士拉城经商。我准备了一条大船,装好货物和我所需要的物品,我对两位姐姐说:"你俩留在家里等我返回呢,还是跟我一道去旅行?"

"我们跟你一道去旅行,因为我们不忍与你分手。"

于是我带上她俩,一道扬帆起航了。临行前,我把自己的钱分成两等份,带上一半,另一半藏在家中,心想:"万一出行不测,日后岁月尚长,回来时能有钱花,有百利而无一害。"

我们航行了几天几夜,船迷失了航向,加上船长不熟悉航线,竟然驶入了不是我们要去的汪洋大海。我们不知航行了多少时间,幸好风平浪静,十天之后,远远看见一座城市。我问船长:"前方的城市叫什么名字？"

船长说："凭安拉起誓，我不知道。我今生还是第一次在这片海上航行，不大清楚。不管怎样，我们平安无事了。你们只管放心进城就是了，带上你们的货物，能卖就卖吧！"

船靠岸后，船长离去一个时辰后返回来，对大家说："诸位船客，下船进城去吧！你们会对安拉的创造感到惊奇，你们祈求安拉不要发怒吧！"

我们走进那座城，发现那里的所有人都化成了黑色的石头，我们感到吃惊。我们信步市场，发现货物成堆，金银随意摆放。我们感到异常高兴，心想："这真是件怪事啊！"我们分散在城中的各条街上，分别占有了那里的钱财和布匹。

我登上一座城堡，其建筑颇为精美。我走进王宫，发现那里的器皿非金即银。我看见国王端坐在宝椅上，侍卫、要员、大臣分站两厢，个个衣饰华贵，人人精神抖擞，令人难以想象。

当我走近国王时，发现国王的宝座上嵌满珠宝玉石，似苍穹星斗，颗颗闪闪放光。国王的御座用金线绣成，周围站着五十个奴隶，个个宝剑在手，人人绸衣裹身。眼见此般光景，我不禁目瞪口呆，一时惊诧不已。

我继续走去，进入后妃宫殿，但见墙上挂着丝绸幔帐，王后身着绸缎衣，头戴镶嵌着各种宝石的凤冠，脖子上系着珍珠项链，似乎一切装饰、穿戴原封未动，只是王后本人已化为奇丑无比的黑色石头。

我看见一道门开着，便走了进去，看见那里有七层台阶，便拾级而上，一个厅堂出现在我的面前。那里地上铺的是花砖和绣金地毯，当中放着满镶宝石的豪华大床，且有一丝亮光映入我的眼帘。我留神望去，但见一枚鸵鸟蛋大小的宝石放在一个小架子上，闪闪放光，明亮耀眼。床上铺着锦缎褥子，五彩纷呈，令人眼花缭乱。

看到这些，我心中不胜惊奇。我看见那里放着两支点燃着的蜡烛，心想："这一定是有人点着了这些蜡烛。"于是向前走去，从一个房间走到另一个房间，四下寻找，完全将刚才看到的奇景忘在了脑后，不知不觉天色黑了下来。我想出去，一时找不到出口，只得回到有蜡烛照明的房间，坐在床上，念了几段《古兰经》文，然后裹上被子，想睡上一觉，但未睡成，反倒心中不安起来。

夜半时分，我听到有人朗诵《古兰经》，声音美妙悦耳。当我扭头朝一间小屋子看时，发现门开着。我站起来，走进房间，见那是个礼拜室，明灯高悬，铺着地毯，一个俊秀青年正襟危坐在礼拜毯上。我感到奇怪，心想："城中人的情况是那个样子，他怎么如此自在，安然无恙呢？"

我向小伙子问安，青年回礼，我说："凭着你朗诵的《古兰经》起誓，我求你回答我的问题。"

青年微微一笑，说："请你告诉我，你为什么到这个地方来，然后你问我什么，我就一一回答。"

我把自己的情况告诉了他，他感到很惊奇。

我问及该城的情况，他说："请你稍等！"

随后，他合上《古兰经》，装入一个缎袋。我再度仔细打量他，见他眉清目秀，面似圆月，容光焕发，身材匀称，俊美无双，正如诗人描绘的那样：

> 星下观夜色，翩翩来少年。遥见双子星，珠缀两腮边；
> 土星赐额发，乌痣增容艳；火星映面红，明眸藏利箭。
> 水星增智慧，小熊拒诬陷。星相家惊诧，月拜吻地面。

J.E.米莱斯 绘

伟大安拉为青年穿上绝美衣衫，并赐予他的面容以无双洁美与盖世厚爱，有诗为证：

明眸散芳馨，腰肢羞杨柳。额比正午日，乌发闪亮光。
面浮玫瑰色，形比桃金娘。小嘴真秀气，朱门白玉床。
挺胸昂首姿，脖颈似羚羊。丰隆臀摇动，行走微风漾。
言出声甜润，名门何须张！麝借贵香气，龙涎难比芳。
艳阳淡阴影，情人心欢畅。日没借甲胄，万物亦亮堂。

看他一眼，使我不知如何是好，给我带来了无限惆怅，我的心如同加上了火炭。我对他说："我的施主，请回答我提出的问题吧！"

"遵命！"小伙子痛快地回答道，"你有所不知，这座城市原本是我父王的京城，曾有许多人生活在这里。我父亲就是你所看见的坐在宝座上的那一位，如今已经化为石人。你所看到的那位王后，就是我的母亲，也已化为石头。

"家父家母都是拜火教徒，不崇拜安拉，他们只崇拜火、光、阴影、热风和运行着的天体。家父本无儿子，直到晚年才添了我这么一个独生子。家父极为关心我的成长，我一直生活在幸福的环境之中。我家有个老保姆，本是位穆斯林，笃信安拉及其使者；虽然信仰不同，但表面上与家父家母十分合得来。家父见老保姆忠厚善良，因而十分敬重她，认为她和自己一样，都是拜火教徒。

"我长大后，家父把我托付给老保姆，并叮嘱老太太说：'你把他带去，好好培养他，教他宗教知识，好好教育他，照顾他。'

"老太太把我领去,向我传授伊斯兰教知识,教我做小净①、大净②、礼拜和背诵《古兰经》。我学会了这些之后,老太太叮嘱我:'孩子,不要把此事告诉你父王,也不要让他知道任何这方面的事,以免他发怒,甚至把你杀掉。'

"这些事情,我全瞒着家父。过了不多日子,老保姆不幸归真,城中的人开始轻视宗教,猖狂傲慢、忘乎所以起来。就在这时,我们听见传令官的喊声,声音极高,如同惊雷,远近皆听得清清楚楚。传令官喊道:'居民们,舍弃拜火教,信奉伟大万能的安拉吧!'城中的人一片惊惶,纷纷聚集在家父面前,争相询问:'这喊声真是吓人,究竟是怎么一回事呀?'家父对他们说:'你们不必害怕,不必惊惶!你们不要背弃你们的宗教!'城中的人心向着家父,仍然坚持自己的拜火教。

"一年过后,城中人再次听到那种喊声;其后一连三年,每年都能听到那种喊声。可是,城中人仍然死守他们原来的宗教信仰,结果惹怒了苍天,仅仅一个早晨,城中的一切,包括人、畜、禽,都化成了黑色石头,只有我幸免于这场巨大灾难,没被石化。

"从事情发生的那天起,我便这样生活着:封斋,做礼拜,朗诵《古兰经》。我太寂寞了,没有一个人能给我带来安慰。"

小伙子讲到这里,我开口道:"小伙子,愿意跟我到巴格达城去吗?到了那里,你可以见到许多学者和教法学家,在那里可以增长知识,增加见识。虽然我是一个家族头领,统管着无数男子、奴仆、侍从,还有满载货物的商船,并且在这座城市卸下了大批货物,但我甘心情愿当你的奴婢。我这次之所以能了解到这些情况,

---

① 小净,伊斯兰教净礼之一,即冲洗身体部分部位。
② 大净,伊斯兰教净礼之一。根据《古兰经》和有关圣训,凡房事、遗精、女性月经和产后,都必须冲洗全身,称为"天命的大净"。

原因在于来此经商。我们能够相遇，完全应归于缘分。"

我一直劝小伙子和我同行，他终于答应了我的请求。

讲到这里，眼见东方透出黎明的曙光，莎赫札德戛然止声。

第十七夜

夜幕垂降，莎赫札德接着讲故事：

幸福的国王陛下，房主姑娘力劝小伙子与她同行，青年终于答应了她的要求。因为高兴，不期睡意来临，那天夜里，姑娘竟睡在小伙子的脚下。

姑娘接着讲自己的经历：

次日天刚亮，我们走进国库，挑选了一些轻便的、价值高的物品带在身上，从城堡上下来，步入城中。我们遇上正到处找我的奴仆和船长，见面后高兴异常，问及我不在街头的原因，我把自己的所见所闻以及那位青年的故事，还有这座城市石化的原因，一一讲给他们听，他们无不感到惊诧。

我的两位姐姐见我领着那个小伙子，她俩顿时嫉妒之火中烧，心怀仇恨，同时生了暗害我的毒心。

我们上了船，由于身边带着那位俊俏男子，我简直欣喜若狂。我们等待着起航，果然风来助兴，我们立即扬帆起航。

我的两个姐姐坐在我的身边，又说又笑。她俩问我："妹妹，你带来了这样漂亮的一位小伙子，打算怎么办呢？有什么想法吗？"

"我想选他做我的丈夫！"我随口答道。

我望着小伙子，对他说："先生，我有个意愿说给你听，希望你不要使我失望。待回到我的家乡巴格达时，我想和你结婚，一起生活，你看好吗？"

"遵命！"小伙子答得干脆。

我望着两位姐姐，对她俩说："这全部的货物、钱财统统归你们，我只要这个小伙子就心满意足了。"

"好吧！"两位姐姐不冷不热地说。

可是，我的两位姐姐已经开始在暗谋我了。

我们伴着和风航行，终于驶出了那片可怕汪洋，进入平安水域。我们又航行了几天，眼见巴士拉城遥遥在望。不巧得很，夜色降临了。我们睡下的时候，两位姐姐却翻身爬了起来。

就在我们熟睡之时，两位姐姐合力将我和小伙子连同被褥一起丢进了海里。

小伙子是个苦命人，因不会游泳而溺死，魂归安拉而去，我却安然生还了。当我落入海中时，安拉送来一块木头，我骑在木头上，海浪最终把我抛在一个小岛岸边。

我登上小岛，在黑暗中行走。天亮后，我看见岛上有条路，路上有人的脚印，原来那是连接岛与陆地的一条路。太阳出来了，我晒干衣服，顺着路继续往前走，直至接近陆地，那里有一座城市。

就在这个时候，我看见一条大蛇，后面有一条毒蛇正追赶着那条大蛇，看上去想把大蛇置于死地。那条大蛇耷拉着舌头，已是疲惫不堪。我对大蛇顿生怜悯之心。我急中生智，抄起一块石头，向毒蛇的头上砸去，毒蛇当即丧命。再看那条大蛇，只见它展开双翅，飞向了天空。我感到奇怪，然而已经精疲力竭，不知不觉躺在

T. 达尔齐尔　绘

地上睡着了。

一个时辰过后,我醒了过来。醒来看见一位白衣少女正在为我按摩。我坐起来,不好意思地问:"小姐,你是何人?在这里做什么?"

少女说:"你多健忘啊!你刚才为我做了好事,杀死了我的劲敌,把我从毒蛇牙下救了出来,怎么转眼就忘了呢?我是仙女,那毒蛇是妖精,是我的敌人。只有你才能救我;你把我救了之后,我就展翅飞向天空,飞到你们所乘的那条船上,把所有东西都搬回你家去了,将船沉到了海里。你的经历和身世,我一清二楚。你的那两位姐姐嘛,我已施了魔法,将她俩变成了两条黑狗。你瞧,就是这两条!那位小伙子,他被淹死了。"

片刻后，少女带着我和两条黑狗飞上天空，少顷即落在我家屋顶上。我看到船上的全部金钱和财物都放在屋里，什么东西也不缺。

少女临走时，再三叮嘱我："凭苏莱曼大帝起誓，这两条狗交给你，你每天不要忘记各抽打三百鞭；不然的话，我就把你变成它的同类。"

"我一定照办！"我随口答道。

哈里发陛下，直到现在，每天我都要抽打它俩各三百鞭，虽然我有些同情这两条黑狗。

哈里发听罢，惊诧之情溢于言表。

哈里发问看门姑娘："你身上的伤痕是怎么回事呀？"

看门姑娘开始讲自己的身世：

哈里发陛下，我父亲本是一位富翁，身后留下大笔财产。

我独自生活了一段时间，便与当地最富裕的一位男子结成伉俪。刚结婚一年，我丈夫就去世了；根据法律的规定，我继承了八万金币的遗产，成了当时有名的富婆。我为自己置备了十套最华贵的服装，每套价值一千第纳尔，过着奢华、享乐的生活。

有一天，我正在家中坐着，突然有位老太婆来到我家，只见她面色憔悴，满脸皱褶，瘦骨嶙峋，身体干瘪，眉毛长垂，两眼眯缝，豁牙漏齿，脖颈歪斜，正如诗人描绘：

魔鬼遇妖婆，妖婆面授计：牵引千匹骡，仅用一蛛丝。

诗人又写道：

> 老妪善看相,专营非法事:
> 猥亵贞童女,姑娘遭挟持;
> 诱奸壮年妇,勾引老婆子。

老太婆走进门,向我问过安好,说:"我有个独生女儿,今晚要举行婚礼。我来你这里,是特来请你赏光的。我给女儿成婚,但她忧心忡忡,只有安拉默助她。"

说完,老太婆哭了起来。她吻了吻我的脚,吟诵道:

> 君子容颜俊,世人谁不知!
> 若得亲赴宴,当视主恩赐。
> 倘使君不来,何人能代之?

这使我顿生怜悯之心。我说:"我一定照你的吩咐办。"

老太婆说:"那么,你收拾一下吧!吃晚饭时,我再来请你。"她吻了吻我的手,便走了。

我一番梳妆打扮后,老太婆就来了。她说:"太太,当地的贵夫人都到啦!我告诉她们说你要来参加婚礼,她们可高兴啦!都在那里等着你呢!"

我一番准备之后,带着女仆出了门,来到一条胡同,那里微风习习,清爽宜人。我看见一个拱形门,全用大理石砌成,建筑极为考究。门里有座宫殿,下接地面,上摩云天。门上刻着这样的诗句:

> 安拉多慈悲,我居欢乐中。庭泉水澄澈,忧烦一扫空。

> 君王赐百花,园里芬共呈:水仙桃金娘,茉莉白头翁。

到了门前,老太婆敲了敲门,门开了。我跟着老太婆走进一条长廊,但见那里灯火通明,烛光闪烁,数颗珠宝悬挂廊顶。我们继续往前走,来到一个大厅,厅内铺满地毯,明灯高挂,烛台别致,富丽堂皇,无与伦比。大厅中间有一张白玉床,上挂着一顶锦缎幔帐,忽然间,从帐里走出一位少女,风姿绰约,亭亭玉立,真可谓花容月貌。有诗为证:

> 遥望宫苑中,偶见一天仙:纤细腰婀娜,轻飘若飞燕。
> 颊呈玫瑰红,茉莉花香漫。若非宫娘娘,平生谁曾见?
> 乌发掩前额,晨阳休再现。观之心恍惚,谁人不思恋!

她对我说:"欢迎你,我的姐姐。你的到来,给我带来了巨大安慰。"

接着,她吟道:

> 倘若舍有灵,定知贵客访;
> 欢乐快慰余,亲吻客踏土;
> 同时高声喊,欢迎常来往。

少女坐下来,对我说:"好姐姐,你有所不知,我有一个哥哥,他曾在几次婚礼仪式上见过你。哥哥长得比我漂亮,打心眼儿里爱你。他赏给老太太许多钱,老太太才去找你。老太太安排巧计,就是为了让你和哥哥见面。哥哥想与你结为百年之好,完全遵从安拉及其使者的法规;只要合法,明媒正娶,那就没有什么丢面子的。"

J.E.米莱斯 绘

听完姑娘的话，又见自己身已站在人家家中，我随口说了句：
"听从你的安排。"

姑娘高兴极了。只见她拍了拍巴掌，门应声开启，走出一位英俊青年，面似皓月，正如诗人所云：

> 面庞如圆月，皎洁夜空悬。
> 万能命运神，以珠代痣点；
> 装饰此男子，此颜冠世间。

诗人又写道：

> 赞美万能主，赐他貌标致。
> 独具青春美，万物慕其姿。
> 神书其额上：此乃美男子！

我一看见那小伙子，心便飞向了他。

片刻后，法官带着四位证人进了门，一番问候之后，大家坐下，旋即他们为我和青年写了婚书，然后告辞离去。

青年眷恋地凝视着我，说："今天是我们的大喜之日。"

然后他又说："夫人，有一个条件，我得给你讲明。"

"夫君，有什么条件，请讲吧！"我随口说。

他取来《古兰经》，对我说："你要凭《古兰经》起誓，日后永远跟着我，不得再选我之外的任何人。"

我应他的要求起誓，他非常高兴，紧紧把我搂在怀里，我完全接受了他的爱情。

老太婆和女仆们为我梳妆打扮一番。仆人们端来美味佳肴，婚宴开始。我们吃饱喝足,已见夜幕垂降。婚宴结束,我俩相携入洞房,一夜甜睡,不觉东方大亮。

就这样,我们度过了蜜月,恬静快乐,心安神怡。

蜜月后,有一天,我对丈夫说,我想去市场买些衣料,他欣然应允。我穿好衣服,带上老太婆,来到市场,走进一家店铺。店主是位青年,老太婆认识他,即向他介绍说:"这位太太的父亲过世了,留下大笔钱财。"然后对店主说:"拿出你的最好的衣料,让我们这位太太看看吧!"

"遵命!"

接着,老太婆百般称赞店主。我听得不耐烦了,便说:"我并不需要你对他的称赞,我们是来买东西的,买完东西就回家去。"

店主拿出衣料,我挑选后,把钱付给他,他却不收,还说:"这些衣料就算我送给太太的礼物,略表对你们的款待之意吧!"

我对老太婆说:"他不要钱,就把衣料还给他!"

店主说:"凭安拉起誓,我真不要一文钱。这都算是我送给你的礼物,我只想吻你一下,因为这一吻比我店中的所有货物都贵重。"

老太婆对店主说:"吻一下,对你有什么用呢?"

老太婆又对我说:"太太,小伙子说啦,吻你一下,你要什么东西,就请你随便拿。况且吻一吻,你也不损失什么。"

我厉声说道:"莫非你不晓得我已起过誓?"

老太婆仍苦苦劝我:"你站着不要动,让他吻一下,无损于你任何东西,这些钱就都是你的啦!"

在老太婆的苦苦劝说下,我终于同意了此事。我用裙角将脸和眼睛遮上,免得被人看见。

那青年店主把嘴贴近我的脸,当他亲吻我时,却狠狠地咬了我一口，咬破了我的脸蛋儿，鲜血渗出，疼得我昏了过去。老太婆把我抱在怀中。

我苏醒过来之时，店铺已经关门。老太婆显出很难过的样子，说："安拉付出的代价更大。"

她又说："走，我们回家去吧！你要知道，你现在身体虚弱。马上去弄些药来，给你敷上。"

足足过了一个时辰，我方才站立起来。当时，我思绪混乱，十分害怕。

回到家中，丈夫见我像生病的样子，便问："夫人，刚刚出门，遇到什么不高兴的事啦？"

我掩饰说："我这不是挺好嘛！"

丈夫仔细观看我面颊上的伤，问道："你的脸蛋儿上怎么有伤呢？怎么在最光滑的地方有了伤口呢？"

我说："我刚才出门买布时，不小心被骆驼驮的干柴划了一下，弄伤了脸。这城中的街道太窄了。"

丈夫说："明天我去找总督，向他告状，让他把城里的樵夫全都处死。"

我急忙改口："夫君，看在安拉的面儿上，你不要去责怪任何人。不是樵夫的过错。是因为我骑着驴子，驴子惊跑，将我摔在地上，脸被一根柴火棍儿伤了。"

"那么，明天我去找宰相贾法尔·巴尔马克，向他讲明事实，要他把全城的毛驴全都宰掉。"

"难道为了我，你要把所有的人都处死？这不是别的什么意外，全是安拉的安排。"

"我非这样做不可！"

我丈夫对我态度严厉，我心中烦闷，一时出言不慎，顶撞了他,因此他对我生了疑心。他一声大喊,门开了,七个黑奴进来,将我从床上拉下来,拖入厅中。他喝令一个黑奴抓住我的肩膀,坐在我的头上;又令第二个黑奴坐在我的双膝上,抓住我的两只脚;第三个黑奴手握闪着寒光的利剑走来,说:"主公大人,让我动手吧!我一剑便可将她断为两截,每人拿着一截,抛入底格里斯河喂鱼,你看行吗?"

我丈夫说:"这就是背弃信仰、背叛誓约者的报应!"

他接着吟道:

与吾分享爱,坚拒乃爱神。尽扫此念头,免伤余之神。
吾心存决断:为爱甘献身。虚情不可取,假意本失真。

他对那个黑奴说:"喂,赛阿德,动手吧!"

黑奴举起剑来,对我说:"你要咏诵'做证词'①!你要牢记你的誓言!有什么话,就请留下!因为这是你生命的最后时刻。"

我说:"好心的奴隶,求你稍缓,容我咏诵做证词,留下遗言。"

之后,我抬起头来,想着自己的遭遇,如何由尊贵坠入低贱深谷,禁不住眼泪潸然落下。我吟诵道:

先追后绝情,可晓无眠味?
你入吾心神,谁知君喜悲?
山盟与海誓,而今业尽毁。

---

① "做证词",伊斯兰教基本信仰的表白,即指穆斯林必须口舌招认,内心诚恳,虔诚表白信奉安拉与使者的做证词:"我证万物非主,唯有安拉;我证穆罕默德是安拉的使者"。

> 君不解我情，莫非君身贵？
> 看在安拉面，一言托众位：
> 刻石孤女墓，为我做墓碑。
> 痴情人路过，为余洒悲泪。

吟罢诗歌，我泪如雨注。我丈夫听完后，见我大哭，怒上加怒，吟诵道：

> 抛开心爱者，有罪遭弃舍。世情难均分，岂容情波折。

我丈夫吟完诗，我哭了起来，求他同情、怜悯我。我心想："我在他的面前，不惜低三下四。我对他说话要百般温柔，但期他能宽恕我，不要将我杀死，即使拿去我的所有财产，我也无所吝惜。"之后，我向他诉说了我所经历的一切，并且对他吟诵道：

> 对我若公平，不会杀掉我。古来裁决事，自无公平说。
> 当下你使我，将爱重载荷；我无力撑衣，只因体虚弱。
> 精神觉疲惫，觉怪暂且莫。怪在你离去，留我怎生活。

我吟完诗，不禁哭了起来。丈夫看着我，呵斥我，谩骂我，他吟道：

> 你陪他人去，怠慢老朋友。
> 你显冷淡情，皆非我所有。
> 既你弃我去，我将甘忍受？
> 自你情转移，爱你到尽头。

绝情不在我,你晓其根由。

他诵完诗,喊来一个奴仆,对奴仆说:"把她斩为两段!她对我们没有任何益处了。"

奴仆走来,我自认必死无疑,绝无生的希望,便把自己的一切托付给了安拉。

突然,老太婆闯了进来,跪在我丈夫的脚下,频频吻他的双脚,并且说:"孩子,少爷,看在我抚养你成人的情分上,求你宽恕了这位女子吧!她没有值得这样处罚的罪过。你还很年轻,我真担心你因她的祷告而受磨难。"

话音未落,老太婆泣不成声。老太婆苦苦哀求,我丈夫终于改口说:"好吧!我原谅她了。但是,我一定要给她留个印记,让她终生不忘!"

说罢,他令黑奴扒光我的衣服,取来楷桦树枝,拼命抽打我的后背,打得我死去活来,我对自己能否活命已经不抱希望。当夜,我丈夫又令黑奴将我拖回我原来的家中,并不准老太婆陪我;奴隶们完全照办。

他们把我抛在我原来住的地方,孤独一人,我只好自己照顾自己,自己上药医伤。

四个月过去了,我的伤口愈合了,当我再去看我被抽打时的那座房子时,发现那整条胡同的所有房屋都变成了一堆瓦砾,不知原因何在。

我无处投奔,只得去找我的这位房主姐姐,我见她家有两条黑狗。我向姐姐问了安好,把自己的遭遇给她讲述了一遍,她说:"时代充满灾难,谁又能幸免呢?"

感谢安拉,一切总算过去了。姐姐又把她与两个姐姐的事情讲给我听。从那时起,我和姐姐都静下心来,稳坐家中,再也不谈婚姻之事了。

这位姑娘是专管采买的,每天出去给我们买来居家过日子所需要的一切东西。昨天,她照常外出采买时,遇到了那位脚夫,又正好碰到你们扮作商人来访。今天,我们被带到了你们面前。

哈里发陛下,这就是我的身世和经历。

哈伦·拉希德听后,颇感新奇,即令录事记下这个故事,送交皇家文库,永久保存。

讲到这里,眼见东方透出黎明的曙光,莎赫札德戛然止声。

第十八夜

夜幕垂降。莎赫札德接着讲故事:

幸福的国王陛下,哈里发命令记录下这个故事,送交皇家文库保存。

哈里发拉希德又问房主姑娘:"施妖术让你姐姐变形的那位白蛇仙子现在有消息吗?"

房主姑娘回答说:"那位仙女把她的一束头发交给我,对我说:'你如果有事找我,就烧一根头发,我会立即出现在你的面前,哪怕我在嘎夫山后。'"

"既然如此,你就赶快拿来头发烧一根吧!"哈里发急不可待。

房主姑娘拿出白蛇仙子给她留下的那束头发,抽出一根,哈里发接过来,用火一烧,当即发出一股气味,随后整个宫殿颤动起来,并且听到"隆隆"响声。突然间,白蛇仙子出现了。仙子是位穆斯林,向哈里发行伊斯兰问候礼,并说:"信士们的长官,你好哇!"

哈里发以伊斯兰礼节回答说:"你好,安拉怜悯常在。"

"这位姑娘曾经给我恩惠,因为她救过我的命,我是大恩无处报啊!正是她杀死了我的劲敌。我也亲眼见到她的两个姐姐怎样谋害她,因而我决计为她报仇。我本想杀死她的那两个姐姐,但怕她感到为难,所以把她俩变成了两条黑狗。信士们的长官,我是穆斯林,看在你和这位姑娘的面儿上,我决意拯救她那两个姐姐。"

哈里发说:"就请你解救解救那两个女子吧!然后再着手办那位被打的姑娘的事。我们验证一下,倘若姑娘的话属实,我就替她报仇雪恨。"

仙女说:"信士们的长官,我可以帮助你抓到那个虐待这位姑娘、拿走她的钱的那个人;不过,那个人是你最亲近的人。"

白蛇仙子取来一碗水,对着水念了几句咒语,然后往这两条狗的身上洒了少许水,同时说:"恢复你俩原来的人形吧!"

感赞伟大的安拉,顷刻之间,两条黑狗变成了两个女子。仙女说:"信士们的长官,打这位女子的不是别人,而是你的儿子艾敏。你儿子听说姑娘有闭月羞花之貌,便爱在心中,他设计谋与她结为终身之好,并要她发誓不怀二心。后来他怀疑她违背了誓言,才发生了毒打这位姑娘的事。"

接着,仙女把全部经过对哈里发讲了个一清二楚,哈里发大吃一惊。他说:"赞美安拉,在我的手中,这两个女子得救了。"

哈里发随后把儿子艾敏叫到面前,问明了那个女子的经历与儿子的关系，儿子并没有隐瞒事情的真相，一一如实相告。

哈里发随之唤来法官和证人，又叫来那三个流浪汉、房主姑娘和原先变成黑狗的两个姐姐，当场写就婚书，让本是王子的三位流浪汉与房主姑娘三姐妹分别结为百年之好，并配备家什与奴隶，为他们提供所需要的一切，让他们居住在巴格达王宫中；哈里发命令王太子艾敏与被打的看门姑娘破镜重圆，给了姑娘许多钱，并特为他俩建造了一座豪华宫殿；哈里发则纳采买姑娘为妃，当夜共庆洞房花烛之喜。

次日清晨，哈里发下令为新的宠妃单独造了一处宫殿，安排宫女专门伺候，并专拨银两，让之安享天伦之乐。

讲到这里，莎赫札德戛然止声。
妹妹杜娅札德说："姐姐，天还早着呢，再讲一个故事吧！"
莎赫札德说："如蒙国王陛下允许，我愿意再讲一个故事。"
舍赫亚尔国王说："天色尚早，莎赫札德，你就接着再讲一个故事给我听吧！"
莎赫札德开始讲《三个苹果》的故事：

相传，一天夜里，哈里发哈伦·拉希德对宰相贾法尔说："喂，相爷阁下，今夜我想微服进城私访一趟，问问老百姓对行政官、执法官有何意见；凡是被控告的，我们都要革其职、罢其官，该扣押的扣押，该判刑的判刑，决不能手软。"

宰相贾法尔说："那是再好也不过的了！"
一番化装之后，哈伦·拉希德带着宰相贾法尔、掌刑官迈斯鲁尔进到城中，漫步市场。三人路经一条胡同时，看见一老翁头顶着渔网和篮子，手提一根棍子，慢腾腾地走着，边走边嘟囔着什么，

像是在吟诗,末几句吟诵道:

> 人们对我说,你处人群间。
> 学问何其多,如月悬夜天。
> 切莫这样说,不如有金钱。
> 把我送当铺,知识随身边。
> 更携笔墨纸,如此过一天;
> 及至收当金,恐怕无人换。
> 穷人生活苦,令人心厌烦。
> 夏日愁吃喝,冬令避寒难。
> 行走狗相随,处境多低贱!
> 向人诉苦衷,谁会道可怜?
> 如此穷混日,不如居坟苑。

哈里发听到老翁吟诵的诗,对宰相贾法尔说:"你瞧,这是一个穷老汉。听他吟诵的诗歌,可以知道他正处于饥饿状态。"

随后,哈里发走上前去,问老翁:"老人家,你是做什么的呀?"

老翁说:"主公,我是打鱼的。一家大小,全靠我一个人养活。我忙了大半天,直到现在,一条鱼也没打上来,空手而回,用什么养家糊口呢!我不想活了,真想一死了却此生。"

贾法尔说:"你愿意跟我们回底格里斯河边再撒几网吗?到了那里,你只要撒上一网,我愿出一百第纳尔金币收买你这一网打上来的东西。"

老翁听后,十分高兴,连忙说:"我愿意随你们回去。"

老翁随之向河边走去,撒下渔网,片刻后,拉上来一看,打上来的是一口木箱,沉甸甸的。

A.B.霍顿 绘

哈里发接过木箱，发现箱子锁着，而且颇为沉重，于是掏出了一百第纳尔金币给了老翁，老翁拿着钱高高兴兴告别离去。

贾法尔和迈斯鲁尔抬着箱子，与哈里发一道回宫中，点着蜡烛，仔细察看。贾法尔和迈斯鲁尔打开一看，发现里面放着一个缠着红色毛线的用椰枣树叶编成的篮子。他们割开缠在上面的线，见里面包着一层毛毯；揭开毛毯，露出裙子；撩开裙子，见里面包的是一具碎女尸。

眼见此景，拉希德泪流满面。他对宰相说："相爷阁下，在本王执政期间，竟有人敢于杀人，还把碎尸丢入河里，凶手逍遥法外，让世人骂我，真是岂有此理！好大胆呀！我一定要查出杀害这位女子的凶手，把他送上断头台！"

哈里发沉思片刻，又对贾法尔说："我凭阿拔斯王朝列位哈里发起誓，你要立即派人缉拿凶手，为女子申冤！如果抓不到凶手，我就把你连同你的四十个堂兄弟，一并绞死在宫门外！"

哈里发怒不可遏，语气严厉。

贾法尔说："陛下，容我在三天之内办成此事。"

"给你三天时间。"

贾法尔告别哈里发，走出宫门，步入城中，胸中十分憋闷，心想："我哪晓得凶手是谁？到哪里缉拿凶手呢？假若抓到的不是真正凶手，罪责必在我，我该怎么办呢……"

贾法尔回到相府，一连三日没有出门。第四天，哈里发派人传宰相进宫，贾法尔闷闷不乐，漫步来到王宫。哈里发问："抓到那凶手了吗？"

宰相贾法尔说："求陛下宽恕。我又不是未卜先知，怎么晓得凶手是谁呢？"

哈里发大怒，下令将贾法尔绞死在王宫大门外，同时差传令官沿巴格达大街叫喊:"诸位老少,听我传令:今天就要处死当朝宰相!贾法尔·巴尔马克及其四十位堂兄弟,今天就要被绞死在王宫大门外。谁想观看,尽快前往!都来看哪,绞死宰相了!"

听说要绞死宰相,众人大惊,纷纷走出街巷,争相观看处死当朝宰相贾法尔及其四十位堂兄弟的场面,但谁也不知原因何在。

哈里发下令竖起绞刑架,贾法尔及其四十位堂兄弟被带到绞刑架下,刽子手一旁站立,等候哈里发发令。在场观看的人,无不为贾法尔及其堂兄弟即将被绞死而痛哭落泪。

正在这个时候,一位青年快步走出人群,但见他眉清目秀,衣冠楚楚,英姿勃勃。

青年走到宰相贾法尔面前,说:"相爷,你是王公之首,百姓的保护伞,你可平安无事了。你们在箱子里发现的那女子是我杀的,你们就把我杀死,为那女子雪恨吧!"

宰相贾法尔一惊,庆幸自己可免于一死,但深为青年难过。

人们正议论纷纷时,突见一老人走出人群,快步行至贾法尔和青年面前,向二人问安后,说:"相爷,请不要相信这个小伙子的话。那女子不是他杀的,是我杀的,拿我问罪吧!"

青年说:"相爷,这老翁年迈糊涂,自己也不知道自己在说什么。杀那女子的凶手是我,拿我抵罪吧!"

老人对青年说:"孩子,你还年轻,刚刚尝到人生的美味,而我已活够了,让我替相爷以及他的堂兄弟们死吧!杀死那女子的是我呀,看在安拉的面儿上,就拿我抵罪吧。"

贾法尔觉得奇怪,随后将青年和老人一起带到哈里发面前,说:"信士们的长官,我把凶手带来了。"

哈里发问:"凶手在哪儿?"

"这个小伙子说自己是凶手,而这位老者说小伙子在撒谎,并说他才是凶手。"

哈里发打量着青年和老人，问道："你们俩究竟谁是凶手？"

"我是！"青年人说。

"不是他，是我。"老人争辩道。

哈里发对贾法尔说："把他俩一道绞死！"

贾法尔说："假若凶手只有一个，我们却处死一双，岂非枉杀无辜吗？"

青年说："凭开天辟地的安拉起誓，我是杀人的凶犯，且证据在手。"

随后，青年将杀人经过说了一遍。哈里发听后认定杀人犯的确是眼前这位年轻人，不免觉得有些奇怪，便问："年轻人，你为何要枉杀无辜呢？为什么杀了人，又要自首，要求以死抵罪呢？"

青年说："信士们的长官，你有所不知：那女子是我的妻子，也是我的堂妹；这老人就是我的叔叔，我妻子的父亲，也就是我的岳丈。

"我与堂妹成亲时，堂妹是个好姑娘。感谢安拉，过门后，她为我生了三个男孩儿。

"我妻子很爱我，手勤脚快，待我很好，无可挑剔。本月初，我见她病得厉害，便请来医生，终于治好了她的病。我想让她到浴室洗澡，她在进浴室前，对我说：'我想吃一种东西。'我问：'什么东西？'她说：'苹果，我想吃苹果，闻闻味，再咬上一口。'

"我随即进城，到处寻觅苹果，不惜用一枚金币换一个苹果；但是，连一个苹果的影子也没找到。回到家里，我一夜没合上眼。

"第二天天刚亮，我就出了家门，转了一个果园又一个果园，也没有看到苹果。恰巧遇到一位老园丁，问他哪里有卖苹果的，老人说：'孩子，这种水果非常稀少，只有巴士拉皇家园林里才有，那里有位老园丁，他专为哈里发保存新鲜苹果。'

"我带着纯真的友情回到妻子身边,高高兴兴告诉妻子,说我将去巴士拉找苹果。

"我一去一回十五天,终于从巴士拉老园丁那里用三第纳尔金币买回来三个苹果,送到妻子面前。

"妻子接过苹果,因为已高烧多日,身体虚弱不堪,什么都吃不下,把苹果放在了一边。

"不久,妻子终于康复,我开始回店中经营生意。一天,我正坐在店里,突见一黑奴手里拿着一个苹果玩儿。我问他:'你这个苹果是从哪儿弄来的?'黑奴一笑,说:'这个嘛,是从我的相好那里要来的。我好久不见她,这次一见,发现她身体很弱,但身边有三个苹果,她对我说:"这是我那个乌龟丈夫特地从巴士拉用三第纳尔金币买来的。"于是,我从她那里拿了一个苹果。'

"信士们的长官,我听他这样一说,顿感眼前一片漆黑,怒气难抑,当即锁上店门,奔回家中。我见苹果少了一个,因为盛怒,一时失去了理智。我问妻子:'苹果……怎么少了一个?'妻子说:'我不晓得哪儿去了。'

"因此,我相信黑奴说的全是真话,于是抄起一把刀,骑在她的身上,先切下她的脑袋,又把她尸体斩成几段,迅速收拾起来,用裙子包好,再用毯子裹上,放在一个用椰枣树叶编的篮子里,拿红毛线缠上,然后放入一口木箱,上好锁,用骡子将木箱驮到河边,沉到底格里斯河中了。

"凭安拉起誓,信士们的长官,赶快绞死我吧,以便为我妻子申冤,也好让我免于世界末日的清算①。"

---

① 世界末日的清算,伊斯兰教信仰的安拉对人的最终审判和总清算。伊斯兰教认为在世界末日,被安拉复活的人跪在安拉面前,接过记载每个人在今世全部行为的功过簿,逐个地接受安拉的审判。

187

青年沉默片刻，接着说："我把她沉入底格里斯河里，谁也不知道。我回到家里，见我的大孩子在哭，其实他不知道我把他母亲的碎尸丢入了河里。我问儿子：'你哭什么呢？'孩子说：'我从妈妈那里拿了一个苹果，在胡同里正跟弟弟玩时，忽见一高个子黑奴走来，抢走了我的苹果，还问我是从哪里弄来的。我告诉他，那是爸爸特意从巴士拉为妈妈买的；因为妈妈在生病，爸爸花了三第纳尔金币，才买来三个苹果。那黑奴抢走了苹果，还打了我一巴掌，然后跑了。我真怕妈妈为这件事还要打我一顿。'

"听孩子这么一说，我才知道那个黑奴是个骗子，说的全是谎话，他是在败坏我堂妹的名声。想到自己冤杀了妻子，我禁不住大哭起来。

T. 达尔齐尔 绘

"就在这时,这位老人出现在我的面前;他就是我的叔父、我妻子的父亲。我把事情告诉了他,他坐在我的身边,我俩一直哭到半夜。我们为她哀悼了五天。直到今天,我还为错杀妻子悔恨不已。信士们的长官,凭皇家列祖列宗起誓,你赶快绞死我吧!为我妻子申冤!"

讲到这里,哈里发惊愕不已,说:"凭安拉起誓,我要杀了那个坏黑奴……"

讲到这里,眼见东方透出黎明的曙光,莎赫札德戛然止声。

第十九夜

夜幕垂降,莎赫札德接着讲故事:

幸福的国王陛下,哈里发发誓说一定要杀了那个坏黑奴,因为那个青年是情有可原的。

哈里发回头望着贾法尔,说道:"那个可恶的黑奴才是本案的罪魁祸首,限你三天把他抓到!如果不把他抓来,就要你来替他抵命!"

贾法尔一听,泪如雨下,说道:"我从哪里把他抓来呢?一个瓦罐子,并不是每次都能完好无损的。这件事情,我无计可施了。我只希望第一次救我的安拉再次救我。凭安拉起誓,我只好待在家中,三天闭门不出,听凭安拉安排。"

贾法尔在家中静待三天,不曾外出。第四天,他请来法官,立下遗嘱，告别儿女，哭泣不止。

正当此时，哈里发的使臣临门了，告诉他说："哈里发大发雷霆，特派我前来传唤。哈里发立誓，你若今天还抓不住那个凶手黑奴，你就替他一死。"

贾法尔一听，泪流不止，他的家人也都哭了起来，泣不成声。贾法尔向大家告别，他走到最宠爱的小女儿面前，把小女儿抱在怀里，又是一阵痛哭，不忍离别。就在这时，贾法尔无意中发现小女儿的口袋里有个圆鼓鼓的东西，便问："你口袋里装的是什么？"

小女儿说："是苹果。四天前，家奴里哈尼给我的，是我用两枚金币从他那里换来的。"

贾法尔一听小女儿提到仆人和苹果，心中暗喜，连忙说："有救了！有救了！"

他马上派人把里哈尼叫来，问道："那苹果，你是从哪里弄来的？"

黑奴里哈尼说："主公，五天前，我正在巷子里走，见一群男孩儿在那里玩耍，其中一个男孩儿手里拿着苹果，我就把它抢来了，还把他打哭了。那小孩儿说：'这是我妈妈的苹果。我妈妈生病了，对爸爸说她想吃苹果，爸爸去了巴士拉，从那里弄来三个苹果，花了三第纳尔金币。我从妈妈那里拿来一个苹果……'那孩子不住地哭，我都没有理他，拿着苹果就回来了。回来遇见小小姐，她用两枚金币换走了那个苹果。"

贾法尔一听，顿觉黑奴罪大，深感这场灾难古怪，竟闹出一条人命。原来那位女子死于这个黑奴之手，他下令把里哈尼关押起来，庆幸自己终于脱险，随之吟道：

谁不留意仆,必为仆赎身。性命仅一条,奴隶多成群。

贾法尔把奴仆里哈尼押送到宫中，向哈里发禀报了查案经过，哈里发当即令录事记下这桩奇案，向世人公布。贾法尔对哈里发说："信士们的长官，要论故事的曲折离奇，还远远比不上努尔丁与舍姆斯丁两兄弟的故事。"

"世上还有比这更离奇的故事？"哈里发惊问。

"信士们的长官，听我给你讲来，但有一个条件，求你免我的奴仆一死。"

"如果故事真的离奇，我就看在你的面儿上，宽恕他了。"

贾法尔开始讲《兄弟宰相》的故事：

相传，古时候，埃及有位国王，公正无私，从善如流，光明正大。他有一位宰相，德才兼备，精明干练，精于治事，长于安排。

宰相年事已高，膝下有两个儿子，长子叫舍姆斯丁，次子叫努尔丁。努尔丁长得比哥哥漂亮，堪称当时天下第一美男子，因此名闻四方，致使许多人远道而来，只为一睹努尔丁的英俊容颜。

宰相谢世，国王悲伤，亲自驾临相府，安慰兄弟二人，赐予锦袍，并且对兄弟二人说："在我的心目中，你们兄弟二人的地位和你们的父亲一样。"

兄弟俩很是高兴，连忙向国王行吻地礼。

小兄弟俩为父治丧一个月，然后进入内阁，同时被国王任命为宰相。

国王每逢出巡，必带上兄弟二人中的一位。

一天晚上，国王决定明日出巡，轮到舍姆斯丁陪同。那天夜里，兄弟俩一起聊天，舍姆斯丁说："弟弟，我打算安排你我同日成亲。"

努尔丁回答说:"那太好啦!就按你说的办,我完全赞同。"

兄弟俩达成协议后,舍姆斯丁又说:"安拉成全我们,我俩同日庆祝洞房花烛之喜,同一夜各娶一位女子为妻;承蒙安拉恩泽,又在同一天给我们送来儿女,你的妻子生下一男孩儿,我的妻子生下一女孩儿;因是堂兄妹,日后让他俩结为美满伉俪,百年之好……"

努尔丁问:"若真的如此奇巧,哥哥,你的女儿向我的儿子要多少聘礼呢?"

"我要你儿子出三千第纳尔金币、三座花园和三个庄园作为聘礼;青年人订婚,没有这些东西做聘礼,那是不相宜的。"

听完哥哥的这番话,努尔丁说:"怎么能向我儿子要这么多聘礼呢?难道你不晓得你我同是朝中的宰相吗?我们的地位相当,而且又是同胞兄弟呀!你的女儿嫁给我的儿子,理当不收聘礼才是。你要知道,男子比女子高贵,我的儿子和你的女儿是大不相同的;在王公贵族的家谱中,人们只记载男子名,不写女子名。看来你想用某种人的办法对待我:假若想把一种货色推销给别人,就把价钱抬得高高的。据说有这样一种人:若朋友登门求他,他就把自己的身价抬得高高的。"

舍姆斯丁说:"你说你的儿子比我的女儿高贵,这证明你目光短浅。毫无疑问,你头脑简单,缺少见识和修养。你与我同时入朝为相,我之所以把你带来,完全出于对你的同情,也为了让你当我的助手。可你今日却口出狂言,真是不识抬举。我可以告诉你,你就是用等重黄金做聘礼,我也不让自己的女儿嫁给你的儿子。"

努尔丁听了,很是生气,气愤地说:"我决不让我的儿子娶你的女儿为妻!"

"我更不乐意你的儿子当我的门婿。若不是明天陪国王出巡,我非给你好好上一堂课不可。不过,等我回来之后,安拉自有安排。"

听了哥哥的话,努尔丁怒气满胸,只觉天昏地暗,但没说什么。兄弟俩不欢而散,各自回室过夜。

次日天亮,舍姆斯丁宰相陪同国王离宫出巡,行经花园岛,径直前往吉萨高原金字塔下。

那天夜里,努尔丁盛怒未消,久久未合上眼。清晨起来,做过晨礼,从储藏室取出一个小袋子,装满金银,想起哥哥说过的那些话,想到长兄那样看不起自己,而且又是那样傲气十足,于是吟诵道:

> 远行结新朋,乐寓辛劳中。蹲家失尊贵,外出方显荣。
> 死水易涸臭,鲜活赖流动。玉兔若不落,焉见再度明!
> 狮守林饿死,箭恋弦无用。金沙若不采,价与黄土同。
> 香木留山里,值与柴草等。坐守地位低,离乡身家增。

努尔丁吟完诗,即吩咐仆人为他准备一匹雄健快骡。奴仆听命,立刻行动,牵来花斑骡子一匹,鞴上镀金鞍鞯,挂上印度马镫,铺上伊斯法罕①毡垫,但见那骡子行进起来,就像一位俏丽新娘。努尔丁又吩咐仆人将丝毯、礼拜毯和鞍袋挂在鞍上,然后对仆人们说:"今天,我想到城外一游,然后去盖勒尤比郊区宿上三夜。我心中烦闷,就不让你们陪我去了。"

说罢,翻身上了骡背,仅带了一点儿干粮,便出了京城。

身下坐骑快如风,不到正午时分,便进了巴勒比斯城。努尔丁离开骡背,休息片刻,吃了些东西,也让骡子喘了口气,在城里买

---

① 伊斯法罕,伊朗的北部海滨城市。

了一些需要的东西，然后骑上骡子登程赶路去了。

两天之后的正午时分，努尔丁便来到了耶路撒冷城下。他离开骡背，取下鞍鞯，喂了喂骡子，自己也取出干粮吃了一些。一路疲劳，他把毯子铺在地上，准备休息。他仍觉心中怒气难消，决定就地过夜，枕着鞍袋便进入了梦乡。

努尔丁不觉一觉睡到了大天亮，醒后，他立即骑上骡子，快鞭紧赶，一直到达阿勒颇城。到了阿勒颇城，住进客栈，在那里休息了三天，于第四天早上，骑上骡子又上路了。

一路快马加鞭，不知不觉在夜幕垂降时分到了巴士拉城。

努尔丁来到城里，即投宿客栈，他取下鞍袋，铺好毯子；他将骡子和行囊交给看门人看管，看门人从命，将骡子牵去，一切安排妥当。

努尔丁投宿的客栈傍临相府。说来也巧，就在努尔丁到来之时，马上的鞍鞯恰被凭窗向外眺望的宰相看见。眼看那花斑骡子及其背上的金鞍满缀宝石，宰相心想："乘客即使不是国王，也必然是宰相。"这位宰相仔细打量，一时不明究竟，便对奴仆说："去把那个看门的给我叫来。"

奴仆当即把客栈看门人叫到了宰相面前。看门人行过吻地礼，这位年迈的宰相问道："那匹骡子的主人是谁？他的相貌如何？"

"主公阁下，骡子的主人是一位英俊小伙子，看上去天资聪明伶俐，仪表端庄严肃，很像一位富商子弟。"

宰相听看门人这么一说，立即站起身来，出门上马，径直去客栈，看望那位青年。

努尔丁见一锦衣老人骑马到来，立刻站起身来迎上前去。宰相下马后，向青年问好，对青年表示欢迎，并让青年坐在自己的身旁。宰相问："小伙子，你打哪儿来呀？到此有何事呢？"

A. B. 霍顿 绘

努尔丁说:"我从米斯尔①城来。先父是埃及国王的宰相,已经归真了。"

努尔丁把自己的身世和经历从头到尾向巴士拉宰相讲了一遍,并且说:"我不想再回埃及,打算周游列国,一览名胜风光。"

宰相说:"孩子,不宜为所欲为呀,以免遇有不测。如今,到处是一片废墟,没有什么好看的东西,恐怕会让你徒劳,白耗时光。"

说毕,宰相吩咐家仆将鞍袋及毯子搭在骡鞍上,随后把努尔丁接到相府,为他安排好住房,待若上宾,如掌上明珠。一天,宰相对努尔丁说:"孩子,如今老夫年事已高,膝下无子,安拉只赐予我一个女儿,貌美与你近似,年岁相当。有许多青年向她求婚,我都未曾应允。老夫一看见你,便感亲切,似前世早已相识。我愿让我的小女陪伴你,伺候你,做你的妻子,你可乐意?若同意这门亲事,我明早带你一起去拜见国王,就说你是我的侄儿,博学多才,把你托付给他,让你取代老夫的相位,担当宰相要职;因为我已年迈,以后就稳坐家中,可以闭门不出了。"

努尔丁见宰相如此诚恳,随后低下头去,说:"我听从您的安排。"

宰相如愿,即吩咐仆人准备酒菜,布置大厅,准备迎接王公大臣、国家显贵前来。

顷刻,宰相请来朋友、宫廷要员及巴士拉城的巨商大贾,一时宾朋云集,正所谓高朋满座,热闹非常。

宰相对众宾客说:"诸位宾朋,家兄是埃及宰相,安拉赐予他两个儿子。正如诸位所知,本相家有一位爱女。家兄有言在先,叮

---

① 米斯尔,今埃及首都开罗的古称。

嘱我将小女许配给他的一个儿子，我欣然应允。岁月不等人，如今他们都到了婚配年龄，家兄特命其子前来成亲。老夫身边这位便是贤侄儿。我欲立刻为他们完婚，洞房就设在相府。"

众宾朋齐声道贺："恭喜，恭喜！正是吉日良辰！"

众宾朋高高兴兴喝起椰枣酒，相继洒过玫瑰水，然后告辞离去。

宰相吩咐仆人照顾努尔丁沐浴更衣。仆人们陪同努尔丁前往浴池，还给他拿上浴巾等所需要的一切物品。努尔丁洗浴完，换上宰相朝服，他更加风度翩翩，英姿勃发，简直就像一轮圆月。

出了浴池，努尔丁骑上骡子，径直来到相府。见到宰相，上前亲吻他的手。宰相热烈欢迎努尔丁。

讲到这里，眼见东方透出黎明的曙光，莎赫札德止住了说话声。

第二十夜

夜幕垂降，莎赫札德接着讲故事：

幸福的国王陛下，努尔丁出了浴池，骑上骡子，径直来到相府。见到宰相，上前亲吻他的手。宰相热烈欢迎努尔丁。

宰相对努尔丁说："贤婿，请入洞房安歇吧！明天一早，我带你拜会君王，愿安拉赐福给你。"

努尔丁谢过宰相，转身进入洞房，见新娘子正在那里等着他……

让我们回过头来看看舍姆斯丁的情况。

舍姆斯丁陪国王出巡回来，见弟弟努尔丁不在官邸，心中好生纳闷。他向家仆发问，仆人们说："你陪国王外出那天，他骑上骡子，带了些用品，说他心情不大好，要到盖勒尤比去玩儿三天，未让我们任何人陪同。自打他出门至今，我们没有听到他的任何消息。"

听家仆这样一说，舍姆斯丁因弟弟离去而感到心烦、忧伤，心想："也许在我陪同国王出巡前的那天晚上说的话太粗鲁了，致使弟弟有些别的什么想法，便不辞而别了。我一定要派人把他找回来。"

舍姆斯丁立即进到王宫中，向国王禀报了此事。国王遂令文书写就寻人启事若干份，分送到驻各国代表那里，四下寻找努尔丁。

努尔丁在哥哥陪国王出巡的一段时间里，已跨越许多国家，到了很远的地方。

差使们走了许多地方，没有打听到努尔丁的任何音信，一个个空手而回。舍姆斯丁感到万分后悔，说："谈到儿女婚姻之事，我的话粗鲁无礼，得罪了弟弟；不谈那些空话，该多好哇！那些话只能说明我的浅薄无知。"

时过不久，舍姆斯丁与米斯尔城的一个商人的女儿拜堂成亲。

说来也巧，舍姆斯丁与努尔丁的洞房花烛竟是在同一夜晚，只不过是哥哥成了商人的女婿，弟弟娶的是巴士拉宰相的千金。此乃安拉的意志，人无力违抗。事情又像兄弟俩说的那样巧合，两位妻子同一夜怀孕。十月怀胎，一朝分娩，巧得很，就在同一天，埃及宰相舍姆斯丁的妻子生下一女孩儿，貌美无双；努尔丁的妻子生下一男孩儿，标致无比。正像诗人所云：

> 翩翩美少年,令友醉深沉。何需杯中物,只赏其妙春。
> 葡萄酒色佳,味道正香醇;原本皆来自,少年额与唇。

诗人又云:

> 哈桑与之比,羞涩低下头。问其何所见,伦比化乌有。

努尔丁为儿子取名哈桑·白德尔丁。出生后的第七天,巴士拉相府内大摆宴席,菜肴丰盛,场面宏大,颇有为王子做生日的气派。

宴席结束,宰相带努尔丁进宫拜见国王。

努尔丁来到国王面前,即行吻地礼。努尔丁不仅相貌英俊,而且口才超群,见识非同一般。他开口吟诵诗句:

> 公以正义,普盖万物,一往无前,铺平天边。
> 谢造物主,她们非主,她们只是,颈上项链。
> 我吻手指,她们非手,她们却是,谋生关键。

国王热情召见他们,感谢青年人吟诵的诗歌。国王问宰相:"相爷阁下,这位英俊青年是谁?"

宰相说:"这是家兄的次子,我的贤侄儿。"

国王眉头一皱,问道:"怎么会是你的侄子,本王怎么没听相爷说过?"

宰相说:"国王陛下,家兄任埃及宰相,不久前归真。家兄有两个儿子,长子继承父位,现任埃及宰相;次子就是这个青年,来到了我这里。我们有约在先，一定要把小女许配给他。如今，他来了，我就为他们完了婚，他已是我的门婿。国王陛下，他是一个有为青年，而我已年迈，耳不聪，目不明，不中用了。因此我有意请求陛下委任他接替我做宰相，不知陛下意下如何。他是我的侄子，又是我家门婿，有见地，善治事，由他出任宰相，是再合适不过了。请国王恩准。"

国王上下打量努尔丁一番，不禁打心眼儿里喜欢这个小伙子，认为宰相推荐他出任宰相一职的意见甚好。国王立即采纳宰相建议，任命努尔丁为宰相，赐赠朝服，规定俸禄，配备车马及奴婢。

努尔丁亲吻国王的手，随后跟着岳丈高高兴兴回到家中。他俩说："真是个吉庆的日子呀！"

第二天，努尔丁拜见国王，行过吻地礼，吟诵道：

嫉妒情虽生，幸福日日新。吉辰仍伴你，难避凶时侵。

国王让努尔丁坐上相位，执行公务。努尔丁像历任宰相一样，裁定官司，公正严明。国王见此情景，十分称赞这位新宰相的才干，对他的周到安排和果断行事感到非常满意，因此很喜欢他，和他颇为亲近。

退朝之后，努尔丁回到家中，向岳丈讲述了一天的情况，岳丈非常高兴。

从此，老相爷负责照管努尔丁的儿子哈桑·白德尔丁，努尔丁则天天入朝处理政务，直至日夜不离国王左右。

努尔丁精明能干，国王赐予他许多田产，并为他增加俸禄。不久之后，努尔丁还拥有一支船队，手下人可以外出经商，因此他家财万贯，庄园无数，财产不断增加。

努尔丁的儿子哈桑·白德尔丁刚满四岁,老相爷一病不起,不久告别人间。努尔丁为岳丈举行隆重葬礼,老人入土得安。

自此以后,努尔丁着意培养教育哈桑·白德尔丁,孩子稍大,便请伊斯兰教法学家临门为儿子施教,教他读书识字,背诵《古兰经》。仅在几年之内,哈桑·白德尔丁便掌握了许多知识,人也长得更加漂亮,惹人喜爱。正如诗人所云:

> 月挂中天美,旭日添光彩。地华何处寻,少年面满载。

教法学家一直在相府为哈桑·白德尔丁施教,不曾让他出门玩耍。哈桑·白德尔丁渐渐长大,学问长进很快,而且相貌英俊,身材匀称,风度翩翩。

有一天,努尔丁为儿子穿上最华丽的衣服,并且为他挑选了一匹好骡子,带着他来到王宫觐见国王。

人们看见哈桑·白德尔丁第一次跟着父亲出来,又看到他相貌俊美,身材匀称,风度潇洒,一时不知道该说什么,油然想起诗人留下的名句:

> 星下观夜色,翩翩来少年:遥见双子星,缀珠双肋边;
> 土星赐额发,黑痣添容艳;火星映面红,明眸藏利剑;
> 水星赠智慧,小熊拒诬陷。星相家惊诧,月拜吻地面。

国王见宰相努尔丁的儿子哈桑·白德尔丁长得眉清目秀,英俊绝伦,禁不住惊喜难抑,当即对努尔丁说:"我的宰相爱卿,你要天天带着他来王宫。"

努尔丁说:"恭敬不如从命,我一定照办。"

自此之后,宰相努尔丁每天带着儿子出入王宫,直至哈桑·白德尔丁长到十五岁。不久,努尔丁突感体弱无力,便将儿子叫到跟前,对他说:"孩子,你要记住我的话:今世是短暂的,来世才会长存。我想嘱咐你几句话,你要留心细听,仔细领会。"

接着,努尔丁嘱咐儿子要与人为善,精打细算,还讲到兄长、故乡,为自己离开亲人而痛苦落泪。他说:"孩子,你听我给你说:我有一个哥哥,名叫舍姆斯丁,就是你的伯父,任埃及宰相。我是与他不辞而别的,并未征得他的同意。你拿纸来,我口授,我有重要事要说,你要把我的话全记录下来。"

哈桑·白德尔丁取来笔墨和纸,从头到尾记下了父亲所说的话。记录下父亲何时到达巴士拉、会见国王的日期、与宰相女儿成婚的日期及自己的出生年月日等重要情况,还记下父亲至关重要的遗嘱。

之后,努尔丁对儿子说:"孩子,你把这份记录保存好!这卷纸上记载着你的出身、门第和血统。你如果遇到什么麻烦和不测,就到埃及去,找你的伯父,把这份东西展示给他,代我向他问安,就说我很想念他,对他说我已客死在异乡。"

哈桑·白德尔丁接过纸,留心卷好,加上蜡封,缝入毡帽夹层,然后哭了起来,痛惜自己这么小就要同父亲诀别。

努尔丁继续强打精神,叮嘱儿子:"孩子,有五件事,我要嘱咐你一下。"

哈桑·白德尔丁凑到父亲病榻前,说:"父亲,你就说吧!"

"孩子,第一件事,你千万不要滥交朋友,以期保证自己的安全。你要知道,只有在隐蔽的地方,才有安稳可言。有诗为证……"

努尔丁吟道:

> 今世无知己,末日难得友。
> 安身独立命,禁绝乱交游。
> 苦口良药贵,足当来日酬。

"第二件呢?"

"第二件,不可虐待他人。你要知道,待人宽者,也会得到别人的宽待。因为人生道路曲折,有时顺利,有时亦受挫折。诗人云:

> 不必为小事,刻意去奔忙。
> 待人素宽厚,终得好报偿。
> 安拉盖世主,功过不错量。

"第三,要敏于事,而慎于言。人生务必多思自己的过失,不可苛求他人。俗话说得好:'慎言者,功自成。'有诗为证:

> 出言仅为银,沉默方作金。
> 为人生世间,言谈务谨慎。
> 慎言一次悔,失言悔煞人。

"第四,不可酗酒。人言酒乃万恶之源,此乃至理名言。有诗为证:

> 一日得戒酒,博得众称赞。
> 人生当牢记,远远避醉汉。
> 诱人入邪道,酒乃万恶源。

"第五,要节俭,爱惜钱财。只有爱惜钱财,钱财才会助人于困难之时。如若挥金如土,必有一日仰人鼻息。有诗为证啊……"

努尔丁又用尽周身力气,吟诵道:

钱多人如树,众人皆围我。
亲朋时来访,只因我钱多。
一时钱用尽,众皆远离我。

努尔丁话未说完,气绝命终。

哈桑·白德尔丁在相府为父亲安置灵堂,国王与众大臣前来吊唁,然后举行隆重葬礼。

在为父亲守丧的两个月中,哈桑·白德尔丁不曾外出,也不曾前往王宫拜见国王。

就在这期间,国王任命了一个新宰相,并且下令查封前宰相努尔丁的宅邸、家产和庄园。新宰相带着侍从径直朝努尔丁的相府走去,以便封掉相府大门,抓住哈桑,将他带到国王面前,听候国王发落。

新宰相的侍从中,有已故宰相努尔丁的一个贴身侍仆,不忍心见原主人的儿子遭难,便快步赶至相府,他见哈桑·白德尔丁愁容满面,正为父亲的去世伤心落泪,就把将要发生的事情清清楚楚地告诉了他。哈桑·白德尔丁说:"能等一会儿吗?让我带上几件东西,也好在别的地方用!"

那侍仆说:"来不及了,快逃命吧!"

哈桑·白德尔丁一听,立即用袍角捂上头脸,急忙向城外逃去。一路上,他听人们纷纷议论说:"国王要派新宰相抄前宰相的家,还要封门,抓相爷的儿子哈桑·白德尔丁,把他杀掉。"

他听人们争相叹息他的美貌。听人们这样议论,哈桑·白德尔丁一时方寸大乱,不知该去何方。他觉得仿佛有一股无形的力量,把他推向了父亲的墓地,只见他走过一座座坟墓,终来到父亲的坟墓前,坐了下来。这时,他才把袍角从头上拉下来。

哈桑·白德尔丁正坐在父亲坟前,忽见一个犹太人从巴士拉方向走来。来到哈桑·白德尔丁面前,说:"公子啊,我看你怎么闷闷不乐呢?"

哈桑·白德尔丁说:"我刚才做了个梦,梦见父亲斥责我不来为他扫墓,立即惊醒过来。我怕天色晚了,再不来坟上看一看,那就更不好了。"

那犹太人说:"公子,你父亲派出的船队,有的已经回来了。我想把船上的货物全买下来,先付给你一千第纳尔金币。"

说罢,那个犹太人掏出一个装满钱的袋子,数了一千第纳尔,递到哈桑·白德尔丁的手中,并且说:"给我写个收条吧,再盖上印章。"

哈桑·白德尔丁拿出一张纸,写下这样一张收据:

宰相努尔丁之子哈桑·白德尔丁·本·努尔丁愿将其父每条船上的货物全部卖给犹太人伊斯哈格。现已收到一千第纳尔,特立此据。

哈桑·白德尔丁写好收据,递给犹太人,忽想起昔日荣华富贵,禁不住泪流满面。

天色黑了下来,月亮爬上夜空,哈桑·白德尔丁头枕在父亲的坟上,仰面朝天睡在那里,月光照在他的脸上,他不知不觉进入了梦乡。

A. B. 霍顿 绘

那片墓地本是神仙出没的地方。片刻后，忽有一位仙女飞来，眼见熟睡中的哈桑·白德尔丁面美似月，不禁百般称赞他那俊秀容颜，情不自禁地说："赞美伟大的造物主！这小伙子简直就像一位天使……"

说着，仙女腾空而起，飞上了天空，到天上去做例行周游去了。

仙女在空中遇到一位飞魔，相互问好之后，仙女问："你打哪儿来？"

飞魔说："我从埃及来。"

"我看到一个熟睡的少年，真是漂亮无比。你愿意跟我去看看吗？"

"当然愿意！"

仙女、飞魔降落到墓地，一看见哈桑·白德尔丁，仙女问飞魔："你见到过这样漂亮的小伙子吗？"

飞魔仔细打量熟睡中的哈桑·白德尔丁，然后说："凭安拉起誓，这小伙子的确漂亮，举世无双。"飞魔转而望着仙女，又说："不过，我的大姐呀，假若你想听，我愿把自己亲眼看到的情况告诉你。"

"那你就说吧！"

"我在米斯尔城看到一个同样漂亮的人，那就是宰相的千金小姐。国王见其如花似月，便向姑娘的父亲——舍姆斯丁——求婚。宰相舍姆斯丁说：'国王陛下，请接受我的歉意，原谅我的为难之处。陛下想必知道，我弟弟努尔丁出走，至今不知下落。他本来与我一起同为宰相。他之所以出走，原因在于我们曾经谈到儿女的婚事，故他生我的气，愤而外出了。'接着，舍姆斯丁向国王讲述了兄弟之间发生的口角，然后又对国王说：'这就是弟弟生气的原因所在。我已有约在先,我的女儿一定要嫁给与她同年同月同日生的堂兄。此事已过去十八个年头了。我近日获悉,我弟弟努尔丁与巴士拉宰相的女儿结成伉俪,而且生有一子。出于对弟弟的敬重,我一定要把女儿许配给他的儿子。我结婚的时间以及妻子怀孕的日期、生这个女儿的时辰都已记录在案,女儿已经许配人家,不便毁约。不过,国王陛下,天下美女多得很哪!'国王听后大怒道:'本王向你的女儿求婚,你怎好拒绝?又怎敢编出这样的借口?凭我的脑袋立誓,我非把你的女儿嫁给一个最下贱的奴隶不可,不管你乐意不乐意!'

"国王说一不二,真的那样干了,竟把宰相的漂亮女儿许配给了一个前后双料驼背的马夫。他下令把那个驼背马夫叫来,强迫宰相的女儿与他订婚,当晚举行婚礼。国王让驼背马夫站在众奴仆当中,奴仆们手持炽燃的蜡烛戏笑、玩弄驼背马夫,浴池门前一片笑声。宰相的女儿则坐在老女仆们中间,哭泣不止。那姑娘就像这个小伙子这样俊俏标致。国王的奴仆们还不让宰相的女儿哭。依我之见,世上再没有比那马夫更丑的人,也没有比宰相女儿更美丽的姑娘了。"

讲到这里,眼见东方透出黎明的曙光,莎赫札德戛然止声。

第二十一夜

夜幕垂降,莎赫札德接着讲故事:

幸福的国王陛下，飞魔向仙女讲了宰相女儿的故事，并且说到国王将她许配给了驼背马夫，姑娘痛苦极了。飞魔对仙女说："真的！说不定那位姑娘比这小伙子还漂亮！"

仙女说："你的话说过头了吧！你眼前的这个小伙子才是世上最漂亮的人。"

飞魔反驳道："凭安拉起誓，那位姑娘真比这小伙子漂亮。不过，也只有这位小伙子才配得上那位姑娘。他俩嘛，就算不分高低，不相上下吧！他俩也许是兄妹或者是堂兄妹。那么漂亮的姑娘嫁给那个驼背马夫，真好比是一朵鲜花插在了牛粪上。"

仙女说："这样吧，我们把小伙子带到你说的那位姑娘那里去，比上一比，看看究竟谁漂亮，你看如何？"

飞魔说："你说得很对！再没有比这个主意更好的办法啦！让我去把他抱起来……"

说罢，飞魔抱起哈桑·白德尔丁，展翅飞上天空，仙女紧紧跟随……

不多时，飞魔、仙女带着哈桑·白德尔丁落在米斯尔城。

飞魔将哈桑·白德尔丁放在一条长凳子上，然后把他叫醒。

哈桑·白德尔丁醒来一看，发现自己已不在巴士拉，到了一个陌生的地方，正想叫喊一声，问问自己究竟身在何处，但飞魔立即捂住了他的嘴，同时向他使了个眼色。飞魔点上一支蜡烛，对哈桑·白德尔丁说："你有所不知，是我们把你带到这里的，我想秉承安拉的旨意，为你做一件好事，你不要害怕。你拿着这支蜡烛，走到浴室门前，混在人群里，然后跟随着他们向喜堂走，赶在人们前头，走进喜堂，鼓足勇气，什么也不要怕。到了喜堂，你就站在那个驼背新郎的右侧。女仆、歌女、宫女走到你身边时，你就伸手掏你的口袋，会发现你口袋里装满金币。这时，你掏出大把大把的金币赏给她们。你只管掏金币赏给她们,别担心口袋里的金币掏完。来一个,你就给她一把,什么也不用怕。因为你依靠的是伟大的安拉,这一切都是安拉的力量,并不是你的力量。"

哈桑·白德尔丁听完飞魔的叮嘱,心想:"这究竟是怎么回事?难道世间竟有这种好事?"他走过去点燃蜡烛,直奔浴室门前去。他看见驼背马夫骑在马上,自己就挤在人群之中。哈桑一身漂亮装束,头戴毡帽,缠着包头巾,身穿金丝绣花袍,仪表堂堂,风度翩翩,随着人流走去。每当歌女们站住等待人们向她们赏礼时,哈桑便把手伸进装满金币的口袋里,掏出一把金币,丢在歌女们的铃鼓里;不多时,她们的铃鼓里都堆满了金币。

歌女们见此情景,无不感到惊喜,纷纷把目光投向貌美衣锦的哈桑·白德尔丁。当人们走近宰相女儿所在的婚礼大厅时,侍卫们把人们挡住,禁止他们入内。歌女和侍女们说:"凭安拉起誓,我们一定要跟着这位青年进入大厅,因为他待我们十分慷慨;没有他在,我们便不参加这个婚礼。"

就这样,侍卫们把哈桑带进了婚礼大厅,让他坐在驼背新郎的右侧。王公、大臣及其夫人们排成两排,个个戴着面纱,人人手持一支明亮的蜡烛,分站在新人坐台下左右两侧。

妇女们望着哈桑·白德尔丁那美丽的容貌以及那张亮如圆月的面孔,禁不住打内心里爱慕他。歌女们对在场的妇女说:"这位美男子赏给我们许多金币,你们要好好接待他,服从他的命令。"

妇女们你拥我挤,争相观看哈桑·白德尔丁,无不为他的英俊潇洒所动心。个个都想在他的怀抱里依偎上一年半载,哪怕是一个时辰也好;人人都把自己的面纱揭下来,神魂飞扬,掩盖不住内心的激动,说道:"天哪,谁能嫁给这小伙子,那才叫有福气呢!"

随后,她们又咒骂起那个驼背马夫,咒骂把窈窕淑女嫁给奇丑

T.达尔齐尔 绘

马夫的人。她们每赞美或祝福美男子哈桑·白德尔丁一句,必定咒骂驼背马夫一番。

有的说:"把一个漂亮的姑娘许配给这么一个双料驼背人,真是瞎了眼!"

又有的说:"这不是把玫瑰花插在驴粪蛋子上吗?"

……

片刻后,歌女们击打起铃鼓,侍女们簇拥着宰相的女儿走了出来。

新娘子从头到脚打扮一番,周身散发着沁人的芳香。只见她发髻高耸,上面戴着金钗银簪,亮光闪烁,分外耀眼;脖子上的宝石项链价值连城,就是古代也门国王和罗马皇帝也不曾有过;身着的丝绣花衣裙,上绣飞禽走兽,栩栩如生,呼之欲出。新娘子宛如十四日晚上的皓月,众侍女就像天上的群星;侍女们又像乌云,不时地掩着圆月,乌云移开的一刹那,圆月显得分外明亮。新娘子又像天上下凡的仙女,在众侍女陪同下,显得格外娇艳。

哈桑·白德尔丁坐在那里。新娘子来了,人们的目光立即转到这位人间仙女的身上。

驼背马夫站起来迎接,新娘子却没有理睬他,而是径直走至哈桑·白德尔丁的面前。

人们见新娘子走向哈桑·白德尔丁,都笑了起来。哈桑伸手从口袋里掏出一把金币,撒到歌女的铃鼓里。人们兴高采烈,争先恐后地说:"我们希望这位漂亮新娘嫁给你这位漂亮小伙子!"

哈桑·白德尔丁脸上绽现出微微笑意。

与此同时,驼背马夫呆呆地坐在那里,就像一只猴子。每当人们给他点上一支蜡烛,蜡烛顷刻间便会熄灭。驼背马夫感到吃惊,只能坐在黑暗之中,自己痛恨自己。

哈桑·白德尔丁周身沐浴在灿烂的烛光之中,人们的目光集中在他的身上。

新娘子双手伸向空中,暗自祈祷道:"大慈大悲的安拉啊,让这位美男子做我的终身伴侣,让我永远摆脱这个驼背马夫吧!"

侍女们为新娘七次更衣,向哈桑·白德尔丁展示她的姿容。驼背马夫一旁独坐,无人理睬。

婚礼仪式结束,人们相继离去,只剩下哈桑·白德尔丁和驼背马夫留在原地。侍女们将新娘子领入洞房卸妆,准备将她交给新郎。

这时,驼背马夫走到哈桑·白德尔丁面前,说:"先生,承蒙阁下光临我们的婚礼,给我们带来巨大恩惠,真是感激不尽。现在婚礼已经结束,你也该离去了,怎么还在这里呢?"

哈桑·白德尔丁说了声"以大慈大悲的安拉之名"后,起身便要离去,刚一出门,飞魔等在那里,对他说:

"哈桑·白德尔丁,站住!等驼背马夫去厕所时,你就快步溜进洞房。见到新娘子,你对她说:'我是你的夫君。国王安排这一计谋,原因是怕你遭毒眼看①。你刚看见的那个驼背人,他是我的马夫。'然后,你就走向新娘,取下她的盖头,尽情与她共享洞房花烛之欢,什么也不要怕……"

哈桑·白德尔丁正与飞魔谈话时,马夫果然到厕所去了。马夫进了厕所,刚一蹲下,飞魔立即变成一只耗子从水池里钻出来,对着驼背马夫"吱吱"叫个不止。

驼背马夫说:"你怎么到这里来啦?"

只见耗子渐渐变大,变得像只猫,继续变大,变成一只狗,

---

① 古代阿拉伯人的迷信说法,认为毒眼能使人害病。

"汪，汪，汪"吠个不止。

见此情景，马夫大惊失色，壮着胆子说："倒霉的东西，别汪汪啦！"

狗旋即变成了一头驴，冲着驼背马夫的脸不停地鸣叫，驼背马夫惊惶失措，高声叫喊："救命啊！救命啊！"

毛驴忽然变得更大，壮如水牛，横在那里，挡住了驼背马夫的去路，用人的语言说："你这个该死的丑马夫！"

驼背马夫捂着肚子坐在地上，上牙不住地磕打下牙，周身抖作一团。飞魔接着说："难道因为天地太狭小，致使你非同我所喜欢的姑娘结合？"

驼背马夫默不作声。飞魔说："快回答我！不然的话，我就把你活埋掉！"

驼背马夫这才开了口："凭安拉起誓，这不是我的过错，而是他们强加给我的。我万万不知道她是水牛所喜欢的女子。我忏悔，我悔过！"

"凭安拉起誓，假若你天亮之前离开厕所，或者再说什么话，我非把你杀掉不可；太阳出来后，你走你的，永远不准再回这座房子来！"

说罢，飞魔一把抓起驼背马夫，让他头朝下脚朝上倒竖在厕所门里，并且说："你就这样待在这里，直到东方发亮，我会一直看着你。"

我们再回头看看哈桑·白德尔丁的情况吧！

就在飞魔同驼背马夫周旋之时，哈桑·白德尔丁进了洞房，坐在洞房里。片刻后，新娘在一位老太太陪同下，缓步走来。

老太太站在门口，说："喂，新郎官，来接你的新娘吧！我求安拉保佑你们。"

说罢,老太太转身离去。

新娘子名叫"美娘",就是宰相舍姆斯丁的女儿。

美娘进入洞房,心都要碎了。她想:"凭安拉起誓,我就是拼个一死,也不与驼背人合欢!"不料抬头一看,却见迎接自己的是那个漂亮的小伙子。

美娘惊问:"怎么?到现在你还坐在这里?我心想你会与驼背马夫共有我呢!"

哈桑·白德尔丁说:"谁会把那驼背马夫送到你这里来?他又怎么会和我共有你呢?"

"那么,究竟谁是我的夫君呀?是你,还是他?"

"当然是我!夫人,之所以这样安排,目的在于戏弄那个驼背马夫。你的亲人和侍女们见你生得花容月貌,他们都怕你遭毒眼而生病。因此,你父亲出了十第纳尔金币为我们排除毒眼。现在他走了,我们成功了!"

美娘听哈桑这样一说,高兴地笑了起来。她说:"凭安拉起誓,我的火已经熄灭。看在安拉的面儿上,你就把我抱在怀里吧!"

美娘换下衣服,仅裹着长达数腕尺的豪华纱衣。揭去纱衣,露出白嫩柔滑的玉体。

一看见那美丽的躯体,哈桑·白德尔丁欲火中烧。他随即站起来,解下犹太人给他的装有一千第纳尔金币的钱袋,卷在裤子里,放在新娘的纱衣下,然后摘下缠头巾和藏有父亲遗书的毡帽,放在椅子上,身上只剩下薄薄的金丝绣花长衫。

这时,美娘伸过手去,哈桑·白德尔丁一把将她搂在怀里,二人紧紧拥抱,两颗心跳在了一起,躺在了床上……一阵抚摸,一阵欢快,为云为雨,其乐难以述说。哈桑手托着美娘的头,美娘手托

着哈桑的头,二人紧紧拥抱着进入了梦乡。有诗描述这般相互拥抱的境界:

探望心爱人,莫听嫉妒话!纯真自遣在,嫉妒语白搭。
主选俊男女,结对享年华。拥抱同枕眠,相携无高下。
心心相印时,寒铁亦熔化。眼有中意人,大胆追求吧!

哈桑与美娘共枕鸳鸯,只叹夜短,情意绵绵,蜜语良多……不知不觉天快亮了。

飞魔对仙女说:"快起来,去把青年叫起来,让我们把他送回原地去,因为天快亮了。"

仙女进了洞房,来到哈桑·白德尔丁的身旁,见他睡得正香,便抱起他飞上了天。此时,哈桑身上只穿着一件薄薄的长衫。

仙女抱着他在前面飞,飞魔在后面紧紧跟随。突然间,安拉差来一位天使,将飞魔抛入一团火中,飞魔登时化作一缕青烟。

仙女安然无恙,带着哈桑·白德尔丁降落在飞魔被火烧的地方,并无惊慌之感。

降落的地方恰是沙姆的大马士革城。仙女将哈桑·白德尔丁放在城门前,便展翅飞走了。

次日天亮,城门开启。出城的人看见一位美男子睡得正香,头边放着一顶便帽,身上只穿着一件薄长衫,连头巾都没有缠,无不感到惊愕。

有的说:"这小伙子怎么睡在这里,连外衣都没穿?"

有的说:"好可怜的孩子!也许他有什么事,喝醉了酒,夜晚迷了路,不知该往哪里走,来到城门下,见城门已关,就在这里睡着了。"

说什么的都有，谁也说不准究竟是怎么回事。人们议论纷纷，莫衷一是。

一阵清风吹来，刮起哈桑·白德尔丁的长衫，他的肚子、肚脐、小腿和大腿显露出来，但见双腿如水晶一般晶莹白嫩，人们不禁一惊。

哈桑·白德尔丁醒来一看，自己躺在一座城门前，周围站着那么多人，个个面带惊异表情，便问："好心的人们，你们为什么围着我呢？你们看什么呀？"

有人答："我们刚一出城，就看见你在这里睡觉；别的事情，我们一无所知。你昨天夜里睡在什么地方啦？"

哈桑·白德尔丁说："众人们，昨夜我睡在埃及的米斯尔城呀！"

"你吸大烟了吧？"有一个人问。

还有的说："难道你疯啦？你在说胡话呀！昨天还在米斯尔城，今天怎能来到大马士革呢？"

哈桑·白德尔丁说："凭安拉起誓，大家听我说，我说的是实话呀！我昨天的确在米斯尔，而前天，我还在巴士拉呢！"

"这真是怪事！"有人说。

"多新鲜哪！"另一个人说。

"这个小伙子肯定是个疯子。"又有一个人说。

人们拍掌摇头，议论纷纷。他们说："年纪轻轻的，真可惜呀！凭安拉起誓，他是个疯子，毫无疑问。"

"你清醒清醒吧！"有人边劝说边笑。

哈桑·白德尔丁严肃地说："我说的全是实话。昨夜我在米斯尔还当上新郎了呢……"

"嗨，你真是做梦娶媳妇，净想好事！"人们异口同声，"你说的全是梦中的事!"

哈桑·白德尔丁一时不知如何是好。他说:"凭安拉起誓,你们不要笑!这不是做梦!那个驼背马夫到哪儿去啦?我的钱袋哪里去了?我的衣服和缠头巾呢?"

过了一会儿,哈桑·白德尔丁起身进了城。他走在大街和市场上,人们争相围观。

哈桑·白德尔丁进到城中,来到一家小餐馆。那餐馆的老板本来是个恶棍,安拉使他改邪归正,便开了个餐馆,因其横行霸道,大马士革人都怕他几分。人们见那个青年进了餐馆,出于对老板的惧怕,便各奔东西了。

老板见哈桑·白德尔丁长得眉清目秀,相貌英俊,打心底里喜欢。问道:"小伙子,你打哪儿来?只要把你的情况给我讲明白,你就能成为比我的生命还珍贵的人。"

哈桑·白德尔丁把自己的情况从头到尾讲了一遍。老板听后,说:"你的经历和遭遇真是罕见出奇呀!不过,孩子,你要把这一切记在心中,等候安拉为你除灾解难。你先在我这个地方落脚吧!我膝下无子,我就收你做我的义子吧!"

哈桑·白德尔丁欣然同意道:"大叔,听你的安排。"

老板到市场上为哈桑买来衣料,做成衣服让他穿上,然后带着他去见法官,正式立字据收他为义子。此事在大马士革城迅速传开,大家都知道哈桑·白德尔丁是餐馆老板的儿子。

从此,哈桑·白德尔丁在小餐馆负责收钱记账,生活安定下来。

哈桑·白德尔丁的堂妹美娘清晨醒来,不见新郎在自己身边,以为他到厕所方便去了,于是坐起来等他。她等了一个时辰,哈桑·白德尔丁仍未回来,却听见自己的父亲叫门。

T. 达尔齐尔 绘

舍姆斯丁愁云满面，回想起自己与国王之间发生的事情，想到国王如何向他施加压力，又怎样强迫他的爱女与一个奇丑无比的驼背马夫成亲，不禁怒火万丈，心想："若我的女儿真的爱上了那个驼背马夫，我非把她杀死不可！"

舍姆斯丁行至新房门口，站下来喊道："美娘，开门。"

"来啦！"

美娘高高兴兴将门拉开，恭恭敬敬向父亲行吻地礼，只见她容光焕发，显得更加俊秀靓丽。

舍姆斯丁见此情景，十分纳闷，便问道："你这个没出息的，莫非你真的爱上那驼背马夫啦？"

美娘一听，禁不住扑哧一笑，说："安拉啊，够了，够了！人们讥笑我，拿那个马夫来考验我；那马夫连我剪下来的指甲都没见到捡到。我从来没有享受过比昨夜更甜蜜美妙的夜晚。父亲别耍笑我了，也不要再提那个驼背马夫啦！"

舍姆斯丁一听，大怒道："该死的东西，你说的都是什么话？那驼背马夫就是在你这里过的夜。"

"父亲，看在安拉的面儿上，你不要对我提及他了！安拉诅咒他，安拉诅咒他的爸爸！父亲，你不要再拿他开玩笑啦！那马夫不是你雇来的吗？他拿了十第纳尔金币，便走开了，再也没有回来。我入洞房时，我的丈夫已经坐在那里，我是在我丈夫怀里过夜的。我丈夫长得特别漂亮、可爱，一双大眼睛，一对弯弯的眉毛……"

舍姆斯丁听女儿这样一说，面色顿改，厉声说："疯女儿，这是什么话！你的头脑到哪里去啦？"

"父亲，你为何发这么大火？我有什么过错？我丈夫去厕所了，一会儿就会回来的。"

舍姆斯丁转身向厕所走去。到那里一看，只见驼背马夫头朝下脚朝上被倒竖在门后,宰相不禁一惊。他说:"这不是驼背马夫吗?"

宰相跟驼背人说话,驼背人不答话,以为来者是那个魔鬼。

讲到这里,眼见东方透出黎明的曙光,莎赫札德戛然止声。

第二十二夜

夜幕垂降,莎赫札德接着讲故事:

幸福的国王陛下,宰相舍姆斯丁跟驼背马夫说话,驼背马夫以为他是魔鬼,因而没有答话。

舍姆斯丁大喊一声:"你说话呀!不然,我一剑割下你的首级!"

这时,驼背马夫开口说:"凭安拉起誓,魔鬼大人,不是你把我弄成了这个样子吗?我头都没敢抬呀!看在安拉的面儿上,你可怜可怜我吧!"

宰相说:"我不是魔鬼!我是新娘的父亲。"

驼背马夫说:"我的命运不就掌握在你的手中,你不杀我,就赶快走开吧,免得把我弄成这个样子的魔鬼来找你的麻烦。你们让我与水牛的情人、魔鬼的相好结婚,真是荒唐。安拉诅咒让我与她成亲的人!为我安排这种命运的人,真是罪该万死!"

舍姆斯丁说:"你站起来,离开这个地方吧!"

"我疯啦?不经魔鬼允许就离开这里,怎么得了?魔鬼说过,等太阳出来,我才能走。你走你的吧!太阳出来了吗?只有太阳出来,我才能摆脱这个姿势。"

"谁把你弄到这里来的?"舍姆斯丁问。

驼背马夫说:"昨晚,我来这里解手,突然一只耗子从水池里钻出来吱吱乱叫,只见它渐渐变大,变得像水牛那样肥壮,然后说了几句人话,丢下我走了。安拉诅咒新娘子及让我与她结婚的人!"

舍姆斯丁走上前去,将驼背马夫带出了厕所,此时太阳还没出来。他去见国王,将闹鬼的经过一五一十地禀报。

这位新娘子的父亲对女儿新婚之夜的事感到迷惑不解,又来到新房。他对女儿说:"孩子,你就把事情全对我讲一讲吧!"

美娘说:"昨晚与我同床共枕的是一位十分标致的小伙子。我把一切都给了他,打心眼儿里爱上了他。爸爸若不信,就请看看他放在椅子上的衣帽和缠头巾,那里还有一卷东西,我也不晓得是什么。"

舍姆斯丁到洞房一看,果然看见椅子上放着衣帽和一条缠头巾,忙拿过来看了又看,然后说:"这是摩苏尔产的缠头巾,只有王公大臣才用得起。"

宰相又看到毡帽里缝有护身符,拿起仔细看了一番。打开衣服一看,发现里面包着一个钱袋,一数,正好是一千第纳尔。袋子里面有一张文书,那是那个犹太人留下的购货字据,上面赫然写着一个名字:哈桑·白德尔丁·本·努尔丁。

见此名字,舍姆斯丁大喊一声,昏迷了过去。他苏醒之后,了解到事情的真相,惊喜不已,连声赞美安拉:"万物非主,唯有安拉。唯安拉乃万能。"

他又问女儿:"美娘,你知道与你在洞房共度良宵的是谁吗?"

"不知道呀!"

"那就是你的堂兄,我的亲侄儿呀!妙哉,巧哉!这一千金币就是彩礼啊！赞美伟大的安拉！多么美妙啊，真是无巧不成书啊！"

说完，舍姆斯丁打开毡帽夹层，看到弟弟努尔丁，即哈桑·白德尔丁的父亲写的护身符。眼见弟弟那熟悉的签名，舍姆斯丁吟诵道：

> 眼见遗迹触情怀，我将泪水洒故宅。
> 借问谁使手足分？但期久别终归来。

舍姆斯丁吟完诗，再读护身符，知道了弟弟努尔丁与巴士拉宰相的女儿完婚日期、去世日期及哈桑·白德尔丁的生辰，心中又惊又喜，高兴的样子难以描述。他把自己的情况与弟弟做了比较，自己恰恰与弟弟同年同月同日订婚，同年同月同日入洞房，同年同月同日生儿育女；自己生女名美娘，弟弟育儿叫哈桑。

舍姆斯丁拿着两份文书呈送给国王，并把事情始末仔细禀报。国王惊异不已，下令立即将此事记录下来。

舍姆斯丁急切盼望着得到侄子的消息，暗自下定决心："我一定要做一件前人不曾做过的事情！"

讲到这里，眼见东方透出黎明的曙光，莎赫札德戛然止声。

第二十三夜

夜幕垂降，莎赫札德接着讲故事：

幸福的国王陛下，舍姆斯丁宰相说了句"我一定要做一件前人不曾做过的事情"，随后，取来笔墨，开始记录房间内的陈设及摆放的位置，记下柜子放在什么地方，幕帘挂在什么方向，吩咐家仆把房间所有家什封存好，最后亲自拿起哈桑·白德尔丁的衣帽、头巾和钱袋，妥善保管，以备来日派上用场。

美娘新婚之夜有喜，足月生下一男婴，容颜秀美，颇似父亲的英俊、端正、完美、灵秀。家人给婴儿收拾利落之后，把他交给了乳母，取名"阿吉布"。

阿吉布发育良好，一日等于一月，一月等于一年，七年过去，便被托付给一位教法学家，接受培养教育。

在学堂里学习四年，他开始跟同学们打架，并且谩骂学友。他对同学们说："在我面前，你们算什么？我是埃及宰相的儿子。"

学生们告状告到学长那里，纷纷倾吐阿吉布对他们的辱骂。学长对孩子们说："我告诉你们一件事，他来上学时你们就对他讲，他就羞于到学堂里来了。等明天他到了学堂，你们坐在他的周围，然后说：'我们今天玩儿个游戏，只有报出父母姓名的人才能参加；谁报不出父母的名字，他就是私生子，就不能跟我们一起玩儿。'"

第二天早晨，学生们来到学堂，阿吉布也来了。孩子们把他围起来，说道："我们做个游戏，和我们一起玩儿的人必须报出自己父母的名字。"

大家一致同意。一个孩子说："我叫马吉德，我妈妈叫赛勒娃，我爸爸叫阿兹丁。"

孩子们一个个都说得流利准确，轮到阿吉布时，他说："我叫阿吉布，妈妈叫美娘，爸爸叫舍姆斯丁，他是埃及的宰相。"

大家一听，大笑不止，齐声说："凭安拉起誓，宰相不是你的爸爸！"

阿吉布说："真的，宰相就是我的爸爸！"

同学们拍着巴掌大笑。他们说："你不知道你的父亲是谁，走吧！只有能报出父母的姓名的人，才能跟我们一块儿玩儿。"

同学们立即大笑着走开，不跟他一起玩儿了。

阿吉布心中难过，忍不住哽咽起来。学长对阿吉布说："你真认为宰相是你的父亲？不是的，他是你母亲美娘的父亲，他是你的外公。你的爸爸是谁，你不知道，我们也不知道。因为国王把美娘许配给一个驼背马夫，洞房花烛之夜却来了妖怪，睡在了洞房里。假若你不知道你的父亲是谁，你的同学们就会把你看作是野孩子。难道你没看到，就是小商贩的儿子也知道自己的父亲是谁吗？埃及宰相是你的外公。至于你的父亲是谁，我们和你都不知道。你头脑

A.B.霍顿　绘

清醒一点儿吧！千万不要说他是你的爸爸，不然，人家会笑话的。回去之后，问问你妈吧！"

阿吉布听完这番话，哭着回到家中，向母亲诉说了学堂里发生的事情，最后哭得连话都说不出来了。

母亲看到儿子哭，不禁心如火焚。她对儿子说："孩子，你哭什么呢？你慢慢说呀！"

阿吉布把从孩子们及学长那里听来的话向母亲述说了一遍。他问妈妈："我的爸爸是谁？"

"你爸爸是埃及宰相。"母亲回答。

"他不是我爸爸，你不要骗我了！宰相是你的父亲，不是我的父亲。我爸爸是谁呀？你要是不给我说明白，我就用这把匕首自杀，不活了！"

美娘听儿子问爸爸是谁，立即想起洞房花烛夜与哈桑·白德尔丁水乳交融的美妙光景，禁不住泪水潸然落下。她吟诵道：

> 情人离家园，点我心爱火；彼此同心愿，平静告别我。
> 人别欢兴消，心空无着落。滚滚惜别泪，奔流赛江河。
> 一日思念他，忧愁等待多。俊影居我心，任凭岁蹉跎。
> 无日不惦念，相思未移过。情人甚爱我，相别苦难说。

美娘边吟边哭，孩子也哭喊出了声。就在这时，宰相舍姆斯丁突然进了房间，见美娘和阿吉布一起流泪，忙问："你俩哭什么呢？"

美娘把阿吉布在学堂被同学们取笑的事情向父亲讲了一遍，舍姆斯丁也哭了起来。

舍姆斯丁想起弟弟，想起自己与弟弟之间发生的那些事，又想起女儿的奇遇，百思不得其解。

过了一会儿，舍姆斯丁站起身来，转身向王宫走去。见到国王，他把发生的事情向国王禀报后，求国王准许他东行一趟，以便去巴士拉探问侄子的消息，并求国王发一道诏书：无论在什么地方发现哈桑·白德尔丁，立即扣留，并通报埃及王宫。国王欣然允许。

说完，宰相在国王面前哭了起来。国王怜悯之心顿生，立即向各地颁布诏书，宰相破涕为笑，为国王祝福，然后告别国王离去。

回到相府，舍姆斯丁立即命令仆人为他准备行装，拿上所需要的物品，带着阿吉布，由大队人马陪伴，登上了远行的征程。

三天过去了，舍姆斯丁一行到达大马士革城，发现那是一座树木繁茂、河流纵横的美丽城市，正如诗人所描述的那样：

　　大马士革，一日一夜，时光明诏，再无比肩。
　　忘记度夜，夜合双眼，晨来日升，枝舒条展。
　　树荫底下，点点圆形，似风微拂，珠落玉盘。
　　鸟儿诵读，小溪作书，风神著文，行云标点。

舍姆斯丁来到哈巴斯广场，撑起帐篷，并对仆人说："我们在这里休息两天。"

仆人进城买东西，只见城里人来人往，热闹非常，有买的，有卖的，有的人进浴池，有的人进举世无双的伍麦叶大清真寺。

阿吉布也带着仆人进城观光。仆人紧紧跟在阿吉布身后，手里拿着一根棍子，看上去厉害无比，倘若抽打在一峰骆驼身上，保管教它倒下站不起来。

阿吉布体态匀称，面似圆月，眉清目秀，活泼潇洒，比微风更轻柔，较清泉更顺畅，对渴者来说比清泉还甘甜，对患病者来说比健康更珍贵。大马士革人目不转睛地望着这位美少年，成群结队的人追着他看，也有的人跑到路口等着看他一眼。

说来也巧，也许是命运有意安排，阿吉布竟来到了他的父亲——哈桑·白德尔丁工作的餐馆门前；当年，就是在这家餐馆里，老板通过法官、证人，认哈桑为义子的。那天，随从不让阿吉布在那里停留，餐馆里的堂倌却主动欢迎他进餐馆一看。

哈桑·白德尔丁眼见美少年来到餐馆门前，一眼望去，便感到由衷喜欢。当时餐馆里已做好甜巴旦木杏仁石榴子，哈桑·白德尔丁急忙呼唤少年来吃。他亲切地喊道："喂，亲爱的小公子，我的心肝儿，你能进馆子来，吃一点儿甜巴旦杏仁木石榴子，给我的心带来一些安慰吗？"

话音未落，一种莫名其妙的天伦亲情涌上心头，往事一幕幕浮现在他的脑海里，不禁泪水潸然落下。

阿吉布万万没有想到眼前的这个人就是他的父亲。阿吉布听到这话之后，骨肉之情油然而动。他回过头去，望着仆人说："你看，这位厨师多伤心，我很同情他，好像有与儿子失散之苦。让我们进去安慰他一下，接受他的款待吧！但期安拉让我见到我的父亲。"

仆人听阿吉布这样一说，急忙劝道："主人哪，凭安拉起誓，我们不应该这样行事！你是相门之子，怎好进一家大街上的餐馆吃东西呢？不过，我可以用这根棍子挡住人们，免得他们看你；如若不然，你就不要进餐馆去。"

哈桑·白德尔丁听仆人这样一说，感到非常奇怪。

阿吉布眼泪汪汪地望着仆人，说："我的心很爱这位厨师。"

仆人说："不要说这些了！你不能进餐馆。"

A.B.霍顿 绘

这时,哈桑·白德尔丁对仆人说:"大人哪,何不进来一坐,给我一点儿安慰呢?心地善良、善解人意的人哪……"

接着,哈桑·白德尔丁百般称赞那个仆人,说得大家都笑了起来。

仆人说:"你有什么话,就请照直说吧!"

哈桑·白德尔丁吟诵道:

若非教养高,若不堪信任,怎得入王府,如何登高门?
一位好奴仆,美貌惊乾坤;安得效力厚,足以动天神。

仆人听后,惊异不已,他经不起主人的盛情邀请,带着阿吉布进了餐馆。

哈桑·白德尔丁端来甜巴旦木杏仁石榴子,对客人说:"欢迎两位赏光,你们给我们带来了无限慰藉。"

阿吉布对哈桑·白德尔丁说:"请和我们一起吃吧,也许安拉能让你见到你想见的人。"

哈桑·白德尔丁问:"孩子,也许你也有离别亲人之苦吧!"

阿吉布说:"大叔,你说得对。我与我父亲分别已久,心里常常像火烧似的……我这次出门,周游各地,就是为了找我父亲,能与他团聚。"

"但愿你能实现自己的愿望。"哈桑安慰地说。

说着,阿吉布已泣不成声。哈桑·白德尔丁也哭了起来,因为他想起自己离开了母亲。阿吉布的随从也十分同情自己的主人。

他们吃饱喝足之后,阿吉布在仆人的陪同下走出哈桑·白德尔丁的餐馆。此时哈桑·白德尔丁自感魂不附体,似乎离开那个孩子使他难以忍受,于是锁上门,快步追赶那一主一仆去了。

哈桑·白德尔丁万万没有想到那美少年竟是他的亲生骨肉。虽然如此,他还是紧追不舍,终于在出城门之前赶上了那个少年及其仆人。

仆人回头看见餐馆老板,便问:"老板,你怎么啦?"

哈桑·白德尔丁说:"你们离开我那里的时候,我就像掉了魂似的。我到城外办点儿事,想和你们一起走。"

仆人生气了,对阿吉布说:"我们吃了一种倒霉的食品,招来了灾祸,致使这位老板紧盯我们不放,从一个地方追到另一个地方。"

阿吉布回头朝老板望去,禁不住大怒,霎时间脸都红了。他对仆人说:"让他按照穆斯林的办法跟我们走吧!回到帐篷后,我们再出来;假若他一直跟着我们,那就是在盯我们的梢儿,我们就赶跑他。"

说完,低下头,继续往前走,仆人在后面紧跟。

哈桑·白德尔丁一直追着他们来到哈巴斯广场。

一主一仆走进帐篷时,回头一看,那位老板仍跟在他们身后,阿吉布十分生气,但又怕仆人将此事告诉外祖父,于是强压怒火,没有说什么,生怕人说他进过餐馆,结果被老板追踪而来。

阿吉布一回头,这父子俩的目光相遇了,哈桑·白德尔丁只觉魂飞魄散,仿佛仅留躯壳在人间。

阿吉布看见父亲那双眼,觉得很像坏蛋的眼睛,也许是个野种,因此更加愤怒,于是捡起一块石头,朝老板投去,一下击中哈桑·白德尔丁的前额。哈桑·白德尔丁顿时鲜血直淌,昏迷了过去。

阿吉布和仆人见势不妙,急忙走回帐篷。

哈桑·白德尔丁苏醒过来,擦了擦血,从缠头巾上撕下一条布，包扎了一下伤口，感到后悔，他自我责备说："我错待了少年，万万不该追人家，致使他认为我是个坏人，还招致自己受伤。"

哈桑·白德尔丁起身返回餐馆，继续营业。他不时思念在巴士拉的母亲。他又哭了起来，吟诵道：

　　莫求时公平，世上无公正。取乐弃忧愁，清流有浊生。

哈桑·白德尔丁继续从事自己的餐馆生意。

哈桑·白德尔丁的伯父、埃及宰相舍姆斯丁一行在大马士革停留三天，然后去霍姆斯城去了。离开霍姆斯城，路经马尔丁城、摩苏尔城和迪亚巴克尔，所到之处，无不及时四下打听弟弟的消息，但一无所获。

他们来到巴士拉城后，刚刚住下，便去拜会国王。国王隆重接见舍姆斯丁，问其为何远道而来。埃及宰相将来意禀告国王，并说他的胞弟就是前宰相努尔丁。

国王得知来客是前宰相的胞兄，忙祈求安拉保佑他平安。国王说："宰相阁下，努尔丁本是我的宰相，我非常喜欢他。不幸的是他十五年前就离开了人世，留下一子，意外失踪，至今下落不明。不过，孩子的母亲尚且健在，因为她是我们老相爷的千金。"

舍姆斯丁听说弟妹健在，欣喜不已，忙说："陛下可准许我去见见她？"

国王欣然同意，舍姆斯丁在宫仆引领下去看弟妹。

舍姆斯丁来到弟弟家中，放眼打量各个地方，亲吻进门框和门槛，想起弟弟努尔丁，想到他是怎样客死异乡，自己十分想念他，禁不住热泪纵横，遂吟诵道：

路经蕾拉宅,来到高墙前;心恋宅中人,并非爱宅院。

　　舍姆斯丁进了门,来到一个宽大的走廊,见那里有一座用彩色大理石砌成的拱门。他走遍宅院各处,看看这里,瞧瞧那里,只见努尔丁的名字用金墨水写在墙壁上,于是朝那里走去,连连亲吻名字,禁不住哭了起来,为弟弟离开而感到难过。他吟诵道:

　　太阳每东升,向它打听你;
　　每逢思念你,亦问你消息。
　　夜下思念你,我在他掌里。
　　不觉苦与疼,从未道心疾。
　　你虽已远去,我心仍向你。
　　每当思见你,此事最相宜。
　　我心只恋你,莫猜我情移。

　　舍姆斯丁一直走到弟媳、哈桑·白德尔丁母亲的房间。因为儿子失踪,哈桑·白德尔丁的母亲日夜哭泣。因久久打听不到儿子的消息,这位母亲便在厅堂中央造了一座大理石墓,白天黑夜守着墓落泪;累乏之时,便枕着墓石入睡。

　　舍姆斯丁来到大厅门前,便听到弟媳的声音。他站在门外,听她吟诵道:

　　凭主借问坟,他的美貌消?请你回答我,他的容变了?
　　你既非苍穹,又非林荫道;何故圆月明,为何树繁茂?

　　正当此时,舍姆斯丁迈步进了门,一番问候之后,自我介绍说他是努尔丁的胞兄,把自己的身世讲给她听,并告诉她,她的儿子哈桑·白德尔丁曾在她女儿花烛之夜在那里度过了一整夜,次日清晨时分失踪了。舍姆斯丁还对她说:"我的女儿美娘怀的是一个男孩儿,那就是哈桑·白德尔丁的孩子,我的外孙,你的孙子,我还把他带来了。"

哈桑·白德尔丁的母亲听舍姆斯丁这样一说,又得知自己的儿子还活在人世,且有了后代,于是急忙站起来,上前跪在舍姆斯丁的面前,跪下吻他的双脚,并且吟诵道:

安拉报喜讯,贵客将来临。怜子与赠品,离别必伤心。

舍姆斯丁立即派仆人把阿吉布叫来。祖母看见孙子,忙搂在怀里,泪水流淌不止。

舍姆斯丁说:"应该高兴才是,现在不是哭的时候。赶快收拾一下行装,跟我们一道去埃及米斯尔城吧!但期老天成全,让你和你的儿子团聚。"

"好,好,好!我这就收拾。"

她立即吩咐仆人收拾行装,不多时就准备妥当了。

舍姆斯丁再次拜见国王,向国王告别。国王请舍姆斯丁给埃及国王带去大批礼品和古玩。

舍姆斯丁携带着弟妹、阿吉布及众仆从上路了。

他们来到大马士革城,在城外搭起帐篷。

舍姆斯丁对随从们说:"我们在大马士革停留一个礼拜,给我们的国王选购一些礼品和古玩。"

阿吉布对仆人说:"我想到街上逛逛。走吧,我们到大马士革市场上去看一看,瞧一瞧那个餐馆,看看那个老板怎样啦!因为我吃过人家的石榴子,他待我们很好,而我们却打破了人家的头,真是对不起那个老板。"

"好吧!"仆人说。

阿吉布和仆人出了帐篷,像是神秘的血缘关系的力量在把他推向他爸爸那里去似的。

二人进了城,径直来到那家餐馆,见老板正在门口站着。时间正是午后,餐馆里正好又做了糖石榴子。二人走近老板,老板一看到阿吉布,便觉得由衷喜欢这个孩子。阿吉布望着老板额头上的伤疤,问候道:"老板,你好啊!我一直在想着你的伤口。"

听到这句话,哈桑·白德尔丁心中有一种难以表述的情感,有牵肠挂肚之感,心怦怦地跳起来。他低头望着地面,想说点儿什么,却觉得舌头不听使唤。片刻后,哈桑·白德尔丁抬起头来,望着阿吉布,很恭顺地吟诵道:

　　终日思亲人,相见却失神。
　　低头示敬重,瞒情难随心。
　　胸中怨本多,相见化烟尘。

吟罢,连忙说:"二位来餐馆,安慰一下我的心吧!请吃点儿我亲手做的石榴子!小朋友,凭安拉起誓,我一看见你,就打心眼儿里喜欢你。我跟在你的后头,完全是没有意识的行为。我老是想着你呀!"

阿吉布说:"凭安拉起誓,我们很喜欢你。我们吃了几口你的东西,你却追赶我们,还想害我们。我一定要你发誓不再追赶我们,不盯我的梢儿,我们才肯吃你的东西;如若不保证这一点,我们就立刻离开这里,再也不到你这里来。我们将在这座城里住一个星期，我外公要买些东西献给国王。"

哈桑·白德尔丁说："我答应你的要求！"

阿吉布和仆人进了餐馆，老板端来一满碗糖石榴子。阿吉布说："请和我们一起吃吧！但期安拉消除我们的忧愁！"

哈桑·白德尔丁很高兴，便坐下和一主一仆一起吃了起来。哈桑·白德尔丁边吃，边目不转睛地望着阿吉布的面容，打心底里喜欢这个少年，整个身心都扑在了这个少年的身上。

阿吉布说："我不是对你说过，你是个多情的人吗？你不要总看着我，不要总盯着我的面孔！"

哈桑·白德尔丁听他这样一说，不禁诗兴大发，吟诵道：

你心存意向，秘而不外宣。
皓皓明月皎，面迎晨光现。
你的光与华，令我由衷羡；
此情与日增，永久不消散。
你脸赛天园，我却熔火间；
你是多福河①，我命丧渴干。

哈桑·白德尔丁时而为阿吉布加菜加餐，时而为仆人添饭。之后，他又给那一主一仆倒水，让他俩洗手，接着又从腰间抽出丝帕，让他俩擦手，旋即再给他俩喷玫瑰香水。片刻过后，哈桑·白德尔丁走出餐馆门，带回两瓶加着麝香的饮料，递到一主一仆手中，让他俩喝，并且说："请赏光吧！"

阿吉布和仆人接过饮料，喝了起来。那一主一仆破例吃了个足

---

① 多福河，传说中天堂里的一条河。

饱,方才快步赶回帐篷。

阿吉布见到祖母,祖母亲吻孙子;与此同时,却又想起儿子哈桑·白德尔丁,禁不住叹了口气,又哭了起来。她吟道:

亲人难团聚,生活无希冀。
心中只有你,安拉晓此秘。

她对阿吉布说:"孩子,你到哪儿玩儿了这么大半天呢?"
阿吉布说:"到大马士革城逛了一趟。"
祖母站起身,端来一碗糖石榴子,对仆人说:"你和少爷一块吃点儿吧!"
阿吉布和仆人刚刚在餐馆吃饱,哪里还有胃口呢!
仆人还是坐了下来。
阿吉布坐下来,只觉得肚子满满的,因为他在餐馆已吃饱喝足。他抓起石榴子放在嘴里,刚嚼了两下,发现不大甜,其实是因为他肚子已经很饱了。
阿吉布嚼了嚼就有些烦了,说道:"这个不好吃!"
祖母说:"你在说奶奶做的糖石榴子不好吃?孩子,要说做糖石榴子,除了你的爸爸,没有一个人能比得上我。"
"奶奶,凭安拉起誓,你做的这个糖石榴子真不够味儿。我们刚在城里一家餐馆吃过,人家做的那种糖石榴子,那才叫好吃呢!那股味道,叫人一闻就心里想吃,真叫人馋得慌。比起那家的手艺,奶奶,你这一手就算不上什么了。"
祖母一听,十分生气,两眼直瞪着仆人⋯⋯

讲到这里,眼见东方透出黎明的曙光,莎赫札德戛然止声。

第二十四夜

夜幕垂降,莎赫札德接着讲故事:

幸福的国王陛下,祖母说:"你在说奶奶做的糖石榴子不好吃?孩子,要说做糖石榴子,除了你的爸爸,没有一个人能比得上我。"

"奶奶,凭安拉起誓,你做的这个糖石榴子真不够味儿。我们刚在城里一家餐馆吃过,人家做的那种糖石榴子,那才叫好吃呢!那股味道,叫人一闻就心里想吃,真叫人馋得慌。比起那家的手艺,奶奶,你这一手就算不上什么了。"

祖母一听,十分生气,两眼直瞪着仆人,厉声喝问道:"你把孩子带坏了!你领他吃馆子啦?"

仆人怕得要命,矢口否认,忙说:"我们没有吃馆子。"

阿吉布说:"凭安拉起誓,我们进了馆子。我们是吃过糖石榴子,就是比您做得好吃。"

祖母走过去把此事告诉舍姆斯丁,仆人当即被叫去。舍姆斯丁说:"你为何把孩子带进餐馆呀?"

仆人害怕了,忙说:"我们没进餐馆。"

阿吉布说:"进啦!我们吃了一顿糖石榴子,老板还给了我们冰加糖的饮料喝。"

舍姆斯丁更加生气,再问仆人,仆人还是否认。舍姆斯丁说:"如果你说的是真话,你就把面前的东西吃下去。"

仆人坐下来,想吃但吃不下去,只咽了一口,便说:"我吃得

A.B.霍顿 绘

很饱,现在吃不下去了。"

舍姆斯丁由此判断仆人一定是带着阿吉布进了馆子,于是吩咐侍从,把那个仆人摁倒在地,用鞭子一顿狠狠抽打。

仆人连声求饶,这才说了实话:"主公,我刚吃饱。"

舍姆斯丁下令停止抽打,并对仆人说:"说实话吧!"

仆人说:"我们进了那家馆子,馆子里正好在做糖石榴子,我们就吃了一顿。凭安拉起誓,我们面前的这碗糖石榴子太难吃了,我从来没尝过比这更难吃的糖石榴子。这的确不如人家做的好吃。"

哈桑·白德尔的母亲生气了。她说:"你去那家馆子,端一碗糖石榴子来,让你的主公看一看、尝一尝,看究竟谁做得好吃?"

仆人说:"遵命!"

仆人拿着碗和半第纳尔出了帐篷，向城里走去，一口气跑到那家餐馆，对老板说："我们正在主公家里打赌，看看你的糖石榴子好吃，还是我们家女主人做的糖石榴子好吃。请你给我做半第纳尔的石榴子，要下点儿功夫，好好做一下。你有所不知，我还为此挨了一顿重打呢！"

哈桑·白德尔丁听后笑了。他说："凭安拉起誓，要说做糖石榴子，除了我和我的母亲，谁的手艺也比不上我们。可惜呀，我母亲在很远的地方啊！"

哈桑·白德尔丁把做好的糖石榴子盛在碗里，洒上麝香水和玫瑰水，然后递到仆人手里。

仆人接过碗，快步回到帐篷，递给哈桑·白德尔丁的母亲。这位母亲一尝那糖石榴子，便晓得了那是谁的手艺，忽然大喊一声，昏迷过去了。

宰相舍姆斯丁一见此景，不禁大吃一惊，忙朝弟媳脸上洒了点玫瑰水，过了片刻，她苏醒过来，说："赞美安拉！我的儿子还活在世上！做这糖石榴子的不是别人，正是我的儿子；是的，就是我的儿子哈桑·白德尔丁啊！毫无疑问，只有他才能做出这个味道，因为这是我亲手教给他的。"

舍姆斯丁听弟媳这样一说，不禁欣喜若狂。他说道："我多么希望我的侄子与我们团聚的那一天到来呀！我们只能求助于伟大的安拉与他相见！"

宰相舍姆斯丁站起来，立即把随从喊到面前，对他们说："你们去二十个人，把那家餐馆捣毁，把老板的眼睛用缠头巾蒙上，强行把他拖到我这里来；但记住一条：千万不要伤着他！"

"遵命！"那群仆人异口同声道。

宰相舍姆斯丁马上离开帐篷，骑上马直奔总督府邸，会见大马士革总督,将随身携带的埃及国王的诏书呈递给总督。总督接过诏书,亲吻一下之后,放在头上,说道:"犯人是谁?"

"一个餐馆的老板……"

总督即派侍从前往那家餐馆,但见房屋已被捣毁,里面的东西全被砸烂。因为舍姆斯丁去总督府的时候,手下人已执行了他的命令,且已返回帐篷,等待宰相从总督府回来。

哈桑·白德尔丁心想:"他们究竟发现糖石榴子里有什么问题,竟然这样兴师动众、大动干戈?"

大马士革总督准许将犯人带回埃及,舍姆斯丁便离去了。

舍姆斯丁回到帐篷,令仆从将老板带来。哈桑·白德尔丁被蒙着脸带到了宰相面前。

哈桑·白德尔丁从没想到面前的这个人就是他的伯父、岳丈,于是哭得十分伤心,说道:"大人,我到底犯下了什么罪呀?"

舍姆斯丁问:"那石榴子是你做的?"

哈桑·白德尔丁回答道:"是的。难道你们在糖石榴子里面发现了什么必须砍头的罪证?"

"这是你应得的最轻的惩罚。"

"大人,你能说说我的罪过吗?"

"可以!马上就让你知道。"

舍姆斯丁一声呼喊,仆役们应声而至。他对他们说:"牵骆驼来,准备起程。"

仆役们把哈桑·白德尔丁装入一口大箱子,用锁锁好,捆在驼背上,大队人马便离开大马士革上路了。

他们一直走到夕阳下山,方才打尖休息,吃些东西,把哈桑·白德尔丁放出来,也给他些东西吃,然后再把他锁回到箱子里去。

大队人马行至一个地方,把哈桑·白德尔丁放出来,宰相问他:"那糖石榴子是你做的吗?"

"是的,大人。"

"把他捆起来,放回大箱子里。"舍姆斯丁命令道。

他们继续前进,终于到达米斯尔,在城外的泽达尼亚区住下休息。

宰相舍姆斯丁下令把哈桑·白德尔丁放出来,又令下人唤来一个木匠,对木匠说:"给他做一个十字架!"

哈桑·白德尔丁问:"为什么要做十字架?"

"把你钉在十字架上,拉着你遍游全城。"

"我有什么罪,给我这样的惩罚呢?"

"因为你做的糖石榴子的手艺不佳,里面没有放胡椒粉。"

"仅仅因为缺胡椒粉,你们每天给我吃一顿饭的惩罚还不够吗?"

"缺了胡椒粉,惩罚应该是杀头。"

哈桑·白德尔丁惊异不已,心中不胜难过,低头沉思起来。

"你在考虑什么?"舍姆斯丁问。

"我认为你缺乏头脑;倘若你头脑健全,怎么会因为缺胡椒粉,就这样对待我呢?"

"我们应该教训你一番,免得你再出这样的差错。"

"你所做的事情缺少最起码的礼貌。"

"我非把你钉在十字架上不可。"

争论未完,天色已暗了下来。舍姆斯丁说:"把他关在箱子里,明天再绑上十字架游街。"

当哈桑·白德尔丁睡熟之时,舍姆斯丁骑上骆驼,带上那口大箱子进城了。

回到家中,舍姆斯丁对女儿美娘说:"赞美安拉,你终于可以见到你的堂兄了!快把房间整理一下,要让房间与洞房花烛之夜时一模一样,没有一丝一毫差别!"

美娘吩咐女仆们一起动手,点上蜡烛。舍姆斯丁拿出那张陈设记录,看了一遍,把每件东西都按照记录检查了一遍,仅过片刻,一间洞房便布置完毕。紧接着,宰相下令把哈桑·白德尔丁的缠头巾放在原来的地方,把裤子和钱袋放在床上,然后又吩咐女儿裹好婚纱,就像新婚那天晚上一样进入洞房。最后对女儿说:"你堂兄进屋时,你就对他说:'你的动作好慢呀!'之后让他伴你过夜,一直和他谈到天亮。"

舍姆斯丁把哈桑·白德尔丁从箱子里放出来,取下镣铐,脱去其余衣服,只留下那件薄薄的长衫,下身没有裤子……这一切,都是在哈桑·白德尔丁熟睡时完成的,他本人未曾觉察丝毫。

哈桑·白德尔丁醒来之时,发现自己躺在一个长廊上,那里灯火辉煌,如同白昼。他想:"这究竟是在梦中,还是醒着?"

他站起来,向前走了一段,进到第二道门,忽然发现自己已置身于洞房之中,眼见衣帽、头巾、钱袋、裤子仍在记忆当中的位置摆放着,不禁惊异万分。他的脚一前一后地向前走去,心想:"这一切都在梦境中,还是在醒着的时辰?"他摸着眉头,心中好生奇怪,说道:"凭安拉起誓,这不是我新婚时的洞房吗?可是,我不多时前,还在一口木箱里,手脚都不能随便动啊!"

正当自言自语时,美娘撩起幔帐,对哈桑·白德尔丁说:"夫君,你的动作好慢呀!你在厕所里待了那么长时间……"

哈桑·白德尔丁听到美娘在说话,转脸见到美娘的容颜,乐滋滋地笑了,忙问:"这不会是在梦中吧?"

哈桑·白德尔丁叹了口气,边往前走,边回忆着似乎昨天才发生的种种事情,不知道究竟是怎么回事。当他看见自己的缠头巾、

T.达尔齐尔 绘

帽子、衣服和装着一千第纳尔的钱袋时,说道:"安拉知道我是在梦境啊!"

他感到太奇怪了,百思不得其解。

美娘对哈桑·白德尔丁说:"你有什么奇怪的呢?这不是做梦!你上半夜是怎么过的呢?"

哈桑·白德尔丁笑了,说:"我离开你有好多年了吧?"

"一切平平安安,只是你去厕所小解,这么久才回来。你在想什么呢?"

哈桑·白德尔丁听罢笑了起来,对美娘说:"你说得对。可是,我离开你这里,便进入了梦乡。我做了个梦,梦见自己在大马士革城当上了一名厨师,在那里一住就是十年。后来,有个大人物的小公子带着仆人到我开的饭馆里……"

这时，哈桑·白德尔丁摸着自己的额头，触到了伤疤，接着说："凭安拉起誓，夫人，好像真有那么一个小孩子，因为他用石子儿打破了我的前额。你瞧，我额上还有伤疤呢！好像这一切都是在我醒着的时候发生的。你我相互拥抱着睡熟了，我在梦中梦见自己去大马士革时，好像没戴着帽子，也没有缠着头巾，只穿着这件薄长衫，连裤子也没有穿。我在那里还当上餐馆老板了呢！"

哈桑·白德尔丁沉默片刻，接着说："凭安拉起誓，我还梦见，我在那里做糖石榴子，因为少放了胡椒粉，被捆到一个帐篷里……这一切，又好像全在我醒着的时候发生的，又好像我睡在厕所里，做梦时梦见的。"

美娘问："除了这些，你还梦见了什么？"

哈桑·白德尔丁把发生的事情从头到尾详详细细讲了一遍，然后说："凭安拉起誓，幸亏我醒了，不然的话，他们会把我钉在十字架上的。"

"为什么？"美娘问。

"因为我做的糖石榴子里少加了胡椒粉。我梦见他们一大群人来到我的餐馆，把里面的家什砸了个粉碎，然后把我装入一口大箱子里。后来，他们叫来木匠，要木匠给我做个十字架，想把我钉在十字架上。感赞安拉，使这一切都发生在梦中，如果醒着，不就糟了？"

美娘笑着，把哈桑·白德尔丁紧紧抱住。哈桑·白德尔丁也把美娘搂在怀里，亲吻着……

哈桑·白德尔丁似乎又想起了什么，说道："凭安拉起誓，好像这一切发生在醒着的时候，我不了解任何真实情况，也不知道任何消息。"

哈桑·白德尔丁睡了，对自己的经历说不出个究竟，时而说是在梦中看到的，时而又说是醒着的时候所看到的。就这样，二人一直谈到天色大亮。

清晨，舍姆斯丁来了，向哈桑·白德尔丁问好。

哈桑·白德尔丁一番打量之后，说："嫌我做糖石榴子少放了胡椒粉的那位大人不就是你吗？因而将我捆起来，还要把我钉在十字架上？"

舍姆斯丁说："孩子，一切都弄清楚了！"

"清楚什么啦？"哈桑·白德尔丁问。

"你是我的侄子。我之所以这样做，就是为了让你相信，与我女儿美娘共度洞房花烛之夜的就是你。你只有看见洞房中放着的衣帽、裤子、钱袋、缠头巾和那两份文书，你才会相信这一切都是真的。孩子，我是你的伯父，你父亲努尔丁是我的同胞兄弟。在此之前，我没见过你，你也没见过我，你我本不相识。你母亲已在本城，我把她从巴士拉接到了这里。"

哈桑·白德尔丁一下子扑到伯父的怀里，高兴得喜泪横流。他觉得事情太怪了，怪得出奇。他搂住伯父，淌出高兴的泪水。

舍姆斯丁说："孩子，所有这些事情都起因于我和你父亲的一次谈话。"

紧接着，舍姆斯丁把前前后后若干年中发生的事情，向哈桑·白德尔丁详详细细讲了一遍。

过了一会儿，阿吉布来到房间，哈桑·白德尔丁一看见阿吉布，便对美娘说："在大马士革用石头子砸我头的，就是这个可爱的小公子！"

舍姆斯丁和美娘异口同声说："这就是你的儿子，他叫阿吉布！"

哈桑·白德尔丁激动不已,抱起阿吉布,噙着泪花,吟诵道:

　　分离泪泗流,珠泪挂眼帘。
　　立誓团聚后,再不言离散。
　　欢乐难自已,喜幸泪涟涟。

刚吟罢诗,母亲走了进来,母子立即紧紧拥抱在一起,欣慰难以述说,于是吟道:

　　时光令我困,世代背誓言。
　　好运亲人助,站起尽言欢。

接着,母亲把儿子走后的遭遇叙说了一遍,儿子也把自己的遭遇向母亲述说了一遍。他们齐声赞美安拉使他们劫后重逢。

舍姆斯丁宰相远行归来,休息两天之后,进宫拜见国王。他进到宫中,向国王行过吻地礼,又连声为国王祈祷祝福。

国王十分高兴,遂令舍姆斯丁坐在自己的身旁,问其旅途见闻。舍姆斯丁把自己的经历从头到尾向国王讲述了一遍。国王说:"赞美安拉保佑你平安归来,骨肉团圆。相爷阁下,把你的侄子带到宫中来,让我见见他吧!"

舍姆斯丁说:"我明天就带他进宫拜见陛下。"

舍姆斯丁回到相府,向哈桑·白德尔丁说了国王想见他的好意。

哈桑·白德尔丁听后,欣喜不已,忙说:"主之命,奴必从之!"

第二天,哈桑·白德尔丁跟着伯父来到宫中。向国王行吻地礼,继之一番赞颂、祝福,然后吟诵道:

主公恩泽长，惠施天下人。
众行叩拜礼，恭祝公福临。
君乃万福泉，向往在众民。
有求公必应，公德耀古今。

国王听后，喜形于色，忙示意舍姆斯丁和哈桑·白德尔丁一旁落座。国王问哈桑·白德尔丁："你叫什么名字？"

哈桑·白德尔丁答道："回国王陛下，我叫哈桑·白德尔丁。我日夜都在为陛下祈祷祝福。"

国王说："好口才呀！你讲一下，何为美，你能阐释一下吗？"

哈桑·白德尔丁思考片刻，随后答道："微笑之颜、洁净之身、善辨气味之鼻、能明是非之目、善于说道之舌、端庄之举止、行云流水之文，等等，都是美之外在表征。"

国王又问："谚语说'舍里哈比狐狸还狡猾'，这是一个什么典故？"

哈桑·白德尔丁随口答道："赞美安拉！相传，古时候，有一年鼠疫流行，舍里哈到纳杰夫避难。他在纳杰夫郊外做礼拜时，常见一只狐狸学着他的样子，打搅他的礼拜活动。舍里哈一心想抓住那只狐狸，于是想出一个办法：脱下长袍，摘掉头巾，将长袍和头巾穿戴在一根棍子上，竖在他常做礼拜的地方，看上去就像他本人在做礼拜。之后，他悄悄藏在附近一个地方。时隔不久，那只狐狸又来了，又像往常一样，学着他做礼拜。这时，舍里哈悄悄走近狐狸，一把将之牢牢抓住。自此之后，人们便纷纷传诵：'舍里哈比狐狸还狡猾。'久而久之，成了浮于民口的谚语。"

国王听后，连连点头，对宰相舍姆斯丁说："相爷阁下，你这位贤侄儿博学多才，礼貌周到，且在文学上颇有造诣。在我看来，像他这样的才子，恐怕难以找到第二个，此子堪当大任呀！"

听国王如此夸奖，哈桑·白德尔丁立即走上前去，向国王行吻地礼，然后退去坐下。

国王发现哈桑·白德尔丁才学出众，随即赏给他锦袍一身，并赐以官位，要他入宫效力。

哈桑·白德尔丁起身谢过国王，又行吻地礼，同时为国王祝福祈祷，告辞国王，随伯父回到相府。

哈桑·白德尔丁见到妻子美娘，把觐见国王的情形对她讲述了一遍。美娘说："得到国王赏识，全凭安拉之恩高厚。你必得像一座灯塔，光照于海陆之间。"

有一天，哈桑·白德尔丁对妻子说："我很想写首长诗，盛赞国王公德。"

美娘说："那太好了！你就写吧！国王定会更加赏识你！"

哈桑·白德尔丁经过一番苦心构思，写就一首《万寿无疆赋》，随即派人送往宫中。

国王阅过那首赞美诗，欣喜不已，并读给大臣们听，博得众大臣一致好评。

随后，国王召哈桑·白德尔丁入宫。国王对他说："从今天起，你就是我的贴身侍臣，薪俸外加一千第纳尔金币。"

哈桑·白德尔丁再三向国王叩拜，祝国王万寿无疆，富贵长久。

国王令录事记下全部故事，妥善保存宫中，以期传世，供后人欣赏。

从此，舍姆斯丁宰相与侄儿、女儿、外孙及弟妹一起过着幸福生活，尽享天伦之乐。

信士们的长官,这就是宰相舍姆斯丁及其胞弟的故事。

哈里发哈伦·拉希德说:"这真是个离奇的故事。"

哈里发当即将手下一女婢赐予小伙子做妻子,并给他规定了俸禄,还和他成了经常谈天的朋友。

那个姑娘对哈里发说:"裁缝与驼背人的故事比你这个故事还要新奇!"

姑娘便开始讲《裁缝与驼背人》的故事:

相传,古时候,中国有位裁缝,自食其力,生活无忧无虑。他喜欢娱乐,常偕妻子外出观景。

有一天,裁缝偕妻子外出,天色很晚时才回来。在回家的路上,遇上一驼背人,看上去举止颇为滑稽,很逗人笑,能令怒者转怒为笑,可为人解忧消愁。裁缝夫妻走上前,想邀请驼背人到家中聊天,共度良宵,驼背人欣然同意,便随二人走到家中。

当时天色已经黑了下来,裁缝到市上买来炸鱼、烤饼,还有甜食、柠檬,放好桌子,摆上酒菜,三人便对饮起来。

裁缝的妻子将一大块炸鱼,塞进驼背人的嘴里,并用手掌堵住他的嘴,说:"凭安拉起誓,你不要嚼,一下子把这块鱼咽下去!"

驼背人当真使劲一咽,不料里面还有硬邦邦的鱼刺,结果鱼刺卡在喉咙里,驼背人不幸当场被噎死。

讲到这里,眼见东方透出黎明的曙光,莎赫札德戛然止声。

E. 达尔齐尔 绘

第二十五夜

夜幕垂降，莎赫札德接着讲故事：

幸福的国王陛下，因为裁缝的妻子给了驼背人一块带刺的鱼吃，结果鱼刺卡在喉咙里，驼背人不幸当场被噎死。

眼见来客倒地，裁缝发愁说："毫无办法，只有依靠伟大的安拉了。这个可怜虫，不早不晚，偏偏死在我们手里！"

妻子说："先想想办法吧！难道你没听诗人吟唱过这样的诗句？"

妻子吟诵道：

焉何背此运，愁落我头上？身坐未熄火，只得等死亡。

丈夫说："我们该怎么办呢？"

妻子说："你赶快把他抱在怀里，盖上一块绸巾，你在前面走，我在后面跟，趁黑夜将他送到外面去，你就说：'这是我的孩子，这是孩子的母亲。这孩子病了，带孩子去医院看医生……'"

裁缝立即抱起驼背人走出家门，妻子跟在后面说："孩子，不碍事的。你哪里疼呀？天花嘛，哪里都会闹这种病的。"

看见他俩的人都说，他俩抱着一个生天花的孩子。

夫妻俩抱着这具尸体边走边打听，人们把他俩领到一位犹太医生门前。一个黑女仆开门一看，只见一个男子抱着一个孩子，后面还跟着孩子的母亲。女仆问:"有什么事吗?"

"我们的孩子病啦,想请医生给瞧瞧。你拿着这二百五十菲勒斯,交给主人,请他下来给我们的孩子看看病。这孩子一点儿力气也没有了。"裁缝妻子说。

裁缝妻子把钱递给了女仆。

女仆转身上楼去呼唤医生。裁缝的妻子迈进了门槛,然后对丈夫说:"把他放在这里,我们快逃走吧!"

裁缝把驼背人放在楼梯靠墙角的地方,两口子转身逃离而去。

女仆到犹太医生卧室门外,说:"医生,楼下有一男一女抱着一个孩子,给了二百五十菲勒斯,请您给他们瞧瞧,开点儿药。"

犹太医生看到钱,非常高兴,忙下楼去。因为天黑,一脚踩到那个驼背人尸体上,不由自主地喊道:"哎呀,摩西①啊,主啊,十诫啊,亚伦②啊!我好像一脚踩在病人身上,病人摔到楼下死了。我如何把死尸弄出去呀?"

医生抱起那具尸体,进房间给妻子看了看,并把刚才发生的事情告诉了她。妻子说:"待在这里如何得了?天一亮,若人家发现尸体在我们家,我们的命可就没有啦!快动手,把他抬到房顶上去,然后丢到我们隔壁的穆斯林家去!我们这位邻居,他是御膳房主事,什么猫呀狗呀的,常到他家吃他带回来的东西。如果他一夜不回来,猫狗就会把他带回来的东西吃光。我们把尸体扔到隔壁去吧!"

医生夫妻俩抬起驼背人的尸体,上到房顶,贴着墙将之扔到了隔壁。

---

① 摩西,古代犹太人的领袖,向犹太民族传授上帝律法的人。传说他在西奈山传授刻在两块石板上的十诫,命希伯来人遵守。

② 亚伦,摩西的哥哥,犹太教第一任祭司长。

T.达尔齐尔 绘

驼背人的尸体刚掉下去,那个御膳房主事就回到了家中,他点着蜡烛一看,发现厨房墙角处站着一个人,当即喊道:"主啊,原来偷我家肉和油的不是猫和狗,而是活人啊!即使我把胡同里的狗和猫都打光,也起不了什么作用,因为偷肉和油的是人,是从房顶上跳下来的。"

他边说边抄起大锤,走过去,重重地朝那驼背人尸体的头和胸部打去,只见那人顷刻倒在了地上。

这位御膳房主事低头一看,发现那个人死了,悲叹道:"无能为力,只有依靠伟大的安拉了。"

主事感到害怕,说:"天哪,出人命了!都是这肉和油引起的麻烦。今天夜里,这个人怎么死在我的手里了呢……"

主事再一看，发现那死去的人是个驼背，于是说："你成了驼背还不满足，怎么还当贼偷人家的肉和油呢？大慈大悲的安拉啊，请宽恕我的罪过吧！张开你那美丽的幕帘，把我遮挡住吧！"

随后，这位主事扛起那具尸体，趁夜色来到市场边上，将死尸放在靠近一条胡同口的那家店铺门前，便匆忙转回家了。

这时，一个基督徒走来，他是国王的经纪人，喝得酩酊大醉，从家里出来要到浴池去洗澡，心想浴池就在附近。当他摇摇晃晃行至驼背人尸体跟前时，抬眼一看，以为那是一个活人，站在那里在等什么人。昨天夜里，这位基督徒丢了缠头巾，因此看见有人站在那里，便以为准是面前这个人偷的，于是上前揪住他，攥紧拳头，狠狠朝其脖子打去，只见那人顿时倒在地上。由于他醉得太厉害，大声呼喊市场警卫的同时，死死地扼住驼背的脖子。警卫走来，见基督徒骑在一个穆斯林的身上痛打，便厉声喝道："住手！放开他！"

巡警走上前去一看，发现那个人已被打死了。

警卫说："基督徒怎好毒打穆斯林呢？"

于是把基督徒绑起来，带到官府。基督徒心想："耶稣啊，圣母玛利亚啊，我怎么才打了一拳，他就死了呢？死得也太快啦！"

基督徒酒醒了，恢复了理智。驼背人的尸首和基督徒都被带到了官府，并在那里过了夜。

次日一早，掌刑官下令竖起绞刑架，将那基督徒带到绞刑架下。刽子手立即执行命令，竖起绞刑架，并带来基督徒，将绳子套在他的脖子上。

刽子手正要绞死基督徒时，御膳房主事走上前去一看，见那位基督徒正站在绞刑架上，他对刽子手说："住手，这个人是我杀死的，绞死我吧！"

掌刑官问:"你为什么杀他呢?"

御膳房主事说:"昨夜我回到家中,见他从房顶上下来,偷我的东西,我一锤重重地打到他的胸口上,他当即倒在地上,一命呜呼了。后来,我把他扛到市场旁边胡同口的一家店铺门前,放在那里,然后匆忙转回家去了。"

御膳房主事又说:"我杀死了一个穆斯林还不够,你们还要杀一个基督徒?你们就把我绞死吧!"

掌刑官听后,决定释放基督徒,转脸对刽子手说:"绞死前来自首的御膳房主事!"

刽子手把绳套从基督徒的脖子上取下来,套在御膳房主事的脖子上,准备执行绞刑。

这时,犹太医生拨开人群,高声说:"刽子手,手下留人!杀死那个人的不是别人,而是我。他是到我家看病来的。我下楼时,一脚踩在他的身上,他滚下楼梯摔死了。我和老婆把尸体抬到房顶上,然后放到了邻居御膳房主事的厨房里。你不要杀御膳房主事,就请杀我吧!"

掌刑官下令放掉御膳房主事,绞死犹太医生。于是刽子手又把绳套套在犹太医生的脖子上,准备执行绞刑。

刽子手刚把绞索套在犹太医生脖子上,裁缝拨开人群,高声喊道:"且慢!杀死驼背人的不是他们,而是我。昨天我外出游玩回家时,天色已晚,路上遇见那个驼背人,见他喝醉了酒,手里拿着铃鼓,边敲边唱,非常高兴。我站下来,欣赏了一会儿,便把他带回家中,买了些炸鱼,坐下一块儿吃喝起来。我老婆把一大块炸鱼塞在他嘴里,让他一口咽下去,不料鱼刺卡住了他的喉咙,他被噎死了。后来,我和我老婆把他抱到犹太医生家里,女仆给我们开的门,我老婆对她说:'告诉你的主人,门外有一男一女,带着一个病人，请医生给他瞧瞧，开点儿药。'我们给了女仆二百五十菲勒斯，女仆便去见主人了。就在这时候，我把驼背人的尸首放在楼梯上，我和我老婆离开了那里。犹太医生下楼，踩了驼背人一脚，因此认为是自己踩死了他。"

裁缝对犹太医生说："我说得对吗？"

"对！"犹太医生回答。

裁缝望着掌刑官，说："掌刑官，放了犹太医生，绞死我吧！"

掌刑官听后，沉默片刻，觉得这桩人命案实在太曲折、复杂了，吩咐文书说："把情况详细记录下来，留作史料保存！"

然后对刽子手说："放掉医生，绞死裁缝！"

刽子手立即把绞索套在了裁缝的脖子上，并说："要我们一会儿绞死这个，一会儿绞死另一个，结果一个也不绞死。"

原来，那驼背人是专供中国国王取笑逗乐的畸形人，国王总也离不开他。

那天夜里，驼背人醉酒，睡得死死的，第二天大半天过去，他还没有到宫中去。国王觉得奇怪，便问宫仆："驼背兄弟现在哪儿？"

宫仆禀报道："回禀陛下，那驼背人现在掌刑官那里，被人害死了，掌刑官正在绞死害他的人。正要动刑时，有三个人先后自首，都说是自己害死了驼背人，一时说不清究竟该绞死谁。"

国王一听，当即叫来侍卫，吩咐道："把掌刑官和那些自首者都给我带来！"

宫仆赶到绞刑架下时，见刽子手正要对裁缝执行绞刑，于是急忙高声叫喊："且慢！"随后告诉掌刑官，此案已惊动了国王，并要掌刑官立即带着裁缝、犹太医生、基督徒、御膳房主事，并且抬着驼背人的尸首一起去见国王。

他们来到国王面前,向国王行吻地礼,将事情经过讲了一遍。

国王听后,惊喜异常,立即令宫廷录事用金水记录下这个奇案。国王问:"你们听过像驼背人这样的奇案吗?"

基督徒走上前来,说:"我想把亲身经历的一件事情讲给陛下听,我想那故事比驼背人的故事更奇异……"

"快讲来!"国王催促道。

基督徒开始讲《断手青年》的故事:

国王陛下,我是带着商号来到贵国的,是命运将我留在了你们这方宝地上。我本生于埃及,是科卜特人,从小受的是基督教教育,家父是位经纪人。

家父仙逝,子继父业,我带着商号,来到贵国。

有一天,我正坐在店铺,忽见一位青年,衣饰华丽,骑着毛驴向我的店门走来。我急忙站起来向青年表示敬意。

青年拿出一包芝麻,问我:"这样的芝麻一伊尔达卜①能卖什么价?"

我回答:"现在的市场价是一百迪尔汗②。"

青年说:"我把样品留在这里,请带着你的助手到贾瓦利货栈找我吧!"

说罢,青年把那包样品留给我,转身离去。

我找到买主,以每伊尔达卜一百二十迪尔汗成交。

我带着四个助手到了约定的那家货栈,青年正在那里等着我,打开仓库,量过芝麻,共五十伊尔达卜。青年对我说:"每伊尔达

---

① 伊尔达卜,埃及容积单位。
② 迪尔汗,也译作迪拉姆,货币名。

卜,付你十迪尔汗经纪费。共计五千迪尔汗,其中五百迪尔汗归你,剩余的货款暂存在你那里,等我卖完货去取。"

"就按你说的办。"

说完,我吻了吻他的手,离开那里。那天,我一天赚了一千五百迪尔汗。

一个月之后,青年来了,对我说:"货款在哪儿?"

我说:"就在我手里。"

青年说:"那些货款,你先保存着吧!"

又过了一个月,青年来了,问道:"货款在哪儿?"

我站起来,向他问好,并且说:"一块吃顿饭吧!"

青年拒绝了,只是说:"那些钱先存在你这里,我有时间再来取。"

说完,转身离去了。

一个月后,青年又来了,我急忙拿出货款给他,他说:"我过了今天再来取。"

就这样,他每月来一次,但总不把钱取走,总说日后来取,我心想:"好慷慨的小伙子!"因为我已用他的钱做了数笔生意,赚了很多钱。

又过了一个月,青年身着漂亮礼服来了,仿佛刚从澡堂里洗完澡出来,面如月,颊红润,额泛光,脸上那颗美人痣就像一颗龙涎香丸,衣冠楚楚,风度翩翩,说他是一位美男子,那是当之无愧的。正如诗人所描述的那样:

　　　　日月会一宫,高高挂天空;
　　　　月圆光灿烂,日辉亮彤彤。
　　　　观者喜在心,光华成倍增。

> 俏丽臻完美，心神为之倾。
> 安拉全造化，细思万物惊。

我一看见他，上前吻他的手，为他祝福。我说："先生，你还不取走货款吗？"

"不着急！等我办完事再来取不迟。"

说完，转身离去。我心想："凭上帝起誓，他下次来时，我一定招待他一顿。因为我用那笔货款赚了很多钱。"

年末来临，青年穿着豪华的服装出现在我的面前，我表示一定要招待他一番，他却说："有一个条件，得花我存在你那里的钱。"

"我答应！"

我让青年坐下来，备好吃的喝的，端到青年面前。我说："请用吧！"

青年坐下来，伸出左手，和我一道吃起来。我发现他和常人不同，用左手吃饭。当时我感到奇怪。吃完饭，青年洗完手，我递给他手巾，擦完手，我们坐下来说话。我问他："先生，容我冒昧一问：你为什么用左手吃饭呢？莫非右手有所不便？"

青年听我这么一问，吟道：

> 亲爱朋友啊，莫问伤心事；提起实内疚，百病生由之。
> 无奈失平安，换得残缺肢。世间事如此，需前法力失。

青年伸出右臂，我发现他没有右手，我感到大感不解。他对我说："不要感到奇怪！也不要想我和你一道吃饭用左手是什么怪事。我失去了右手，原因十分离奇。"

"什么原因？"我问。

"你有所不知,我本是巴格达人,家父颇有地位。我长大成人之后,听人说埃及如何如何好,尼罗河怎样怎样美,便想去那里一趟。家父去世后,我带着很多钱,购买了一批巴格达和摩苏尔产的布匹,还有些贵重的货物,打好包,离开巴格达,顺利、平安地来到了你们的京城。"

话未说完,青年哭了起来,他吟道:

明眼常绊倒,盲者步畅通。愚人言无罪,智者语丧命。
信士难存活,叛逆易维生。智谋在人为,唯有强者能。

青年吟完诗,接着讲述自己的经历:

我到了米斯尔城,把布匹存放在迈斯鲁尔客栈,打开行囊,给了仆人一些钱,让他出去给我们买了点儿吃的,然后睡了一觉。醒来之后,我到宫间街去了一趟,然后回到客栈过夜。第二天,我打开一包布,心想:"去市场上转一转,看看情况。"于是我让仆人扛着布,走到吉尔吉斯大街,经纪人们欢迎我,因为他们已经得知我到来的消息。他们拿起布,给了个价钱,结果低得很,连本儿都保不住。一位经纪人头领说:"先生,我给你介绍一个卖货的办法,保管你从中受益。你通过代笔人、证人和兑换银钱商,按一定时间赊卖你的货物,每礼拜四和一,前来收账,这样便可以一本二利,许多商人都是采用这个办法。此外,你还可以去游览一下米斯尔城和尼罗河的风光。"

我说:"这倒是个好办法,倒也惬意。"

我把经纪人带到客栈,他们取了布匹,送往吉尔吉斯大街,卖给商人,写好委托书交给银钱兑换商,办好代收账的手续,我便回

T. 达尔齐尔 绘

客栈去了。

我住在客栈里一连数天不出去，每天喝酒吃肉和甜食，直至收账的月份到来。我每星期四和星期一坐守商人和店铺，让银钱兑换商和代笔人去各家收款，然后送到我手中清点。

有一天，我由浴池出来，回到客栈，进到房间，吃了点儿东西，喝了一杯酒，便睡觉了。

一觉醒来，我吃了烤鸡，喷了点儿香水，就到一个名叫白德尔丁·布斯塔尼的商人的店铺去了。

白德尔丁·布斯塔尼看见我，对我表示欢迎，我俩在那里谈了一个时辰。

我俩在他的店铺里正交谈时，忽见一位女子进到店中，在我的身边坐下。那女子斜包着头巾，周身散发着香气，面目姣好，体态婀娜，其娇艳美貌令我销魂。她那一双水汪汪的大眼睛，尤其惹人喜爱。

那女子向白德尔丁·布斯塔尼问过安好，白德尔丁·布斯塔尼站起来还礼，和她交谈起来。听到她那柔润的话音，我打内心里喜欢她。

女子问白德尔丁·布斯塔尼："你这里有上等金丝布料吗？"

白德尔丁·布斯塔尼拿出布料让女子看。女子说："我先拿走布，然后再送钱来，行吗？"

"太太，这可不行啊！你瞧，布的主人就在这里。这布是我赊的，我还欠着货主的钱呢！"

女子不高兴了，说："你这个该死的小商人！我来你这里买衣料，都是最后一总付钱，也好让你多赚点儿。"

"是啊！可这一次，我不能不收现钱。"

女子拿起布，摔到店主手里，嘟囔道："你真是狗眼看人低！"

说罢,转身就走。我的灵魂也随她而去了。我赶紧追了出去,叫道:"小姐,小姐,看在我的面儿上,请你回来!"

女子果然回来了,微微一笑,对我说:"看你的面子,我才回来的。"

女子坐在我的面前。我问白德尔丁·布斯塔尼:"这块布多少钱?"

"一千一百迪尔汗。"

"再给你加上一百迪尔汗的利润,拿张纸来,我把价钱给你写清楚,算在我的账上,把布匹赊给这位小姐!"

我边说边接过衣料,写好字据,把布料递给女子,并且说:"小姐,拿去吧!这布里包着我的神与魂。如有空,就把钱送来;

T. 达尔齐尔 绘

如不嫌弃，就算我送给小姐的礼物。"

女子说："安拉嘉奖你，将我的钱赏给你，但期让你成为我的夫君。安拉祝福你！"

我说："小姐，你先拿走这块布料，你还会得到同样的东西。让我看看你的容颜吧！"

女子撩开面纱，我一眼望去，不禁心潮起伏，不能自已。自那一眼起，我的心就深深地爱上了她。

女子放下面纱，拿起衣料，转身走时，对我说："先生，不要让我感到太寂寞孤单呀！"说完，女子转身就离去了。

我在市场上一直坐到黄昏，只觉六神无主，完全沉浸在胡思乱想之中。我向白德尔丁·布斯塔尼打听那位女子的身世，他告诉我说："这位女子是一位亲王的千金，很有钱。她的父亲已经去世，留给她大笔钱财。"

我离开那里，回到客栈，到晚饭时分，因为我想起了那位女子，什么也没有吃，便睡觉去了。不料，一夜辗转反侧，到天明也没合上眼。

天亮了，我离开床，换上件衣服，喝了杯酒，吃了一点儿东西，快步来到了白德尔丁·布斯塔尼的店铺。我向店主问安之后，便坐在了那里。

刚坐稳后不久，但见那女子又来了，衣着比上次更华贵，还带着一个女仆。她坐下来，向我问好，而没有跟店主白德尔丁·布斯塔尼打招呼。她用我从未听到过的无比甜美的语调，对我说："先生，我差人把那一千一百迪尔汗带来啦！"

我随口说："为什么这么急？"

"还给你呀！因为是你代我付的那块布料钱。"

我坐下和她交谈起来。我给她打了个手势，她立即明白我愿意和她交往。

她急忙站起身，好像对我有些反感，而我的心却爱着她。我出了店门，追了出去，一直追到市场，不见了人影。

突然，一个女仆模样的女子跑到我的跟前，对我说："先生，你去同我的女主人说说话吧！"

我感到奇怪，说道："我？这里没有人认识我呀！"

女仆说："你这么快就把她忘掉啦？先生，我的女主人，就是那天在店铺里和你说话的那个人呀！"

我跟着女仆走到钱庄。那位女子看见我，急忙把我拉到她的一旁，对我说："亲爱的，你使我动了心，我的心爱上了你。自从看见你的那一时刻起，我就食不甘味，夜不成寐。"

我对她说："我的情况较此更甚，难以用语言诉说。"

"亲爱的，我到你那里去，好吗？"

"我是个异乡客，只能居身于客栈之中。你就开开恩，让我到你那里去吧！"

"好吧！不过礼拜五晚上才方便。如果你明天做完礼拜后有空，就骑上你的毛驴，打听哈巴尼亚区；到了那里，再打听奈吉布公馆。我就住在那里，我等着你，你不要迟到呀！"

我高兴得心花怒放。我们分手之后，我回到客栈，一夜没有合眼。天还没亮，我就起了床，换上衣服，洒上香水，拿上五十迪尔汗，包在一块手帕里，然后走出迈斯鲁尔客栈，向祖维来门走去。

在那里，我租了一头毛驴，并对驴夫说："把我送到哈巴尼亚区去！"

我骑上毛驴，不大一会儿，毛驴便站在了一条名叫曼格里胡同的巷口。我对驴夫说："进胡同去，问问奈吉布公馆在哪儿！"

赶驴人片刻转回，说："请下来吧，往前走几步，就是那座公馆。"

赶驴人把我送到公馆门前,我对他说:"明天,你再来这里接我回去。"

赶驴人说了句"如蒙安拉默许",我给了他二百五十米里麦,他便赶着毛驴离去了。

我轻轻敲过门,开门的是两个小姑娘,模样俏丽,真可言如花似月呀!她俩说:"先生请进吧!我们的小姐在等着你呢!因为迷恋着先生,小姐一夜未眠。"

我走进有七个窗子的大厅,窗子下临果树繁茂的花园,园中溪水流淌,鸟儿鸣唱;屋内四壁洁白光亮,足可照见容颜;天花板上遍涂金色,周围镶着天蓝色花边,光彩耀目;地上全铺大理石,当中有一座喷水池,池边上镶着珍珠宝石;大厅地面上铺着彩色丝绸地毯。

我走进大厅,坐了下来……

讲到这里,眼见东方透出黎明的曙光,莎赫札德戛然止声。

第二十六夜

夜幕垂降,莎赫札德接着讲故事:

幸福的国王陛下,那个青年商人对基督徒继续讲自己的经历:

我轻轻敲过门,开门的是两个小姑娘,模样俏丽,真可言如花似月呀！她俩说："先生请进吧！我们的小姐在等着你呢！因为迷恋着先生，小姐一夜未眠。"

我走进有七个窗子的大厅，窗子下临果树繁茂的花园，园中溪水流淌，鸟儿鸣唱；屋内四壁洁白光亮，足可照见容颜；天花板上遍涂金色，周围镶着天蓝色花边，光彩耀目；地上全铺大理石，当中有一座喷水池，池边上镶着珍珠宝石；大厅地面上铺着彩色丝绸地毯。

我走进大厅，坐了下来。我刚坐下来，不知不觉中看见女主人走了出来。但见女主人头戴珠宝凤冠，身着绣花丝裙，微笑着走到我的面前，将我搂在怀里，热烈地亲吻。

她边亲吻我，边说："你是真来到了我这里，还是在梦境中呢？"

"我是你的奴仆。"我说。

"欢迎你！凭安拉起誓，从今天起，我看到你了，我就吃得香、睡得甜了。"

"我也是一样的。"

我们坐下，开始谈话。我害羞地低下头去偷看她。不一会儿，一桌丰盛的筵席摆好了，有红烧鱼，有素羹汤，有烤鸡腿，还有烤乳鸽，真是应有尽有，无不味香色美。我和她一起吃了个足饱。随后，仆人送来手钵和壶，我们洗过手，洒过麝香水，又坐下一起聊天。

她吟诵道：

若知贵人至,定用心铺路;面颊亦垫上,听凭客信步。

她把她的遭遇向我讲了一遍，我也把自己的遭遇向她讲了一遍。

我们尽情地谈呀玩呀，拥抱接吻，直到夜幕垂降。女仆们端上一桌丰盛的晚餐，我们一直吃到夜半，然后睡在了那里，一觉睡到大天亮；在我的平生中，从未有过那样美好的夜晚。天亮时，我把包着五十迪尔汗的手帕丢在床下，告别她后，就要离开那里。女子哭了，她说："先生，我何时才能再看到你这张美丽的面孔？"

我回答说："吃晚饭时，我就会来的。"

我出了门，赶驴人已在那里等候着我。我骑上毛驴，回到迈斯鲁尔客栈，付给赶驴人半迪尔汗，并且对他说："黄昏时分，来这里接我。"

"遵命！"赶驴人高高兴兴地答应。

我回到房间，吃了早点，便外出收货款去了。我在市场上买了烤全羊，还买了甜食、水果，唤来脚夫，说明要送的地址，给了脚钱，脚夫拿着食品给那女子送去了。

我回到客栈时，已是黄昏时分，赶驴人已在客栈门口等候。我又用手帕包上五十迪尔汗，带在身边，骑上毛驴去女子那里。

进了公馆，见仆人们正擦拭地板、清洁铜器、挂灯笼、点蜡烛、上菜、备酒。女子看见我，马上搂住我的脖子，说道："你叫我想得好苦哟！"

饭菜摆好，我们吃饱喝足；仆人端上酒来，我们一直喝到半夜，方才入睡。次日清晨，我照例将五十迪尔汗留给了她。

离开公馆，回到客栈，我吃过早点，到街上去收货款了。在市场上，我给女子买了巴旦木杏仁、核桃，还买了红烧芋头、水果、香瓜等许多东西，雇脚夫给她送去。

我回到客栈时，已是日落时分，赶驴人已在客栈门口等候，我立即带上五十迪尔汗，骑上毛驴，奔赴哈巴尼亚。

进了公馆,依旧吃喝到半夜;我一觉睡到大天亮,然后留下五十迪尔汗离去。

这样持续了一段时间后,我身上一迪尔汗也没有了,心想:"我是中邪啦!"禁不住吟道:

> 青年无钱,光彩消退,如同红日,已近黄昏。
> 隐去之后,世不再提,出现之时,无人问津。
> 走过街市,人皆轻蔑,留在住所,泪洒胸襟。
> 孤独可怜,无亲无友,一旦穷困,变成路人。

有一天,我步行在宫间街上,一直走到祖维莱门,见那里人山人海,拥挤不堪,门下也站满了人。仿佛是命中注定的事情,我走到一个大兵跟前,不由自主地把手伸进了他的口袋里,摸到一袋钱,便掏了出来。

那大兵发现自己的口袋变轻,匆忙伸手去摸,没摸到钱袋,回头一眼看见我,当即举起手中的棒子,打在了我的头上,我登时倒在地上,昏迷了过去。

人们立即围上来,抓住大兵的马缰绳,厉声问道:"你为什么打这个青年?莫非因为拥挤,你就用这样的棒子打人?"

那个大兵高声说:"这个人是小偷!"

这时,我苏醒过来了。我听人们议论说:"这小伙子挺好的,他没偷什么。"

有的人相信这话,有的人不相信,众说纷纭,莫衷一是。人们想把我拉走,摆脱那个大兵的纠缠。又像命中注定的那样,就在这时,省督和一些官员来到了这里,发现人们围着我和大兵。省督问:"出什么事啦?"

大兵说:"凭安拉起誓,省督大人,这个人是个小偷,我口袋里装着一个蓝布钱袋,里面有二十迪尔汗,正在拥挤之时,他把我的钱袋偷去了。"

省督问大兵:"有人做证吗?"

"没有!"

"把他抓起来,搜身!"省督下令。

他们抓住我,当时我的外衣已落在地上。省督说:"把他的衣服都脱下来!"

他们扒下我的衣服,发现钱袋就在我的口袋里,省督接过去,打开钱袋一数,不多不少正是二十迪尔汗,与大兵说的一模一样。

省督大怒,喝令随从:"把他带过来!"

T.达尔齐尔 绘

他们把我揪到省督面前，省督说："青年人，你要说实话！这钱袋是偷来的吗？"

我低下了头，心想："假若说没偷，钱袋已被搜出来；如果说自己偷了人家的钱，麻烦就来了……"

我抬起头来，说："是我拿的。"

省督一听，感到奇怪，随即喊来证人，证人说我说的是实话。省督立即命令刽子手剁掉了我的右手，于是我的右手被砍掉了。

大兵心地善良，急忙说情，要省督刀下留人，不要杀我，省督点头离去。人们围在我四周，给了我一杯酒喝。大兵把钱袋送给我，并且说："你是个说实话的青年！千万不要做小偷呀！"

我接过钱袋，吟诵道：

凭主我起誓，我本非小偷。唤声好人们，我亦非贼寇。
只因灾难至，令我尝忧愁。神鬼射利箭，王冠离吾首。

我接过大兵的钱袋，转身而去。我用破布把我的断手包扎了一下，夹在胳肢窝下，离开了那里。我的情况大变，脸色发黄。

我跌跌撞撞回到奈吉布公馆，一头倒在床上。那女子见我面色蜡黄，忙问："你哪里不舒服？我怎么看你脸色这样不正常呢？"

我说："我头疼，不大舒服。"

她生气了，为我感到不安。她说："先生，你不要煎熬我了！你的脸色不好，一定是出了什么事。你坐起来，抬起头，把今天发生的事情告诉我！看你的脸色，就知道你有什么事。"

"你不要逼我说什么了！"

我哭了起来。

"仿佛你的目的已经达到，我看你情况反常。"

她说个不停,而我什么也没说,直至夜幕垂降。

她给我端上饭菜,我没有吃。我怕她看见我用左手吃饭,故意对她说:"现在我不想吃什么,有时间容我慢慢对你讲。"

她又送上酒来,对我说:"接着!酒可以消愁解闷。你一定要喝下去,把事情告诉我。"

"如果非喝不可,那么,你就为我斟酒吧!"

她亲手斟上酒,送到我的嘴边,我一饮而尽。她又把杯子斟满,递过来,我伸出左手去接酒杯,不禁泪水夺眶而出。我吟道:

> 主事人遭难,聪明有何用?
> 塞耳后迷心,智慧全抽空。
> 竭尽方归还,教训益永生。

我吟完诗,用左手接过酒杯,泪如泉涌。

女子见我垂泪,大喝一声,说道:"你哭什么呀?你把我的心都烧焦了。你为什么用左手接酒杯?你的右手呢?"

我泪水流淌,边哭边说:"我的右手上生了脓疮。"

"你伸出来,我给你放放脓。"

"现在还不是放脓的时候。你不要唠叨啦!我现在不放脓。"我不耐烦了。

我喝下杯中酒,她又给我倒了一杯,直喝得醉意醺醺,我在原地睡着了。

女子这才看到了我那秃腕子,就翻我身上,发现了那个钱袋,感到痛苦不堪,因此一夜未曾合眼。

第二天早晨,当我醒来之时,她已经为我准备好早餐,端上四只炖鸡,还摆上了酒。我吃饱喝足,留下钱袋,正想出门时,她问:"你到哪儿去?"

"我想出去解解闷,散散心。"

"别出去啦!就好好坐着吧!"

我坐下来,她对我说:"你爱我已经爱到了为我献出了一切的程度,连右手都失去了,是吧?我向你保证,有安拉做证,我永远再不会离开你。你将知道我这话千真万确。但求安拉允许,让你娶我为妻。"

随后,她请来法官和证人,对他们说:"请为我和这位青年写婚书吧!请你们做证,我收了他的彩礼。"

证人们为我和她写就婚书。女子当着众人的面,说:"请诸位做证,我那口箱子里的所有钱、我的全部财产和仆人,全归这位青年——我的丈夫——所有。"

证人们同意做证,我接受了这一切。证人们拿了酬金,相继告别离去。

之后,我妻子拉着我的手,来到库房,打开一口大箱子,对我说:"你看看这箱子里的东西吧!"

打开一看,原来是我送的那一个个包着钱的手帕。她说:"这都是我从你的手里接到的手帕。每当你给我一块包着五十迪尔汗的手帕,我就把它收好,放在这里。这都是你的,请拿去吧!安拉把它还给了你。你是一位灵魂高贵的人。你为了我而遭难,直到把右手都失掉了,即使我以生命相报,也无法酬偿你的大恩。"

她又对我说:"请收下你的钱财吧!"

我收下了,将她那箱子里的东西搬到了我的箱子里,把她的钱并入我给她的钱之中。我心花怒放,忧愁烟消云散。

说罢,她和我紧紧拥抱,热烈亲吻。

我和妻子对饮畅谈。她说:"你为我不惜牺牲一切,连手都失去了,我怎么能够报答你呢?凭安拉起誓,我即使献出生命,也是微不足道的,更不足以尽我对你应尽的义务,不能报你的大恩大德啊……"

随后,妻子把自己所有的衣物、首饰、钱财和家产开列了一个清单交给我。我把自己的情况和发生的事情全部告诉了她,她为我发愁,一夜没有合眼。

我俩一起生活了不足一个月时间,她突然病倒,病情逐渐加重,没过五十天,便告别了人世。

我隆重祭葬妻子,让她入土得安,为她诵读《古兰经》。

我从墓地回来,又发现了她的许多钱财和固定家产,其中包括那个芝麻仓库;我卖给你的那些芝麻,都是从那里运出来的。

我之所以这么长时间没有到你这里来,就是因为忙于卖那些东西,一直卖到现在,货物总算卖出去了,但钱还没有收回来。今天,你这样热情款待我,那你就听我的吧!那批芝麻的货款,我就赠送给你了。

我吃饭用左手,原因就在这里。

那位青年讲完自己的经历,我对他说:"你对我实在太好啦,真是恩重如山啊!"

青年说:"你一定要到我们的国家去一趟呀!我买下了许多米斯尔和亚历山大产的货物,你愿意跟我一道去吗?"

"愿意!"

我与他约好月初起程。之后,我卖掉手里的存货,又买了新货,便于约定的时间,和那位青年一道来到了你们的国家。

那位青年卖掉了从埃及带来的货物,又进了新货,已经到埃及去了。

今夜，我本该好好休息一下，想不到出了这么一桩事。

国王陛下，这个故事不比驼背人的故事新奇吗？

国王听后，说："一定要把你们统统绞死！"

讲到这里，眼见东方透出黎明的曙光，莎赫札德戛然止声。

第二十七夜

夜幕垂降，莎赫札德接着讲故事：

幸福的国王陛下，中国国王听了基督徒讲完那个故事后，说了一句"一定要把你们统统绞死"，这时，御膳房主事走到中国国王面前，说："国王陛下，请允许我讲一个发生在我看见驼背人之前一段时间里的故事。如果陛下认定这个故事较驼背人的故事新奇，就请陛下给我们一条生路。"

"讲吧！"

御膳房主事开始讲《断指青年》的故事：

国王陛下，昨天夜里，我和众教友们一起咏诵《古兰经》，有许多位伊斯兰教法学家参加。咏诵经文完毕，端上菜肴，其中有一道名菜，即五香全味肉，颇受客人欢迎；但是，有一位青年不吃；我们再三劝他，他立誓不吃这道菜。

青年说："你们不要劝我吃全味肉了！那道五香全味肉，我平生只吃过一次，已经足够了，再也不吃了。"

他吟了这么两句诗：

> 友不入我眼,难拦我弃离。

吃完饭，我问青年："凭安拉起誓，小伙子，你为什么不吃五香全味肉这道菜呢？"

"我吃过全味肉，一定要洗手一百二十遍：用碱水洗四十遍，用皂角水洗四十遍，用肥皂水再洗四十遍。"

主人吩咐仆人端来青年所说的那几种水，青年方才勉强走到桌前坐下来，开始抓五香全味肉吃。然而看上去，仍然显得出于无奈，似乎有些害怕的样子。

我感到非常奇怪，发现青年的手在颤抖，没有大拇指，只用四个手指夹肉。我问他："天哪，你怎么没有大拇指？天生如此，还是因为出了什么事？"

青年说："不仅仅是缺一个大拇指，另一只手也没有大拇指，就连两只脚都没有大拇指了，你们看哪……"

说着，青年伸出左手，又伸出双脚，确乎如他自己所说的那样，大拇指都不见了。

见此情景，我们感到更加奇怪。我说："为什么呢？我们很想知道你的大拇指为什么都不见了，还想知道你为什么要洗一百二十遍手。"

青年开始讲述自己的经历：

诸位有所不知，家父本是一位富商，是哈里发哈伦·拉希德时代巴格达城最大的商人。我父亲平生喜欢狂饮、欣赏四弦琴弹奏乐曲，耗去了大量钱财，故父亲离世时，没有留下任何财产。

我为父亲举行了葬礼，诵读了《古兰经》，致哀数天数夜。

祭葬料理完毕，我打开家父生前的店铺，见那里几乎没有存货，还欠下许多债。我求债主们宽限一些时间，耐心等待一下；与此同时，我抓紧时间做买卖，我用了好长时间，辛苦经营，一笔一笔地还债。如此持续了一段时间，方才还清了债，还略有盈余。

有一天，我正在店里坐着，忽见一位少女，骑着骡子，前边有一个奴仆引路，后面有一个奴仆紧随，在市场外面停了下来，那少女衣着华丽，首饰华贵，貌美羞花；说真的，我没见过比她更漂亮的姑娘。

姑娘离开骡鞍，进了市场，一仆人紧跟其后，对女主人说："小姐，走吧！一个人也不认识，会受骗的。"

另一个仆人挡住了姑娘，没让她进市场。

姑娘抬眼张望店铺时，发现我的店铺最豪华，便朝我的店门走来，奴仆紧紧跟在后面。来到我的店铺，她向我问了安好。说实话，我从未听见过比那更甜润、美妙的声音了。

姑娘撩开面纱，望了我一眼；仅仅这一眼，给我送来了万般幽思，使我心荡神驰，我一下子便深深地爱上了这位姑娘。我一再望着姑娘的面容，同时吟诵道：

> 面纱后靓女，且听我一言：任你折磨我，我心却舒坦。
> 慷慨赐余力，定让你如愿：且看吾之掌，已近你指尖。

我吟罢，姑娘和吟道：

> 我心沉于爱，深爱归你们。

眼不见眉毛,心总想你们。
起誓不忘爱,爱意浸满心。
爱神赐杯酒,你与我共饮。
切请带着我,落脚将我隐。
坟前唤吾名,听吾应答音。
对主何所期,爱主爱你们。

姑娘吟完诗,问我:"小伙子,你这里有上等好衣料吗?"

我立即回答:"小姐,本店小本经营,不曾进上等好货。不过,请稍候,待大店铺开门后,我就给你去取。"

接着,我和她攀谈起来。我一看见她,就深深地爱上了她。

市场上的店铺都开门了,我到别的店铺给小姐拿来许多好货色,总值达五千迪尔汗。我把那些东西递给仆人,仆人拿去,然后牵来骡子,小姐坐上骡背离去了,连自己从哪儿来都没说,我也羞于开口问她。那些货款全记在了我的账上,我一次欠下了五千迪尔汗的债。

我回到家里,深深陶醉在对那位姑娘的爱慕之中。家人给我端来饭菜,我一口没吃;一想到那个姑娘的美貌,我便失去了胃口。我想睡觉,但睡不着。这样的情况延续了一个星期。

商人们找我讨账,我要求他们宽限一个礼拜。

一个星期过去,那位姑娘来了,骑着骡子,跟着一个仆人、两个奴隶。

姑娘向我问过好,说:"先生,对不起,我们这么晚才给你送布料钱。请让伙计来收钱吧!"

我的伙计过来,姑娘的仆人把钱递给了我的伙计。

我开始和姑娘交谈起来,一直谈到市场上的店铺相继开张营

A.B.霍顿 绘

业。姑娘还要我给她拿很多上等布料,我给她取来她所要的东西,仍然由我去赊。奴仆帮她拿上东西,连价钱都没有问便转身骑上骡子就离去了。

姑娘离去之后,我感到一阵懊悔,因为我给她拿了一万迪尔汗的东西,为她而欠下了这么一笔债。

姑娘的身影远去之后,我心想:"这叫什么情谊?她刚刚还了上次欠的五千迪尔汗,这次又拿去了一万迪尔汗的货!"我真担心破产,害怕把别人的钱白白送掉,因为商人们只认识我,不认识她。说不定这个女人在用她的美貌骗人,认为我年龄小,有意戏耍我,存心坑害我。我也太傻了,怎么连她的住址也没有问呢?我的心里一直在嘀咕。

一个多月的时间过去了,姑娘仍没有还账,我心慌了。商人们来讨账,因我没有钱,只得变卖家产偿还,一时面临绝境。

有一天,我正坐着沉思时,偶然一抬头,见姑娘骑着骡子来了。看见姑娘,我一时神魂颠倒,忘记了自己所在的地方。她离鞍后,和我说话,声音那样甜美。她对我说:"拿戥子来,称银子吧!"

她不但还上欠款,另外还多给了我一些银子。她和我交谈起来,我感到十分高兴。

姑娘问我:"你有妻室吗?"

我回答说:"没有!我一个女人也不认识。"

我说完就哭了起来。

"你哭什么呢?"她问我。

"因为我想到一件事情。"

我顺手给了仆人一些钱,并求他从中说情,仆人笑了,对我说:"我们的小姐很爱你!她爱你比你爱她还爱得深呢!她并不需要什么布匹,只是想来看看你。你有什么话,只管对小姐说就是了,她不会不同意的。"

我给仆人钱,姑娘看见了。我转身回来坐下,对姑娘说:"请宽谅你的奴仆,允许他有什么说什么吧!"

随后,我把心里话照直给姑娘说了。她很高兴,答应了我。她说:"这个仆人会给你送信儿来的,你就照仆人说的办吧!"

姑娘站起来,转身离去。我急忙去给商人送钱,他们都赚了钱,唯独我一无所得。

姑娘走后,消息一时中断,我心中甚是不安,夜不成寐,食不甘味。

过了没有几天,姑娘的仆人果然来了,我热情地招待他,向他询问姑娘的情况。仆人告诉我:"小姐生病了。"

"请把小姐的情况告诉我吧!"我急于了解她的身世。

仆人说:"我们的小姐是哈里发哈伦·拉希德的王后祖贝黛抚养大的,成了王后的宫女。小姐向王后提出,希望独自出入王宫,王后欣然允许。从此她开始独自行动,终于当上了王后的总管。她向王后谈到你,求王后把她许配给你。王后说:'我要见见这个小伙子后才能决定。如果他和你般配,我就把你许配给他。'我们现在就想把你带到宫中。你进了宫,若无人察觉,你就同小姐结为鸳鸯;如若事情暴露,恐怕你的性命难保,你看如何?"

我说:"好吧,我跟你去!你所说的事,我能忍耐。"

仆人叮嘱我:"今天夜幕垂降时,你就到祖贝黛王后建在底格里斯河畔的那座清真寺去,在那里做礼拜,并在那里过夜。"

"我一定照办!"

黄昏时分,我按时到了清真寺。在那里做礼拜,度过了一夜。次日黎明,只见几个仆人驾着小船来了,带着几口空箱子,放在清真寺里。一个仆人先离去,另一个仆人在那里停了片刻,我仔细一看,他正是我与姑娘之间的联系人。

一个时辰后,那位姑娘来了,我忙走上前去迎接,我拥抱她,她亲吻我,还哭了。说了一会儿话,她迅速把我装入一口箱子里,锁好,连同其余几口木箱,一起装上船,向着祖贝黛的王宫划去。

我藏身在木箱里,自感吉凶难断,心想:"这一下可要丢命了!"想到这里,不禁泪水滚滚落下,暗自祈求安拉保佑。

船划至宫下,太监令宫仆们把木箱抬进宫去,仆人们抬着木箱进门时,门卫们却要打开箱子检查,大声喊道:"这里面装的都是什么东西?"

大太监忙答道:"这里面装的全都是王后的衣物。"

门卫头领说:"把箱子全部打开,我们要检查一下!"

大太监一惊,问道:"连王后的衣箱也要检查?"

"赶快打开!不要耽搁时间!"

门卫们立即走到我藏身的那口箱子跟前,真要动手打开箱盖了。这时,我被吓得魂不附体,只觉得连喘气都困难,心想必死无疑了,只能求安拉保佑我平安……

就在这时,大太监厉声喝道:"这箱子里装的全是王后的华衣和细软,价值连城,世间罕见;倘若坏了里面的东西,不仅我要倒霉,恐怕连你也难逃罪责。这里面装的是锦缎丝绸,还有香水;如若打碎瓶子,弄脏了衣料,你担待得起吗?"

"既然这样,你们就赶快抬走吧!"

宫仆们抬起箱子,大摇大摆地进了宫门。

他们刚刚进了宫门,忽听有人说:"不好啦……哈里发来啦!"

我听说哈里发哈伦·拉希德来了,一时不知如何是好,心想:"无能为力,只有依靠伟大的安拉了!我是自找罪受啊!"

我在箱子里,听哈里发哈伦·拉希德问道:"这几口箱子里装的都是什么呀?"

大太监从容应答道:"全是祖贝黛王后的衣饰。"

哈里发说:"什么衣饰,打开让我看一看呀!"

听哈里发这样一说,我吓得几乎昏死过去。我心想:"我的末日来临了!假若我能混过这一关,无疑将会与我那位心上人结为鸳鸯;可是,万一被人发现,我的脑袋与身子就非分家不可了。"

我听大太监又说:"这里面装的全是王后的华服锦饰,王后是不准别人看的。"

这时,哈里发却说:"世上还有不许我看的东西?把箱子抬过来!"

我自认非死不可了,一时头晕目眩,仿佛什么都不知道了。

宫仆们不敢违抗,只得老老实实地一个一个把箱子打开让哈里发看,发现里面装的果然是王后的衣饰。当他们要打开我藏身的箱子时,大太监走上前去,说:"陛下,这口箱子里装的是闺房用品,当着祖贝黛王后的面才好打开。"

听大太监这样一说,哈里发没有再说什么,挥手让宫仆把木箱抬进去了。

宫仆们把箱子全抬进大厅,当大太监打开我藏身的那口木箱,把我从箱子里拉出来时,我已经神魂出壳,口干舌燥,周身冷汗,几乎奄奄一息了。

大太监对我说:"现在太平无事了!你只管放心就是了。你在这里等着祖贝黛王后吧!也许这就是你的福分。"

我在大厅里坐了一会儿,只见十位宫女排成两行走来。个个酥胸高耸,人人亭亭玉立,美貌绝伦。由于衣冠华贵,首饰沉重,王后祖贝黛几乎走不动路。王后走来,宫女们分散开来,在王后四周,同时向王后行吻地礼。

A.B.霍顿 绘

王后示意我坐下，我坐在王后的面前。王后问我的身世门第，我一一作答，王后非常高兴地说："凭安拉起誓，我们对这个宫女的抚养教育没有白费力气。"

王后对我说："你要知道，这丫头在我们这里就像一个能干的男子汉，很出色，是安拉赐予我们的宝贝。"

我立即向王后行吻地礼。王后问我身世，我如实相告。王后愿意让我与那位姑娘结为鸳鸯，并安排我在她们那里住了十天。

我在那里留住的日子里，宫女们按时给我送来午饭和晚饭，照顾得十分周到。

十天过后，祖贝黛王后请求哈里发哈伦·拉希德准许我与那位姑娘结亲，哈里发欣然应允，并赏赐一万迪尔汗做嫁妆。

王后派人请来法官和证人，写就婚书。之后，宫中准备了精美礼品，分发给数家，一连热闹了十天。

二十天后，举行盛大婚礼，宫中大摆筵席，菜肴丰盛，其中就有五香全味肉，而且肉里夹糖，外加玫瑰麝香香水，此外还有多种红烧鸡，色香味均令人惊赞不已。凭安拉起誓，菜肴刚刚摆好，我伸手抓起五香全味肉，吃了个足饱，然后擦了擦，忘记了洗手，便坐了下来。

夜幕垂降，点燃蜡烛，一片通明，歌女们击铃打鼓，弹琴吹笛，边歌边舞，整个王宫沉浸在欢乐的海洋里。人们抬着新娘，遍撒金花，绕行宫院，最后将新娘送入洞房，卸去婚纱。

人们散去之后，新娘新郎入洞房。洞房里只剩下新娘和我，我便上床抱住新娘。不期一挨她，她就嗅到我手上有五香全味肉的气味，登时一声大喊，宫女们一齐冲进洞房，我惊呆了。

我周身颤抖，不晓得究竟出了什么事。宫女们问："姐姐，怎么啦？"

我的新娘说:"把这个疯子给我赶出去!我还认为他是个明白事理的人呢!"

"我疯在哪里呢?"我惊问。

"你这个疯子,你吃过全味肉为什么不洗手?这等缺少智慧的丑陋行为,我岂能容忍!"

说罢,她举起鞭子,朝我的背和屁股上猛抽狠打,直打得我昏迷过去,不省人事。

后来,新娘对宫女们说:"把他送到本城执政官那里去,将他那只抓全味肉而没洗的手剁掉。"

听新娘这样一说,我说:"无能为力,只有依靠伟大的安拉了。就因为抓了全味肉而没洗手,就要把我的手剁掉吗?"

宫女们对新娘说:"姐姐,这一次,你就别责怪他了。"

"凭安拉起誓,我一定要剁掉他手脚上的什么东西。"

新娘说罢,离去了。

自那一天起,我的妻子一连十天没有和我见面。

十天过去,我的妻子来到我的面前,她说:"黑面鬼,我不能原谅你!你这个没出息的!你怎能抓过全味肉不洗手呢?"

我的妻子随即唤来宫女,将我捆绑起来,拿来快刀,将我双手和双脚的大拇指全都剁去了,我当时疼得昏了过去。

之后,她们给我撒上药粉,血方才止住。我心想:"今生今世,我再也不吃五香全味肉了,除非洗过一百二十遍手:用碱水洗四十遍,用皂角水洗四十遍,再用肥皂水洗四十遍。我为自己订了个约法三章,如果事后不洗一百二十遍手,就决不吃五香全味肉。"

自那时起,我再也没有忘记过:吃全味肉后要洗手一百二十遍。因此,当你们端来五香全味肉时,我一时心慌意乱,不知如何是好,其原因就在这里。

A.B.霍顿 绘

我就是这样失去大拇指的。

当你们再三劝我时,我说我一定要忠于自己的誓言。

我和在场的人都问断指青年:"后来,你怎么样了呢?"

后来,我对妻子立过洗手的誓言,她的心情渐渐好起来,与我上床同枕共眠。我们就这样生活了一段时间。

过了些日子,我妻子告诉我:"住在哈里发的王宫里,我们生活得很不自由。除你之外,还没有外人进来过。你是在祖贝黛王后的特别关照下才进到宫中来的。"

我妻子觉得在宫里生活不自由,便给了我五万迪尔汗,对我说:"你拿上这些钱,到外面为我们买一座宽敞的房子吧!"

我离开王宫,购买了一座漂亮的房子,把我妻子积存的钱财、布匹、珍宝、古玩等,都搬到了我新买的房子里去。

我们吃完饭,离开那里,回到家中,就发生了驼背人的事。这就是事情的全部经过。

中国国王说:"这个故事并不比驼背人的故事新奇,更比不上前一个故事。我一定要把你们统统绞死。"

这时,犹太医生走上前来,行过吻地礼,说:"大王陛下,我讲个故事,一定比驼背人的故事生动。"

国王说:"讲吧!"

犹太医生开始讲《祸福相依》的故事:

国王陛下,我年轻时,在大马士革听到一个故事,那才叫离奇呢!当时,我在那里学了一门手艺,然后就在那里工作了。

有一天,我正在埋头工作时,大马士革总督官邸的一个仆人来请我为一个青年看病。我来到总督官邸,进入厅堂,堂中放着一张嵌金的白玉床,床上躺着一个病人,是位青年,其貌之俊,世所罕见。

我坐在病人的头前,为他祈祷康复。他用眼神向我道谢。我说:"先生,请把手伸出来。"

青年伸出左手,我感到惊异。我心想:"真怪呀!这小伙子相貌出众,又是大家公子,为何如此不懂礼貌,怪哉,怪哉!"

我给他切了脉,开了方子。此后一连十日数次出入官邸,终于治好了青年的病,他到澡堂洗了澡。主人因此送给我一身锦袍,并让我当上了大马士革医院的主事。

有一次，我和青年去浴池洗澡时，老板为我俩安排了一个单间。我们脱下衣服，老板送来浴衣，将我们的衣服拿去放好。这时我发现青年的右手齐腕被断，觉得很是纳闷，而且为他感到难过。我再细看他的身上，发现伤痕处处，心中更加迷惑不解。青年望着我，说："大夫呀，你不要感到奇怪！我们出了澡堂，我把我的情况讲给你听。"

我们洗完澡，回到家中，吃过饭，休息了一会儿，青年对我说："你想听我谈谈吗？"

"好吧！"我表示愿意。

青年吩咐仆人们将床撤掉，又令他们烤羊、端上水果，仆人一一照办。

羊肉、水果端上来，我们开始吃，只见青年伸出左手抓肉拿水果吃。我问青年："先生，就请把你的身世讲给我听听吧！"

青年这样讲述自己的身世经历：

大夫阁下，听我慢慢讲来。

我本是摩苏尔人。我祖父已经去世，留下十个儿子，我父亲排行老大。十个儿子相继长大成人，先后结婚，成家立业。我父亲只有我这么一个儿子，其余九位叔父均膝下无子。

我渐渐长大，叔叔们都非常喜欢我。我长大成人后，有一天，跟着父亲去清真寺，那是星期五，我们参加了聚礼①。人们相继离去后，父亲和叔父们一起谈起去各地的见闻，当我父亲和叔叔们谈到埃及时，一位叔父说："去过埃及的人都说，天下没有比埃及和

---

① 聚礼，伊斯兰教规定的天命拜功之一，也译"主麻拜"。伊斯兰教法规定，穆斯林在每星期五的晌礼时间内，须聚集在当地最大的清真寺内举行集体礼拜。

尼罗河更好的地方了。有诗为证啊……"

他吟诵道：

> 看在安拉面，请对尼罗讲：爱恋者的水，未愈我病恙。
> 唤声我的心，你落后多晌。忍耐是美德，此言不待扬。

之后，他们开始争相描述起埃及和尼罗河的风光来。听完他们那些绘声绘色的谈论，我的心便迷上了埃及和尼罗河，深深向往那里。之后，我们各自回家去了。

那一夜，因为我的脑海被埃及和尼罗河占据，一夜未曾合眼。因为想去埃及，我吃不下饭，睡不着觉。

过了几天，叔叔们打算去埃及，我哭叫着要求父亲准许我和他们一道前往，父亲应允，便为我准备了一些货物，让我跟着他们去。临行时，父亲对叔叔们说："你们不要让他去埃及，把他留在大马士革，让他在那里卖货就行啦。"

我们出发了。我告别了父亲，离开摩苏尔城。我们一直行抵阿勒颇，在那里住了几天，之后到了大马士革。

大马士革是座绿色花园，那里林木繁茂，河渠纵横，飞鸟成群，花美果鲜，真是个好地方，简直就是一座人间天堂。我们住在客栈里。叔叔们在那里又买又卖，还把我带去的货全卖了，一本换得五利，我心中不胜高兴。之后，叔叔们把我留在大马士革，他们动身到埃及去了。

叔叔们走后，我在大马士革租了一座房子，其建筑之精美，难以言表，而月租金仅仅两第纳尔金币。我开始尽兴地吃喝，直至把身上的钱花光。

有一天，我正在门前坐着，忽见一位姑娘朝我走来。那姑娘衣

A.B.霍顿 绘

饰华美，为我见所未见，闻所未闻。我想请她进门，却说不出口。可是她却进了门，这使我感到高兴，随后我关上了门。我撩开她的面纱，发现她面容姣好，美如圆月，天生丽质，风姿绰约，我一眼看上去，便打心眼儿里深深爱上了她。少顷，我端来一桌美味佳肴，还有水果，摆上座位。我们俩边吃边玩儿，然后边喝边谈，直喝到双双酩酊大醉，我与她同枕共眠，度过了一个极为快活的夜晚，一觉醒来，已是东方大亮。

次日清晨起来，她要走时，我给她十第纳尔金币，而她却发誓不要。她对我说："亲爱的，等着我！三天之后的日落时分，我会来看你的。这十枚金币，你留着用吧！"

她还给了我十第纳尔，然后告别而去，把我的魂也给带走了。

三天过后，姑娘按时来了，身着绣花衣，首饰比上次更贵重。她到来之前，我已做好准备。她一进来，我们便坐下来吃喝。第二天早晨，她又给了我十第纳尔。如此三日一趟，又来了两次，服装一次比一次华丽，首饰一次比一次精美。

此后，她每每按时而至，可从未向我要过钱。

一次，姑娘问我："先生，你看我美吗？"

我回答："凭安拉起誓，你太美啦！"

"你准许我带来一个比我的容貌更漂亮、年纪比我小的姑娘来，以便和我们一道玩儿、一起笑吗？因为那个小姑娘苦苦哀求我把她带来，想和我们一起玩玩乐乐。"

之后，女子给了我二十第纳尔金币，并且说："给那小姑娘加张床吧！"

说完，她向我告别，转身离去。

第四天，我照例做好一切准备，黄昏日落之后，女子果然带着一个小姑娘来了。那小姑娘摘下面纱,露出满月般的美貌,着实叫人喜欢。

两位姑娘进了门,坐下来,我感到很高兴,随手点着蜡烛,热烈欢迎她们的到来。

两位姑娘脱下外衣,新来的小姑娘露出了满月般的面容,我确实没有见过比她的面容更俊美的女子。

我端来吃的,我们一道饮酒笑谈,我不时亲吻那个新来的小姑娘,给她斟满酒杯,和她对饮干杯。第一位姑娘心生嫉妒之情,说道:"先生,这小姑娘比我更漂亮吗?"

"凭安拉起誓,是的。"我随口答道。

"我想让你与她同枕共眠。"

"我完全愿意!"

随即,我们铺好床,一觉睡到大天亮。

第二天清晨,我发现自己的手上染了血迹,心中一惊。我抬眼一看,只见太阳已经高高升起。当我要叫醒那个小姑娘,见她的头已耷拉到了胸前。我发现她的身子冰凉,已经死去了。我立即意识到,这是第一个姑娘出于嫉妒心而杀害了小姑娘。

我思考了一会儿,站起身来,脱掉衣服,在屋里地上挖了个坑,将小姑娘的尸体掩埋,盖上土,把大理石地板恢复原状,然后把屋里地面平整得和原来一样。

我穿好衣服,带上剩余的钱,去见房东,交了房租,并且说:"我要去埃及找我的叔叔了……"

我动身去埃及,不久到达了米斯尔城。到了那里,见到了叔叔们,发现他们已经把带去的货物卖光了。他们问我:"你来这里做什么?"

我对他们说:"我很想念你们,害怕我的钱全花光。"

我在他们那里住了一年时间，游遍埃及，饱赏尼罗河谷的美丽风光，全是花自己的钱吃喝。叔叔们快起程时，我悄悄离开了他们。他们见不到我的面，猜测说："也许他先回大马士革去了。"

我离开他们，又在米斯尔城住了三年，而大马士革的那座房子没有退，我总是把租金按时寄给房东。这样一来，我身上只剩下够交一年房租的钱，所以感到心烦，再也住不下去了，于是起程返回大马士革。

回到大马士革，我仍住原来的那座房子，房东对我表示欢迎。

走进房间，我把残留的血迹擦净。随后，我拿起枕头，发现枕头下面有条项链，那正是小姑娘生前戴在脖子上的那条项链。我拿起项链，仔细观看，不禁泪水簌簌落下。

我在屋子里待了两天。第三天，我到浴池洗澡更衣；这时，我发现自己身上已经没有什么钱了。

一天，我来到市场，魔鬼便唆使我执行天命的安排，于是我便带着那条项链向市场走去，把项链交给经纪人。经纪人站起来接过项链，让我在他身边坐下。开市之后，经纪人拿着项链，说了几句我不明白的暗语，转眼之间，那条项链的价钱一路攀升，很快升到两千第纳尔金币。旋即，经纪人走到我的面前，对我说："这条项链是铜质的，欧洲人的制作工艺，现在有人给价一千第纳尔金币。"

"可以卖。"我说，"本来是为一个女人做的，想要笑她一下。我妻子将它继承过来，我们想把它卖掉。"

经纪人很高兴，从中赚到一千第纳尔。

讲到这里，眼见东方透出黎明的曙光，莎赫札德戛然止声。

第二十八夜

夜幕垂降,莎赫札德接着讲故事:

幸福的国王陛下,那个青年继续讲自己的经历:

一天,我来到市场,魔鬼便唆使我执行天命的安排,于是我便带着那条项链向市场走去,把项链交给经纪人。经纪人站起来接过项链,让我在他身边坐下。开市之后,经纪人拿着项链,说了几句我不明白的暗语,转眼之间,那条项链的价钱一路攀升,很快升到两千第纳尔金币。旋即,经纪人走到我的面前,对我说:"这条项链是铜质的,欧洲人的制作工艺,现在有人给价一千第纳尔金币。"

"可以卖。"我说,"本来是为一个女人做的,想要笑她一下。我妻子将它继承过来,我们想把它卖掉。"

经纪人很高兴,从中赚到一千第纳尔。

我对经纪人说:"这一第纳尔是你的辛苦费,请拿着吧!"

经纪人听我那样一说,意识到这里面有问题,于是拿着项链去找市场总监。总监拿到项链后,又带着去见省督。总监对省督说:"这项链是我的,被人偷去了。我们已经发现小偷,是一个商人打扮的年轻人。"

就这样,不知不觉灾难降落到了我的头上。他们把我送到省督那里,省督问及项链的来历,我把对经纪人说的话又对省督说了一遍。省督笑了,他说:"这不是真话!"

他随即命令手下人把我的衣服扒光,用棍棒遍打我的全身,打得我死去活来,我说:"是我偷的。"

我心想:"最好说自己偷的,不能说项链的主人是在我的住处被杀死的,以免他们把我杀掉。"

我招认是自己偷的之后,他们便剁掉了我的右手,为了止血,将我的腕子插入滚开的油锅里,我一时疼得昏了过去,不省人事。他们又将我用水泼醒,把我带到房东那里,房东说:"既然发生了这样的事,你就赶快腾房子,另找地方住吧!因为你是被控告犯有盗窃罪的人。"

我乞求房东:"宽限我两三天,等我找到房子后再搬。"

"好吧!"

房东转身离去。我呆坐在房中,泪流不止。我自言自语:"我的手被剁掉了,家里人又不知道我是无罪的,我如何回去见他们呢?但期安拉把事情真相告诉他们。"我哭成了一个泪人。

房东走后,我沉浸在巨大的忧愁之中,一连两天昏昏沉沉,不知如何是好。

第三天,房东带着几个官家人和市场总监闯进了我的房间,我问:"有什么事吗?"

他们什么话也没说,便把我捆绑起来,又将锁链套在我的脖子上,然后才说:"你的那个项链已送到大马士革执政官及其手下长官那里。他们说,这项链是执政官家的,三年前和他的女儿一道丢失了。"

听到这话,我周身打战,心想:"这下可完了!他们非杀掉我不可了。凭安拉起誓,我一定要向执政官讲明情况;要杀要放,听凭安拉安排就是了。"

他们把我带到执政官那里,执政官问:"这就是你们说的偷了项链想卖掉的那个人？你们冤枉了他，错剁了他的手。"

随后下令将市场总监关押起来。执政官对总监说："你要赔偿他的手，不然，我就绞死你，没收你的一切财产。"

执政官一声令下，手下人一拥而上，将市场总监绑起来带走了。

经执政官允许，他们取掉我脖子上的锁链，为我松了绑绳，他们相继离去，房间里只剩下我和执政官。

执政官望着我，问道："孩子，说实话，这项链是怎么到你手里的呢？"

"长官阁下，我说实话。"

紧接着，我把跟第一位姑娘交往的情况从头到尾向执政官讲了

T. 达尔齐尔　绘

个详细，还说明了那个姑娘怎样带来第二个姑娘，又如何出于嫉妒之心，将第二个姑娘杀掉。

执政官听后，点了点头，用手帕捂住脸，哭了起来。

过了好大一会儿，执政官对我说："孩子，你有所不知，那第一个姑娘是我的女儿呀！当初，我总是不让她出门。她渐渐长大，我就让她去埃及，和她的堂兄结了婚。她的丈夫不幸去世，她又回到了我的身边。这孩子不学好，不走正道，从米斯尔城的女孩子们那里学会了卖淫。她到你那里去了四次，后来又把她的妹妹带去；她俩是亲姐妹，相亲相爱。大女儿闹出了那样的事，便把秘密告诉了妹妹，要求我准许她带着妹妹去。后来，只有她一个人回来了，我问起她妹妹的事，她哭了起来，说不知妹妹的任何消息。此后，她把情况秘密地告诉了她的母亲，她母亲又把实情告诉了我。她母亲痛哭不止，说她会哭死的。孩子，这些话是真实的，你还没说我就知道了。"

说到这里，执政官沉思片刻，又说："孩子，情况既然如此，我倒有个想法，但愿你不要违背我的意志：我想把我的小女儿许配给你，她是个好姑娘，不是那两个女儿的同胞妹妹。我不要你拿彩礼，而是由我来供养你们，我还要把你当成我的亲生儿子看待，不知你愿不愿意……"

我说："主公，就按您的安排行事吧！我到哪里去找这样的好事呢？"

执政官当即修书，索来我父亲去世后遗留下的钱财。从那时起，我生活幸福宽裕，无忧无虑。

这就是我的身世和经历。

犹太医生说："听了青年的叙说，我感到十分惊奇。我在他那里住了三天,他给了我许多钱。我离开青年那里,来到了你们的国家。我在你们这里过着安逸的生活,不料发生了我与驼背人之间的事情。"

听完故事,中国国王说:"这并不比驼背人的故事新奇,我一定要把你们统统绞死,尤其要绞死该事件的罪魁祸首裁缝。"

国王对裁缝说:"喂,裁缝,你若能再讲上一个比驼背人的故事更新奇的故事,我就赦你们三个人无罪,各自回家安享天年!"

裁缝走上前去,开始讲《巴格达剃头匠》的故事:

国王陛下,我听到的那个故事比诸位讲的故事都要新奇。

我遇到驼背人的那天上午,参加了一次宴会。参加这个宴会的都是些小业主,其中有裁缝、布商、木匠等。太阳出来时,主人端上了饭菜,让我们就餐。席间,主人突然进了厅堂,后面跟着一个青年,容貌英俊,然而是个瘸子。

青年进了厅堂,向我们问安好,我们站起身来还礼。当他正要坐下时,发现有一位剃头匠坐在我们中间,因而拒绝入座,转身便要离去,我和主人都劝阻他。我们再三挽留他,主人立誓不让他走。主人说:"你何苦来了又要走呢?"

青年回答:"凭安拉起誓,主公大人,原因没有别的,就是因为坐在那里的那个剃头匠。"

主人一听,感到非常奇怪。他问:"一个巴格达青年,怎么会这样和一个剃头匠过不去呢?"

我们把目光投向青年,说道:"小伙子,你把恼怒这个剃头匠的原因对我们讲一讲吧!"

青年说:"诸位大人,在我的家乡巴格达,我曾与这个剃头匠有过一次奇异的交往,致使我腿脚受伤,变成了瘸子。我发誓今生

T.达尔齐尔 绘

不与他同席就座,不与他同地居住。因此,我离开了巴格达,来到这座城市。今夜我也不宿此城,马上离去。"

我们异口同声说:"那是怎么回事呢?看在安拉的面儿上,你就把你与他的那次奇特交往的故事讲给我们听听吧!"

青年开始讲同巴格达剃头匠交往的经历:

列位大人,你们有所不知,家父本是巴格达一位巨商。安拉仅赐给家父一个男孩儿,那就是本人。

我长大成人后,家父归真,留下大批钱财和成群的奴仆,我开始穿最好的衣服,吃最好的饭菜,安享人生。但是我生性厌恶女人。

有一天,我正走在巴格达的一条胡同里,忽见有一伙女人拦住了我的去路，我急忙躲闪开，溜进了一条死胡同，靠在胡同尽头的一条长凳上。

我在那里坐了不足一个时辰，眼见对面的一个小圆窗子开了，一位美丽的姑娘探出头来；说实话，我从来没见过比她更漂亮的姑娘。只见窗台上摆着花，姑娘拿着水壶浇完花，左右望了望，便把窗子关上了，她的身影也消失在我的眼前。

这时，我的心里燃起一团火，那姑娘的身影一下子就印在了我的脑海里，厌恶女人的感觉渐渐消逝，我从此开始喜欢女人了。

那天，我在那条胡同一直坐到红日西沉。一种强烈的爱恋感觉浸入心田，我似乎已飘然离开了这个世界。

就在这个时候，我见该城的一位法官骑马进了胡同，前有奴仆开道，后有使役相随。法官离鞍下马，进了一家大门，就是姑娘开窗探头到窗外浇花的那一家；我想，那位法官就是姑娘的父亲。

之后，我忧愁满怀地离开那里，回到家中时，天色已暗下来。我躺在床上，只觉心烦意乱。

女仆们进到我的房间，坐在我的周围，谁也不晓得我此时此刻的心情。我既没有对她们说什么，也没有回答她们的任何问话。

姑娘的形象总是在我眼前晃来晃去，我得了一场大病。人们都争相来看我。一位老太太来到我的房间看望我，她似乎对我的情况很了解。她靠近我的床边，好言安慰我，对我说："孩子，你把你的事情跟我说一说吧！"

于是，我把自己的心事如实向她述说了一遍。

老太太说："孩子，那姑娘是巴格达法官的千金小姐，是法官的独生女。你看见她的那个窗子，就是她的闺房所在。她的父亲住在楼下大厅。我常去她家，与姑娘交往的只有我一个人。孩子，你有什么事，就交给我办吧！"老太太说完就离去了。

听完老太太的话，我鼓起了勇气，我的家人也感到高兴。从此，我勤于活动四肢，期望完全恢复健康。

时隔不久，老太太回来了，脸色不大好看。她说："孩子，你不是要我问那个姑娘的情况吗？我去了姑娘那里，姑娘说：'死老太婆，你再提这种事，我就叫你吃不了兜着走！'我要再去她那里一趟。"

听老太太这样一说，我的病加重了。

几天后，老太太来了，说："孩子，我给你报告个好消息！"

听她这样一说，我只觉得精神好了许多。

"什么好消息？"我急切地问。

"昨天，我到姑娘家去了一趟。姑娘见我闷闷不乐，便说：'阿姨，你怎么不大高兴啊？'她这样一问，我哭了起来。我对她说：'姑娘，我的女施主，昨天，我是从一个小伙子那里来你这里的。那小伙子恋上了你，现在得了相思病，危在旦夕。'姑娘心软了下来，问我：'你说的那小伙子在哪儿？'我说：'就在我家里，他是我的儿子，我的心肝儿。几天前，他看见你在窗台上浇花，见你花容月貌，秀目含娇，便打内心里爱上了你。我把与你第一次谈的话告诉了他，他就病倒了，卧床不起，看上去病得蛮重的。'姑娘脸色泛黄，急忙问我：'难道这一切都是因为我？'我说：'凭安拉起誓，一点儿不假，你有什么吩咐吗？'姑娘说：'你去他那里，代我向他请安，告诉他，我的爱比他有过之而无不及。星期五，做礼拜之前，让他到我家来，我会帮他打开门，让他看看我这里，与他共度一个时辰，让他在我父亲做完礼拜回家之前离去。'"

听老太太这样一说，我的痛苦消失了，心也宽舒多了，精神顿时饱满起来。我把我的衣服给了老太太，她临走时说："你放宽心就是了。"

我说:"我一点儿也不难过了。"

我的家人及朋友们见我健康如初,十分高兴。我盼望的星期五终于来到了。那位老太太来到我家,问我的情况如何,我告诉她说我挺好的。片刻后,我穿好衣服,喷上香水,等着人们去做礼拜,我好去见那位姑娘。老太太说:"时候还早,如果你去洗个澡、剃剃头,把病容消除,你就显得更健康、更精神了。"

我说:"这个主意很好。不过,我想先剃头,后洗澡。"

随后,我吩咐仆人去市上叫一个剃头匠来。我对仆人说:"你到市场上去,叫一个剃头匠来,要挑一个理智健全的、不爱管闲事的人,免得多嘴多舌,弄得我头晕目眩。"

仆人离去没有多大一会儿,带着一个老头儿回来了。那老头儿向我问了安好,我回了礼。他说:"安拉消除你的苦闷、烦恼、贫困和忧伤。"

"安拉接受你的祈祷。"

"大人,你为自己已经恢复健康高兴吧!你究竟想剃头,还是打算放血呢?先贤伊本·阿拔斯留有高论:星期五剃头者,安拉为其消除七十种疾病;星期五放血者,可避免视力衰退,少生杂病。"

我说:"你就少说废话,快给我剃头吧!我的身体还很虚弱。"

剃头匠伸手掏出手帕,慢慢打开,拿出一个七片组成的星盘,向院中走去,对着太阳望了好大一会儿,对我说:"星期五剃头者,安拉为其消除七十种疾病。今天星期五,回历六六三年二月十日。根据计算,火星的位置在七度六分,故今日乃剃头吉日良辰。我卜了一卦,吉卜向我显示,你要去见一个幸福的人。不过,后面还有些话,我就不必告诉你了。"

我听得不耐烦,说道:"哎,真烦人!你已经使我的精神感到疲倦,身体劳累。我只要你给我剃头,不要再说废话,快动手给我剃头吧!"

老剃头匠说:"凭安拉起誓,假若你知道了我的真实情况,你定会求我讲下去。我建议你按照星相学计算的结果安排你今日的事情。你本应该赞美安拉,不要违抗我的意愿。我同情你,我才劝说你。我愿意为你效力一整年,分文不取,甘尽义务。"

听到这里,我对他说:"看来,你今天非烦死我不可呀!"

讲到这里,眼见东方透出黎明的曙光,莎赫札德戛然止声。

第二十九夜

夜幕垂降,莎赫札德接着讲故事:

幸福的国王陛下,那个青年继续讲自己和老剃头匠的故事:

老剃头匠说:"凭安拉起誓,假若你知道了我的真实情况,你定会求我讲下去。我建议你按照星相学计算的结果安排你今日的事情。你本应该赞美安拉,不要违抗我的意愿。我同情你,我才劝说你。我愿意为你效力一整年,分文不取,甘尽义务。"

听到这里,我对他说:"看来,你今天非烦死我不可呀!"

"大人,你有所不知,论说话,我还远远赶不上我的几个哥哥,人们都称我为'寡言少语之人'。我大哥名叫伯格布克,二哥名叫希达尔,三哥名叫伯格伯格,四哥名叫库兹·易斯瓦尼,五哥名叫欧沙尔,六哥名叫舍卡里格,老七名叫萨米特,即'寡言少语之人',就是本人……"

剃头匠啰啰唆唆,说个不停,我实在忍耐不住了,便吩咐仆人:"给他二百菲勒斯,打发他走人!我不剃头了。"

剃头匠听我这样一讲,即对我说:"先生,怎么这样说,怎好不让我为阁下效力呢?凭安拉起誓,我是分文不取的。我甘愿为你效力,而且一定要为你效力。这是我的义务,我的应尽责任,根本不考虑要不要钱。即使你不了解我,我却了解你。你父亲慷慨大方,待我恩重如山。你父亲在世时,也是在像这样的一个吉利日子里,派人把我叫到他那里去。我到了他那里,见他府上宾客云集,高朋满座。你父亲对我说:'给我放放血吧!'我立即拿出星盘,进行观测,发现不是吉日良辰,不宜放血,随后告诉了他。他表示听从我的意见。又过了一些时候,放血的吉日良辰到了,我给他放了血,他对我表示感谢,在座的朋友们都感谢我。你父亲一下赏我一百第纳尔金币,作为放血的报酬。"

我说:"我父亲结识你这样的人,安拉是不会怜悯他的。"

剃头匠听我这样一说,笑了起来。他说道:"万物非主,唯有安拉;穆罕默德是安拉的使者。我认为你是个智者,你却因病而变糊涂了。安拉有言:'敬畏的人,在康乐时施舍,在艰难时也施舍,且能抑怒,又能恕人。'① 无论如何,你是可以原谅的。我不知道你为什么性情如此急躁。你要知道,你父亲在世时,有事总与我商量。有道是:听人劝,吃饱饭。比我更知事懂理的人,你一个也找不到。我双脚站着为你效力,我都不心烦,而你却不耐烦起来了。我如此耐心地为你效力,目的在于报答你父亲给我的厚恩。"

我说:"我是要你来给我剃头的,剃完头你就离开这里,你说

---

① 见《古兰经》"仪姆兰的家属章"第一百三十四节。

的话太多了。"

我生气了,虽然我的头发已经湿了,但我想站起来。他又说:"我知道你已不耐烦,但我不责怪你,因为你还是个孩子。几年前,我还背着你上街玩儿呢!"

我说:"你还有完没完了?兄弟,看在安拉的面儿上,你走你的吧!我要忙自己的事情了。你赶快走吧!我不剃头了。"

我要扯去围在身上的护布,显得极不耐烦时,剃头匠这才拿起剃头刀,磨了起来。他一直磨刀,我几乎忍耐不住时,他才开始给我剃头。

他剃了两刀,停了下来,说:"急躁是受魔鬼唆使的结果。"
他吟诵道:

处事宜从容,千万莫着急!对人心要善,善心自得益。
世虽有高手,比主自叹低。纵有强暴者,亦遇暴君欺。

剃头匠又说:"大人,你可能不知道我的地位。你该知道,就是帝王将相、达官贵人、学者文士的头也经常在我的手下,有诗为证啊……"

他吟诵道:

九行十八业,是玉亦是珠。唯有理发师,堪称是头珠。
凌驾众人上,天下皆降服。帝王欲理发,低头听摆布。

我说:"你别说与我无关的事情了!你如此多嘴多舌,真使我心烦意乱。"

E. 达尔齐尔 绘

"我猜想大人有些着急,是吗?"

"是的,是的!"

"大人莫急!急躁会带来后悔与损失。圣人有言:好事多磨。凭安拉起誓,你的事情有些使我生疑,我希望你能告诉我,你在急什么事,但期是好事;不过,我担心你所急的不是什么好事。"

他仍然东扯西拉,此时,只剩下三个时辰了,剃头匠放下手中的剃刀,拿起星盘,到太阳下站了一会儿,回来后说:"正好剩下三个时辰,不多不少。"

"看在安拉的面儿上,你住口吧!你都把我烦死了。"

他拿起剃刀,就像起初那样磨了磨,剃下我的部分头发。他说:"我真为你的急躁担忧。假若你能把着急的原因告诉我,那对你是有好处的。你有所不知,当年你父亲做什么事,都是事先同我商量的。"

我意识到我难以摆脱剃头匠时,心里非常着急,心想:"做礼拜的时间到了,我得赶在人们之前去做礼拜;如若我迟到一个时辰,就不晓得该如何进去做礼拜了,那样的话,事情就麻烦了。"

我对剃头匠说:"做礼拜的时间快到了,不要再多说废话,我想去请几个朋友。"

剃头匠听说我要请朋友,他说:"你的今天,对我来说乃吉日良辰,因为我昨天也约了几位朋友今天聚会,但到现在还没有准备东西呢!差点儿忘掉,差点儿忘掉!我在他们面前丢脸了!"

我说:"这件事,你用不着急!你已晓得我今天请客,就快些给我剃头吧!只要帮我把事情办好,快点儿给我剃好头,我家里的吃的喝的,你都可以拿走待客。"

"安拉嘉奖你,就请把招待客人的东西向我说说吧!"

"我备下五种饭食,还有十只红烧鸡、一只烤全羊。"

"请拿出来，让我看一看吧！"

我把准备好的东西让仆人都拿出来了。剃头匠一看，说："就只缺少喝的了。"

"我有喝的呀！"

"拿出来呀！"

我又给他拿出喝的，一一满足了他的要求，他说："你是多么慷慨大方啊！不过，就差香料啦。"

我给他端来一个大盒子，里面放着沉香、龙涎香、麝香和乳香等各种香料，足值五十第纳尔。

时间就像我的心一样缩紧了，我对剃头匠说："这些，你都拿去吧！凭安拉的使者穆罕默德的生命起誓，快给我剃头吧！"

剃头匠说："凭安拉起誓，我要看看盒子里的东西，才能继续剃头！"

我吩咐仆人把盒子打开，剃头匠放下手中的星盘，坐在地上，翻看起盒子里的香料，把我放在一边不管了。我气得浑身发抖，灵魂几乎离开肉体。

片刻后，剃头匠走来，拿起剃刀，给我剃了一小片头发，便又停了下来。他说："凭安拉起誓，我真不知道该感谢你，还是该感谢你的父亲？因为今天我请客，东西全靠你的恩赐……我的客人都是小人物，他们简直不配吃这些东西。有澡堂老板泽伊彤、咸鱼贩萨里阿、豆子商欧克勒、蔬菜商阿克里舍、清道夫哈米德、牛奶商阿卡尔什等。他们每人都会跳舞或说一个笑话，可使人化怒为笑。"

他又说："我的那些朋友还都会吟诵一些诗句，文明高雅得很，就像帝王一样。至于你的奴仆我嘛，不善于说话，更不善于管闲事。澡堂老板泽伊彤说，我不到他那里去，他就到我家来。清道夫哈米德是个很活跃的人，常常跳舞，说可以从我的妻子那里得到在别处得不到的好处。我的每位朋友都有自己的特长。俗话说'百闻不如一见',你若愿意,可到我那里坐一坐,见见我的那些朋友。那样,对你对我们都好。你不要到你的朋友们那里去了。你目前有病,若到他们那里去,他们会对你说些无关紧要的事情,说不定他们当中还有好管闲事的人,使你心神不安,病上加病呢!"

他说:"你最好到我的朋友们中间去,好一起开开心,看看他们的精彩表演,就像诗人所说的那样……"

他吟诵道:

快乐到时来,享受莫迟缓。君须知时光,一去不复返。

我听得不耐烦了,笑中含怒地说:"你快给我剃好头,马上回家待客去吧!你的朋友们都在等着你呢!我还要去会朋友呢!"

他说:"我只要求把这些朋友介绍给你,因为他们中间没有那种好管闲事的人。只要你见他们一次,你就会把你所有的朋友都丢开。"

"愿安拉使你永远喜欢他们!总有一天,我要把他们都请到我这里来。"

"如果你想那样,又要在今天请你的朋友,那么,就请你等一等,让我把你慷慨赠给我的东西送回去,放在家里,让朋友们吃喝,叫他们不要等我。我马上就回来,跟着你一块到你的朋友那里去。我和我的朋友之间不必客气,我可以离开他们,马上就回来,跟你到什么地方去都可以。"

"无能为力,只有依靠伟大的安拉了。你去接待你的朋友们吧,和他们一道开开心。我嘛,我这就去见我的朋友们,和他们度过今天,因为他们在等待着我呀!"

剃头匠说:"我不能让你独自去!"

我说:"我去的地方,别人是不能去的。"

"我猜你今天要见一位女子;如果不是,你就带着我去,有我陪你,再合适不过,我可以帮你一把。我怕你见到一个外国女人,她会勾走你的灵魂。在巴格达这样的城市,谁也不能干这种事,尤其是在像今天这样的日子里。此外,巴格达省督是个很厉害的人。"

"你这个该死的老坏蛋!怎好对我说这种话!"

剃头匠沉默了好长时间,一言未发。

礼拜的时间到了,他终于给我剃好了头。

我对他说:"快带着东西见你的朋友去吧!我等你回来,和我一道去看我的朋友。"

我骗他,盼着他离去。他说:"你在骗我呀!你不带我去,你会自找苦吃。你将陷入无法自救的灾难之中。看在安拉的面儿上,你不要离开这里,等我回来,我跟着你一道走,以便知道你的实际情况。"

我对他说:"好吧!你不要太慢呀!"

剃头匠拿着吃的喝的和香料,转身出了大门,托脚夫给他送回家去,他则藏在胡同里。

宣礼塔上已发出聚礼的呼喊声,我立即站起身,穿上衣服,独自出了门。

我来到姑娘探头浇花的那条胡同,并未察觉到剃头匠跟在我身后。我看见姑娘家的门大开着,我迈步走了进去。我忽然发现公馆的男主人已做完礼拜回到家里,并且进了厅堂,把门也关上了。我急忙躲藏起来。

就在这时,发生了一件安拉有意使我丢脸的事情:公馆里的一个女仆不知有何过错,被主人打得直喊救命。一男仆去求情,结果也被打得大声呼救。暗中跟着我的剃头匠以为我在挨打，于是呼喊起来，边撕扯自己的衣服，边朝自己的头上撒土，同时高声求救，招来许多人围观。剃头匠大声喊道："我的主人在法官公馆里被人打死了……"

他边走边喊，许多人跟在他的后边。他跑去告诉我的家人和奴仆。

过了不大一会儿，剃头匠带着许多人来了。剃头匠在前面走，边走边撕衣服，高声喊着："打死人啦，打死人啦"

法官听见叫喊声，感到事情闹大了，于是打开街门，只见众人围在那里，不禁大吃一惊。他问众人："出什么事啦？"

众人异口同声："你打死了我们的主人！"

"这话从何说起？你们的主人有何过错，致使我打死他呢？"

讲到这里，眼见东方透出黎明的曙光，莎赫札德戛然止声。

第三十夜

夜幕垂降，莎赫札德接着讲故事：

幸福的国王陛下，法官听见有人叫喊"打死人啦，打死人啦"，感到事情闹大了，于是打开街门，只见众人围在那里，不禁大吃一惊。他问众人："出什么事啦？"

众人异口同声："你打死了我们的主人！"

"这话从何说起？你们的主人有何过错，致使我打死他呢？怎

T. 达尔齐尔 绘

么剃头匠还站在你们当中呢？"

剃头匠说："你刚才还用鞭子抽打他，我亲耳听到了我们主人的叫喊声。"

法官说："他究竟做了什么事，致使我要把他打死？又是谁把他带进我家来的？他由何处而来，又向何方而去呢？"

剃头匠说："你不要装作一无所知，充当老坏蛋！我对事情一清二楚，也晓得他到你家来的原因和事情的全部真相。你的女儿爱上了我们的主人，我们的主人也爱上了你的姑娘。我们的主人来到你的家中，你便命令你家的奴仆们动手打我们的主人。凭安拉起誓，要么你和我一同去见哈里发，要么你交出我们的主人，让家人领走，免得我去你家里搜。你快把他交出来吧！"

法官一时说不出话来，在众人面前十分尴尬。片刻过后，他对剃头匠说："如果你说的是真话，那么，你进我家来搜吧！"

剃头匠抬脚进了法官公馆的大门。

我一看见剃头匠进了门，便想逃跑，然而找不到逃路。这时，我看见我藏身的地方有一口大木箱，便跳入箱中，把盖子盖好，只觉得一时喘不过气来。

剃头匠快步走进了厅堂，直奔我所在的地方，他左顾右盼片刻之后，发现只有我藏身的那口大木箱，便一下子把木箱顶在自己的头上。

剃头匠顶起箱子，我顿感魂飞魄散。剃头匠快步走去，我猜想他是不会放下木箱的，便果断地推开箱盖，跳了出来，一下跌倒在地上，把腿摔伤了。

我瘸着腿跑到大门口，但见那里挤满了人，说句实话，我压根儿就没见过这样拥挤的场面。这时，我急中生智，撒了一把金币，趁人们去抢散落在地上的金币之时，夺路而逃，溜进了巴格达的胡同。

就是这个剃头匠,还在我的身后紧追不舍;我跑到哪里,他追到哪里,且边追边喊:"他们想害死我的主人!赞美安拉,默助我战胜了他们,我把我们的主人救了出来!"

他又对我喊道:"大人,你仍喜欢急忙从事。由于你的错误安排,使你自己陷于如此境地;若无安拉相助,我是无法把你从危险中救出来的,说不定他们会把你抛入深渊,使你永远不得脱身。我祈求安拉让我为你而活下去,以便及时救你。凭安拉起誓,你的错误安排把你害苦了。你想一个人去,那本来就不合适。不过,我们不责备你,因为你是个理智不健全的急性子人。"

我对他说:"你都追我到市场上来了,还不够吗?"

那时,我真想一死了之,也好摆脱剃头匠的纠缠。因为盛怒,我躲进了市场里的一家店铺,求店主把剃头匠拦在门外。

我坐在店里,心想:"我无力赶走这个剃头匠了,他将日日月月待在我家里。"

我不愿意再看到剃头匠的面孔,便请来证人,写下遗嘱,并指定一人为遗嘱监督执行人,请他代为拍卖房产,将一家老小委托给他,然后离家出游,以便摆脱掉那个老东西。

我终于来到了你们的国家,在这里住了一段时间。由于你们的盛情邀请,我有幸来到你们中间,不期看见这个丑鬼竟在你们这里坐上席,我的心怎么能够平静,我又怎么能和他同席而坐呢?我的腿脚就伤在他的手中!

小伙子拒绝入座。

我们听他讲了他与剃头匠之间的故事,便问剃头匠:"小伙子说的可是真实情况吗?"

剃头匠说:"凭安拉起誓,我那样行事凭的是我的学问。没有我,他早就不在人世了。他之所以能够逃生,功劳全在于我。他是通过我才沐浴到了安拉的恩泽。他只伤了一条腿,但保全了一条命。假若我是个多嘴多舌、夸夸其谈的人,我是绝不会给他做好事的。我之所以这样说,就是要你们相信我是个不爱说话的人,我也不像我的几位哥哥那样爱管闲事。"

"你的几位哥哥有什么故事?"

剃头匠开始讲他们七兄弟的故事:

哈里发穆泰绥尔执政时期,我住在巴格达城。

哈里发穆泰绥尔亲近穷苦人和可怜人,常与学者们对坐交谈。

有一天,哈里发决心处死十名罪犯,他命令巴格达城执政官将他们用一条小船押解过河。

当时,我看见那十个人坐在一条小船上,暗自心想:"这些人准是去参加什么宴会的,也许他们要在小船上吃喝、玩耍一整天,我何不去陪他们一乐呢?"

想到这里,我立即悄悄登上了船,和他们坐在了一起。

船到河对岸,官府的衙役们立即冲上船来,在他们十个人的脖子上戴了枷锁,我也没能幸免,也给我上了枷锁,但我一声未吭。这足以证明我忠厚善良、寡言少语,因为我不喜欢说话。我们戴着枷锁,被衙役们带到哈里发穆泰绥尔的面前,哈里发随即下令斩首。

我和那十个罪犯一起被带到刑场,剑子手手起刀落,一连斩下那十个人的首级,只剩下我一个人还活着。

哈里发转过脸来,见我还在东张西望,便问剑子手:"你怎么不把十个罪犯全部杀掉?"

刽子手回答道:"信士们的长官,我已砍下了十个脑袋。"

"我看你才砍下九个脑袋,那第十个人还活着,就站在你的面前呀!"

"陛下,我已砍下了十个首级。"

哈里发又说:"你数一数呀!"

刽子手大声数念道:"一、二、三、四、五、六、七、八、九、十。哈里发陛下,整整十个,不多不少。"

这时,哈里发望着我,问道:"在这样的时刻,你怎么连一句话都不说呢?你怎么和这些犯有死罪的人待在一起呢?"

我听了信士们长官的问话,回答道:"信士们的长官,您知道,我家兄弟七个,各自有不同的秉性。我虽是个沉默寡言的人,却满腹经纶。至于我的性情沉稳、理解能力和少言少语,那更是世间罕见。我的职业是剃头理发。昨日一大早,我见这十个人上了一条小船,便随着他们上了船,以为他们是要去参加什么盛宴。不过一个时辰前,我才知道他们都是罪犯,衙役们上前给他们戴上了枷锁,同时也把一副枷锁套在了我的脖子上。由于我刚毅豪爽,所以一声没吭,只字未讲。在那样的时刻,我一言不发,足以说明我过分讲义气。衙役们把我们带到陛下面前,陛下命令刽子手砍下十个罪犯的首级,而我却在刀剑之下存活了下来。我也没有向你们说自己的身份,由此可见我的豪爽大度,怎好让我和那些罪犯一道被杀呢?我这大半生,都是这样为别人做好事的。"

哈里发听我这样一说,知道我是个仗义豪爽、少言寡语之人,并不像这个小伙子所说的那样,我救了他一条命,他却说我是个爱管闲事的人。

哈里发又问我:"你的六位兄弟都和你一样满腹经纶、少言寡语吗?"

我回答说："信士们的长官，这样说就是诋毁我了。陛下不该把我的哥哥们与我相提并论。假若他们像我一样，那该多好！他们和我大不相同。由于他们多嘴多舌，不够刚毅豪爽，故而各留残疾在身。我的六位哥哥，一个是瘸子，一个是瘫子，一个是瞎子，一个是独眼，一个被割去了耳朵，一个被割掉了双唇。信士们的长官，您可千万不要认为我是个多嘴多舌的人。我一定要向您表明，我比他们都刚毅豪爽。他们都有一段不平常的经历，致使他们都变成了残疾人。您如果愿意听，我就给您一一讲来。"

信士们的长官说："你就一个一个地给我讲讲吧！"

"信士们的长官，我先讲我的大哥的故事。"

剃头匠开始讲述其长兄的故事：

我的大哥是个瘸子，名叫伯格布克。

从前他在巴格达，以裁缝为业。大哥从一个有钱人那里租来一间店铺，在那里开了个裁缝店。那位有钱的房东的住房就在裁缝店上面；店下面是一间磨房，里面安着一盘石磨。

有一天，大哥正在店里做活，无意中一抬头，看到一位女子，美如圆月，正站在楼上的美人靠①内张望着来往行人。

大哥一看见那位女子，不禁神魂颠倒，深深爱在心里。那天，他的目光不时地盯着那女子，忘了手中的活计，一直等到夜幕垂降才想起来做活儿。

第二天清晨，大哥打开店门，开始做活儿。他每缝一针，就抬头朝上面的美人靠看上一眼。就这样，过了好长一段时间，大哥没做成什么活儿，一分钱也没挣到手。

---

① 美人靠，古代阿拉伯房屋上供妇女躲在遮蔽物后面观看外界的阳台。

有一天，房东男主人带着布料来大哥的店里做衣服，说道："用这块布，给我做几件衬衫吧！"

"遵命！"大哥立即动手，到晚饭时，二十件衣服已做完，他连一口东西都没顾上吃。

房东问："多少工钱？"

大哥一句话没说，见楼上那位女子向他使了个眼色，意思是说不收房东的工钱。

其实，大哥是很需要钱的。一连三天，由于忙于做活儿，他没有吃多少东西。大哥做完衬衣，就给房东送去了。

那女子就是房东女主人。她把大哥不住瞧她的情况告诉了丈夫，而大哥对此一无所知。两口子商量好，想让我大哥年年给他们白做衣服，不付工钱，戏耍他。

大哥把他们的活儿做完后，那房东两口子又策划新的阴谋：将女仆许配给了大哥。

洞房花烛之夜，房东两口子对大哥说："你今晚到磨房过夜吧，明天定有好事等着你。"

大哥轻信那两口子出自善意，便独自到磨房里过夜去了。

房东男主人走来，暗示磨面工将大哥套在磨上，让他拉磨。

夜半时分，磨面工走进磨房，说："麦子还很多，这头牛却不拉磨了。主人要它拉磨，我就把它套上，好把麦子磨完。"

那磨面工将大哥套在磨上，一直干到天亮。房东男主人走来，见大哥被套在磨上，而且磨面工还不时地用鞭子抽打他，便转身离去。

天亮了，与大哥成婚的女仆来到磨房，解下大哥身上的磨套，说："你来拉磨，我们的房东两口子都很难过，我们都为你担忧。"

此时此刻，大哥疲惫至极、被抽打得疼痛不堪，一句话都说不

A.B.霍顿 绘

出来。之后，他回到住处，见写婚书的那个老者来了，他先向大哥问好，然后说："安拉为你的美满姻缘祝福！你新婚之夜甜美、愉快、舒适，真是良辰美景，人生不可多得啊！"

大哥说："你这个龟奴的伙伴，安拉绝不会让骗子得到平安的。凭安拉起誓，我昨天夜里像黄牛一样拉了一夜的磨，直到东方大亮。"

老者说："究竟怎么啦？对我讲一讲啊！"

大哥把新婚之夜的情况，一五一十地向老者述说了一遍。

老者听后，说："你与她星座不合，你如果想变更婚姻的话，我可以给你改变，而且比原来那门亲事还要好，让你与女方星座相合。"

"如果你有办法，就看着办吧！"

说完，大哥离开住处，回到裁缝铺里，等待顾客临门，以便能挣得维持生活的工钱。

那个女仆来到店铺，对大哥说："我的女主人很想你，她已经登上阳台，正在美人靠后望着你呢！"

话音未落，大哥朝美人靠望去，果然看见那女子正望着他，并边哭边说道："你我之间的联系中断了，这是怎么回事呢？"

大哥没有答话。那个女人发誓说，他去磨房拉磨的事，与她毫无关系，根本不是她的主意。

家兄看着她那动人的姿色，把拉磨的痛苦都忘到了脑后，接受了那女人的道歉，并为看见她而感到高兴，和那人又谈了起来。

大哥坐下做了一阵活儿，那个女仆又来了。女仆对家兄说："我的女主人很想你，她要我告诉你，她的男人要到朋友那里去玩儿，等他走后，你就来找我的女主人，和女主人共度良宵，直到天明。"

其实，那是女人的丈夫设下的圈套。他对妻子说："等他来了，我就抓住他，把他送到官府里去。"

那个女人说："让我出个点子，要他出丑，让他在本城臭名昭著，人人皆知。"

大哥对女人的阴谋一无所知。

夜幕垂降，大哥在那个女仆的引领下来到了房东女主人的房间。那女人说："亲爱的，我好想你哟！"

家兄激动不已，顺口说："凭安拉起誓，让我亲你一下吧！"

话音未落，那个女人的丈夫突然出现，一把将大哥抓住，厉声喝道："凭安拉起誓，我非把你送到官府去不可！"

大哥苦苦哀求，房东男主人根本不听，硬是把他送到了官府。先是一顿重鞭抽打，然后让他骑在骆驼背上，开始游街示众。围观的人高声叫喊道："调戏人家的女人，就是这种报应！"

大哥一下从骆驼背上摔了下来，跌断了一条腿，变成了瘸子。之后，省督把大哥驱逐出城。

他出了城，不知该往哪里去。我感到气愤不平，却无可奈何，只能将大哥接到我的家中，供他吃喝，一直养活他到现在。

哈里发听过我的讲述，笑了笑，说道："故事很精彩！"

我对哈里发说："你不听完我所有兄弟的故事，我是不能接受这过奖之词的。请你不要认为我是个多嘴多舌的人。"

哈里发说："那就请把你所有兄弟的故事都给我讲一遍吧，也好让我欣赏一下你讲这些有趣故事的夸张手法。"

哈里发陛下，请听我讲讲我二哥的故事：

信士们的长官，我二哥名叫希达尔。

有一天，他去办一件自己的事。忽见一位老太婆迎面走来，拦住他，说："喂，男子汉，等我一下，我有件要紧事对你说；如果你有意愿，我就带你去办。"

我二哥停下脚步。那老太婆对他说："我带你去办一件事，但有一条，你不能多说话。"

我二哥说："什么事，你说吧！"

"我要带你去一个地方，那里果树繁茂，河溪流淌，美酒飘香，胜似天堂；你所看到的尽是俊俏容颜，你所亲吻的全是鹅卵形脸蛋儿，你所拥抱的皆是苗条身段；从早到晚，欢歌笑语，美食佳肴。你看如何？假若你听我的安排，保你大有收获。"

T. 达尔齐尔 绘

我二哥听老太婆这样一说,便立即问道:"老太太,这样的好事,你为什么单单给我享用,别人却摊不上?莫非我有什么使你喜欢的地方?"

老太婆说:"我刚才不是对你说过,你不要多问,不要吭声,跟我走就是了。"

我二哥不曾多想,就跟着老太婆走了。来到一个宽敞的庭院前,拾级而上,登到最高处,眼前出现一座宫殿。向宫殿望去,只见那里有四位姑娘。说实在的,那些姑娘个个如花,人人似月,谁也没有见过比她们更漂亮、更标致的妙龄姑娘了。只听她们唱着动人的歌曲,那歌声足以使顽石感到欢快。

我二哥走了进去,见其中一位姑娘正举杯饮酒。二哥立即走上前去，祝姑娘健康快乐，并表示愿意为她效力，但姑娘不接受，反倒硬灌了二哥一满杯酒，接着朝他的脖子上狠狠抽了一巴掌。

我二哥很不高兴，愤怒地退了出来。那老太婆急忙走过去，向他使眼色，示意他不要离开。我二哥只好回到座位上坐下，一声不吭。那个姑娘走过来，连连向他的脖子狠劲儿抽击，直把他打得昏迷过去，不省人事。

过了一会儿，我二哥苏醒过来，站起来要去小解，那老太婆追了过去，说："你再忍耐一会儿，目的就能达到。"

"忍耐？忍耐多大一会儿？"我二哥不耐烦地问。

"等到姑娘醉了的时候，保你如愿以偿。"

我二哥又回到座位上，坐了下来。

姑娘们全都站了起来，老太婆命令她们把我二哥的衣服扒光，继而往他脸上洒玫瑰水。姑娘们一一照办。

这时，其中一个格外漂亮的姑娘说："安拉保佑你荣华富贵！你已来到我的家中，倘若能接受我的条件，你定会如愿以偿。"

我二哥说："小姐，我是你的奴仆，我的命运完全掌握在你的手心里。"

那姑娘说："你要知道，安拉赐予我们一种喜欢取乐的天性。谁听我的，他有什么要求，就一定能够得到满足。只要你听我安排，你一定能得到快乐。"

"我的命运掌握在你的手中，听你安排。"我二哥不知道该说什么。

那位小姐即令歌女们唱歌，大厅内顿时乐器齐奏，歌声缭绕。那姑娘对一女仆说："你带这位先生去安排一下！他有什么事，你给他去办吧！然后赶快把他带回来。"

女仆领着我二哥走，而我二哥不知道那女仆领他去做什么。老太婆立即追赶上来，对我二哥说："你只要稍稍忍耐一会儿就行了！"

我二哥跟着那位女仆走去。老太婆对他说："稍等一会儿，你的愿望就实现了。不过，还有一件事，那就是要刮掉你的胡子。"

我二哥一惊，说："刮胡子，怎么行？那样，不是要我在众人面前出丑吗？"

老太婆说："姑娘深深爱上了你，她要求你那样，不是为了别的，只希望你变成一个没有胡子的人，使你的脸上没有任何引起她怀疑的东西。她对你已深深爱在心中，你就忍耐着点儿吧，目的就要达到了。"

我二哥忍耐着，完全听从那女仆的安排，剃掉了胡须。片刻后，女仆把他带到一个姑娘那里，不大一会儿，只见他的胡子、眉毛都被刮掉了，面色红扑扑的。

那姑娘一看见我二哥成了那个模样，先是一惊，然后大笑起来，笑得前仰后合。她说："尊敬的先生，好一副漂亮模样，你简直把我的心都给夺去了。"

之后，姑娘要他站起来和她跳舞，并且以她的生命起誓，非让他站起来跳舞不可。我二哥只得站起身，手舞足蹈起来。

就在这时，那姑娘抄起房中的枕头，向我二哥身上投去。紧接着，所有的女仆一齐动手，拿起身边的东西，有的拿起酸橙子，有的抓起柠檬，一股劲儿地朝我二哥的脸上和身上投，终于把他打昏在地。她们仍未罢手，继续用手掌击打他的脖子和面颊。

老太婆开口对他说话了："现在，你的目的达到了！你要知道，你不用再挨打了，只剩下一件事，那就是：按照姑娘的习惯，每当她喝醉酒之时，便不能自控，会脱下自己的衣衫和裤子，赤身裸体，一丝不挂；与此同时，你也脱掉自己的衣服，她在前面跑，你在她的后面追,仿佛她是从你那里逃出来的,你一直在追赶她,从一个地方追到另一个地方,直到你的那个玩意儿直挺起来……"

片刻过后,老太婆又对我二哥说:"先生,站起来,脱去你的衣服吧!"

我二哥站起身来,已是魂不附体,他不由自主地脱下自己的衣服,赤身裸体,一丝不挂……

讲到这里,眼见东方透出黎明的曙光,莎赫札德戛然止声。

第三十一夜

夜幕垂降,莎赫札德接着讲故事:

幸福的国王陛下,剃头匠继续讲他二哥的故事:

老太婆开口对他说话了:"现在,你的目的达到了!你要知道,你不用再挨打了,只剩下一件事,那就是:按照姑娘的习惯,每当她喝醉酒之时,便不能自控,会脱下自己的衣衫和裤子,赤身裸体,一丝不挂;与此同时,你也脱掉自己的衣服,她在前面跑,你在她的后面追,仿佛她是从你那里逃出来的,你一直在追赶她,从一个地方追到另一个地方,直到你的那个玩意儿直挺起来……"

片刻过后,老太婆又对我二哥说:"先生,站起来,脱去你的衣服吧!"

我二哥站起身来,已是魂不附体,他不由自主地脱下自己的衣服，赤身裸体，一丝不挂，站在那里。

这时，姑娘对我二哥说："来吧！我在前面跑，你在后面追！你若想得到什么，就来追我……"

姑娘在他的前面跑，他在后面紧追，出一处，进一处，进一处，出一处；一个前面跑，一个后面追。过了没多大一会儿，我二哥终于克制不住性冲动，那玩意儿登时直挺挺硬邦邦起来，像个疯子，狂奔乱追。

姑娘在前面跑，他在后面追。他终于听到姑娘发出轻柔颤巍的呻吟声。

一个一丝不挂在前面狂跑，一个赤裸裸在后面疯追，追呀追的，不知不觉跑入一条专营皮革的狭窄胡同。商人们的叫卖声不时传入耳际。人们见我二哥一丝不挂，胡子、眉毛刮得光光的，面色红扑扑的，再加上那玩意儿直挺挺的，不禁高声喝喊，同时发出一片大笑。有个商人抄起皮条，照直向我二哥抽去，直把他打得昏迷过去，然后用驴子将他驮至官府。

执政官问："这个人怎么啦？"

众人异口同声："我们看见他时，他就是这副模样，赤身裸体，狂奔疯跑。"

执政官喝令将我二哥重打一百鞭，然后赶出城。

我忙将他秘密接进城中，供他吃喝，但他因伤势过重，从此瘫痪在床，不能行走。假若我不是个慷慨豪爽之人，我是不会把我二哥接到我家中的。

我三哥名叫伯格伯格，是个盲人。

有一天，命运把他带到一个大房舍门前。他想和主人说句话，向主人要点儿东西吃。敲过门，主人问："谁在敲门？"

没有人答话。他听到主人高声问:"谁呀?"

我三哥还是没有答话,只听脚步声渐渐接近大门,打开门,问道:"有什么事吗?"

我三哥回答道:"看在安拉的面儿上,给点儿东西吃吧!"

主人问:"你是盲人?"

"是的。"

"你伸出手来……"

主人拉着他的手,把他领进了门,带着他登上一个又一个台阶,一直走到高台上。他以为主人会给他吃的,或给他些东西。但是,登上高台时,主人却问:"盲朋友,你想要点儿什么?"

三哥说:"看在安拉的面儿上,什么都行啊!"

主人说:"安拉会周济你的。"①

我三哥听主人说出这种拒绝乞丐乞讨的话语,不高兴地说:"在下面,你不是答应过我吗?"

"你这个不才之辈,当你敲门时,第一次听到我问话时,为什么不说要东西呢?"

"你现在打算怎么对待我呢?"

"我没有东西给你呀!"

"既然这样,为什么还把我带到这高台上来?"

"路就在你的面前!"

主人拒绝领他下高台,我三哥不得不摸索着往下走,当他距离大门仅有二十级台阶时,一脚踩空,连滚带跌,顺着台阶翻滚了下去,摔了个头破血流。出了大门,他一时不知该往哪里走。

这时,走来两个盲人伙伴,问我三哥:"你今天要到了些什么

---

① 这是阿拉伯人拒绝乞丐的习惯用语,沿用至今。

东西?"

我三哥把刚才发生的事情给两位伙伴讲了一遍。他对两位伙伴说:"弟兄们,我想从我们存的钱中取出一点儿,我有急用啊!"

那家的主人已悄悄跟在我三哥身后,想了解一下他的情况。我三哥说的话,那家主人全都听得清清楚楚,而三哥却不知道身后有人跟着。那个人一直跟着我三哥进了家,而我三哥全然不知。

我三哥和两位盲友进了家,坐下之后,我三哥说:"把门关好,再搜查一下,免得外人乘我们不备之时闯进来。"

那家主人听到我三哥这样吩咐盲友,急忙拉住从房顶上垂下来的一条绳子,攀爬了上去,吊在半空中。两位盲人摸了好大一会儿,没有发现屋里有外人,便在我三哥身旁坐了下来。

他们拿出自己积攒的钱,数了起来。他们数出一万第纳尔,放在房间的一个角落;余下的钱,每人各自拿了一份,带在自己的身上零用。

他们怕钱被人偷去,又把那一万第纳尔埋了起来,他们俩这才摆上东西,吃了起来。

这时,我三哥听到房间里有异常动静,便对盲友说:"莫非这屋里有生人?"

随后,他们摸了起来,终于抓住了那家主人的手,并高声喊道:"穆斯林兄弟,有贼闯进我们房里,想偷我们的钱!"

盲友们站起来扭打那个人。打了好长时间,他们方才大声喊叫道:"穆斯林兄弟,有贼闯进我们房里啦,想偷我们的钱!"

霎时间,许多人围聚而来。

那家主人见势不妙,急中生智,合上双眼,装作瞎子,看上去也像盲友一样,没有人怀疑他。他大声喊道:"穆斯林兄弟,看在安拉和执政官的面儿上,看在安拉和警长的面儿上,我要劝你们几句……"

A. B. 霍顿 绘

不知不觉官府仆役将他们包围了起来,随后将四个人带往府衙,其中有我三哥。

执政官问:"你们怎么啦?"

那家主人先开口:"执政官阁下,我们的真实情况,不动大刑是弄不清楚的。如阁下同意,就先从我开始动刑,然后再惩罚我的同伴。"

执政官命令道:"把这个人摁倒在地,重打三十鞭!"

衙役们将那家主人摁倒在地,用鞭子抽打起来。当他被打得支持不住时,他睁开了一只眼;又抽了几鞭,他另一只眼也睁开了。

执政官问:"喂,浪荡鬼,究竟是怎么回事?"

那家主人回答:"你要恕我无罪,我才告诉阁下。"

执政官说:"恕你无罪!"

"我们四个人装作瞎子,走家串户,寻得女人,便引诱她们出卖皮肉,通过她们赚钱。我们依靠这种办法,挣得一万第纳尔。我想讨回我那一份,不料他们不但不给我,还合伙把我揍了一顿,我的那一份也被他们占去了。我只能向安拉和执政官阁下求救,请大人主持公道,为我讨回我应该得的那份钱。如果执政官阁下想知道我说的是否真实,那就请对他们三个加倍动刑,他们都会睁开自己的双眼的。"

执政官听后,立即下令动刑,从我三哥开始。一阵重鞭抽下,打得我三哥几乎昏死过去。

执政官说:"你们这些坏蛋,还敢背弃安拉的恩泽,装瞎行骗,良心何在?"

我三哥自辩道:"执政官大人,我们当中真的没有一个明眼人哪!"

执政官顿时又一声令下,衙役们将他们三个盲人摁倒在地,鞭如雨下，各抽三百鞭。将我三哥打得昏了过去。

执政下令道："让他醒醒，然后动第三次鞭刑！"

之后，执政官下令将其他两个盲友再打三百鞭子。

那家主人在一旁说："快睁开眼吧！不然的话，还要挨鞭子的。"

他又对执政官说："请执政官大人派一个人随我去把钱取来就是了。这几个人不敢睁眼，因为怕当众出丑。"

执政官派人取来那一万第纳尔，分给那家主人两千五百第纳尔，其余全部没收。我三哥和他的两个盲友被驱逐出了城。

信士们的长官，我立即出城去追赶我三哥。

我问究竟发生了什么事，他把经历一五一十地告诉我。继而我秘密地把他接进城，为他安排了吃喝，他一直住在我家，直至天年将尽。

哈里发听完我讲的故事，笑了。他说："给他一份奖赏，让他离去吧！"

我说："凭安拉起誓，我什么赏赐都不要，只想向信士们的长官讲述我的几位兄弟经历的故事，以此表明我不是个多嘴多舌的人罢了。"

哈里发说："你讲的故事离奇古怪，我们的耳朵都听疼了。你还是给我们讲讲你的种种忧患吧！"

我开始给他讲我四哥的故事：

信士们的长官，我四哥只有一只眼睛，名叫库兹·易斯瓦尼。他本是一个屠夫，在巴格达开了一个羊肉铺。当时，许多达官贵人和有钱人都很看得起他，常到他的店里买肉，生意甚好，他因而发了大财,置买了大批牲口和房产,在相当长的时间里,日子过得很宽裕。

有一天,他正在店铺卖肉时,一个长胡子老头儿走来,递给他一第纳尔,并且说:"给我割一第纳尔的肉。"

我四哥接过钱,把肉递给老头儿,老人便离去了。

我四哥仔细打量老头儿给的那块金币,发现它金光闪闪,耀眼夺目,于是将钱单独放在一个箱子里。

一连五个月,老头儿常光顾肉店。老头儿每次来,都割一枚金币的肉;我四哥总把他给的钱放在那个箱子里。

过了一些时候,我四哥取钱买羊,不料打开放金币的钱箱一看,里面的金币不见了,只有一些碎纸片。眼见这种情景,四哥一

T. 达尔齐尔 绘

时气得头昏眼花,连连用巴掌批打自己的面颊,同时高声叫喊不止,惹得人们围而观之。他把情况向人们一讲,众人无不感到惊异。

过了几天,四哥照例回到肉铺,宰了一只羊,把肉挂在店里,割下一块肉挂在外面,心想:"等那老头儿来了,我非抓住他不可!"

过了一会儿,那个老头儿真的带着金币来了。我四哥上去一把将老头儿抓住,同时高声叫喊道:"穆斯林兄弟们,都来呀,听我讲讲我与这个坏蛋之间发生的事情吧!"

老头儿听后,说道:"你究竟打算做什么?你想让我出丑,还是想让我使你当众现眼?"

我四哥反问:"你让我当众现什么眼?"

"让众人都知道,你挂羊头卖人肉!"

"可恶的东西,你造谣啊!"

"只有肉铺里挂着人肉的屠夫才是可恶的东西!"

"如果事情果真像你说的那样,我的钱和命全归你所有!"

老头儿当众高声喊叫:"都来瞧,都来看!这个屠夫宰人,挂着羊头,卖的却是人肉!如果你们想证实我的话,那就进到店里去看看吧!"

人们冲进我四哥的肉店一看,果然看见那只羊变成了人,倒挂在肉架子上。

人们见此情景,把我四哥抓住,一阵乱打,并且高声叫嚷道:"你这个叛教者……你这个坏蛋……"

离他身体近的人,对他拳打脚踢不止。那老头儿一巴掌抽过去,把我四哥的一只眼睛打瞎了。

人们把屠宰物抬去见警长,老头儿对警长说:"这个人挂羊头卖人肉,我们把他带来了,警长阁下,请按照安拉赋予的权力惩处他吧!"

我四哥急忙自我辩解,但警长根本不听,而是下令重打五百大棍。继之,他们没收了他所有的钱财;倘若不是他的钱多,他们会把我四哥杀掉的。后来,他们把我四哥赶出了巴格达,致使他一时不知道自己该到哪里安身。

我四哥出了巴格达,流浪到另一座城市,自感当鞋匠不错,于是开了个铺子,做些活儿,勉强为生。

有一天,他出门办事,忽听群马嘶鸣。便打听,有人对他说,那是国王的马队,国王要外出打猎。

我四哥想出门看看国王打猎的队伍,可他的内心却感到十分自卑,因为他已放下屠宰营生,成了一个鞋匠。

我四哥正站在路旁看热闹时,国王一转脸,目光落在我四哥的眼上。我四哥登时低下头去,说道:"但求安拉保佑我今日免遭磨难。"

话音未落,国王立即勒马回缰,大队人马随国王折返宫中。国王随后命令仆役捉拿我四哥。他们抓住我四哥,带到宫中,狠命毒打,几乎将他打死。

我四哥被一阵毒打,但不知原因何在,最后空手回到店铺。

过了两天,我四哥去见国王的一个侍卫,将自己的遭遇向那侍卫讲了一遍,侍卫听后却捧腹大笑,笑得前仰后合,然后说道:"兄弟呀,你有所不知,国王是不愿意看见独眼龙的,尤其不愿意看见只有左眼的人。你快跑吧,说不定国王还要下令杀掉你呢!"

听侍卫这样一说,我四哥决计离开那座城市,逃到了一个没有国王的城市。他在那里住了很长一段时间,不断地思考自己的事情。

有一天,他出去游逛,忽听身后传来群马的嘶鸣声,禁不住一惊,下意识地说:"安拉的命令到了!"

他急忙躲开,想找个地方藏起来,但没有找到。他看见一座门,推开走了进去,只见一条长廊,他一直往前走,不料突然蹿出两条大汉,将他死死揪住。只听那两个大汉说:"赞美安拉,我们终于把你抓住了!喂,安拉的敌人,为抓你,我们三天三夜没合眼了。你没有给我们睡觉的时间,我们的头不曾碰过枕头,简直是尝到了死亡的味道。"

我四哥惊问:"天哪,这究竟是怎么回事呀?"

大汉说:"你监视我们,想出我们的丑,想让我们的主人丢人现眼。你让我家主人和他的伙伴都成了穷光蛋,难道这还不够吗?你拿着刀子,每天夜里都在威胁着我们。快把你的刀子交出来吧!"

他们立即搜我四哥的身,从我四哥腰里搜出一把刀子,那是一把修鞋用的刀。

我四哥自我辩护道:"你们敬畏万能的安拉吧!这是修鞋刀,我没用它做过别的事。你们这样对待我,就不怕真主的报应?你们要知道,我有一段离奇的故事。"

"你有什么故事?"大汉问。

我四哥把自己的经历讲给大汉听,想让他们把自己放了,但大汉根本不听,连脸都不扭向他,反而将他毒打一顿,还撕破了他的衣服。

我四哥的衣服被撕破了,露出了皮肤,他们见我四哥的背腹上布满伤痕。大汉说:"可恶的东西,这些伤痕就是你犯罪的证据。"

他们把他带到执政官面前。我四哥心想:"这一次可算完了……"

执政官根本不听我四哥申诉,认定他是入宅行凶的恶徒,将他重打一百棍之后,让我四哥倒骑在骆驼背上游街,最后被赶出城。

我得知消息，急忙去找他，然后把他秘密接回巴格达，把他安顿在我的家中，让他安心休息。

信士们的长官，我五哥名叫欧沙尔，被割掉了双耳。他很穷，夜里外出乞讨，白天的花销都是乞讨所得。

我父亲活到很大年纪，身后留给我们七百第纳尔，弟兄七人，每人分得一百第纳尔。

我五哥拿到他的一百第纳尔后，一时有些犯愁，不知该如何用。正在此时，他忽然生了一个想法，打算用那些钱做小生意，于是想用一百第纳尔买各种玻璃器皿，然后卖出去赚钱。于是买了一百第纳尔的玻璃器皿，放在一个大篓子里，坐在一个地方叫卖起来。

他靠墙坐着，边望着玻璃器皿，边自言自语："这一百金币的玻璃器皿，卖掉之后，可得二百金币；再把二百金币的玻璃器皿卖掉，可得四百；然后再买成别的货物卖完，可得八百……如此买了卖，卖了再买，直到我的手里积攒了很多钱，然后买到更多的货物，可以赚到更多的钱。有了钱，我要买一座上等的好宅院，买奴仆、马匹、金鞍……一样也不能缺少；我要天天吃香的喝辣的……把城里最漂亮的歌女，一个一个地请到家中，请她唱给我一个人听……"

他这样想着算着，那一篓玻璃器皿就摆在他的面前。之后，他说："有了钱，我就派媒婆到国王、大臣的女儿那里去为我说媒，我要与宰相的千金订婚。我得知哪位姑娘风姿绰约，亭亭玉立，脸庞娇美，身材苗条……我就拿出一千第纳尔金币作为彩礼。如果小姐的父亲满意，那就顺利迎娶；若不同意，我就要强抢亲，硬把小姐娶过门来……成亲之后，我要买十个小奴仆，再给自己置买一套帝王朝服，给我的马鞴上镶嵌着宝石的金鞍……"

想到这里，我五哥把心里的话全部说了出来："每逢外出，我就骑着马，在奴仆们的前呼后拥下，浩浩荡荡离开家门。宰相见了我，定会肃然起敬，让我坐在他的座位上，而他则站在我的面前。原因嘛，很简单，因为我是他的贤婿。我随身带着两个仆人，手里各拿一个钱袋，袋里各装一千第纳尔金币。我将一千第纳尔金币送给宰相，这一千金币就是给他女儿的聘礼；另外一千金币，送给宰相，以便向他显示我的慷慨大方，让他知道世界在我眼里已变得渺小。

"这之后，我返回家中。如果未婚妻的娘家一方有人来，我就送给他些钱，再赠上一套礼袍。如果宰相来送礼，即使礼很重，我也不收，原封退还他，也好让人们知道我是一个高贵的人。接着，我就要他们成全我的大愿，他们必定按照我的要求行事……我还要把房舍粉刷一新，让它雕梁画栋，五彩生辉。大喜日子来临，我要穿上最漂亮的礼服，端坐锦缎包裹的座位上，稳重大方，绝不左顾右盼。我的新娘子在伴娘的陪伴下姗姗而至，衣饰华贵，姿色绝美，宛如一轮圆月；尽管如此，我也不看她一眼，除非在场的人齐声高喊：'先生、主公、大人、老爷，新娘子来了，已经站在你的面前，请你瞟她一眼吧！'新娘子和女仆站在我面前，向我恭恭敬敬地行吻地礼数次之后，只有在这个时候，我才看她一眼。然后我再低下头去，直望着地板。等她们把新娘子领走，我站起身去换衣服，我要穿上顶漂亮的衣服，回到原来的座位上。当她们第二次把新娘子领来时，只有她们反反复复求我多次，我才抬头看新娘子一眼，然后再把头低下去，直到婚礼仪式结束……"

讲到这里，眼见东方透出黎明的曙光，莎赫札德戛然止声。

第三十二夜

夜幕垂降,莎赫札德接着讲故事:

幸福的国王陛下,剃头匠继续讲他五哥的故事:

我五哥接着自言自语,把心里的话全部说了出来:"每逢外出,我就骑着马,在奴仆们的前呼后拥下,浩浩荡荡离开家门。宰相见了我,定会肃然起敬,让我坐在他的座位上,而他则站在我的面前。原因嘛,很简单,因为我是他的贤婿。我随身带着两个仆人,手里各拿一个钱袋,袋里各装一千第纳尔金币。我将一千第纳尔金币送给宰相,这一千金币就是给他女儿的聘礼;另外一千金币,送给宰相,以便向他显示我的慷慨大方,让他知道世界在我眼里已变得渺小。

"这之后,我返回家中。如果未婚妻的娘家一方有人来,我就送给他些钱,再赠上一套礼袍。如果宰相来送礼,即使礼很重,我也不收,原封退还他,也好让人们知道我是一个高贵的人。接着,我就要他们成全我的大愿,他们必定按照我的要求行事……我还要把房舍粉刷一新,让它雕梁画栋,五彩生辉。大喜日子来临,我要穿上最漂亮的礼服,端坐锦缎包裹的座位上,稳重大方,绝不左顾右盼。我的新娘子在伴娘的陪伴下姗姗而至,衣饰华贵,姿色绝美,宛如一轮圆月;尽管如此,我也不看她一眼,除非在场的人齐声高喊:'先生、主公、大人、老爷,新娘子来了,已经站在你的面前，请你瞟她一眼吧！'新娘子和女仆站在我面前，向我恭恭敬敬地行吻地礼数次之后，只有在这个时候，我才看她一眼。然后我再低下头去，直望着地板。等她们把新娘子领走，我站起身去换衣服，我要穿上顶漂亮的衣服，回到原来的座位上。当她们第二次把新娘子领来时，只有她们反反复复求我多次，我才抬头看新娘子一眼，然后再把头低下去，直到婚礼仪式结束……"

说到这里，我五哥处于一种极度兴奋的状态中，不由得合上了眼睛，接着说："婚礼结束，人们散去，我就吩咐仆人把扎有五百金币的钱袋打开，把金币赏给女仆们。女仆拿了钱，我就让她们把新娘子和我领入洞房。进了洞房，我既不抬眼看她，也不同新娘子说话，以显示我看不起她，让人们说我是个高贵非凡的人。新娘子的母亲来了，亲吻我的头和手，对我说：'大人，瞧瞧你的婢女吧！她期望你接近她，跟她说说话。'我根本不搭理她。她再次亲吻我的头和手，又亲吻我的脚，然后说：'主公大人，我的闺女是个好姑娘，在你之前，还没见过任何男人。如果她见你这样冷漠，她会伤心的。你走过去，和她说句话吧！'说罢，她端来一杯酒，递给女儿，想让女儿递到我的手里。新娘子捧着酒杯，站在我的面前，而我则靠在金丝绣花枕上，因高贵傲慢而不去看她，一动不动，让她认为我是一位举世无双的伟大君王。这时，新娘子就会说：'主公大人，看在安拉的面儿上，请不要拒绝奴婢手中这杯酒。我是你的奴婢。'我仍然不和她说话。当她再三求我喝下那杯酒，而且把酒杯举到我的嘴边时，我把手一挥，朝她的脸上一挥，我的脚这样一踢……"

我五哥真的抬脚一踢，正好踢到装着玻璃器皿的篓子上，因为他所站的地方是个高台，只听哗啦一声，篓子里的玻璃器皿顿时化成了一堆玻璃碎片。

眼见玻璃器皿全都碎了，我五哥难过地掉下了眼泪，说："这都是我自不量力的结果啊……"

他边批打自己的面颊，边哭边撕扯自己的衣服。前往做聚礼的人们望着他，有的仔细地看他，有的若有所思地走过。他的本儿和利一下子都没了，他一直坐在那里啼哭不止。

正当人们围观时，一位做礼拜的女子骑着骡子来了，骡子佩有金丝绣花鞍鞯。那女子容貌俊俏，周身散发着香气，仆人前呼后拥。

那女子见玻璃器皿全已摔碎，五哥守着一堆玻璃片落泪，感到由衷地同情他。询问情况，有人告诉她，这个人带着一篓子玻璃器皿在卖，是其维持生活的资本，现在已全摔碎了。那女子听后，便吩咐仆人说："把你身上带的钱都给了这个可怜的小伙子吧！"

仆人把钱袋递给我五哥，他打开一看，里面有五百金币，他喜不自禁，连忙为那女子祈祷祝福。

五哥回到家中，一时成了一个富人。当他坐下沉思时，忽听有人敲门，他走去开门一看，原来敲门的是一个素不相识的老太婆。她说："孩子，礼拜的时间快过去了，我还没有做小净，让我到你家做个小净吧！"

"请进！"

我五哥让老太婆进了门，仍然沉浸在得了那么多钱的欢乐之中。

老太婆做完小净，来到五哥坐的地方，跪拜两次，并为我五哥祈祷平安。我五哥立即表示感谢，给了她两第纳尔金币。老太婆看见金币，急忙说："感赞安拉，你这一身穷人打扮，我真佩服喜欢你这个人。这金币，你还是收起来吧！假若你不需要这些钱，就还给原主；人家不是看见你的货都碎了，可怜你，才给你钱的吗？"

J. 坦尼尔 绘

五哥说:"阿妈,我怎样才能找到那位女子呢?"

"孩子,她很喜欢你呀!她是一位富商的妻子,带上你所有的钱财,见到她后,你态度要和气,说话要礼貌。到那时,美女、金钱,都能如愿以偿。"

我五哥果然跟着老太婆出了门,向女子的家走去。

二人来到一个大门口,敲过门,一个希腊女仆开了门。老太婆先进门,五哥随后也跟了进去。

走进一座大院,看见一个大客厅,那里陈设齐全,挂着绣花窗帘。五哥坐下来,将钱放在面前,把缠头巾搁在膝盖上。片刻过后,走来一个女仆,衣饰华美,实为罕见。五哥立即站起身来,只见那女仆看见他就笑了笑,表示欢迎,然后向一道门走去,随手又将门关上。

过了一会儿,那个女仆走来,拉住五哥的手,将他领到一个房间。进门一看,但见那里满铺丝毯。他坐下来,女仆坐在他身边,和他玩儿了一个时辰。之后,女仆站起来,说:"你不要离开这里,等我回来。"

女仆刚走不大一会儿,突然闪出一个黑大汉,真是个彪形大汉,手持一柄利剑,闪着耀眼的寒光,对我五哥厉声喝道:"你这个该死的东西,谁把你带到这个地方来的?你这个贼种,野小子,没有教养的东西!"

我五哥大吃一惊,一时瞠目结舌,什么话也说不出来。

黑大汉把他抓起来,扒掉他的衣服,手起剑落,朝他身上猛砍八十多剑,直到他倒在地上。黑大汉以为他已经死去,方才离开那里。

黑大汉一声大喊,大地为之颤动,回声经久不息。他说:"来人哪!"

女仆端着一盘子白盐走来,抓起盐往我五哥那皮开肉绽的伤口处撒,尽管疼得厉害,但他未敢吱声,一动不动,怕那黑大汉知道他还活着,回来会把他杀死。

女仆出去,黑大汉又是一声大喊,那个老太婆应声走来,将我五哥拖入一条黑洞洞的地道,丢在了死人堆里。

我五哥在那里待了两整天,正是伟大的安拉用盐救了他的命,因为盐止住了流血。

五哥自感身上有了力气,便开始活动,在墙上打了一个洞,方才逃出了死人堆。安拉掩护着他,他摸着黑走出去,在走廊里隐藏到次日天明。

天亮了,老太婆出门寻觅新的猎物,我五哥悄悄跟在她的后面,溜出了狼窝,回到家中。经过一段休养和治伤,健康终于得以恢复。他开始暗中监视着那个老太婆的活动,知道她仍在把人一个个带到那家去,但他一声不吭。

有一天,我五哥找了块破布,缝成一个袋子,将碎玻璃碴装在里面,然后捆在腰上。我五哥把自己化装成波斯人模样,谁也认不出他来。他揣着一把短剑出了门。

五哥看见那个老太婆,用波斯语跟她搭话:"老太太,你家有能称九百金币的秤吗?"

老太婆说:"我儿子是开钱庄的,他那里什么秤都有,你跟我到他那里称你的金子吧!"

五哥说:"请给我带路吧!"

老太婆在前面走,我五哥在后面跟着,一直来到一个大门前。

敲过门,开门的是个女仆,冲着我五哥一笑,老太婆说:"我给你们送来了一块肥肉。"

女仆拉住我五哥的手,把他带往先前进过的那个房间。女仆在他身边坐了一个时辰，然后站起身来，对他说："你不要离开这里，我一会儿就回来。"

女仆刚刚离去，一个黑大汉便手持宝剑走来。黑大汉说："倒霉的东西，站起来！"

我五哥站起来，跟着黑大汉走。这时，五哥伸手抽出揣在怀里的利剑，手起剑落，黑大汉的脑袋顿时搬了家。他随后将尸首拖入地道，并且一声大喊："来人哪！"

女仆端着盐盘子走出来，一见我五哥手握宝剑站在那里，转身就跑，我五哥一个箭步冲上去，一剑割下了她的首级。五哥又是一声大喊，那个老太婆走出来，五哥说："凶狠的老太婆，你可认得我吗？"

"我不认识你，主公！"

"我就是你带来的有那些金币的人，你在我家做过小净，做过礼拜，然后耍弄阴谋，把我诱骗到这里来，险些要了我的命……"

"安拉保佑，不曾有这种事。"

我五哥瞪着那老太婆，她话音未落，一剑将她劈成两半，旋即出了地道，去找开门的那个女仆。那女仆一看见他，不禁魂飞魄散，急忙求他剑下留情。五哥问她："你是怎样到黑奴这里来的？"

女仆说："我本在一个商人家当女仆，这老太婆找过我多次。有一天她对我说：'我们那里有好玩意儿，谁也没有见过，我想让你去看看。'我说：'好吧！'就这样，我穿上最好的衣服，带上一百第纳尔，便跟着她来到了这个地方。我一进门，就被黑奴抓住不放；正是因为中了这个老太婆的计谋，我在这里待了三年。"

"这房子里有什么东西？"

"这里东西很多，你如果能搬就搬走吧！"

我五哥跟着女仆去打开一口箱子，发现里面装的全是金币。我

J. 坦尼尔 绘

五哥一时不知该如何办。那女仆说:"我在这里看着,你去叫人搬吧!"

我五哥去雇了十个人来搬东西。当他回来时,发现门开着,既看不见那个女仆,也不见放钱的箱子,留下的仅有一点儿钱和布匹,他这才知道自己受了骗。他只好拿了些剩下的钱财,打开仓库,取走那里的布匹,回家去了。那天晚上,他非常高兴,甜甜地睡了一觉。

第二天清晨,五哥发现门外站着二十个大兵,把家给包围起来了。他刚要出门,大兵上前抓住他,说:"省督要你跟我们走一趟!"

他们把他带到官府。省督问他:"你这些布匹从哪里弄来的?"

我五哥说:"请赦免我吧!"

省督将象征赦免的手帕递给他,五哥如实地把他与那个老太婆打交道的经过从头到尾讲了个清清楚楚、明明白白,还把那个女仆逃掉的情况说了出来。

五哥对省督说:"我拿的这些东西,你想要什么,尽请拿去就是,只要留给我能维持生活的东西,我就心满意足了。"

省督要去了全部钱财和布匹。但是,省督怕自己把东西全部拿走被国王发现,于是留了一部分给我五哥,并嘱咐说:"你要快快离开这座城市,如若不然,我就把你绞死!"

我五哥急忙答应:"遵命!遵命!遵命!"

他带着那些钱财离开了那座城市,向另一个地方逃去,不期路上遇到劫匪,钱财全被抢去,并且被劫匪割掉了两个耳朵。

我打听到五哥的消息后,急忙带着衣服去找他,把他接进城里,为他安排了食宿,他很高兴。

我六哥名叫舍卡里格，被人割去了双唇。

他原来很穷，囊中空空，上无片瓦，下无插针之地，以乞讨为生。

有一天，他外出讨饭充饥，正走在路上时，忽然看见一座漂亮的住宅，内有高大宽敞的长廊，门口有奴仆发号施令，神气活现。他问周围的人："这是谁家住宅？"

人们告诉他："这是一位皇家子弟的公馆。"

六哥走到看门人面前，向他们乞讨，看门人对他说："进门去要吧！主人在家，你要什么有什么。"

他走进了长廊，走了好大一会儿，方才走近一座十分漂亮的房子，当中有座花坛，雅致极了；地上铺着大理石，四壁挂着丝绒毯……此时此刻，我六哥简直不知道该往哪里走。

踌躇片刻之后，他向房子的中心位置走去，只见一位相貌英俊、留着胡子的男子坐在那里。那男子看见我六哥，站起身来，表示欢迎，问有何事，我六哥说自己是讨饭的，想要些东西吃。那男子一听，顿时愁云满面，伸手去撕自己的衣服，并说："你我同住一个地方，你却饿着肚子，实在叫我感到难过。"

随即那男子答应满足我六哥的一切要求，并且说："你一定要与我同桌进餐！"

我六哥说："大人，我饿得不得了，实在忍不住了。"

男子喊道："仆人，快送脸盆和水壶来！"

男子对我六哥说："客人，请洗洗手吧！"

男子边说边做出洗手的样子向我六哥示意。接着，男子呼唤家仆："家仆，端菜上饭。"

家仆们出入往返，如同穿梭，仿佛正在准备一桌筵席，但什么也没送来。

之后，那男子让我六哥坐在桌旁，双唇一张一合，示意我六哥进餐，并且说："吃吧！别不好意思！我知道你已经很饿了。"

那男子滔滔不绝地说："吃吧！你瞧，这发面饼多白！"

我六哥没表示什么，心想："这是个好耍弄人的男子！"然后说："大人，我平生没有见过比这更白、味道更好的发面饼。"

"这是一个女奴做的，女奴是我花五百第纳尔从市场上买来的。"

紧接着，这位主人喊道："仆人，上烤羊肉串！"

主人转过脸对我六哥说："我府上的羊肉串烤得极好，就是御膳房主事也烤不出这种味道。客人请吃呀！我知道你很饿，需要吃的，不要客气！"

我六哥便动着嘴嚼着，好像在吃东西，主人叫了一样又一样，其实什么也没有端上来，口里却振振有词，劝我六哥吃。主人又叫道："仆人，上果仁烤雏鸡！"

他转脸对我六哥说："你瞧，这些美食，你绝对没吃过。"

"是的，主公大人，这味道真是无比可口。"

主人用手指着我六哥的嘴，仿佛在往他嘴里填食物。主人边报菜名，边向我六哥介绍，致使我六哥感到更饿，只想有大麦饼充饥也就够了。

之后，主人又说："你见过比这更美味的东西吗？"

"没有，大人！"

"你要多吃些，不要害羞嘛！"

"我已经吃饱了。"

于是，主人唤仆人上甜食。只见那些人手伸向空中，摇动了一下，好像端来了甜食。主人说："你吃这一种！这一种很好吃！你吃这一块，快吃，以免奶油流出来。"

我六哥再也忍耐不住，说："大人，大人，我已经吃饱了。"

我六哥问点心里为什么放那么多麝香，主人说："这是我家的传统习惯，家仆们经常在每块甜点中放一砝码①麝香和半砝码龙涎香。"

我六哥摇着脑袋，咂着嘴，仿佛在津津有味地吃着甜食。

主人又呼喊道："仆人，上干果！"

只见仆人朝空中抓了一把，仿佛抓来了干果仁。男子即对我六哥说："吃点儿杏仁、核桃和葡萄干吧！吃呀，不要客气，不要害羞！"

我六哥说："主公大人，我吃饱了，再也吃不下去任何东西了。"

主人口若悬河："你如果还想吃，那就请再尝尝这些罕见的品种。凭安拉起誓，尊贵的客人，你不要饿着肚子呀！"

我六哥沉思着，想找个办法戏弄那个男子一下，心想："我一定要干一件事，让这个人对他的这种行为向安拉忏悔！"

主人高声喊仆人："仆人，拿酒来！"

"客人，喝一杯吧！"

仆人们把手伸向空中一晃，像是端上酒来。主人比画了一下，仿佛把一杯酒递给我六哥，同时说："这酒多美啊！你一定喜欢喝的！"

"主公大人，感谢你的美意。"

我六哥伸手比画一下，好像喝下了那杯酒。

主人说："喝下去，提神添力量，快乐又健康！你喜欢喝吗？"

"主公大人，我没喝过比这更可口的酒。"

"喝下去，提神添力，祝你健康！"

---

① 砝码，重量单位。

说完，又比画了一下，把第二杯酒递给我六哥。这时，我六哥毫不犹豫地将酒喝了下去，显出有些醉的样子，高高举起手，连白白的胳肢窝都露出来了；他趁主人不备之机，朝他的脖子狠狠抽了一巴掌，只听"啪"的一声脆响，回荡在整个厅中，接着又是一巴掌……主人急问："你这个世间最下贱的人，这是干什么？"

我六哥操着醉汉的腔调，断断续续地说："我就是受你厚待的奴隶……你带他进了家门，给了他吃的，还给他陈酒喝……你的奴隶——对不起你，对你撒野了。你德——德高望重，多多——原谅我……"

主人一听，高声地大笑起来，说："好久以来，我总喜欢耍笑人，却不曾遇到像你这样值得耍笑的人，也没有见过一个能巧妙配合我戏弄手段的人。我原谅你了，让你做我的朋友，永远不要离开我。"

主人随后吩咐仆人端上刚才叫过的那几道菜、甜点和干果，并亲自陪我六哥进餐。吃罢饭后，又来到饮酒间，只见那里婢女成群，一个个如花似月，她们且歌且舞，直至宾主酩酊大醉。那家主人对我六哥特别亲切，仿佛我六哥成了他的亲兄弟，对我六哥优待备至，还赠给我六哥一套贵重锦袍。

第二天天亮，主人又请我六哥吃饭。就这样，我六哥成了那家主人的座上宾，在那里一住就是二十年，二人成了至交。

后来，那家主人谢世，当权者吞掉主人的全部家产。我六哥慌忙逃命，路上被阿拉伯劫匪俘获，受尽折磨。劫匪对我六哥说："拿钱来赎你的命吧！如若不然，就要你的命！"

我六哥哭着说："凭安拉起誓，阿拉伯头领啊，如今我一无所有，也没有弄钱的门子。我是你们的俘虏，命运掌握在你们的手中，你们要怎么办，就怎么办吧！"

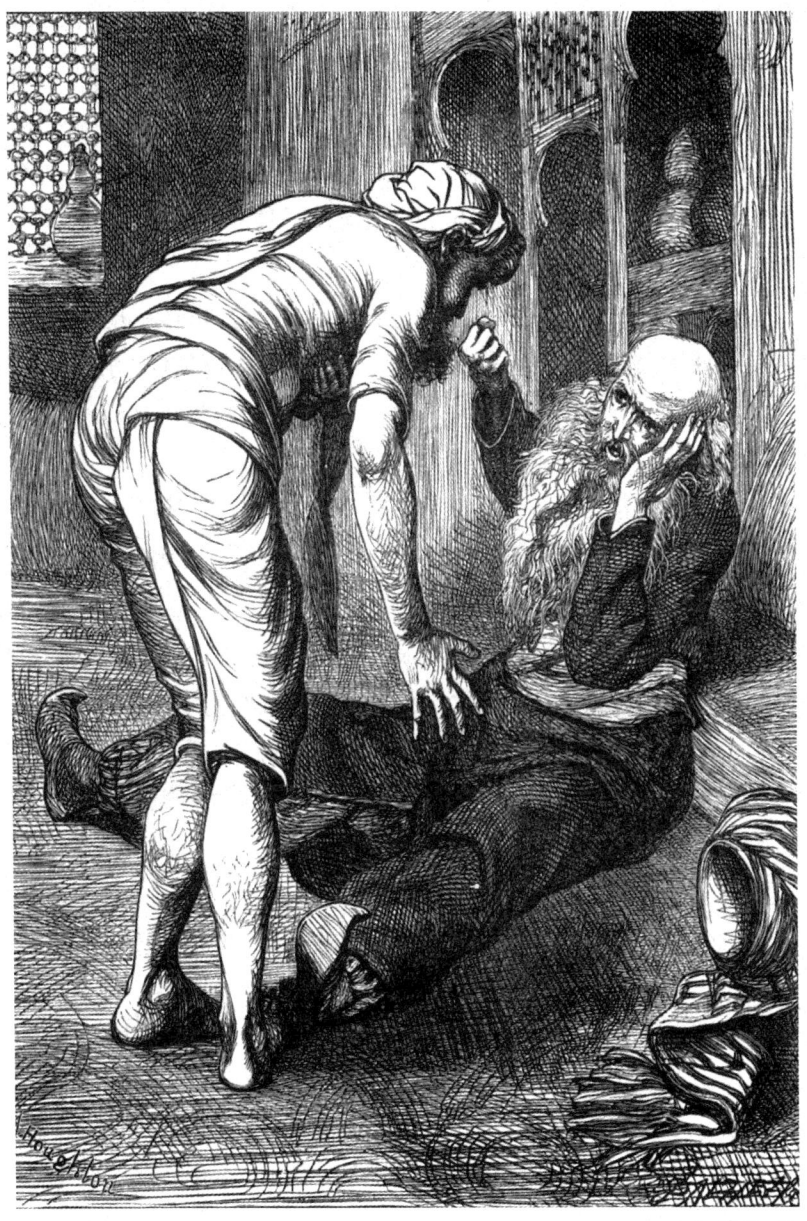

A. B. 霍顿 绘

那个凶恶的贝都因人①从腰间抽出一把宽刀,若用那把刀宰骆驼,一下子便可割下骆驼的脑袋。那贝都因大汉右手握着宽刀走向我六哥,揪住他,将他的两片嘴唇割了下来,又用骆驼把他驮到山里,丢在那里,随后转身离去。幸得过路的商人认出了他,给他吃的、喝的,接着通知了我,我这才把他接回我的家中,为他安排了生活。

信士们的长官,我现在来到你的面前,在把事情告诉你之前,我是怕回家去的,因为那是错误的。我家里有六位哥哥,我得养活他们呀!

信士们的长官听我讲完我家七兄弟的故事,笑得前仰后合。他说:"萨米特,你真是寡言少语之人,也的确不爱管闲事。你现在可以离开巴格达,到别的地方去了。"

我被赶出巴格达城,到处流浪,直到新哈里发继位,我才回到巴格达,和这位青年有了交往。我为他做了一件大好事,救了他一条命;如若不是我,他早就不在人世了,人们也不知道他今在何方。然而他呢,却控告我多嘴多舌、好管闲事、性情粗暴、没有鉴赏力,这些都是莫须有的罪名。

讲到这里,裁缝对中国国王说:"听完剃头匠的故事,知道那剃头匠是个多嘴多舌、爱管闲事的人,也证明了那位青年确实无辜而受害,于是我们把剃头匠关押起来。之后,我们围着青年坐下,安安稳稳地吃喝起来。一直坐到晡礼②时分,我才离开那里,回到

---

① 贝都因人,西亚和北非的阿拉伯游牧民,亦系阿拉伯语音译,意为"荒原上的游牧民""逐水草而居的人"。
② 晡礼,伊斯兰教每日五次礼拜的第三次礼拜,约午后四时左右举行,亦称"午后祷"。

家中。这时天色不早了,妻子对我说:'你在外面一玩儿就是大半天,怪惬意的!而我呢,整天闷在家里,简直快憋死了。你不带着我出去玩儿玩儿,我非与你分手不可!'"

"我无可奈何,只得带着妻子出门,一直逛到黄昏时分。在回家的路上,遇见那个驼背人,已是酩酊大醉的模样,边摇摇晃晃地走,边随口吟唱:

  杯薄酒清香,相似闪粼光。杯像酒非杯,酒似杯散香。

"为了取乐,我盛情邀请他,他欣然答应到我家做客。于是我出门买回炸鱼,我们坐下一道吃了起来。我妻子抓起一块炸鱼,一下塞入驼背人的嘴里,把他给噎死了。这下可糟了,怎么办呢?我背起驼背人的尸首丢在了这位医生家里,医生又将他丢在御膳房主事家里,御膳房主事又把他丢在基督徒经纪人走的路上。这就是我昨天听到的故事。难道说这不比驼背人的故事更离奇?"

裁缝讲完故事,中国国王令侍从跟着裁缝去叫剃头匠。他说:"你们一定要把剃头匠抓来,让我听听他的言辞,也好让你们都得到解脱。然后我们再埋葬驼背人,让他入土为安,因为他昨天就死了。我们还要给他建一座坟墓,因为他使我们听到了这么多稀奇古怪的故事。"

一个时辰过后,侍从带着裁缝和刚从监牢中出来的剃头匠回来了。

侍卫们把剃头匠带到中国国王面前,中国国王仔细打量那剃头匠,发现是个老翁,年逾九旬,黑面孔,白胡子,白眉毛,长着一对小耳朵,一个大鼻子,看上去一脸傲气。

国王见了，笑了起来，说："萨米特，我想让你给我讲讲你的一些故事。"

剃头匠听后，说："大王陛下，基督徒、穆斯林，还有这个驼背人都在这里，这是怎么回事？"

中国国王对他说："你为什么要问这些人呢？"

"我之所以问他们，是为了让陛下知道我不是个爱管闲事的人，别人的事情一概不闻不问。他们控告我多嘴多舌，而实际上我是无辜的。人们都叫我'少言寡语之人'，这是名副其实的。有诗为证……"

他吟诵道：

你的那双眼，很少看称号；除非号意奇，因故迟呼叫。

国王说："你们就向剃头匠讲讲这个驼背人的情况以及黄昏时分发生的事情吧！你们把基督徒经纪人、犹太医生、御膳房主事、裁缝讲的故事说给剃头匠听吧！"

他们把所有人的故事都给剃头匠讲了一遍。

剃头匠听后，点了点头，说："这故事真是奇中奇！请大家闪开，让我看看那死去的驼背人。"

大家立即闪开，只见剃头匠坐在驼背人的身旁，将驼背人的头抱在怀里，仔细观察他的脸一番，然后朗声大笑，说道："每一种死，都有其原因。这个驼背人的死因乃怪中之怪，应该载入史册，以供后人借鉴。"

国王觉得此话非同一般，便说："萨米特，你就把你说这种话的原因告诉我们吧！"

剃头匠说："国王陛下，蒙圣恩，这驼背人的魂还在。"

说着，他从腰间取出一瓶药膏，将药膏抹在驼背人的喉咙上，然后拿出一把钳子，伸进驼背人的喉咙，在众目睽睽之下，从喉咙里夹出一块带刺的鱼肉。只见那驼背人立即站了起来，打了个喷嚏，完全苏醒过来，用手摸着自己的脸说："万物非主，唯有安拉；穆罕默德是安拉的使者。"

眼见此情此景，在场人无不惊愕。中国国王开怀大笑，直笑得前仰后合。在场的人也无不如此。

国王说："我压根儿没听说过比这更奇妙的故事。"

国王又说："穆斯林们、兵士们，你们生平见过死而复生的人吗？假若没有这位剃头匠，那么，驼背人今天必已进入另一个世界，正是剃头匠使他获得了新生。"

大家说："凭安拉起誓，这真是怪事中的怪事！"

中国国王立即令宫廷录事将故事记录下来，存入皇家档案库，赐赠给基督徒经纪人、犹太医生、御膳房主事每人锦袍一身，任命裁缝为宫中御用裁缝，并为之规定了俸禄，且让其与驼背人重归于好。国王赐赠驼背人锦袍一身，让他留在宫中伴君王娱乐。国王也向剃头匠赠锦袍一身，让其做了宫廷理发师。他们各得其所，过着幸福安逸的生活，直到天年竭尽。

讲到这里，莎赫札德说："这就是巴格达剃头匠诸兄弟的故事！"

舍赫亚尔国王说："真是精彩，绝妙极了！"

莎赫札德说："国王陛下，与双宰相的故事相比，尤其是故事中讲到了绝代佳丽艾尼斯·吉丽斯与阿里·努尔丁之间发生的故事，剃头匠诸兄弟的故事就算不上什么绝妙了。"

舍赫亚尔国王惊问："双宰相的故事，那是一个什么样的故事呀？"

E. 达尔齐尔 绘

莎赫札德说:"幸福的国王陛下,听我慢慢讲来……"

旋即,莎赫札德开始讲《双宰相与女奴》的故事:

相传,许久许久以前,巴士拉城有位国王,他很喜欢穷苦人,同情怜悯百姓,把钱赠予信仰安拉使者穆罕默德的人。正如诗人所云:

> 矛使笔与纸,变成敌心血。
> 但见纸上墨,已化敌人血。
> 错在命名上,莫把先人撅。

这位国王名叫穆罕默德·苏莱曼·齐尼。

国王有两位宰相:一位名叫穆仪·本·萨维,另一位名叫法德勒·本·哈甘。

哈甘宰相品格高尚,美名远扬,贤士们有事都乐意与他商量,因为他从善如流,除恶祛邪,颇得人心,百姓衷心祝愿他长命百岁。

萨维宰相,因其不做善事,恶迹昭著,故人们恨之入骨。正如诗人所描述的那样:

> 仅成于一因,结构亦单一。不该责斥主,将世聚一体。

这两位宰相各有自己的结局和命运,正如诗人所云:

> 君子近君子,君子生君子。小人亲小人,门小无君子。

就这样，百姓对哈甘宰相爱在心里，而对萨维宰相深恶痛绝。

有一天，齐尼国王端坐在宝椅上，朝中文武分站两厢。国王对哈甘宰相说："我想要一个当今无与伦比的漂亮女奴，不仅要容貌如鲜花满月，而且要性情温良，品格端正。"

官员们异口同声说："这样一个女奴，不花一万金币是买不到的。"

国王即唤来司库，吩咐道："你立即取一万金币送到哈甘相府去。"

司库从命，按时将钱送到了哈甘宰相手里。

哈甘宰相接到命令，每天都去市场转，屡屡空手而归。最后，他委托经纪人代为物色：若遇万金女奴，务必立即报告相府；每卖一奴，必让哈甘宰相先看一眼。

经纪人忠实地执行宰相的命令。一段时间过去，没找到一个被哈甘宰相看得上的女奴。

有一天，几个经纪人来到哈甘相府，正巧哈甘宰相骑马要去王宫。他们下马拦住马头，吟诵道：

　　执行圣命者，正是太平相。重唤慷慨意，此志主赞赏。

然后说："宰相阁下，你吩咐要买的女奴，我们已经买到手了。"

宰相说："快带来给我看看。"

片刻后，经纪人带来一个女奴，但见她身材苗条，酥胸高耸，眼睑搽黛，鹅卵脸蛋儿，腰肢纤细，臀部丰隆；身着华美裙袍，体态轻若春风拂柳，言谈轻柔若微风吹过园圃花丛。正如诗人所云：

T.达尔齐尔 绘

> 肤似丝绸,善于言辞,热情善良,绝无虚吃。
> 天生一双,明眸能语,动心销魂,酒叹不及。
> 姿容可爱,夜增吾梦,娱乐之日,正值约期。
> 睫毛如同,夜之漆黑,前额近似,东升晨曦。

哈甘宰相见之,甚感中意。他望着经纪人,说:"这女奴身价多少?"

经纪人回答:"一万第纳尔金币。不过,卖主说,一万第纳尔金币还不足以偿付女奴吃的雏鸡钱,更不用说穿着打扮了。这女奴学过书法、语言、文法、《〈古兰经〉注》和《伊斯兰教律基础》,熟悉宗教、医学、历法知识,并且擅操乐器。"

宰相吩咐道:"把卖主带来见我。"

不多时,经纪人带来一个波斯老翁,但见他满脸皱褶,瘦骨嶙峋,岁月的折磨已把他变成了一个皮包骨头的人,正如诗人所描绘的那样:

> 时光令我周身抖,权势威力皆具有。
> 往日只走无感觉,今天有觉不行走。

老翁来到宰相面前,宰相问:"你能满足齐尼国王的心愿吗?"

波斯老翁说:"只要国王陛下喜欢,我当把女奴献给穆罕默德·本·苏莱曼·齐尼国王陛下,仅收一万第纳尔金币也就算了。"

宰相吩咐取来钱,交给这个波斯老奴隶贩子。波斯老翁走上前来,对宰相说:"相爷阁下,我有一句话,不知当讲不当讲。"

"讲就是了。"

"我有一主意,阁下不宜今天送女奴进宫。因为她远道而来,一路风尘,水土不服,显得疲惫无神。若能让她休息十天,再让她沐浴熏香,姿容定可大增几分。到那时,再将她送入王宫,阁下自然福星高照,福运临头。"

哈甘宰相觉得此话甚是有理,旋即将女奴带回相府,为她安排阁楼一处,让她休息,每日按时送饭送水,安享一段清闲舒适的生活。

宰相哈甘有个儿子,名曰阿里·努尔丁,相貌英俊,面如圆月,面色白里透红,脸上有一颗龙涎香似的美人痣,满头浓密乌发。如同诗人所云:

> 面上玫瑰花,自己不摘它。刺玫胜刀枪,交战不用它。
> 残忍心细弱,非此也非那。若细腰在心,不伤近亲家。
> 责情且请谅,有此身惜它。罪在心和眼,无心无牵挂。

哈甘宰相的这个儿子不知道女奴为何来到他家。

宰相叮嘱女奴:"姑娘,你有所不知,我是为国王把你买来的,以便你日后成为王妃。我有个儿子,每在街巷遇见女子,必有不轨行为。你要好好保护自己,不要让他看见你或听到你的声音。"

"遵命!"女奴答道。

宰相离开女奴而去。

有一天,女奴在女仆们护卫下到相府浴池沐浴。沐浴完毕,她换上华美衣裙,更显得姿容艳丽。她去拜见宰相夫人,走到屋内,吻过夫人的手,夫人问:"你叫什么名字呀?"

"我叫艾尼斯·吉丽斯。"女奴答。

"啊,艾尼斯·吉丽斯,在相府浴池沐浴舒适吗?"

艾尼斯·吉丽斯说:"禀报夫人,挺好的,因为要见你,我才前往沐浴更衣的。"

旋即宰相夫人吩咐女仆们："你们陪我去沐浴吧！"

众女仆服从主命簇拥着宰相夫人沐浴去了。

艾尼斯·吉丽斯转身回到自己住的阁楼。艾尼斯·吉丽斯住的阁楼门前站着两个小女仆。宰相夫人叮嘱二女仆说："你俩要好好守在这里，不要让任何人进门见姑娘。"

"遵命，夫人！"两个女仆异口同声。

艾尼斯·吉丽斯正坐在阁楼里，宰相的儿子阿里·努尔丁来了，问母亲到哪里去了。两个女仆答道："夫人沐浴去了。"

坐在阁楼的艾尼斯·吉丽斯听到宰相儿子阿里·努尔丁的声音，心想："这少年来此必有什么事。他父亲说他每遇女子必有不轨行为……凭安拉起誓，我真想见他一面。"随后站起身来，向屋门走去。

艾尼斯·吉丽斯向门外望去，但见阿里·努尔丁是位美少年，面似皓月，双目炯炯有神。这一眼，为她带来十二分不安。阿里·努尔丁抬头望见吉丽斯，目光相遇，也给少年留下万分情思，少年心荡神驰。仅此一眼，少男少女一见钟情，双双落入情网。

阿里·努尔丁走近两个女仆，喊了姑娘一声，两个女仆应声逃离，躲到远远的地方，望着这位公子，看看他究竟要做什么。

阿里·努尔丁快步登上阁楼，看见艾尼斯·吉丽斯便问："你就是家父给我买来的女奴？"

"是的。"艾尼斯·吉丽斯回答。

阿里·努尔丁上去搂住艾尼斯·吉丽斯的腰，二人紧紧拥抱在了一起……

两个女仆见公子闯入阁楼，急得喊叫起来。

阿里·努尔丁得到满足之后，惊惶而逃，恐怕闹出什么事来。

宰相夫人听到两个女仆的喊声，淌着汗走出浴室，问道："你俩在院子里喊什么呢？"然后走到两个女仆跟前，说："你们两个该死的！出什么事啦？"

两个女仆看见宰相夫人，便禀告说："少爷打了我们，我们躲到这里。少爷闯进阁楼，与艾尼斯·吉丽斯又亲又抱，还做了些什么，我们就不知道了。我们一喊，少爷慌忙跑了。"

夫人听后，走进艾尼斯·吉丽斯房间，问道："出什么事啦？"

"启禀夫人，"艾尼斯·吉丽斯说，"我正在房间坐着，忽然闯入一个美少年，他问我：'你就是家父给我买来的女奴吗？'我答：'是的。'凭安拉起誓，就在这时，少年把我抱住了……"

"还发生了什么事？"

"他吻了我三下……"

"他没欺负你吧？"

艾尼斯·吉丽斯哭了起来，边落泪边批打自己的面颊。夫人和女仆们都担心阿里·努尔丁会被宰相打死。

正在这时，哈甘宰相走来，问出了什么事，夫人说："我将对你说个明白，你要耐着性子听！"

"好吧！"

夫人将儿子努尔丁进阁楼之事一五一十地告诉了宰相。

宰相听后，十分难过，撕衣掌脸，扯拉胡须，不胜烦恼。

夫人劝道："不要糟践自己了，我给你一万第纳尔金币，就算我把姑娘买来了吧！"

哈甘宰相抬起头来，对夫人说："你，你呀，头发长，见识短。我需要的不是她的身价，只怕会落得人财两空。"

"夫君，那是为什么呢？"夫人问。

"难道你不知道我们有个冤家对头？就是那个穆仪·本·萨维

T. 达尔齐尔 绘

宰相呀!他若知此事,必定禀报国王,岂不是凶多吉少……"

讲到这里,眼见东方透出黎明的曙光,莎赫札德戛然止声。

第三十三夜

夜幕垂降,莎赫札德接着讲故事:

幸福的国王陛下,宰相夫人劝哈甘宰相道:"不要糟践自己了,我给你一万第纳尔金币，就算我把姑娘买来了吧！"

哈甘宰相抬起头来，对夫人说："你，你呀，头发长，见识短。我需要的不是她的身价，只怕会落得人财两空。"

"夫君，那是为什么呢？"夫人问。

"难道你不知道我们有个冤家对头？就是那个穆仪·本·萨维宰相呀！他若知此事，必定禀报国王，岂不是凶多吉少……"

哈甘宰相稍稍停顿，然后说："萨维会对国王说，那位自诩爱国王的宰相，从你手里取走一万第纳尔金币，买了一个谁也不曾见过的漂亮的女奴；因为喜欢那女奴，于是他对儿子阿里·努尔丁说：'给你吧！你比国王更配得到她！哈甘的儿子阿里·努尔丁要了那个女奴，占有了她，夺去了她的贞操……现在，那女奴还在他那里。'若国王说：'你撒谎！'萨维会说：'若陛下不信，请允许我带人去搜，定会把那绝色女奴带到陛下眼前。'假如国王真允许他来查抄，把女奴带去，女奴不敢说谎，那该如何是好啊！萨维还会对国王说：'大王陛下，我曾劝过大王，大王就是不相信我的话。现在可得相信了吧！'这样，国王定将处置我，人们也会在一旁笑话。到那时，我的命都保不住了，钱又有何用啊！"

夫人说："不要让任何人知道此事！务必严守秘密！这件事，就交给安拉安排吧！"

听夫人这样一说，哈甘宰相的心倒也静下来了，认为这是个好主意。

阿里·努尔丁怕自己的行为带来不测后果，白天只敢待在花园里，夜半才敢回母亲房间去休息；天一亮，他又跑到花园里，不敢让任何人看见。

一个月过去了，阿里·努尔丁不敢与父亲见面。夫人对宰相说："你既已失去女奴，还想失去儿子吗？这样下去，儿子会被逼死的。"

哈甘说:"如何是好啊?"

"今天夜里,你先别睡,等儿子回来,你和他好好谈谈,就把这个女奴给了他当妻子算啦!因为姑娘很喜欢他,而他也很喜欢姑娘,两相情愿嘛!这姑娘的身价,我偿还你。"

哈甘宰相一夜未眠,终于等到儿子回来。他一把抓住阿里·努尔丁,摁倒在地,想把他打死。

夫人急忙赶到,问:"你想怎样处置他呢?"

哈甘宰相愤怒地说:"我想宰了他!"

阿里·努尔丁苦苦哀求:"父亲,不要这么看不起我!"

话未说完,已是眼泪汪汪,父亲说:"你为什么拿着我的生命财产当儿戏?"

"父亲,请听我一言。"他吟诵道:

居高临下君,劲敌亦难攻。纵吾罪责在,也望得宽容。

听完这首诗,哈甘宰相的手软了,放开了阿里·努尔丁。

阿里·努尔丁站起来,吻了吻父亲的手,父亲说:"孩子,你若能够好好对待艾尼斯·吉丽斯,我会把她送给你的。"

"父亲,什么是好好对待呢?"

"孩子,听我嘱咐:你既不要同她结婚,也不要伤害她,更不能卖她。"

"父亲,我发誓,既不同她结婚,也不卖她。"

阿里·努尔丁按照父亲的要求立下誓言,便与艾尼斯·吉丽斯一起生活了。

一年过去了,齐尼国王把买女奴的事全忘了。

萨维宰相得知此事,未敢在国王面前提及,因为他深知哈甘宰相在齐尼国王眼中的地位。

有一天,哈甘宰相因带着大汗出入浴室,不慎患了感冒,从此身体日渐虚弱。他把儿子阿里·努尔丁叫到面前,说:"孩子,人各有生路,亦各有寿限。因此,每个人都必须饮寿终之酒。"

接着,哈甘宰相吟道:

命终今或明,水上一花瓣。无论贵与贱,长生绝无缘。
帝王总会老,先知寿有限。普天此一理,例外谁曾见?

吟完,又对儿子说:"孩子,父知此病难好,我对你别无嘱咐,仅希望你敬畏安拉,注意留心事情后果。你要好好对待艾尼斯·吉丽斯。"

阿里·努尔丁说:"父亲从善如流,颇得民众爱戴,演说家们都在讲台上为你祝福,人们都期盼你长命百岁。"

"孩子,但求安拉接纳我!"

哈甘宰相又说:"万物非主,唯有安拉;穆罕默德是安拉的使者。"

言罢,哈甘宰相双目合闭,一命归真。

哈甘宰相仙逝的消息立刻传到齐尼国王那里,国王老泪纵横。市民们听说这位好宰相逝世,无不泪洒胸襟。

哈甘宰相遗体下葬那天,万人空巷,民众们无不悲伤,向这位宰相的棺椁投上最后一眼,其中也有萨维宰相。

灵柩抬出相府大门口,人们高声吟诵道:

君劝人沐浴，相必心清楚。
水在伊身旁，焉用功名沐！
移开尸上香，赞语足防腐。
天使携他去，因早入之目。
何须肩膀抬，颂词送洪福。

阿里·努尔丁为父亲守丧多日，不曾出门。

有一天，阿里·努尔丁正在家中坐着，忽听敲门声。起身前去开门，但见来访客是父亲生前好友。来访客人匆匆吻过阿里·努尔丁的手，说："公子，留下像你这样的后嗣，逝者虽死犹生。古今多少先人，他们的归宿无不如此。公子不要过度悲伤，多多保重才是。"

从那天起，阿里·努尔丁买来所需要的东西，在家中大摆宴席，款待宾客，他呼唤众女仆好生伺候。他还与十个商贾子弟频频聚首，常常请他们出入府第，与他们又吃又喝，酒菜丰盛，十分热闹。

一天，管家对阿里·努尔丁说："大人，想必听过这样一句俗语，曰：花而不算，穷在眼前。有诗为证啊！"他吟道：

保住这钱财，即护盾与剑。
安可给敌人，舍吉将凶换？
他边吃边喝，不舍一文钱。
紧把每一分，吝啬不顾颜。
素喜庶人话，一本五利赚。
扭脸不睬我，我有低下感。
人无钱卑贱，功德耀眼难。

接着，管家又说："大人，开销巨大，厚礼馈赠，必将把财产全部耗尽。"

阿里·努尔丁听了管家的话，说："你的话，我一句也听不进去。"他吟道：

> 你富我穷日,我不靠乞活。吝啬向获誉,人死缘挥霍。

阿里·努尔丁又说："管家，只要有午饭吃，你就别让我为晚饭发愁！"

管家眼见劝阻无效，只有转身离去。阿里·努尔丁依旧大摆宴席，款待宾朋，任意挥霍，天天如是。若有朋友指着他的东西说："这件东西真好。"他便说："拿去吧！"若有朋友说："你这座房子真漂亮！"他就会说："送给你。"早摆宴席，晚会宾客，如此延续整整一年时间。

有一天，阿里·努尔丁坐在房中，女奴艾尼斯·吉丽斯吟道：

> 君测时日准,不畏厄运临。与君吟唱夜,乐中寓愁闷。

一日，艾尼斯·吉丽斯正给宾客们弹唱着，忽听有人敲门。阿里·努尔丁走去打开门，发现求见的不是陌生人，而是管家。

"有什么事？"阿里·努尔丁不耐烦地问。

"大人，我日夜忧虑之事，如今果然临头。"

"什么忧虑之事？"

"大人有所不知，现在我手里的零钱不足一第纳尔金币了。请看这些单据吧！"

听管家这样一说，阿里·努尔丁低下了头，好大一会儿，方才开口说:"无能为力,只有依靠伟大万能的安拉了!"

悄悄跟在他身后的那位朋友听他这样一说,立即回到客厅,对在座的人说:"你们猜,出了什么事……阿里·努尔丁已经破产了。"

大家莫衷一是。

那个人又说:"你们万万想不到,阿里·努尔丁破产了!"

这时,阿里·努尔丁满面愁云地回到朋友中间。这时,一位朋友站起来,望着阿里·努尔丁,说:"我要告辞了。"

阿里·努尔丁问:"你急什么呢?"

"我太太要分娩,我不能不回去看看呀!"

阿里·努尔丁说:"那么,你赶快回去吧!"

另一位也客人也站起来,说:"阿里·努尔丁先生,我今天要去看我的长兄一趟,因为他的小儿子要举行割礼①。"

每位朋友都想出自己的理由,一一同努尔丁告别,相继离开客厅,只剩下阿里·努尔丁一人,形影相吊,独立大厅。

这时,阿里·努尔丁唤出艾尼斯·吉丽斯,问道:"喂,艾尼斯·吉丽斯,你知道我现在的处境吗?"

随后,他向艾尼斯·吉丽斯把家底交代了一下。艾尼斯·吉丽斯听后,说:"大人,数天来,我一直想跟你谈谈这方面的事。我常常听你吟诵这样的诗句:

　　　　运来当紧抓,莫让其迅走。厄运来难灭,佳运去宜溜。

---

① 割礼,伊斯兰教礼仪,亦称"割包皮",指穆斯林男孩儿割掉阴茎包皮的仪式。据传,先知易卜拉欣奉安拉之命,要求其后裔所有男子都必须履行割礼。

T. 达尔齐尔　绘

听你吟诵这样的诗句,我不曾向你发表过任何看法。"

阿里·努尔丁说:"艾尼斯·吉丽斯,你知道,我把钱都花在朋友身上了。我想,我穷困时,他们不会袖手旁观的。"

艾尼斯·吉丽斯说:"凭安拉起誓,他们是不会帮你忙的。"

"我现在就去找他们,但愿能从他们那里借些钱,作为本金,做点儿小生意,不可再闲下去了。"

说罢,阿里·努尔丁站起身来,出了大门,去找那十个常来当食客的朋友。

阿里·努尔丁来到第一家,敲过门,走出来的是一个女仆,问道:"先生,你找谁?"

阿里·努尔丁说:"告诉你的主人,就说阿里·努尔丁在门外等候,求他开恩施舍。"

女仆进去禀报,只听主人大声喝道:"告诉他,就说主人不在家!"

女仆回来告诉阿里·努尔丁:"先生,我家主人不在家。"

阿里·努尔丁只得向第二家走去,边走边想:"狗杂种,竟敢背弃我!我去找第二家,看他说什么!"

来到第二家,所得到的回答一样。阿里·努尔丁愤慨吟道:

  慷慨施舍者,今日已绝迹。

吟罢诗,他说:"凭安拉起誓,我一定要把他们统统考验一遍,也许有一例外者。"

阿里·努尔丁连叩十家门,不仅没人给他半张发面饼,就是和他见一面的人也没有。他吟道:

得意人如树,果丰众围绕。
一旦果采光,人寻新枝条。
世人皆该死,天下无友交。

阿里·努尔丁回到艾尼斯·吉丽斯身边,垂头丧气,心中苦不堪言。艾尼斯·吉丽斯说:"我不是早就跟你说过,他们是不会帮你的忙的吗?"

阿里·努尔丁说:"唉,真没想到,他们竟连面都不见!"

"先生,没法子,你就把家里的家具一件一件变卖掉,换点儿钱吧!"

阿里·努尔丁开始变卖家具,终于把家具全卖光了。他望着艾尼斯·吉丽斯说:"家具没有可卖的了,怎么办呢?"

"我有一个主意,你就把我领到奴隶市上去卖吧!你父亲是用一万第纳尔金币把我买来的,但期安拉帮助你用我换些钱。如有缘分,日后终还有聚首之时。"

"艾尼斯·吉丽斯,我一刻也离不开你呀!"

"我也一样!可是,我们已被逼上此路,又有什么法子呢?"

正如诗人所云:

事若有必要,行径失礼貌。迫己走门路,成事不可少。

努尔丁一听,泪如雨下。他吟道:

让我看一眼,以慰我心田。若使你为难,无奈我自惭。

阿里·努尔丁领着艾尼斯·吉丽斯来到奴隶市场,把她交给经纪人,说:"这个女奴,你是知道她的身价的。"

经纪人说:"她是艾尼斯·吉丽斯。你父亲不是花一万第纳尔金币买去的吗?"

"是的。"

经纪人去找商人,见市上的商家还不多,就等了一会儿。

商人们相继到来,上市的女奴充满市场,肤色各异,来自不同种族和国家,有土耳其的、希腊的、格鲁吉亚的,还有埃塞俄比亚的。

经纪人见市场上人声鼎沸,便站在一个高处,指着艾尼斯·吉丽斯说:"诸位商家,诸位富豪,听我讲讲,听我说说。并非圆的都是核桃,长的全是香蕉,红的不全是肉,白的也不全是油,赤褐色的不都是酒,棕色的不都是椰枣。商友们,你们看,你们瞧!这是一颗举世无双的明珠,金钱标不出它的实价。来来来,你们开个价吧!"

一个商人开口说:"我给四千五百第纳尔金币!"

突然间,萨维宰相出现在市场上。只见他骑着一匹阿拉伯纯种马,腰别一把也门弯刀,傲气十足,不可一世。

萨维宰相看见努尔丁在市场上站着,心想:"他站在这里干什么?他已到了山穷水尽境地,哪有钱买女奴?"萨维宰相看见经纪人在那里叫卖,四周围着许多商人,心想:"看来努尔丁已经破产,只得靠卖女奴度日了……如果是这样,他该是如何冷酷!"

想到这里,萨维宰相呼唤经纪人,经纪人恭恭敬敬地向他行吻地礼。萨维说:"这个女奴,我买了!"

经纪人不敢违抗,没说二话,把艾尼斯·吉丽斯领到萨维宰相面前。

萨维仔细打量艾尼斯·吉丽斯,见她体态婀娜,眉清目秀,天

T. 达尔齐尔　绘

生丽质,风韵不凡,甚是喜欢。他高声问道:"多少钱?"

经纪人说:"四千五百第纳尔金币。"

商人一听,谁也不敢再加一文一分,尤其他们知道那位宰相暴虐成性,更加望而生畏,个个噤若寒蝉,有话也不敢开口。

萨维宰相对经纪人说:"你还站着干什么?快去,用四千五百第纳尔把女奴给我买下来!"

经纪人走到阿里·努尔丁跟前,歉意地说:"大人,看来你的女奴一分钱也卖不到了。"

"为什么?"阿里·努尔丁不解地问。

"我们开盘就是四千五百第纳尔。不巧这位暴虐宰相来了,且看上了你的女奴。他小声对我说:'你合计一下,四千第纳尔卖给我,其余五百第纳尔归你。'我猜想,他已经知道这女奴的卖主是你。如果他能付现钱给你,那就感谢安拉。可是,他的霸道暴虐,我一清二楚。他可能给你开个单子,让你找他的代理人去要钱,并且他会同时给代理人写封信,嘱咐代理人不给你一文钱;或者你去要账,他们今日推明日,明日推后日,最后不了了之。你是个心地善良之人,当你讨账不耐烦时,他们会说:'把单据给我们吧!'单据到了他们手里,一撕了之,这卖奴的钱嘛,也便一风吹了。"

阿里·努尔丁听了经纪人的这番话,望着经纪人说:"我该怎么办呢?"

经纪人说:"我给你出个主意,倘若你能接受,保你有好运气。我站在市场上,你就假装来找我。你到了我跟前,一把将艾尼斯·吉丽斯从我手中拉过去,立即打她一巴掌,同时对她说:'你这个该死的奴婢!我把你领到市上来,只不过是为了履行我的誓言。我昨天不是对你说过,我一定要把你拉到市上,让经纪人当众卖你吗?'你这样一说,就算是对宰相耍了个小小计谋,他们便会相信,你把女奴带到市场上来,仅仅是为了履行誓言而已,并不想把她卖掉。"

"好主意!"阿里·努尔丁说。

经纪人离开阿里·努尔丁,行至市场中,拉着艾尼斯·吉丽斯的手,对萨维宰相说:"大人,女奴的主人来了。"

阿里·努尔丁走上前去,一把扯住艾尼斯·吉丽斯,顺手一记耳光抽去,生气地说:"你这个该死的贱奴!我把你拉到市上来,不过是为了履行我的誓言而已。你给我回家去!我卖掉你,能得几个钱?我家里的一件家具,就能卖出你好几倍的身价。从今以后,不准你违抗我的旨意!"

宰相穆仪·本·萨维看着阿里·努尔丁,说:"你这个穷鬼,还有什么家具可卖呢!"

萨维宰相想打阿里·努尔丁,但众人一起围了上去,萨维宰相无法下手。

因为人们喜欢阿里·努尔丁,便把目光一齐投向了这个漂亮小伙子。阿里·努尔丁说:"诸位大人,你们现在知道他的暴虐了吧!"

萨维宰相说:"若不是这么多人在这儿,我非杀死你不可!"

众人相互使眼色,然后异口同声对萨维宰相说:"我们可无意掺和你们俩之间的事!"

阿里·努尔丁走上前,一把将萨维宰相拉下马,只见这位宰相"扑通"一声跌落在泥坑里,锦袍顿时被染上了黄、白、灰三色。阿里·努尔丁挥起巴掌,狠狠地朝萨维宰相的脸上抽去,他的牙齿被打掉了两颗,鲜血直流,染红了胡须。

随宰相来的十个仆从见主人狼狈不堪,挥剑想杀阿里·努尔丁,但阿里·努尔丁两眼圆瞪,谁也不敢凑前一步。

众人在一旁哈哈大笑。有一个人对那些仆从说:"他俩一个是宰相,一个是宰相的公子,都是有地位的人物,说不定一会儿二人和好如初,你们就里外不是人了,最好不要干预他俩之间的事。"

阿里·努尔丁领着艾尼斯·吉丽斯,转身扬长而去。

萨维宰相费了好大力气,方才挣扎着站起来。之后,他拿起一个曼陀罗花枝,放在自己的脖子上,托着被染上黄、白、灰三色泥巴的袍边,走到王宫门前,高声喊道:"国王,国王陛下,有人欺负我!"

宫役们立即带他来到国王面前,国王问:"相爷阁下,你怎么变成了这般模样?"

萨维宰相泪流满面,他吟道:

有你在世间,谁敢欺负我!你是莽原狮,鬣狗无奈何。

你的池水足,冤家亦可喝。君能降甘霖,我焉会口渴!

吟完,萨维宰相说:"国王陛下,一心爱戴陛下、竭诚为陛下效力的人,竟然遭受这种侮辱!"

国王问:"究竟是怎么回事?"

萨维宰相说:"今天,我去奴隶市场,想买个女奴当厨娘。我看中了一个女奴,但经纪人说那女奴的主人是已故哈甘宰相之子阿里·努尔丁。国王想必记得,一年多前,陛下曾给哈甘一万第纳尔金币,让他物色女奴。哈甘确实买到了一个漂亮的女奴,很是喜欢,可是他却把她给了他的儿子阿里·努尔丁。哈甘死后,阿里·努尔丁奢侈浪费,挥金如土,把家具、果园全都卖光了,终于破产,最后不得不把女奴送到市上去卖。阿里·努尔丁把女奴交给经纪人拍卖,商人们竞相加价,把价钱抬到四千五百第纳尔。这时,我说:'我为国王陛下买下这个女奴!'原来的身价,阿里·努尔丁是知道的。我对阿里·努尔丁说:'孩子,你拿着这四千第纳尔金币,权作女奴的身价吧!'他听我这样一说,瞪着眼,对我说:'你这个不要脸的老家伙!我宁可把她卖给犹太人和基督徒,也不能卖给你。'我对他说:'孩子,我不是为自己买的,而是为恩泽浩荡的国王陛下买的。'他听我这样一说,反倒勃然大怒,一把将我拉下马鞍,摔到泥坑里。我这么大年纪,他还用巴掌抽我,把我打成了这个样子,把国王赐予我的锦袍也弄得满是泥……我为陛下买女奴,才蒙受了这般侮辱……"话未说完,他倒在地上,号啕大哭,周身颤抖不止。

国王见萨维宰相如此狼狈、伤心,不禁怒容满面。他望了望在

T. 达尔齐尔 绘

场的文武百官,又望了望那四十名荷剑的侍卫,厉声喝道:"你们立即动手,查抄哈甘的家,把阿里·努尔丁和那个女奴一起绑到王宫来!"

"遵命!"在场者异口同声道。

旋即,大队人马走出宫门,朝原相府开去。

国王有位侍卫,名叫阿莱姆丁·桑格尔,原是哈甘宰相的家仆。

桑格尔见国王下令查抄哈甘家,眼见前主人的儿子就要倒霉,心中甚为不平,立即退出宫殿,策马来到旧相府。敲过门,开门的是阿里·努尔丁。努尔丁要桑格尔到客厅坐坐,桑格尔说:"来不及啦!现在不是说话的时候,更不能多说。"他吟道:

莫怕受虐待,遇险拔腿跑。
丢下楼殿宇,任凭人凭吊。
天涯大地广,生命仅一条。

阿里·努尔丁问:"出什么事啦?"

"国王已下令查抄你家,萨维布下罗网,并派四十名刀斧手捉拿你,你带着女奴赶快逃命吧!免得遭他们的毒手。"

桑格尔从口袋里掏出四十第纳尔,递到阿里·努尔丁手中,说:"这点儿钱,你拿着,路上用!快走吧,没有时间说话了。"

阿里·努尔丁转身把消息告诉艾尼斯·吉丽斯,女奴心中一阵慌乱。阿里·努尔丁立即领着艾尼斯·吉丽斯,快步向城外走去。

在安拉的掩护下,二人走呀走呀,一直走到海边。

到了海边,看见一只帆船靠在岸边,听见船长对乘客们说:"乘客们,谁还有什么事情,或者忘下什么东西,或者要向亲友告别，请马上去办！我们的船一个时辰后就要起航了。"

众乘客说："船长，我们把一切事都办完了，扬帆起航吧！"

船长听后，高声喊道："松缆绳，起锚，准备开航！"

这时，阿里·努尔丁急忙跑上前去，高声叫道："船长，船长，你们的船要开往哪里？"

船长把脸转向岸上，回答道："开往和平之城——巴格达！"

阿里·努尔丁说："船长，请稍等！"

讲到这里，眼见东方透出黎明的曙光，莎赫札德戛然止声。

第三十四夜

夜幕垂降，莎赫札德接着讲故事：

幸福的国王陛下，阿里·努尔丁得知船要开往巴格达城，急忙喊了一声"请稍等！"随后，阿里·努尔丁上了船，艾尼斯·吉丽斯也跟着上了船。

阿里·努尔丁和艾尼斯·吉丽斯刚登上船，只见水手们松开缆绳，撑起风帆，船徐徐离开码头，继而像展开双翅的鸟儿一样，飞也似的朝大海驶去。正如诗人所云：

  抬眼望画舫，形美令人羡。
  敢与风竞发，伴吉祥扬帆。
  似鸟展双翅，俯冲掠水面。

国王派的四十名荷剑武士来到旧相府，破门而入，结果搜遍厅室各个角落，也未见到二人踪影。随即，他们将房子捣毁，转回王宫将情况一一禀报国王。

国王听后，下令道："继续到他俩可能隐匿藏身的地方去搜查！"

"遵命！"众侍卫回答。

国王赐赠给萨维宰相锦袍一袭，并对他说："能为你报仇的只有我！"

随后，国王留萨维宰相多坐一会儿，并且要他放心。之后，国王派传令官沿街叫喊："公众们，国王陛下有令：谁能抓到哈甘的儿子阿里·努尔丁，并能把他交到国王陛下手中，国王陛下将赐之锦袍一身，另赏一千第纳尔金币。有窝藏或知情不报者，严惩不贷！"

宫中所有侍卫一齐出动，四处搜查，结果连阿里·努尔丁的影子也没有找到。

阿里·努尔丁、艾尼斯·吉丽斯搭乘的船平安到达巴格达城。船长说："这就是巴格达城！这是一座和平之城。现在冬日严寒已消，春姑娘带着鲜花来了，万木发芽，河水奔腾。"

阿里·努尔丁、艾尼斯·吉丽斯交给船长五第纳尔之后，下船上岸。他俩走了没多远，便被命运带到一座花园附近。但见那里打扫得干干净净，摆放着许多长凳，高处有条水槽，后面有道长如胡同的竹篱笆墙，竹篱笆的尽头有一道门，那就是花园的大门，然而门却紧关着。

阿里·努尔丁对艾尼斯·吉丽斯说："凭安拉起誓，这真是个好地方啊！"

艾尼斯·吉丽斯说："我们坐在长凳上休息一会儿吧！"

二人在长凳子上坐了一会儿，然后洗了洗手和脸，在轻柔的微风中，不知不觉地进入了梦乡。

那座花园名叫"游乐园"。园中有座宫殿，名唤"消愁宫"，是哈里发哈伦·拉希德的逍遥宫。每当哈伦·拉希德感到惆怅时，便来到此园中，走进消愁宫，坐上个把时辰。

消愁宫有八十个窗子，宫里挂着八十盏灯笼，还有一座巨大的金质蜡台。每逢哈里发驾临，宫女们就打开所有窗子，请宫廷乐师伊斯哈格·穆苏里[①]来此奏乐，宫中歌舞伎来此唱歌跳舞，为哈里发消愁解闷。但是，这游乐园门前是不准老百姓站立、逗留的。

游乐园中有个老园丁，名叫易卜拉欣。

有一天，易卜拉欣正要外出办事，刚出园门，看见许多人来游园，还带着女人，其中有些行动可疑者，老园丁十分生气，但没有发火。

过了几天，哈里发哈伦·拉希德来到园中，老园丁就把前几天花园门前游人活动的情况向哈里发如实禀报。哈里发对老园丁说："见谁在园门前逗留，你只管采取行动。"

一天，老园丁有事外出，刚跨出园门，发现两个人合盖着一个斗篷，靠在长凳上睡觉，老园丁心想："莫非这两个人不知道哈里发有令，这园门前不准老百姓逗留，并允许自己对外来人采取行动吗？不过，我要轻轻惩罚这两个年轻人一下，以防有人再接近园门。"

老园丁折了一根椰枣树枝，走到那两个人跟前，扬起手来，正

---

① 伊斯哈格·穆苏里（767—850），阿拔斯王朝著名的音乐家，在演唱、作曲、演奏方面成就斐然，以"伊本·奈迪姆"而知名。曾侍奉哈里发哈伦·拉希德和巴尔马克家族。他的父亲易卜拉欣·穆苏里（742—804）也是当时著名的音乐家。

要抽下去时,心想:"我还不知道这两个人的情况,怎好动手打人家呢?也许是异乡客或过路人,是命运把他俩带到这里来的,根本不知道哈里发有那么一道令。我不妨掀开斗篷,看看二人的面庞。"

想到这里,老园丁易卜拉欣把斗篷一掀,不禁惊叹道:"好漂亮的一男一女!不能打,不能打!"

说罢,用斗篷把二人的脸盖上。老园丁走到阿里·努尔丁的脚旁,用手摁了摁,阿里·努尔丁睁开了眼。他见一位老人站在自己的身旁,感到有些不好意思,于是蜷了蜷腿,然后坐了起来,继而拉住老人的手,吻了吻。老园丁问:"孩子,你们从哪里来?"

阿里·努尔丁回答道:"老人家,我们是外乡人……"

话音未落,阿里·努尔丁的泪水夺眶而出。

老园丁说:"孩子,安拉的使者有言:要款待异乡来客。"

老园丁沉默片刻,又说:"孩子,起来,到园中去散散心吧!"

阿里·努尔丁问:"老人家,这座花园的主人是谁呢?"

"孩子,这花园是我从先人那里继承来的。"

老园丁这样说,目的在于让二人放心进花园去。阿里·努尔丁听后,十分高兴,连声感谢。旋即,他和女奴艾尼斯·吉丽斯站起来,在老园丁的引领下,进了花园。

花园的拱门上攀爬着葡萄藤,上面结着各种颜色的葡萄:红葡萄好像红宝石,黑葡萄就像黑檀木。他们行至一个天棚下,但见那里果实垂挂,鸟儿站在枝头歌唱,夜莺鸣啭,斑鸠咕咕,此起彼伏,悦耳叫声回荡在园林处处。呼罗珊杏和李子色如美女容面,樱桃和梅子令人望而赞叹;无花果色彩斑斓,有红的,也有绿的;花儿朵朵,似珍珠又像珊瑚。玫瑰花好似美女面颊,紫罗兰红如火焰,桃金娘、风信子、秋牡丹等各种花卉争奇斗艳,竞相开放,叶子挂着忧伤的泪珠窃窃私语,菊花张着口绽出笑颜,水仙花睁着深色的眼睛望着玫瑰，佛手柑就像天上的繁星，柠檬犹如巨大的金色榛子。就连地上，也蔓生着各种颜色的花。明媚的春光给大地带来无限欢乐，流水淙淙，百鸟争鸣，微风拂面，处处充满生机。

老园丁将二人领进一个大厅，但见厅内装饰华贵典雅，别有一番景色。他们凭窗而坐，阿里·努尔丁想起往日经历的事情，便说："凭安拉起誓，这个地方实在太美啦！这使我想起过去；这一切扑灭了我心中的惆怅与苦闷火焰。"

老园丁端来饭菜，三人一道进餐。二人吃饱喝足，洗了洗手，阿里·努尔丁坐在窗子旁边，叫艾尼斯·吉丽斯来和他一起欣赏挂满果实的树木。

片刻过后，阿里·努尔丁望着易卜拉欣老人，说："老人家，

T.达尔齐尔　绘

你们这里有没有什么喝的东西？因为人吃过饭，一定要有喝的，才能尽兴啊！"

老园丁端出冷甜水来，阿里·努尔丁说："我说的不是这种东西……"

"你想要酒？"

"正是！"

"但求安拉保佑，我已经十三年没有碰过这种东西了。因为穆圣诅咒喝酒、酿酒和带酒的人。"

"你听我来说两句好吗？"

"请讲吧！"

"如果你不是喝酒、酿酒和带酒的人，做这种事的是头驴子，那还会有人诅咒你吗？"

"那倒是不会的。"

"那么，老人家，你就拿上这两第纳尔，骑上毛驴，到酒店去一趟吧！到酒店后，你就远远地站在一旁。倘若你见那里有人，你就叫住他，对他说：'拿着这两第纳尔，帮我去买点儿酒。'然后把酒瓶系在毛驴身上，骑着毛驴回来就行了。到那时候，你既不是喝酒人，也不是带酒人，更不是酿酒人。因此，也就不会有人诅咒你了。"

老园丁一笑，说："凭安拉起誓，小伙子，你真是个有智有谋的人。我既没见过像你这样风趣的人，也没听过像你说的这样甜蜜的话语。"

老园丁按照阿里·努尔丁教的办法，骑上毛驴，很快把酒买了回来。

阿里·努尔丁谢过老人，然后说："我们已成了受你保护的人，你应该同意我们的要求。就请把我们需要的东西拿来吧！"

"孩子，我们的储藏室就在你面前，那是专为哈里发准备的。你需要什么，就请进去拿吧！那里应有尽有，远远超出你的要求。"

阿里·努尔丁进了储藏室，只见那里摆放着许多镶嵌着各种宝石的金银、水晶、玻璃器皿。眼见储存如此丰富，二人惊诧不已。于是，他拿了几个金银酒杯，斟满酒，和艾尼斯·吉丽丝一道畅饮起来……

过了一会儿，老园丁易卜拉欣送来香甜的果子，并且在远远的地方坐了下来，看着他俩。

二人继续对饮，格外高兴，直至喝得有了几分酒意，均已面红耳赤，醉眼迷离，披头散发。老园丁暗自心想："我为什么要坐得离他们这么远呢？我何不与他俩一道坐呢？在这座宫殿里，我什么时候见过这样的人呢？这两个人长得真漂亮，简直就像天上的圆月。"

想到这里，老园丁走去，和二人坐在了一起。

阿里·努尔丁说："老人家，请和我们一块儿畅饮吧！"

阿里·努尔丁斟满一杯酒，递给老园丁，说："老人家，请喝下去！尝尝酒的味道吧！"

老园丁说："安拉保佑！我有十三年没尝酒的味道了。"

阿里·努尔丁没去理会老园丁的话，而是自己举起杯，一饮而尽，随即醉倒在了地上。

艾尼斯·吉丽斯望着阿里·努尔丁，对老园丁说："老人家，你瞧这个人，他怎么这样呢？"

老园丁问："太太，他怎么啦？"

艾尼斯·吉丽斯说："他常这样，喝上一会儿，就要睡上一觉，剩下我一个人，没有酒友与我对饮。我举杯，没人与我对盏；我唱歌，无人欣赏我的歌声，真叫人不快活！"

老园丁说:"作为酒友,真不该这样啊!"

艾尼斯·吉丽丝斟满一杯酒,望着老园丁,说:"老人家,凭我的生命起誓,请喝下这杯酒,不要不给我面子。"

老园丁接过酒杯,一饮而尽。

艾尼斯·吉丽斯又给老人斟满一杯,递给他,劝道:"老人家,这一杯也是你的呀!"

老园丁易卜拉欣婉言谢绝道:"凭安拉起誓,我实在喝不下去了!一杯足矣,一杯足矣!"

"凭安拉起誓,老人家,你一定要喝下去才是啊!不要不给我面子。"艾尼斯·吉丽斯竭力相劝。

老园丁无可推辞,接过酒杯,仰脖下肚。接着,艾尼斯·吉丽斯递上第三杯,老园丁正要举杯搭唇时,阿里·努尔丁突然坐了起来……

讲到这里,眼见东方透出黎明的曙光,莎赫札德戛然止声。

❖─── 第三十五夜 ───❖

夜幕垂降,莎赫札德接着讲故事:

幸福的国王陛下,艾尼斯·吉丽丝斟满一杯酒,递给老园丁,劝道:"老人家,凭我的生命起誓,请喝下这杯酒,不要不给我面子。"

老园丁接过酒杯,一饮而尽。

艾尼斯·吉丽斯又给老人斟满一杯,递给他,劝道:"老人家,这一杯也是你的呀!"

老园丁易卜拉欣婉言谢绝道:"凭安拉起誓,我实在喝不下去了!一杯足矣,一杯足矣!"

"凭安拉起誓,老人家,你一定要喝下去才是啊!不要不给我面子。"艾尼斯·吉丽斯竭力相劝。

老园丁无可推辞,接过酒,仰脖下肚。接着,艾尼斯·吉丽斯递上第三杯,老园丁正要举杯搭唇时,阿里·努尔丁突然坐了起来。

阿里·努尔丁对老园丁易卜拉欣说:"老人家,这是怎么回事呢?刚才我给你敬酒,你拒绝了,说十三年来未尝酒味,怎么喝起姑娘敬的酒来了呢?"

老园丁不好意思地说:"凭安拉起誓,罪责不在我呀,是姑娘非劝我喝不可呀!"

阿里·努尔丁开心地笑了。

阿里·努尔丁与艾尼斯·吉丽斯相互敬酒,对饮起来,结果正如艾尼斯·吉丽斯所料,老园丁坐不住了。艾尼斯·吉丽斯悄声对阿里·努尔丁说:"公子,你边喝边劝我喝,别理这个老头儿,定有好戏给你看。"

说完,她斟满酒敬阿里·努尔丁,阿里·努尔丁也斟满酒敬她。二人一敬一还,老园丁望着女奴,对他俩说:"这是怎么回事?你们俩这样敬来敬去,不是要冷落我吗?我已经成了你们的酒友了。"

二人哈哈大笑,笑得前仰后合。二人边喝边敬老园丁酒,一直喝到入夜。艾尼斯·吉丽斯说:"老人家,我去点一支蜡烛好吗?"

"好吧!但只准点燃一支蜡烛。"

女奴站起来,从第一支蜡烛点起,直到点着八十支蜡烛方才坐下来。阿里·努尔丁说:"老人家,我该为你干点儿什么呢?能允许我点一只灯笼吗?"

老园丁说:"好吧!但只准点一只灯笼,不要管别的!"

阿里·努尔丁站起来,将八十只灯笼全部点亮。霎时,厅内灯火辉煌,亮如白昼,仿佛在欢跳起舞。老园丁醉意朦胧地说:"你们俩不如我……不如我壮!"

说着,老园丁站起来,走去把所有的窗子全部打开,继之和那两个人坐在一起,边把盏对饮,边吟唱诗歌,整个消愁宫喧闹起来。

真是无巧不成书。就在这个时候,哈里发哈伦·拉希德在王宫中坐观底格里斯河夜景,无意中向游乐园的消愁宫望去,但见那里灯火一片,照得河水通明;仔细观看,发现那是坐落在游乐园的消愁宫,似乎整个宫殿在烛光中翩翩起舞,他心中甚感纳闷。

哈里发哈伦·拉希德大声喊道:"来人哪!去把贾法尔·巴尔马克叫来!"

片刻后,宰相贾法尔来了。哈里发问:"你这个狗宰相!你还为我效力吗?那消愁宫为何窗子大开,灯火通明?巴格达发生的事情,你为何不告诉我?"

贾法尔张口结舌地说:"这究竟从何说起?"

"难道巴格达已不掌握在我的手中,消愁宫怎么门窗大开,灯烛通明呢?若不是我的哈里发王位已被夺走,他们怎敢如此大胆,为所欲为呢?"

贾法尔周身战栗,结结巴巴地说:"谁告诉陛下消愁宫门窗大开、灯烛通明呢?"

哈里发大声说:"你睁开眼看看!"

贾法尔向游乐园方向望去，果见消愁宫灯火辉煌，灯光盖过了夜光。贾法尔急中生智，忙说："信士们的长官，我把一件事忘了……上礼拜，老园丁易卜拉欣老人对我说：'贾法尔先生，我想让我的孩子们高兴一下，以求为你和信士们的长官增福添寿。'我问他：'你打算干什么？'他说：'我的儿子举行割礼，请你代我向陛下求个情，请陛下允许我在消愁宫为我的孩子举行割礼庆典，热闹一番。'我说：'既然想让孩子们高兴一下，那就随你的意吧！我见到哈里发禀报一下就是了。'老园丁就这样高兴地与我告别而去，而我却忘记向陛下禀告了。"

哈里发生气了："我的宰相，你本来只有一项罪过，现在却变成了两个大错！一是没有向我禀报，二是没弄清老园丁易卜拉欣的真实目的。他找你求情，不过是想要两个钱罢了；你既没有给他们什么东西，也没禀报我。我若早知道，不就让他如愿以偿了吗？"

贾法尔连声说："信士们的长官，臣有罪，臣有罪！"

哈里发说："凭我的列祖列宗起誓，今夜的剩余时间，我想和老园丁一起度过。老园丁易卜拉欣是个好人，许多老人与他交往。他对穷人热情，十分关心同情他人。孩子举行割礼，定有许多宾客。因此，我一定要到他那里去，但期他们当中能为我们祝福祈祷，让我们在今世和来世都得到平安。说不定我的出席会给他带去欢乐。我们应当前去祝贺一下。"

贾法尔说："信士们的长官，天快亮了，也许他们要散席了。"

哈里发说："一定要到他那里去！"

贾法尔一时瞠目结舌，不知如何是好。

哈里发站起身来就走，贾法尔在前面领路，侍从迈斯鲁尔在后面紧跟。三人都是商人打扮，步出宫门，穿过胡同，来到游乐园。

哈里发走上前去一看，见园门大开，心中不胜惊异。他说：

T. 达尔齐尔 绘

"你瞧,老园丁为什么到现在还没有关园门?这可不是他的习惯啊!"

三人走进游乐园,一直行至消愁宫下,哈里发哈伦·拉希德说:"喂,贾法尔,你听啊,这里静悄悄的,这是怎么回事?我要看一看他们究竟安排了什么场面,准备了些什么礼物。他们一定有许多活动,可为什么听不到一点儿声音,看不到任何迹象呢?"

看见那棵高大的核桃树,哈伦·拉希德说:"我爬上这棵核桃树,因为树枝靠近窗子,能看到厅里的情况。"

说完,哈里发爬上大树,从一个树枝移到另一个树枝,终于移到靠近窗子的那根树枝上,坐在那里,朝厅里一看,见那里坐着一个小伙子和一个姑娘,相貌俊美,酷似天仙;又见老园丁易卜拉欣坐在旁边,手举酒杯,说:"小姐,饮酒不赏乐,难得尽兴啊!"说完,他吟唱道:

　　大壶小杯传,取自明月中。无月切莫饮,饮马伴哨声。

听老园丁吟唱完,又见他举杯畅饮,哈里发不由得怒火中烧,急匆匆从树上下来,对贾法尔说:"喂,相爷阁下,怎么好人也纵酒放歌!真是令人不解!今夜,我还是第一次开这种眼界。你快上去开开眼吧,不要错过时机呀!"

贾法尔一听,一时不知如何是好。他迅速爬上树去,果见老园丁正与一男一女在把盏对饮。

见此情景,贾法尔自认非死不可。他从树上下来,一时感到无地自容,呆呆地站在哈里发面前。哈伦·拉希德气愤地说:"喂,贾法尔,感赞万能的安拉!正是安拉使我们遵从纯洁的教律,给我们指出正道,我们才未染上这恶习!"

贾法尔羞愧得无言以对。

哈伦·拉希德望着贾法尔，问："莫非有人把他们送到这里，然后老园丁把他们领进了消愁宫？不过，那样俊秀的少年和窈窕淑女，我平生还是第一次看到。"

贾法尔觉得有希望得到信士们的长官的谅解，于是说："我们再上树看看他们吧！"

二人爬上树，只听见老园丁说："小姐，我因饮酒而失去了尊严。可是，饮酒不赏乐，实难尽兴啊！"

艾尼斯·吉丽斯说："老人家，凭安拉起誓，假如这里有乐器，我定来助兴。"

老园丁听女奴这样一说，立即站起身来。藏在树上的哈里发对贾法尔说："他究竟要干什么呢？"

"我猜不出来。"贾法尔说。

易卜拉欣离去片刻，取来一把四弦琴，哈里发哈伦·拉希德仔细观察，认定那是宫廷乐师伊斯哈格·穆苏里的四弦琴。哈伦·拉希德对贾法尔说："凭安拉起誓，如果这姑娘的歌喉不悦耳，我就处死他们；如若悦耳，我就宽恕他们，而将你处死。"

贾法尔说："安拉啊，请不要让姑娘唱出悦耳的歌声。"

"为什么？"哈伦·拉希德问。

"好让陛下把我们全部处死，让我们相互同情、相互安慰呀！"

哈里发一听，禁不住笑了起来。

艾尼斯·吉丽斯抱住四弦琴，调好琴弦，弹奏了一曲；这曲子足以熔铁化钢，令愚夫变成智者。她开始吟唱道：

　　人离世奈何，彼此必疏远。想念受折磨，不期泪如泉。
　　怒使吾饮爱，如愿是期盼。何惧你来杀，当怕生此案。

哈里发说:"妙哉,妙哉!贾法尔,我今生还没有欣赏过如此动听的歌喉。"

"陛下的怒气已经消了吧?"贾法尔问。

"我的怒气已经烟消云散了!"

哈里发和贾法尔从树上下来,哈伦·拉希德望着贾法尔,说:"相爷阁下,我真想到他们那里坐一坐,欣赏少女的歌声。"

贾法尔说:"如果陛下突然出现在他们的面前,恐怕他们会受到惊扰,说不定老园丁会因之而丧命。因此,进不得,进不得。"

哈里发说:"贾法尔,我一定要想办法,让我们在他们不知不觉之中弄清他们的情况。"

哈伦·拉希德和贾法尔边走边沉思,向底格里斯河走去。在那里见一渔夫正在消愁宫墙下打鱼。

在此之前,有一天,哈里发曾叫来老园丁问:"我听宫外有动静,那是什么声音?"

老园丁回答:"这是渔夫打鱼的声音。"

"你下去一趟,告诉他们,禁止在这里撒网打鱼。"

老园丁一传令,渔民们果然不在此撒网了。

这天夜里,有一位名叫凯里姆的渔民来到此处,见宫门大开,心想:"这正是他们不注意的时候,我何不抓紧机会,打上几网呢?"

渔夫撒下网去,开始吟道:

搏海之人莫辛苦,生路不在动中藏。
海与渔夫同熬夜,夜幕星斗互交觞。
潮起潮落浪击身,渔夫两眼盯着网。

辛辛苦苦伴夜色,其时大鱼才上网。
宫殿主人度良宵,舒心静气福安享。
饱食足睡醒来时,财产之中添羚羊。
安拉何故有厚薄,这个打鱼那个尝?

渔夫刚刚吟罢,哈里发已站在他的身后。原来,哈里发早就认识凯里姆,于是呼唤道:"喂,凯里姆兄弟!"

渔夫听见有人呼唤自己的名字,回过头去。眼见呼唤自己的不是别人,而是哈里发,凯里姆周身打战,急忙说:"信士们的长官,我的这种行为纯属无视禁律尊严。可是,贫困迫使我不得已而为之呀!"

哈伦·拉希德说:"你就放心打鱼就是了。"

渔夫欣喜异常,随即撒下一网。片刻后,渔夫起纲拉网一看,竟然鱼满网,且品种之多,数不过来。哈里发在旁边也为他感到高兴。

片刻过后,哈伦·拉希德说:"凯里姆,脱下你的衣服,和我换换吧!"

渔夫脱下外衣,那是一件补丁摞补丁的粗毛织品,衣褶里虱子、跳蚤成堆,只要一抖,便有虱蚤落地。渔夫摘下三年未曾洗过的缠头巾,简直成了一块破布。接着,哈里发也脱下自己身上的两件宽袍,一件产自亚历山大,另一件是巴勒贝克制品,让渔夫换上。

渔夫把外衣和缠头巾递给哈里发,说:"你穿上我的外衣,缠上我的缠头巾吧!"

哈里发穿上渔夫的外衣,缠上那条破布般的头巾,顷刻间变成了一个老渔夫。他对凯里姆说:"你接着打鱼就是了。"

渔夫亲吻过哈里发的脚，又连声感谢，然后吟道：

你赐大恩未回报，留在心中全记牢。
只要活着感谢你，死后坟里也相报。

渔夫吟完，哈里发穿上渔夫的外衣，就觉得有虱子在身上乱爬乱咬起来了。只见他左右手一起伸向脖子，捉住虱子，不停地往地上摔，边搔痒边说："凯里姆呀，你这个该死的渔夫，怎么你的外衣里还有这么多虱子呢？"

渔夫说："哈里发陛下，你刚刚穿上，会觉得不大舒服；倘若过上个把礼拜，非但不会有什么感觉，而且连想也不会去想它了。"

哈里发笑了，说："你这个该死的！我怎么能穿这样的衣服呢？"

渔夫说："我有句话要对陛下讲，但在哈里发的尊严面前，又羞于开口。"

"有什么话，你就说吧！"

"信士们的长官，依我之见，假若陛下想学打鱼，以求掌握一门有用的谋生手艺，那么，这件衣服对你来说是再合适不过的了。"

哈里发一听，笑了起来。

渔夫走去，哈里发拿起鱼篓，盖上少许青草，来到贾法尔跟前。

贾法尔以为那是渔夫凯里姆，甚是为之担忧，忙说："凯里姆，你怎好到这里来？快逃命吧！哈里发陛下刚才还在这里呢！"

听贾法尔这样一说，哈伦·拉希德扑哧一笑，贾法尔恍然大悟："哦，原来是陛下！"

哈伦·拉希德说："是呀，连你都认不出我来了，那老园丁是不会想到是我的,何况他已醉眼迷离呢!你且站在这里别动,我一会儿就回来。"

"遵命!"

哈里发来到消愁宫门,敲过门,老园丁易卜拉欣问:"谁呀?"

"我是渔夫凯里姆,听说你宴请宾朋,我给你送条鱼来,挺好的鱼呀!"

阿里·努尔丁、艾尼斯·吉丽斯素喜吃鱼,听说是送鱼的来了,高兴极了。二人异口同声说:"老人家,快给他开门,让他把鱼送进来。"

老园丁开了门,一身渔夫打扮的哈伦·拉希德拿着鱼篓进来,向老园丁问安。老园丁说:"欢迎你,冒险的小偷!让我瞧瞧你带来的鱼吧!"

哈伦·拉希德扒开青草,让他们看,只见篓里的鱼还都是活的。

艾尼斯·吉丽斯说:"凭安拉起誓,这鱼真新鲜,若能油煎,那该多好吃啊!"

老园丁说:"凭安拉起誓,你说得太对啦!"

老园丁转过脸去,对"渔夫"说:"喂,渔夫,你把鱼煎好再送来吧!快去快回!煎好立即送来。"

哈里发说:"我这就去煎,过一会儿就送来。"

"快去快回哟!"老园丁再次催促。

哈伦·拉希德转身离去,来到贾法尔面前,说:"贾法尔,他们要煎鱼。"

"信士们的长官,把鱼交给我,我去煎,让我露一手。"贾法尔说。

"凭列祖列宗起誓,这鱼非我亲手煎不可!"

他俩来到老园丁在园中的茅舍,发现里面一应俱全,不仅有炊具，就连盐和调料也不缺。哈里发在炉灶前，坐上锅，倒上油，将洗净的鱼用调料拌好，一阵忙乎，煎鱼做好了，放在芭蕉叶子上，又挤上柠檬汁，色、香、味俱佳。他很快端到了那三个人面前。

阿里·努尔丁、艾尼斯·吉丽斯、老园丁易卜拉欣高高兴兴地吃了一顿，然后洗了洗手。

阿里·努尔丁说："喂，老渔夫，凭安拉起誓，你给我们办了一件大好事！"说完，从口袋里掏出三枚第纳尔。这些钱，都是他逃出家门时，桑格尔给他的。阿里·努尔丁把钱递给"渔夫"，说："喂，渔夫，请原谅，凭安拉起誓，若在我遭难之前认识你，我一定能从你的心中赶走穷困。这点儿小钱，不成敬意，拿去用吧！"

哈里发接过三枚第纳尔，吻了吻，放在口袋里，站在原地未动。其实，他之所以扮成渔夫，目的在于欣赏那位女奴的歌声。

哈里发对阿里·努尔丁说："谢谢你的赏赐和照顾，请让这个姑娘弹唱一曲，叫我欣赏欣赏，行吗？"

阿里·努尔丁喊道："艾尼斯·吉丽斯，艾尼斯·吉丽斯！"

"什么事？"女奴问。

"这渔夫想听你弹唱一曲，你就满足他的要求吧！"

艾尼斯·吉丽斯听了阿里·努尔丁的吩咐，抱起四弦琴，玉指轻弹，边弹边唱：

> 美女玉指拨琴弦，人们为之神颠倒。
> 能让聋者闻歌声，哑巴也会叫声妙。

女奴接着又弹了一支美妙的曲子，致使众人为之倾倒。她边弹边唱道：

你临我之地,我欣喜无限。你带来光明,驱散了黑暗。
我当用麝香,熏沐我家园;还要加樟脑,用玫瑰装点。

哈里发听后,心荡神驰,爱意油然而生,情不自禁,欣喜万分。他说:"安拉赐予你好运!安拉保你平安!安拉嘉奖你!"

阿里·努尔丁问:"渔夫,你喜欢这姑娘和她的歌喉吗?"

哈里发说:"凭安拉起誓,我太喜欢了。"

"我就把她作为礼物送给你吧!慷慨者赠送的礼物是不求回报的。"

阿里·努尔丁站起来,拿起衣服,送给渔夫打扮的哈里发,让他带走女奴艾尼斯·吉丽斯。女奴望着阿里·努尔丁,说:"大人,难道你想不辞而别吗?如果非这样不可,就请站住,让我吟唱一首诗与你告别。"

艾尼斯·吉丽斯唱道:

你我相距远,君居奴心田。但期再相聚,安拉助如愿。

努尔丁和道:

离别那一天,挥泪告别我。问余后何为,且问留世者。

哈里发听到如此哀婉的诗歌,实在不忍心将二人分开。他望着小伙子,问道:"小伙子,莫非你得罪过什么人,或欠下某人的债?"

阿里·努尔丁说:"渔夫啊,凭安拉起誓,我与这位女子之间有一段不平常的故事啊!故事新鲜动人,若用笔记录下来,定可引起后人的兴趣。"

T.达尔齐尔 绘

哈里发说:"那就请讲一讲吧!但期安拉解救你,安拉总是救人之急呀。"

阿里·努尔丁说:"渔夫,你愿意听我用诗文讲述吗?"

哈里发说:"文是语言,诗有韵律,都妙,都好!"

阿里·努尔丁沉思片刻,然后抬起头吟诵道:

亲爱朋友啊,月下夜难暝。因为离家远,忧愁油然生。
家父厚爱我,今已入坟茔。父去方寸乱,处事失从容。
买下一美女,身似杨柳轻。因之耗尽财,为她择良朋。
卖名令我烦,别离非初衷。经纪一声喊,挤来尽衰翁。
因此我大怒,拉女在手中。劣翁不罢休,美女落火坑。

403

> 我怜美女运，左右手开弓。至解心中恨，终得愈心病。
> 胆怯回自家，方知对头凶。此地难久留，侍卫招高明：
> 示意我远走，躲避嫉妒虫。我们离家时，夜幕已垂空。
> 让我留宿在，巴格达城中。我别无他宝，堪当赠渔夫。
> 献出我的心，期信我意诚。

哈里发听后，说道："阿里·努尔丁先生，把你的身世给我讲一讲吧！"

阿里·努尔丁随即向哈里发讲述了他父亲仙逝后，自己不慎挥霍、求救无门、家中被抄、狼狈逃命直至到达巴格达的经历。

哈里发问："你现在打算去哪里？"

阿里·努尔丁无可奈何地说："安拉的土地广袤无边。"

哈里发说："我给你写封信，你带着信去见穆罕默德·本·苏莱曼·齐尼国王。国王看了我这封信，他就不会伤害你了。"

讲到这里，眼见东方透出黎明的曙光，莎赫札德戛然止声。

第三十六夜

夜幕垂降，莎赫札德接着讲故事：

幸福的国王陛下，渔夫打扮的哈里发对阿里·努尔丁说："阿里·努尔丁先生，把你的身世给我讲一讲吧！"

阿里·努尔丁随即向哈里发讲述了他父亲仙逝后，自己不慎挥霍、求救无门、家中被抄、狼狈逃命直至到达巴格达的经历。

哈里发问:"你现在打算去哪里?"

阿里·努尔丁无可奈何地说:"安拉的土地广袤无边。"

哈里发对阿里·努尔丁说:"我给你写封信,你带着信去见穆罕默德·本·苏莱曼·齐尼国王。国王看了我这封信,他就不会伤害你了。"

阿里·努尔丁一笑,说:"渔夫给国王写信,国王能听渔夫的话?这样的事,根本不会有的。"

"你说得对呀!但是,小伙子,我要把其中的缘故告诉你。你有所不知,我与齐尼国王同窗就读于一位教法学家门下。当时,我是他的学长;后来,他吉星高照,官运亨通,当上了国王,而安拉让我做了渔夫。不过,我有事求他,他定会帮忙的;纵然我日有千事求他,他也会给我办的。"

阿里·努尔丁听渔夫这样一说,便说道:"那你就写封信,试试看吧!"

哈里发拿起笔,写道:

大慈大悲安拉之名

　　哈伦·拉希德·本·马赫迪致信受本王委托代行部分王权的穆罕默德·本·苏莱曼·齐尼国王陛下,兹向你介绍哈甘宰相之子阿里·努尔丁持此信前往贵府。阿里·努尔丁到达之后,谨望你自行离开王位,让阿里·努尔丁代你行使王权。我像先前委任此职给你那样,现委托阿里·努尔丁担当此职。

　　切勿违令!

　　顺致安好。

书罢,哈里发将信交给阿里·努尔丁。

阿里·努尔丁接过信,吻了吻,将信夹在缠头巾里,即速上路,奔巴士拉去了。

这时,老园丁易卜拉欣望着渔夫打扮的哈里发,说:"低贱的渔夫,你给我们带来的两条鱼,最多值上半第纳尔金币,我们却给了你三块金币,你还要把姑娘带走……"

哈里发听后,一声呵斥,随后向迈斯鲁尔使了个眼色,只见迈斯鲁尔抽出宝剑,向老园丁易卜拉欣冲去。贾法尔已派园中一个少年去哈里发宫找侍卫取哈里发的朝服。少年取回朝服,来到哈里发面前,行过吻地礼,然后给哈里发换上。

老园丁易卜拉欣坐在那里,而哈里发却站着。易卜拉欣一见眼前这个渔夫穿上了哈里发的朝服,不禁大惊失色,咬着自己的手指头,说:"天哪,我究竟是醒着,还是在做梦呢?"

哈里发望着老园丁,说:"老人家,你这是怎么啦?"

这时,老园丁易卜拉欣才从醉态中醒来,忙跪在地上,吟道:

纵使我有罪,也是过去事。主人对奴才,自有慷慨施。
我已犯下罪,我皆承认之。宽容与大度,究竟何处置?

哈里发宽恕了老园丁,随后下令将艾尼斯·吉丽斯带回王宫。

姑娘到了宫中,哈里发单独为她安排了宫殿,并派去宫女、太监专心伺候。

哈里发对艾尼斯·吉丽斯说:"我已任命你的主人阿里·努尔丁担任巴士拉国王。我将立即派人将朝服和你送到他那里,让你永远伴陪着他。"

阿里·努尔丁带着哈里发的诏书,数天后到达巴士拉城。

来到王宫,阿里·努尔丁一声呐喊,国王听见,立即召他入宫。来到国王面前,阿里·努尔丁行过吻地礼,然后取出信,呈递给齐尼国王。

国王接过信一看,是哈里发哈伦·拉希德的亲笔字,立即肃立,连吻三次,并且说:"完全服从安拉和信士们的长官的命令!"

随后,叫来四位法官和文武百官,想立即让出王位。

就在这时,穆仪·本·萨维宰相突然出现在国王面前。

国王将哈里发的信交给萨维,萨维看过,立即将信撕了个粉碎,继之放在嘴里嚼了嚼,吐在地上。

国王见此情景,大怒道:"你这个该死的,怎敢如此行事?"

萨维宰相说:"这个人根本没见过哈里发,也没见过宰相。他是个狡猾鬼,假造了有哈里发笔迹的这封信,想写什么就写什么。既然哈里发没派钦差大臣带着哈里发的手书来通知你,你何必自动离开王位呢?如真有此事,哈里发必派侍卫或宰相相随,可是如今仅仅来了他一个人,不可相信。"

"你看怎么办?"齐尼国王问。

萨维说:"把这个青年交给我,我立即派人跟他去巴格达验证。假如确有此事,我们定可看到哈里发亲自颁发的诏书;若根本没有这回事,侍卫必把他带回来,再另行处置他。"

国王立即呼唤宫役,将阿里·努尔丁摁倒在地,棒棍相加,直打得阿里·努尔丁昏迷过去,然后下令给他戴上脚镣手铐,叫来狱吏古泰图,吩咐说:"古泰图,把这个人投入监牢的地窖里,日夜给他以惩罚。"

"遵命!"

狱吏古泰图立即将阿里·努尔丁投入监牢，把门锁上。古泰图下令将门后的那张长凳打扫干净，且铺上毯子，放上靠枕，让阿里·努尔丁好好休息，继之松开镣铐，好生对待。

萨维宰相每天都派人来见狱吏，责令古泰图毒打阿里·努尔丁。古泰图表面上做出惩罚阿里·努尔丁的样子，实则暗中对他善待备至。如此过了四十天。

第四十一天，哈里发差人把礼物送到巴士拉，齐尼国王见之，欣喜不已，遂与群臣商议此事。有位大臣说："说不定礼物是送给新国王的。"

萨维宰相说："应该杀掉阿里·努尔丁。"

齐尼国王说："凭安拉起誓，你倒真的提醒了我。赶快把他带来，立即杀掉！"

萨维立即站起来，说："遵命！依臣之见，派传令官沿街呐喊，凡愿意观看斩杀阿里·努尔丁的民众，都可到王宫门前来，以解我心头之恨，息我心中嫉妒之火！"

国王说："就照你的意见办吧！"

萨维宰相非常高兴，快马来到省督府，命令省督派传令员传达上述命令。

人们听到传令，无不悲伤，就连学堂、市场上的小孩子也都流出了眼泪。人们争相寻找立脚之地，观看杀人场面；有的人还去了监狱。

萨维宰相带着十个役仆来到监狱。这时，狱吏古泰图走来，问道："宰相阁下，有何吩咐？"

萨维宰相说："把那小子给我带来！"

古泰图说："由于打得过重，他的情况很不好。"

说罢，古泰图随即走进牢房，但听阿里·努尔丁吟诵道：

> 我病无救药,谁帮我解难?背弃伤我心,敌友位交换。
> 可有好心人,听我一声唤:答应我请求,怜我处境惨?
> 我已绝生望,醉中死不难。主啊指路灯,慷慨恩无限;
> 求你救救我,谅我曾失言;除我倒霉运,驱我忧与烦。

狱吏走上前去,扒下阿里·努尔丁身上的干净衣服,给他换上脏衣服,然后把他带到萨维宰相面前。

阿里·努尔丁见是自己的宿敌,仍然没有放弃杀自己的念头,禁不住哭了起来。他对萨维说:"难道你不怕老天的报应?难道你没有听见诗人这样说过?"

阿里·努尔丁吟诵道:

> 他们握王权,总求位久长。
> 往往顷刻倒,似昙花一晃。
> 治事若公道,必受民赞扬。
> 暴虐既成性,灾必伴权杖。
> 晨起闻颂歌,覆灭在夕阳。

阿里·努尔丁吟罢,说道:"宰相啊,你要知道,一切事情都由伟大的安拉决定!"

萨维宰相说:"阿里·努尔丁,你想用这种话吓唬我吗?我今天就要割下你的首级,我根本不管巴士拉人怎样,更不听你的劝告。我听诗人这样说过……"

宰相吟诵道:

> 岁月任所为,无能抗命运。

> 何必为物喜？为时悲何因？
> 须知世万物，终有一日隐。

他又吟道：

> 消灭敌人后，哪怕活一天；平生之目标，也算已实现。

萨维宰相吟罢，即令仆役将阿里·努尔丁绑在骡背上，准备游街。这时，仆役们悄悄对阿里·努尔丁说：

"公子，让我们把这个狗宰相用石头砸死，紧接着再来个碎尸万段吧！我们不惜牺牲自己的生命。"

阿里·努尔丁说："万万使不得呀！你们没听诗人这样说过吗？"

阿里·努尔丁吟诵道：

> 我生有寿数，寿尽人自亡。
> 只要寿未尽，不必心生慌；
> 纵狮挟持我，入林亦无妨！

狱卒们押着阿里·努尔丁遍游巴士拉的大街小巷，边游边喊："这就是对伪造哈里发诏书者的最轻惩罚……"

他们押着阿里·努尔丁一直游到王宫窗下，并将之摁倒在地。

刽子手走上前去，对阿里·努尔丁说："我是听命的奴隶。公子，你若有什么嘱咐，就对我们讲吧，我给你去办。你的生命余下的时间已经不多，只要国王在王宫窗子里一露面，你就一命升天了。"

阿里·努尔丁潸然泪下，凄然吟道：

何人能救我？我求主明示。
大限已降临,谁期我报答？
怜吾忧伤人,杯水亦减压。

人们无不为这位善良的青年伤心落泪。

刽子手站起来,把水罐递给阿里·努尔丁,让他喝水。萨维宰相立即走了过去,用手指蘸了一点儿水,随后将水罐打落在地,并命令刽子手立即斩杀阿里·努尔丁。

刽子手用头巾蒙住阿里·努尔丁的眼睛,然后高高扬起大刀……

就在这时,忽听有人大声喊道:"刀下留人!"

只见远处一缕烟尘腾空而起,顿时弥漫天空。

国王坐在宫中,望着飞扬的烟尘,惊问:"你们看,那是怎么回事?"

萨维宰相说:"先割下阿里·努尔丁的脑袋吧!"

"慢!"国王说,"看看究竟出了什么事情!"

原来,那是哈里发的宰相贾法尔及其随行人员荡起的烟尘。他们之所以来,是因为哈里发一连三十天没有听到阿里·努尔丁的消息,心中甚是纳闷。有一天,哈里发走进艾尼斯·吉丽斯的宫殿,远远地便听到她的哭声,只听她边哭边吟诵道:

君影眼前现,时近复时远。念想君之语,常浮余口间。

听姑娘哭得非常伤心,哈里发推开门,进了楼阁。艾尼斯·吉丽斯见哈里发来了,立即迎上去,三次亲吻哈里发的脚,然后吟诵道:

汝可知奇事：嫩枝能结果？我有一言赠，不忘君美德。

哈里发问："你是什么人？"

"我是阿里·努尔丁·本·哈甘送给你的礼物。我想陛下应实践自己的诺言，将我体面地送到阿里·努尔丁那里去。到现在，我已有三十天没有尝过睡眠的滋味了。"

哈里发立即召来贾法尔，说："我已三十天没听到阿里·努尔丁的消息了，我想他已被齐尼国王杀掉了。但是，凭我的生命和列祖列宗起誓，假若阿里·努尔丁遇有不测，我一定处死肇事之人，哪怕他是我最敬重的人。你立刻动身去巴士拉，弄清穆罕默德·本·苏莱曼·齐尼国王和阿里·努尔丁的情况。"

宰相贾法尔从命，立即起程。

贾法尔一行到达巴士拉王宫门前，见那里乱哄哄的。他问："这王宫前，为何如此拥挤？"

人们把阿里·努尔丁的情况向宰相贾法尔讲了一遍。

贾法尔听后，立即去见齐尼国王，问候之后，说明了来意，并传达了哈里发的命令：如果阿里·努尔丁有什么意外，必严惩肇事者。

贾法尔下令逮捕齐尼国王和萨维宰相，为阿里·努尔丁松了绑，宣布罢免齐尼及萨维，立即让阿里·努尔丁登上巴士拉国王的宝座。

宰相贾法尔一行在巴士拉受款待三日。第四天，阿里·努尔丁对贾法尔说："我想立即去见哈里发。"

贾法尔说："准备动身吧！今日做完晨礼，我们起程去巴格达。"

"遵命！"阿里·努尔丁无比高兴。

他们做完晨礼，骑马登程。他们还带着萨维上路了，这位宰相深为自己的行为感到懊悔。

阿里·努尔丁与贾法尔骑马并行，一直来到巴格达。

T. 达尔齐尔　绘

见到哈里发哈伦·拉希德，贾法尔便把阿里·努尔丁的遭遇说了一遍。哈里发拿着一口宝剑，走到阿里·努尔丁跟前，说："阿里·努尔丁国王，你就用这口宝剑斩杀你的敌人吧！"

阿里·努尔丁接过宝剑，走到满面苦相的萨维面前，说："我按照我的天性行事，你也按照你的天性行事吧！"

说罢，阿里·努尔丁因为激动，宝剑脱手，跌落在地上。

阿里·努尔丁拾起宝剑，望着哈里发，说："哈里发陛下，正是这个暴虐的萨维屡屡愚弄、欺负我，还有杀我之举，虽然我一次又一次以德相报！"

阿里·努尔丁吟道：

伊曾设骗局，欺我无商量。须知善良人，受骗成经常。

哈里发说："你不用管了，就请掌刑官迈斯鲁尔处置他吧！"

哈里发对掌刑官迈斯鲁尔说："喂，迈斯鲁尔，你来处死他吧！"

迈斯鲁尔走上前去，手起刀落，萨维的头登时滚落在地上。

哈里发问阿里·努尔丁："阿里·努尔丁国王，你还有什么要求？"

阿里·努尔丁说："主公大人，我不想做巴士拉国王，只想每天看到陛下的容颜。"

哈里发哈伦·拉希德说："你完全可以如愿以偿。"

哈里发唤出艾尼斯·吉丽斯，将巴格达的一座豪华宫殿赐赠给这对俊男靓女，并为二人规定了俸禄，让阿里·努尔丁做了自己的近臣。

阿里·努尔丁与艾尼斯·吉丽斯一直生活在哈里发哈伦·拉希

德身旁，直到天年竭尽。

讲到这里，莎赫札德对舍赫亚尔国王说："幸福的国王陛下，双宰相的故事不比剃头匠诸兄弟的故事更精彩一些吗？"

舍赫亚尔国王说："正是！"

莎赫札德说："不过比起我将要讲的另一个故事，这个故事就算不上什么精彩了。"

"什么故事呢？"

"我要讲阿尤布及其子女的故事。"

"你就讲吧！"

莎赫札德开始讲《商人阿尤布及其子女》的故事：

相传，很久很久以前，有位富商，名叫阿尤布，家财万贯。他有一儿一女：儿子名叫加尼姆，相貌英俊，口齿伶俐；女儿名叫菲特娜，如花似月，美若天仙。

阿尤布归真，留给儿女大笔钱财……

讲到这里，眼见东方透出黎明的曙光，莎赫札德戛然止声。

第三十七夜

夜幕垂降，莎赫札德接着讲故事：

幸福的国王陛下，富商阿尤布，家财万贯。他有一儿一女：儿子名叫加尼姆，相貌英俊，口齿伶俐；女儿名叫菲特娜，如花似月，美若天仙。

阿尤布归真，留给儿女大笔钱财，其中有一百驮丝绸、锦缎和麝香，上写着"运往巴格达"的字样，意思是准备销往巴格达。

当时巴格达的执政官是哈里发哈伦·拉希德。

阿尤布归真之后，过了一些日子，加尼姆告别母亲、家人和亲戚，带上货物，依靠万能安拉的保佑，登程上路，平安抵达巴格达城。

与加尼姆一起来的还有许多商人，其中有他的一位同伴，替他找了一家客栈，租好房子，铺上地毯，放好靠枕，挂上窗帘，将家具一一准备齐全。加尼姆将货物存放好，拴好骆驼，坐下来休息。仅过片刻，巴格达的巨商就纷纷前来向他问安致意了。

加尼姆带着十块贵重布料，标上价格，来到市场，市场总监忙走上前来，表示欢迎，并将他带到市场长老的店铺中，让他在那里出售布料。

加尼姆所带的丝绸、锦缎很快售光，一本二利，因而心中十分高兴。不到一年时间，加尼姆带来的全部货物都卖光了。

第二年年初，加尼姆来到市场，却见那里冷冷清清，家家店铺大门紧闭。经询问，方知道有位巨商归真，商人们都参加葬礼去了。有人问加尼姆："你和大家一道去参加葬礼吗？"

"我想去呀！"加尼姆回答。

加尼姆问明殡葬地点，做罢小净，便随人们来到清真寺，为死者祈祷后，即随送葬的队伍向墓地走去。

来到城外墓地，穿过墓间小道，来到墓穴旁，见死者的亲属们已在那里撑起帐篷，点起了灯盏和蜡烛。

葬礼结束，诵经人坐下，开始在坟前朗诵《古兰经》。商人们坐下来,加尼姆也和他们一起坐下,感到不好意思,心想:"我不能提早离去,只能和他们一道走。"

人们坐着听朗诵《古兰经》,一直坐到晚餐时分。主人端上饭菜和甜食,人们吃罢,洗过手,各自就座。

这时,加尼姆本不好意思先离开那里,但想到自己的货物,担心被偷,心想:"我是个异乡人,离了钱不行,如果我远离住处过夜,万一存在客栈中的钱被偷,后果不堪设想……"想到这里,加尼姆再也坐不住了,立即站起身来,对旁边的人说:"对不起,我有点儿事,先走一步了。"

加尼姆离开人群,随即顺原路而归,来到城门下。

其时,已是深更半夜,城门紧闭,无人出入,间或有犬声传入耳际。加尼姆心想:"无能为力,只有依靠伟大的安拉了。本来担心钱财被偷,因此而归;没想到城门已经关闭,现在倒为自己的生命感到忧虑了。"

加尼姆转身离开城门,想找个地方过夜,待到天亮再进城。他来到一墓地,四周有围墙,门里有棵椰枣树。他见石门开着,便抬脚走了进去。不料来到坟墓之间,他怎么也睡不着觉,只觉周身战栗不止,四周寂静恐怖无比。他站起身走了过去,推开石门,朝城门方向望去,但见那里闪着亮光,便向那里走了几步。这时,他发现亮光正朝着墓地移动。眼见此景,加尼姆害怕起来,急忙退回墓地,将石门关上,随即爬上那棵椰枣树,不时地朝亮光张望。

亮光渐渐接近墓地,加尼姆神情紧张,仔细观看,方才看清那是三个奴隶,两个人抬着一口箱子,另一个人提着灯笼。他们来到墓地石门前,抬箱子的一个奴隶说:"喂,萨瓦卜,怎么样?"

"卡夫尔,你呢?"另一个奴隶回答。

"我们傍晚时还在这里,这石门没关,是吗?"

"是的。"

"可是，怎么现在关着呢？"

提灯笼、拿着镢头的奴隶名叫布赫特。他说："你们俩真是呆瓜！难道连这个都不知道？花园的主人离开巴格达，来到这个地方过夜，进了门便把门关上了，担心像我们这样的人把他们抓去，然后把他们烧烤吃掉。事情就这样简单。"

"你说得倒对！不过，还有谁比你的智商低呢？"萨瓦卜说。

"你们若不信我的话，等我们进去，一定能找到人；他看见亮光，说不定会爬上椰枣树上待着呢！"

加尼姆一听，心想："好鬼的奴才！安拉诅咒这个出坏主意的东西！"他自言自语道："无能为力，只有依靠伟大的安拉了。谁能把我从这种磨难中解救出来呢？"

一个奴隶对布赫特说："你跳墙进去，把门打开。我俩抬箱子太累了。你打开门，给我们抓一个活的来，让我们好好烧烤一顿，我们保证香香地吃上一顿美味，滴油不漏！"

布赫特说："你们俩不是说我智商低吗？依我之见，我们就把这口箱子隔墙扔过去；反正这里面没有什么好东西。"

"隔墙扔？箱子不就碎了吗？"

"我怕里面藏着盗贼，他们杀了人，偷了东西，天黑之后躲在里面分赃。"

"你这个没脑子的东西！他们进得去吗？"

说完，这个奴隶跳墙而过，将门打开。布赫特提着灯笼照明，还带着一篮子石灰。

三个奴隶进了墓地，将石门关好，坐下来，其中一个人说："兄弟们，我们抬着箱子，走了这么远的路，很累了。现在已是半夜，我们也没劲儿埋这口箱子了。我们不妨休息一下，等有了劲儿再干。趁休息时,每个人讲讲自己被阉割的原因以及种种遭遇,从头到尾讲上一遍,也好消磨时光,熬过这漫漫长夜。"

讲到这里,眼见东方透出黎明的曙光,莎赫札德戛然止声。

第三十八夜

夜幕垂降,莎赫札德接着讲故事:

幸福的国王陛下,三个奴隶进了墓地,将石门关好,坐下来,其中一个人说:"兄弟们,我们抬着箱子,走了这么远的路,很累了。现在已是半夜,我们也没劲儿埋这口箱子了。我们不妨休息一下,等有了劲儿再干。趁休息时,每个人讲讲自己被阉割的原因以及种种遭遇,从头到尾讲上一遍,也好消磨时光,熬过这漫漫长夜。"

提灯笼、拿镢头的布赫特说:"我先讲!"

另外两个黑奴说:"请讲吧!"

布赫特开始讲自己被阉割的经过:

兄弟们,你们有所不知,我小时候,一个奴隶贩子把我带出老家,将我卖给了一个巡官。当时,我才五岁。

那巡官有个女儿,当时才三岁。我和小姑娘一起玩耍,一起跳舞,一道唱歌,因此常被人们讥笑。在不知不觉之中,我已长到十二岁,那小姑娘也十岁了,但家人仍不阻止我与她一起玩耍。

有一天,小姑娘坐在自己的闺房里,我走了进去,只见她像刚刚从浴室里出来似的,周身溢香,面似十四夜晚的圆月。她逗我,我逗她,不知不觉我灵根直挺起来,简直就像一把大钥匙。旋即,姑娘把我摁倒在地,先是骑在我的背上,然后骑在我的胸脯上,继之在我的身上打起滚来。不知怎的,我的那灵根露了出来,姑娘便用手抚弄。片刻之后,她用大腿根儿频蹭我那灵根,我只觉周身热血沸腾,情不自禁地把她紧紧地搂在怀里,而她则伸出胳膊,使劲地抱住我的脖子。就这样,不知不觉我那灵根挺直坚硬,登时将她的衣裤顶破,硬邦邦直挺进她的阴门,血斑留在了她的裙边。

见此情景,我害怕了,惊慌逃去,躲在一位朋友家里不敢露面。

姑娘的母亲知道这一情况,登时眼前昏黑。之后,这位母亲赶快给女儿收拾一下,没把此事告诉姑娘的父亲。

两个月过去了,全家人都对我很客气,仿佛什么事情也没有发生。她们还是对我很和气,照样使唤我。

不久后,姑娘的母亲把女儿许配给一个青年美容师。那位青年常来为姑娘的父亲理发,为女人们美容修面。姑娘的父亲对女儿的情况一无所知,全家人都忙着为姑娘准备嫁妆。

有一天,他们突然把我抓去,将我阉割了。他们嫁女儿时,让我当了新娘的贴身随从;不管她去哪里,我都要在前面引路,就连去澡堂沐浴,都离不开我。他们一直对姑娘的事情守口如瓶。洞房花烛之夜,他们宰了一只鸽子,将血滴在新娘的衣裙上。

我跟从那位女子很长时间。我贪恋她的美貌,不时与她亲吻拥抱,直到她和她的丈夫以及她的父母相继离世为止。

后来,财政大臣要用我,我便来到这个地方,加入了你们的行列。这就是我被阉割的原因。

布赫特讲完,说:"喂,卡夫尔,你讲讲自己吧!"

卡夫尔开始讲自己的遭遇：

诸位兄弟，你们有所不知，我八岁的时候，就开始愚弄奴隶贩子，每年撒一个大谎，且每每得逞，引起奴隶贩子们相互争吵。因此，奴隶贩子对我不放心，把我交给了经纪人。

经纪人把我拉入奴隶市，高声叫卖道："谁买这个奴隶？这个奴隶有个毛病。"

他人问道："他有什么毛病？"

"他每年都撒一个谎。"

一个商人走到经纪人面前，问："他们出到多少钱？"

"六百第纳尔。"

"我给你加二十第纳尔辛苦费。"

经纪人领那个商人去见奴隶贩子，付过钱，那个商人将我买了下来。经纪人把我送到商人的家中，他拿着经纪费就离去了。

商人给我换上合身的衣服，我在那个商人家一直住到新的一年来临。

新的一年收成极好，五谷丰登，吉祥如意。商人们纷纷举办宴会，每日一家，轮流做东。轮到我家主人时，他们在郊外的一座花园里摆下筵席，备有各种吃的喝的，丰盛极了，主人陪商贾们大吃大喝，对杯畅饮，一直热闹到日挂中天。

我家主人需要从家中取一件东西，要我去，他对我说："喂，家仆，你骑上骡子，回家找太太取件东西，快去快回。"

我立即从命，转身骑上牲口向家中走去。当我走近家门时，禁不住大声喊叫，随之泪水夺眶而出，瞬间，胡同里的大人小孩都前来围观。主人的太太听见我的喊声，忙打开门，惊问："怎么啦？"

我说："老爷和朋友们坐在一堵老墙下，老墙突然倒塌，把老爷砸死了。我是骑着骡子，飞快回来向太太报信儿的。"

主人的太太及儿女们一听，顿时哭叫起来。他们又撕衣服，又批打自己的脸，惹得邻居们都来了。

太太转身回到家里，翻箱倒柜，掀翻窗台，捣毁窗子，砸坏隔板，顿时房舍里乱七八糟，一片狼藉。太太对我大喊大叫："卡夫尔，你这个该死的！快来呀。快帮我把这些柜子砸掉，把盘碟和瓷器全摔烂！快呀！"

我走去拉出壁架隔板，按照太太的旨意，将上面摆放的东西砸了个稀烂；又拉出柜子，把盘碟全砸烂、摔碎了。东西扔满了整个房间。我边喊边甩，直到把东西全都破坏掉了。

片刻过后，太太仅蒙着一块头布，露着面孔走了出来，小姐和少爷们也跟着走来。他们说："喂，卡夫尔，领我们去老爷被墙压死的地方看看吧，也好把他从墙土下刨出来，装裹入殓，运回家中，办个像样的葬礼。"

我领着他们走去，边走边喊："我的老爷呀……我的老爷呀……"

他们跟在我的身后，露着面孔，光着头，也哭喊着："天哪……天哪……多么不幸呀……"

巷子里的人都跟在我的身后，个个哭声不止，人人批打自己的面颊。我领着他们穿过城里时，人们问我出了什么事，我便把老墙砸死人的情况说了一遍。人们听后，说："无能为力，只有依靠伟大的安拉了。我们快去报告执政官吧！"

讲到这里，眼见东方透出黎明的曙光，莎赫札德戛然止声。